Abwarten und Eiscreme essen. So oder so ähnlich könnte man Göran Borgs Lebensmotto zusammenfassen. Der Mittfünfziger aus Malmö ist nach seinem Jahr in Indien wieder im schwedischen Alltag angekommen – und mitten in einer Identitätskrise. Einziger Lichtblick: die bevorstehende Hochzeit seines besten Freundes aus Delhi, Yogi. Doch die wird immer wieder verschoben – aufgrund »horoskopieller« Umstände. Trotzdem reist Göran spontan nach Delhi und findet schnell heraus: Die Hochzeit mit der schönen Lakshmi wurde aus ganz anderen Gründen verschoben …

MIKAEL BERGSTRAND arbeitete als Journalist in Malmö, bevor es ihn 2007 nach Indien verschlug. Vier Jahre lang lebte er mit seiner Familie in Neu-Delhi, wo er als Korrespondent für skandinavische Zeitungen arbeitete. Nach seiner Rückkehr 2011 veröffentlichte er »Der Fünfzigjährige, der nach Indien fuhr und über den Sinn des Lebens stolperte«, den ersten Roman über den liebenswürdigen, phlegmatischen Mittfünfziger Göran Borg. Das Buch wurde in Schweden zu einem großen Erfolg, stand lange auf Platz 1 der Bestsellerliste und wurde in 10 Sprachen übersetzt.

Mikael Bergstrand

# DER 50-JÄHRIGE, DER DEN HINTERN NICHT HOCHBEKAM, BIS IHM EIN TIGER AUF DIE SPRÜNGE HALF

Roman

*Aus dem Schwedischen*
*von Ursel Allenstein*

btb

Die Originalausgabe erschien 2013 unter dem Titel
*Dimma över Darjeeling* bei Norstedts, Stockholm.



MIX
Papier aus verantwortungsvollen Quellen
FSC® C014496
FSC
www.fsc.org

Verlagsgruppe Random House FSC® N001967

1. Auflage
Taschenbuchausgabe Januar 2018

Covergestaltung: semper smile, München
unter Verwendung eines Motivs von © Minden Pictures/Masterfile;
Shutterstock/Carlos Amarillo
Schrift: © The Fell Types are digitally reproduced by Igino Marini.
www.iginomarini.com
Druck und Einband: GGP Media GmbH, Pößneck
MP · Herstellung: sc
Printed in Germany
ISBN 978-3-442-71584-8

www.btb-verlag.de
www.facebook.com/btbverlag

*In Gedenken an Yogendra »Yogi« Chauhan,*
*für immer in meinem Herzen*

# KAPITEL 1

Stellen Sie sich vor, Sie wären ein kleiner Bergsee. Und Ihre Gedanken sind Wolken, die am Himmel vorüberziehen und sich in Ihnen spiegeln. Erlauben Sie ihnen, einfach weiterzuschweben, ohne dass sie bleibende Spuren hinterlassen.«

Ich mochte ihre Stimme wirklich. Sie war so ruhig und besänftigend mit ihrer leicht nasalen Intonation.

»Anschließend halten Sie inne und nehmen die Menschen in Ihrer Umgebung wahr, ohne Sie zu bewerten oder zu verurteilen.«

Hatte sie sich das antrainiert, oder sprach sie von Natur aus so?

»Lauschen Sie den Geräuschen, inhalieren Sie die Düfte.«

Die Geräusche und die Düfte, ja. Oh, wie ich mich nach den Geräuschen und Düften sehnte! Dem suggestiven Gesang und der Musik, den Räucherstäbchen und Essensdünsten. Es gab Momente, in denen ich sogar die ohrenbetäubenden Hupkonzerte vermisste und dieses ziemlich eigenwillige Odeur von Abwasser und faulen Eiern.

»Es geht um Präsenz, Göran. Wenn Sie in der Situation voll und ganz da sind, können die Gedanken und Grübeleien und verwirrenden Tagträume keinen Raum gewinnen. Wenn Sie diese Fähigkeit trainieren, werden Sie auch merken, wie sich Ihre Beziehungen zu anderen Menschen vertiefen. Dabei geht es überhaupt nicht darum, sich zu kontrollieren, sondern im Gegenteil … Göran?«

»Äh.«

»Hören Sie mir überhaupt zu?«

»Ja, äh …«

»Wo befinden Sie sich gerade?«

»Äh … hier.«

»Ja, aber in Gedanken?«

»Äh …«

Wenn man oft genug »äh« gesagt hat, wird daraus ein Wort mit Inhalt. In genau dieser Situation – als geistig abwesend bei einer Sitzung in Mindfulness mit meiner traurig lächelnden KVT-Therapeutin – begriff ich, dass »äh« eine ausgezeichnete Zusammenfassung meines momentanen Charakterzustands war: kühl und unvollkommen. Wie ein tiefgefrorenes Halbfertigprodukt.

»Sie sind wieder in Indien, oder?«

Sie sah mich mit ihren glänzenden Augen an, und ich dachte, dass wir vielleicht sogar eines Abends zusammen einen Happen Essen gehen könnten, wäre sie nicht meine Therapeutin. Wir waren beide über fünfzig und hatten eine Patina angesetzt, die keinesfalls unkleidsam war. Sie hatte sehr schönes braunes Haar mit grauen Strähnen und ein auf ansprechende Weise rundes, sanft gereiftes Gesicht. Ich hatte sehr schöne grüne Augen und eine edle Stirn, die meine zunehmenden Geheimratsecken kompensierte. Ihr wässriger Blick und ihre Tränensäcke, die sich wie kleine Mandarinenspalten unter den Augen wölbten, rührten vermutlich von irgendeiner Allergie her, sie war oft ein wenig verschnupft und kurzatmig, aber ich hatte trotzdem den Verdacht, dass dieser Zustand zu einem gewissen Maß auch ihre Seele widerspiegelte. Als Werbeträger für ihr Therapieangebot hatte sie vielleicht nicht das optimale Aussehen, mir aber flößte das Vertrauen ein. Von Perfektion habe ich mich schon immer bedroht gefühlt. Menschen mit kleineren Rissen in der Fassade vermitteln mir dagegen ein Gefühl von Geborgenheit. Vermutlich hatte auch das etwas mit Spiegelung zu tun. Was mein schlaffer Hals anderes widerspiegeln sollte als das unbarmherzige Zusammentreffen von alternder Haut und Schwerkraft, wusste ich jedoch auch nicht. Er sorgte jedenfalls dafür, dass ich aus einem bestimmten Winkel wie ein Truthahn aussah, und ich dankte meinem glücklichen Geschmack dafür, dass ich schon lange, bevor mein Hals allmählich die Spannkraft verlor, eine Vorliebe für schwarze Rollkragenpullover entwickelt hatte. Schließlich wäre es peinlich aufgefallen, wenn ich von einem Tag auf den anderen begonnen hätte, in diese Tarnkleidung zu schlüpfen.

Zum allgemeinen Verfall ließ sich ergänzen, dass die überflüssigen Kilos, die ich während meines Jahres in Indien mehr als halbiert hatte, nun wieder auf meinen Hüften saßen und mich gewichtig daran erinnerten, dass Muskeln und Kondition eben Frischware waren. Mein Kumpel Erik versuchte, mich damit zu trösten, dass solche *love handles* doch sexy seien. Sieht man einmal von der Verlogenheit einer solchen Behauptung ab, hat sie einen weiteren Haken: *love handles* setzen voraus, dass es liebevolle Hände gibt, die sich daran festhalten können.

»Sind Sie in Indien?«, wiederholte Frau Vallberg Torstensson.

So hieß sie, meine Therapeutin. Karin Vallberg Torstensson. Ich brauchte drei Sitzungen, bis mir auffiel, dass ihre Initialen die Buchstabenkombination KVT bildeten. *K*ognitive *V*erhaltens*t*herapie. Sie schien also wirklich mit ihrem Beruf verheiratet zu sein. Erst in diesem Moment ging mir auf, dass ihr Doppelname stark darauf hindeutete, dass Karin auch im echten Leben verheiratet war. Mit anderen Worten spielte es überhaupt keine Rolle, ob sie meine Therapeutin war – wir hätten auch sonst nicht miteinander ausgehen können. Nach meinem Aufenthalt in Indien hatte ich die Nase voll von verheirateten Frauen.

»Jetzt versuchen Sie doch bitte einmal, sich zu konzentrieren. Sind Sie in Indien?«

Ich wand mich verlegen auf meinem Stuhl.

»Nicht genau jetzt, in dieser Sekunde. Aber ich muss zugeben, dass ich noch vor einem Weilchen dort war. Eigentlich hätte ich vorgestern wieder dorthin fliegen sollen. Jetzt weiß ich nicht, ob aus der Reise überhaupt etwas wird, und deshalb bin ich …«

»Traurig?«

»Vielleicht eher resigniert.«

»Was glauben Sie in Indien zu finden?«

Die Frage wurde von einem kaum vernehmbaren Hauchen, oder besser einem verstärkten Ausatmen, begleitet. Es konnte auch ihr Asthma sein, aber mir schien, als würde Katrin Vallberg Torstensson zum ersten Mal im Laufe unserer Bekanntschaft selbst ein bisschen resigniert klingen. Vielleicht war es aber auch nur ein therapeutischer Kniff. So oder so sprang ich darauf an.

»Sie sind noch nie da gewesen, also können Sie auch nicht wissen, was dieses Land mit einem Menschen machen kann!«

Ich wiederum klang wie ein Sektenmitglied, das man entführt, einer Gehirnwäsche unterzogen und in die Zivilisation zurückversetzt hatte.

Karin schnäuzte sich methodisch in ihr Taschentuch. Dies war nur einer von vielen Vorgängen im Therapieverlauf, der meiner Vorstellung davon widersprach, wie ein Therapieverlauf vonstattengehen sollte. Ich hatte eigentlich immer angenommen, dass es eher die Patienten waren, die sich in ihre Taschentücher schnäuzten.

Als wollte sie diesem Widerspruch zusätzlich Nachdruck verleihen, setzte sie wieder ihre leicht betrübte Miene auf.

»Nein, ich war noch nie in Indien. Und in diesem Moment

sind Sie es auch nicht, auch wenn Sie in Gedanken immer wieder dorthin abgleiten. Sie sind hier, in Malmö. In Schweden. Wo Sie Ihr Leben leben. Wo Ihre Arbeit, Ihre Familie und Freunde sind. Es mag durchaus sein, dass Sie wieder nach Indien reisen werden, aber vielleicht wird es nicht mehr ganz dasselbe sein wie beim letzten Mal. Und wenn Sie Ihr Dasein mit Inhalt und Sinn füllen wollen, wäre es meiner Meinung nach klug, wenn Sie hier und jetzt damit anfingen. Sehen Sie sich nur einmal um, es gibt so vieles, das es wert wäre, geschätzt zu werden. Aber das setzt voraus, dass Sie innehalten und es betrachten. Dass Sie es nicht wegstoßen, sondern willkommen heißen. Dass Sie sich öffnen. Betrachten Sie sich im Spiegel, und sagen Sie laut zu sich selbst: Hey, ich bin Göran Borg, und ich lebe im Hier und Jetzt!«

Immer diese Spiegel, dachte ich. Karin Vallberg Torstensson hatte vermutlich recht, aber das machte die Sache trotzdem nicht leichter. Vor mehr als neun Monaten war ich nach meinem alles verändernden Jahr in Indien wieder nach Schweden zurückgekehrt. Zwar hatte ich damals eine ganze Menge Liebeskummer im Gepäck gehabt, denn die überaus hübsche, aber zugleich überaus verheiratete Schönheitssalonbesitzerin Preeti Malhotra war für mich auf ewig verloren gewesen. Trotzdem hatte mich der Indienaufenthalt mit einer seltsamen Kraft erfüllt und mit etwas, das ich damals als eine vollkommen neue Lebenseinsicht aufgefasst hatte. Die Freundschaft mit dem findigen Textilexporteur Yogendra Singh Thakur alias Yogi hatte mich fundamental verändert. Davon war ich unumstößlich überzeugt gewesen, als ich an jenem nasskalten Dezembertag nach Malmö zurückkehrte. Ich sah mich selbst und andere mit neuen Augen, die nicht mehr von jenem bitteren Selbstmitleid verblendet waren, welches mich so lange geprägt hatte. Ich hatte einen neuen, motivierenden Job in einer Werbeagentur und fühlte mich in Topform.

Und jetzt war ich doch wieder bei den alten, destruktiven Grübeleien angelangt. Wie hatte das passieren können?

»Es ist nicht ungewöhnlich, dass man in ein Loch fällt, wenn man nach einer großen Veränderung wieder im Alltag ankommt«, hatte Karin Vallberg Torstensson bei unserer ersten Sitzung gesagt, in der sie ein beträchtliches Maß an Zeit darauf verwendet hatte, mir die Antriebskräfte des Gehirns zu erklären. Sie hatte das Gehirn mit einem Lehmacker verglichen, der kreuz und quer von Traktorspuren zerpflügt war. Ein Teil davon war taufrisch und würde bald von Wind und Wetter verwischt werden. Andere hatten sich tief in den Schlamm gegraben und rutschige Wege gebildet. Mit den schweren Traktorreifen konnte man leicht in diese Spuren geraten und sich nur schwer wieder daraus befreien. Wenn sie in die richtige Richtung führten, war das ja kein Problem, dann konnte man einfach weiterfahren. Häufig endeten sie jedoch in Sackgassen oder erwiesen sich als Ringstraßen, die einen immer wieder an denselben, trostlosen Ausgangspunkt zurückführten. Im schlimmsten Fall, wenn der Regen auf einen herabpeitschte und den Acker in einen matschigen Brei verwandelte, konnten die Räder ganz steckenbleiben und sich so tief in den Dreck bohren, dass man nie wieder herauskam.

»Stellen Sie sich vor, diese Spuren wären Denkwege. Dann verstehen Sie bestimmt, was ich meine«, hatte sie gesagt.

»Aha!«, entfuhr es mir, weil ich tatsächlich ein Aha-Erlebnis hatte. Zum ersten Mal in meinem Leben verstand ich voll und ganz, was es eigentlich bedeutete, in eingefahrenen Bahnen zu denken. Vermutlich sagte das mehr über meine mangelnde Abstraktionsfähigkeit aus als über Karin Vallberg Torstenssons pädagogisches Geschick, aber damals trafen wir uns in einem Moment schönsten Einvernehmens und legten einen tollen gemeinsamen Start hin. Jetzt allerdings, nach sechs Treffen, hatte ich ehrlich gesagt eher das Gefühl, wir würden die meiste Zeit auf ausgetretenen Pfaden wandeln.

# KAPITEL 2

Diese KVT-Therapie war nicht von Anfang an meine Idee gewesen. Meine einundzwanzigjährige Tochter Linda war eines Tages bei ihrem monatlichen Besuch in meiner Junggesellenbude der Meinung gewesen, ich solle endlich »mein Leben in die Hand nehmen«. Wie üblich hatten wir zusammengesessen und Ben & Jerry's gegessen, unser gemeinsames Laster. Diesmal war es eine Sorte mit Schokoladenfischen, eine für mich neue Bekanntschaft in dieser niemals abebbenden Flut von ebenso süßen wie suchterzeugenden Kalorienbomben. Ich hatte gerade darüber gemeckert, dass ich nachts nicht ordentlich schlafen könne und anschließend eine Tirade über die mangelnde Solidarität in der heutigen Strebergesellschaft losgelassen, weil meine jüngeren Kollegen Jenny und Alexander in der Werbeagentur Östros & Vänner ständig Projekte an sich rissen, an denen ich eigentlich auch einmal beteiligt gewesen war. Beispielsweise eine Kampagne zur Mülltrennung, die ihnen eine Nominierung in der Rubrik »Beste Zeitungsannonce« beim Kommunikationspreis *Guldägget* eingebracht hatte. Es geschah ihnen nur recht, dass es bei der Nominierung geblieben war, sonst hätten diese Betrüger auch noch meine Lorbeeren eingeheimst!

»Verdammt noch mal, Papa! Solidarisch ist man mit den Schwachen, nicht mit schadenfrohen und neidzerfressenen Männern mittleren Alters. Ich dachte, Indien hätte dich verändert. Aber du bist ja noch genau derselbe alte Sauertopf, der auf alle schimpft, die noch nicht so verbittert sind wie du.«

Ich war Lindas Vorstöße schon gewohnt. Sie war wohl der einzige Mensch, der mir gegenüber brutal ehrlich sein konnte, ohne dass ich es ihm übel nahm. Ich lächelte ironisch und tat ihren Vorschlag, eine Therapie anzufangen, sofort ab. Aber sie ließ nicht locker.

»Komm schon, Papa. Wenigstens ein Versuch? Alle machen das heutzutage«, versicherte sie.

»Max auch?«, fragte ich erwartungsvoll.

Max war der neue Mann meiner Exfrau Mia. Oder was heißt neu. Inzwischen waren sie schon fast zehn Jahre zusammen, was zufällig genau der Zeitspanne entsprach, die vergangen war, seit Mia mich von heute auf morgen verlassen hatte. Und obwohl ich irgendwann über Mia hinweggekommen war, war ich noch lange nicht über Max hinweg. Meinen Rivalen mit der Teflonhaut, an dem nichts anderes haften blieb als Geld, Geld und noch mehr Geld. Schmutziges Geld. Dieser Unternehmensberater, der es sich gut bezahlen ließ, andere Leute arbeitslos zu machen. Dieser Handelsreisende des menschlichen Unglücks, der seinen Opfern gegenüber mitleidsvoll den Kopf schieflegen konnte, um schon in der nächsten Sekunde gegenüber dem Auftraggeber sein widerwärtiges Haifischlächeln aufblitzen zu lassen. Er war einer dieser Typen, dem in der Öffentlichkeit niemals versehentlich ein Furz entfleuchen würde, ein selbstzufriedener Lackaffe, der in seinem neuen Leasing-Audi von der Arbeit nach Hause raste.

Linda sah mich an, als wäre ich nicht ganz bei Trost.

»Max? Nein, Max doch nicht«, kicherte sie. »Aber Mama.«

»Mia geht zu einem Therapeuten?«

»Du klingst geradezu erfreut darüber.«

»Nein, nur erstaunt.«

»Da ist gar nichts dabei, Papa. In unserer Zeit besteht doch die halbe Bevölkerung aus menschlichen Wracks. Psychische Probleme zu haben, ist ganz normal. Und wenn man sie nicht hat, ist man erst recht krank im Kopf. Oder religiös oder irgendeine Art Supermensch. Entweder frisst man Pillen oder geht zur KVT-Therapie, das ist ganz normal.«

»Machst du auch eine Therapie?«

»Nein.«

»Und frisst auch keine Pillen?«

»Ich bin nicht normal und habe auch nicht vor, es zu werden.«

»Nimmt Max Medikamente?«

»Jetzt hör aber auf! Nein, Max doch nicht, er nimmt *selbstverständlich* keine Medikamente«, kicherte sie erneut, ehe sie mir auf ihrem iPhone die Anzeige einer privaten Praxis auf der Stora Nygatan zeigte, wo die KVT-Therapie verhältnismäßig günstig war.

Max war nicht krank im Kopf und meines Wissens auch nicht religiös. Also war er ein Supermensch, jedenfalls in Lindas Augen, und das schmerzte mich mehr, als ich zugeben wollte.

Ich zog die andere Alternative in Erwägung. Pillen fressen, das klang um einiges einfacher. Dann aber las ich auf der Informationsseite der schwedischen Gesundheitsbehörde etwas über die häufigsten Nebenwirkungen von Antidepressiva, woraufhin erst mein innerer Hypochonder geweckt wurde und dann der ebenfalls in mir schlummernde Gockel. »Erektionsstörungen.« Genauso gut hätte dort in Flammenschrift I-M-P-O-T-E-N-Z stehen können. Seit meinem Indienaufenthalt war ich sexuell nicht mehr aktiv gewesen, aber die Morgenlatte weckte mich nach wie vor jeden Tag, und auch wenn ich keinerlei zwischenmenschliche Verwendung dafür hatte, erinnerte mein Ständer mich doch daran, dass ich noch immer ein *tauglicher* Mann war.

Aus diesem Grund saß ich also an jenem Freitagnachmittag Anfang September bei Karin Vallberg Torstensson und versuchte, einen Sinn in diesem farblosen, öden und sexfreien Leben in Schweden zu finden.

»Ich kann Indien sozusagen nicht mehr aus meinem System löschen«, sagte ich zum ungefähr fünfunddreißigsten Mal im Laufe meiner bisherigen Behandlung, und jetzt seufzte sie unüberhörbar. Das war sicher völlig unprofessionell, aber ich konnte sie verstehen. Wenn ich KVT-Therapeut wäre, hätte ich mich auch nicht in Behandlung haben wollen.

»Normalerweise bin ich nicht so direkt, aber ich muss Sie trotzdem fragen«, sagte sie und zögerte kurz. »Warum sind Sie eigentlich überhaupt zu mir gekommen?«

»Wie meinen Sie das?«

»Haben Sie überhaupt ein Interesse daran weiterzukommen?«

»Sie meinen, mich aus der Traktorspur zu befreien?«

»Ganz genau.«

»Warum glauben Sie, dass es nicht so wäre?«

»Weil Sie es nicht einmal versuchen.«

»Aber ich möchte es wirklich.«

»Sicher?«

»Ja!«

Karin Vallberg Torstensson holte tief Luft und strich sich eine ihrer hübsch ergrauten Haarsträhnen hinters Ohr. In der Ferne ertönte ein Martinshorn. Ich sog den Duft ihres Parfüms ein, das eine schwache Zitrusnote hatte, und ließ meinen Blick in dem kleinem Raum umherschweifen, bis zu dem Schreibtisch, auf dem neben dem Computer auch ein geordneter Papierstapel und eine eingerahmte Fotografie von Frau Torstensson zusammen mit einem bebrillten Mann in meinem Alter zu finden waren. Sie lachten, umarmten einander und sahen in die Kamera. Dieser Mann war mit größter Wahrscheinlichkeit Herr Torstensson. Obwohl ich insgesamt mehr als sieben Stunden in diesem Zimmer verbracht hatte, bemerkte ich das Foto heute zum ersten Mal. Das bedeutete entweder, dass es erst seit Kurzem dort stand oder dass die Therapie erste Erfolge feierte. Denn so war es ja: Ich hatte innegehalten, den Duft inhaliert, den Geräuschen gelauscht, mich umgesehen, meine Umgebung wahrgenommen. Bedeutete das, dass ich auch präsent war?

»Okay. Wollen wir einen letzten Versuch unternehmen, Indien aus Ihrem System zu löschen?«

»Äääh …«

»WOLLEN WIR EINEN LETZTEN VERSUCH UNTERNEHMEN, INDIEN AUS IHREM SYSTEM ZU LÖSCHEN?«

Ich nickte.

»Dieser Yogi, von dem Sie immer sprechen. Warum würde er Ihr Problem denn Ihrer Meinung nach lösen können?«

»Weil er es beim letzten Mal auch getan hat.«

»Und er wird also heiraten, und Sie sind als Ehrengast zu seiner Hochzeit in Südindien eingeladen, die aus irgendeinem Grund verschoben wurde.«

»Wegen der Sterne«, erwiderte ich.

»Der Sterne?«

»Ja, die Hochzeit war zunächst für den 8. September geplant, aber weil man die Horoskope von Yogi und seiner künftigen Frau falsch berechnet hat, müssen sie erst geändert werden, bevor man ein neues Hochzeitsdatum festlegen kann. In Indien ist es wichtig, dass die Trauungszeremonie genau an dem Tag stattfindet, an dem die Sterne die richtige Himmelsposition haben.«

»Aha. Haben Sie denn Informationen darüber, wann das ungefähr der Fall sein wird?«

»Das wird sich wohl noch mindestens ein paar Monate hinziehen. Und dann werde ich mir wahrscheinlich nicht freinehmen können.«

»Und deshalb sind Sie niedergeschlagen?«

»Ja.«

»Haben Sie schon einmal daran gedacht, dass Yogi durch seine Hochzeit ziemlich beschäftigt sein wird? Und vielleicht nicht alle Zeit der Welt für Sie haben wird, wenn Sie in Indien sind?«

»Er ist nicht wie andere Menschen. Er ist wie Hanuman, nur als Mensch.«

»Hanuman?«

»Der Affengott, der Gott der Freundschaft und Loyalität.«

Karin Vallberg Torstensson wirkte ratlos. Rein therapeutisch gesehen waren wir wohl Lichtjahre von jener KVT-Therapie entfernt, für die sie Expertin war. Aber gleichzeitig war sie eine kluge Frau und sah offenbar ein, dass ich diese Rettungsleine zu diesem Zeitpunkt brauchte.

»Ich verstehe. Wollen wir nicht Folgendes sagen, Göran – dass wir ganz einfach den Lauf der Sterne am Firmament abwarten und das Hochzeitsdatum, zu dem sie uns führen. Es ist durchaus möglich, dass Sie sich dann auf Ihre Reise begeben werden. Aber bis dahin können Sie mit Ihrer Liste arbeiten. Hier und jetzt. Haben Sie sie dabei?«

Ich nickte erneut, zog das zusammengefaltete A4-Blatt aus der Innentasche meines braunen Cordsamt-Jacketts und öffnete es. Es war eine erbärmliche Liste. Vielleicht nicht in erster Linie wegen dem, was darauf stand, sondern eher wegen dem, was fehlte. Ich hatte die Aufgabe bekommen, zehn für mich wichtige Punkte und Ziele im Leben aufzuschreiben und sie danach zu ordnen, wie schwierig sie zu erreichen waren. Mir waren allerdings nur fünf eingefallen:

1. Liebe – eine Frau kennenzulernen, die man liebt und von der man geliebt wird. Oder wenigstens mit einer Frau auszugehen. Oder zumindest den Versuch zu unternehmen, mit einer Frau auszugehen.
2. Arbeit – die Lust und die Konzentration wiederzufinden, die ich anfangs hatte.
3. Familie – meine Kinder und meine Mutter regelmäßiger zu sehen.
4. Freunde – mehr Zeit mit anderen Menschen zu verbringen und mich nicht weiter zu isolieren. Den Leuten in die Augen zu schauen, wenn ich mit ihnen rede.
5. Sport – mich mehr zu bewegen, damit ich abends müde bin und ordentlich schlafen kann.

Karin Vallberg Torstensson hatte mir erklärt, dass meine Liste nicht wie ein Wunschzettel aussehen sollte, sondern eher wie ein Handlungsplan, der meinen Arbeitseinsatz erforderte. Und dass mir die Anstrengungen, die ich unternommen hätte, Freude und Nutzen bringen sollten, auch wenn ich meine Ziele nicht erreichte. Dass ich mit dem Augenblick wachsen und ihn bewahren sollte. Ungefähr so, wie es Tommy Svenssons geflügeltes Wort von der Fußball-WM 1994 ausdrückte: dass allein der Weg die Mühe wert gewesen sei. Ich weiß natürlich, dass er Karin Boye zitiert hat, aber seit jenem Tag bringe ich diesen bekannten Ausspruch unweigerlich mit ihm in Verbindung.

»Und, wie ist es Ihrer Meinung nach bisher gelaufen?«, fragte sie.

»Tja.«

»Sie wollten ja unten anfangen, mit dem Sport.«

»Ja, das habe ich in Angriff genommen. Ich lebe jetzt etwas gesünder.«

Es war eine Wahrheit mit vielen Abstufungen. Tatsächlich hatte ich einen ernsthaften Versuch unternommen, Sport zu treiben, allerdings hatte dieser, wenn ich ehrlich sein soll, in einer Katastrophe geendet. Mein Kumpel Erik Pettersson hatte mich zu einer Spinningstunde im Fitnessstudio am Parkmöllan mitgenommen. Es war anstrengend gewesen, und das war noch untertrieben. Zu den Klängen von Britney Spears und den frisch-fröhlichen Zurufen des Spinninglehrers strampelte ich auf mein zweites Nahtoderlebnis zu, nicht unähnlich jenem, das ich schon einmal auf einem Laufband in Neu-Delhi durchlitten hatte. Diesmal überschritt ich nicht meine Grenze, hörte keine Stimmen, hatte keine Halluzinationen und fing auch nicht an zu schwimmen, doch als ich alles überstanden hatte, war ich so zittrig, und meine Beine schmerzten so sehr, dass ich keine Lust mehr hatte, auf einen Abstecher in meiner Stammkneipe *Bullen* vorbeizuschauen und mit meinen Freunden aus dem Herrenclub noch ein Bier zu trinken (womit ich dann schnell auch noch den vierten Punkt auf meiner Liste hätte abhaken können). Zwei Fliegen mit einer Klappe zu schlagen, das war schon immer ganz nach meinem Geschmack gewesen.

Stattdessen musste ich ein Taxi nach Hause nehmen und blieb dort der Länge nach ausgestreckt auf dem Bett liegen, bis ich mit einem unbändigen Hunger aufwachte, der mich dazu trieb, sieben Toastscheiben mit Dosenananasringen und Cheddar zu belegen, im Ofen zu überbacken, sie zu verschlingen und mit zwei Bieren hinunterzuspülen. Anschließend war mein Magen so unruhig, dass ich die ganze Nacht kein Auge zutun konnte. Es war ein geradezu unschlagbares Beispiel für Kontraproduktivität: Zuerst hatte ich Energie verbraucht, daraufhin aber die fünffache Menge an Kalorien mit einem Schlag wieder aufgenommen, was letztlich meinen nächtlichen Schlaf verhinderte, der das eigentliche Ziel meines Projekts gewesen war.

»Aber es ist ja gut, dass Sie damit angefangen haben. Spinning, sagen Sie. Das ist ein sehr anstrengender Sport. Hatten Sie das Gefühl, dass Sie danach besser schlafen konnten?«

»Ja«, antwortete ich, und es war wohl auch typisch für mich, dass ich meine Therapeutin anlog. »Ich will damit weitermachen und das richtige Maß für mich finden. Mich allmählich steigern.«

»Das ist hervorragend. Sport wirkt sich sehr positiv auf das Wohlbefinden aus. Dann können Sie sich vielleicht auch langsam an den nächsten Vorsatz heranwagen, Ihre Freundschaften zu pflegen?«

»Auf jeden Fall. Ich habe ein paar alte Freunde, mit denen ich mich hin und wieder treffe, unser sogenannter Herrenclub. Das fällt mir wirklich schwer. Schon beim Gedanken daran, sie zu sehen, werde ich fast panisch. Aber ich bin fest entschlossen. Wenn ich es noch weiter hinausschiebe, wird es ja nicht einfacher.«

»So muss das klingen. Die Konfrontation suchen! Das ist der einzige Weg, die Angst loszuwerden. Dann ist das Ihre Aufgabe bis zu unserer nächsten Sitzung. Mit Ihren Freunden ein Bier trinken zu gehen.«

Die überwältigende Mehrheit der Männer in meinem Alter hätte über so eine Hausaufgabe gejubelt, aber mich bedrückte der Gedanke, um ehrlich zu sein. Ich hatte meine Freunde schon so lange nicht mehr gesehen und fürchtete nichts mehr, als vor ihnen das Gesicht zu verlieren. Meine Verletzbarkeit zu zeigen.

»Registrieren Sie, wie sich das anfühlt«, fuhr Karin fort. »Wann es Ihnen unangenehm wird und wie lange es dauert, bis dieses Gefühl wieder abflaut. Denn das wird nur der Fall sein, wenn Sie die Situation durchstehen, anstatt zu fliehen. Seien Sie präsent! Nehmen Sie alles um sich herum so neutral wie möglich wahr. Stufen Sie Ihr Unbehagen in unterschiedlichen Situationen auf einer Skala von 1 bis 100 ein.«

Karin Vallberg Torstensson hatte einen warmen Händedruck und einen wogenden Busen, an dem ich mich gern einmal ausgeweint hätte, vor einem knisternden Kaminfeuer, an einem kühlen Herbstabend, der sich in meiner Fantasie schnell zu einer feurigen Liebesnacht auf einem flauschigen Fell entwickelte. Ich war mir durchaus bewusst, dass ich mit dieser Unterleibsreflexion keineswegs feministische Pluspunkte einheimsen konnte, aber es ist nun einmal so, dass nicht wenige alte Knacker mit ihrem immer noch *tauglichen* Unterleib Altherrengedanken haben. Das ist sozusagen im Preis inbegriffen.

# KAPITEL 3

Eigentlich hat es mir immer gefallen, wie der September in den Herbst übergeht und dieser heuchlerische Sommer, der den Erwartungen doch nie gerecht wird, endlich einer ehrlicheren Jahreszeit weichen muss. Aber diesmal empfand ich nur Wehmut. Als mich die Leere im Frühjahr langsam, aber sicher umhüllte wie ein tückischer Nebel und von Schlaflosigkeit und existentiellen Grübeleien begleitet wurde, blieben mir immer noch die Reise nach Indien und Yogis Hochzeit als psychologischer Rettungsanker in einer nicht allzu fernen Zukunft. Als mein indischer Freund dann vor zwei Monaten anrief und mir auf seine typische, verschnörkelte Weise mitteilte, dass die Vermählung aufgrund »horoskopieller Umstände«, wie er es ausdrückte, verschoben werde und auch ich meinen Urlaub daher um einige Monate nach hinten verlegen müsse, war mir, als würde ich in ein tiefes, schwarzes Loch fallen.

»Aber mein lieber Mr Gora. Nun beweise doch noch ein wenig Geduld! Uns fehlen nur noch klitzekleine Justierungen im Angesicht der sternenbeschienenen Kraft göttlicher Weisheit. Außerdem ist es doch auch viel angenehmer für dich und deine Schweißdrüsen, wenn du im Winter nach Tamil Nadu kommst! Dann wird die strenge Sonne, die die unbarmherzige Schwüle des Monsuns verbreitet, in bester Gesellschaft der westlichen Winde sein, und vielleicht werden dann sogar ein paar erlösende, kühle Winterwassertropfen vom Himmel herabregnen.«

Ich erklärte Yogi, dass ich mir im November nur sehr schwer

freinehmen könne, weil vor dem Jahresabschluss immer sehr viel Arbeit anstand. Mein Urlaub war für September eingeplant, deshalb hatte ich auch im Sommer durchgearbeitet.

»Aber du musst zur Hochzeit kommen! Das ganze Dorf erwartet dich!«

»Das ganze Dorf? Ich dachte, ich komme zu dir in die Stadt?«

»Wir heiraten in der Stadt, aber meine hochverehrte Zukünftige und ihr überaus ehrwürdigster Vater wohnen in einem Dorf. Du kommst doch wohl? Sag bitte, dass du kommst, Mr Gora!«

Sein verzweifeltes Flehen brachte mich dazu, irgendetwas zu murmeln, dass sich sicher eine Lösung finden lasse, was Yogi mit seinem unbeirrbaren Optimismus natürlich als unwiderrufliches Ja interpretierte.

»Wunderbar, Mr Gora! Wir freuen uns alle ungeheuer auf deine Ankunft. Lakshmi natürlich, aber auch Amma!«

Darauf, Lakshmi Krishnamurti, die künftige Braut, kennenzulernen, hatte ich mich wirklich gefreut, während sich meine Vorfreude bezüglich Amma, Yogis cholerischer, rheumatischer und trotz der indischen Gluthitze ständig fröstelnder Mutter, der unverwechselbaren Mrs Thakur, sehr in Grenzen hielt. Aber das sagte ich meinem Freund natürlich nicht.

»Grüß deine Frau Mama sehr herzlich. Ich muss jetzt leider Schluss machen, es klingelt auf der anderen Leitung«, log ich. Anschließend hatte ich den ganzen Nachmittag über einen Kloß im Hals und starrte das leere Worddokument auf meinem Bildschirm an, ohne einen vernünftigen Satz zustande zu bringen. Ich sollte einen Text für eine Informationsbroschüre über Prostatavorsorge schreiben. Er dürfe gern ein wenig humorvoll sein, um dem Thema die Dramatik zu nehmen, hatte der Auftraggeber, das Gesundheitsamt der Region Schonen, gesagt. Ich weiß, viele können sich darüber amüsieren, aber ich persönlich habe noch nie verstanden, was komisch daran sein soll, wenn ein Arzt seinen behandschuhten Finger in den Hintern eines schreckerfüllten Mannes mittleren Alters steckt. Diesen Auftrag hatte ich von Anfang an als äußerst unangenehm, ja sogar furchteinflößend empfunden. Und nach dem Telefonat mit Yogi erschien er mir schier unmöglich zu bewältigen.

Dass eine innere Leere so wehtun konnte, war eine neue und schmerzliche Erfahrung für mich. Früher hatte ich mein Gefühl der Unlust und der Benachteiligung immer an äußeren Gegebenheiten festgemacht: an Mias Verrat, meinem langweiligen Job, dem schlechten Gehalt, der abwesenden Mutter, den intriganten Kollegen und dummen Chefs, dem schmerzenden Rücken. Einen Teil dieser Umstände gab es in meinem Leben noch immer, aber mehr als alles andere quälte mich diese eisige Leere. Wie oft hatte ich verächtlich über all diese Suchenden und religiösen Philosophen geschnaubt, die den Sinn des Lebens finden wollten? Wenn es nun einmal keinen Sinn gab, wie sollte man ihn dann vermissen? War der Zug für mich abgefahren? Hatte ich die Chance auf ein Leben mit einer tieferen Bedeutung vertan und war deshalb bis in alle Ewigkeit in den trostlosen Limbus der Grübler verdammt?

Über so etwas sinnierte ich in meinen einsamen Stunden, die immer häufiger wurden. Karin Vallberg Torstensson hatte wirklich recht. Auch wenn es mich Überwindung kostete, meine Isolation zu durchbrechen: Ich musste den Kontakt zu meinen Freunden suchen.

Als zusätzlichen Anstoß bekam ich am darauffolgenden Sonntag einen Anruf. Es war Bror Landin, das eindeutig mürrischste Mitglied unserer Herrenrunde, der vorschlug, am Montag ein gemeinsames Mittagessen einzunehmen.

»Wir haben uns ja schon lange nicht mehr gesehen. Wir könnten ins Restaurant *Sture* gehen. Deren Kalbsfrikadellen sind beinahe genießbar«, sagte er.

Was bedeutete, dass die Kalbsfrikadellen im *Sture* hervorragend waren, so viel hatte ich nach mehreren Jahren Erfahrung im Entschlüsseln der brorlandinischen Sprache begriffen. Er war nie zufrieden, was ihn in Anbetracht meines Zustands zu einem passenden Sprungbrett in die soziale Gemeinschaft machte. Bei der KVT-Behandlung fängt man schließlich immer mit dem niedrigsten Schwierigkeitsgrad an, um sich auf der Liste der Herausforderungen nach oben zu arbeiten.

Für psychologisch anspruchsvolle Konfrontationen war ich noch nicht bereit, und die würden mir mit dem guten Bror garantiert erspart bleiben. Und trotzdem provozierte mich sein negatives Auftreten nicht, weil es bei ihm ja der Normalzustand war. Ich hatte noch nie erlebt, dass er sich ausnahmslos positiv über jemanden oder etwas äußerte. Mindestens einen Einwand hatte er immer, und das schenkte mir eine gewisse Geborgenheit. Im Vergleich zu ihm kam ich mir fast lebensbejahend vor.

Neben seiner unerschütterlichen kritischen Einstellung, aus der er in seiner Eigenschaft als freiberuflicher Film- und Theaterkritiker großen Nutzen zog, hatte er sich auch auf das Erzählen von Witzen spezialisiert. Das mochte wie eine widersprüchliche Kombination klingen, aber Bror Landins Humor war so hundsgemein, dass er in Wirklichkeit perfekt zu seiner freudlosen Erscheinung passte.

»Wie siehst du überhaupt aus?«

Mit diesen Worten begrüßte er mich. Das Restaurant auf der Östergatan mit der Holzvertäfelung, der sanften Beleuchtung und dem ordentlich gekleideten Personal war gut besucht, Stimmengewirr mischte sich mit Geschirrgeklapper. Als Teil meines

KVT-Trainings war ich von meinem Büro aus dort hingeradelt und deshalb offenbar ein wenig zerzaust.

»Jetzt stürmt es nicht nur, sondern hat zu allem Überfluss auch noch zu regnen angefangen«, sagte ich entschuldigend und wischte mir mit der nassen Hand über das nasse Gesicht. Von meiner Nasenspitze tropfte mit Regenwasser verdünnter Schnodder.

»Ja, du hättest wohl besser ein Taxi genommen«, sagte Landin mit verzogenem Gesicht und reichte mir eine Serviette. »Aber eigentlich meinte ich eher deine Frisur. Seit wann trägst du wieder einen Pferdeschwanz?«

Der Pferdeschwanz, mein persönlicher Schnuffeltuchersatz von der späten Jugend bis in die frühen Vierziger, war wieder da. Und das nach fast einem Jahrzehnt, in dem ich die kulturszenentauglichere Haar-hinters-Ohr-Frisur getragen hatte, zu der mich Mia damals überredet hatte. Dass ich jetzt wieder einen kleinen Zopf im Nacken trug, hätte man also als Statement auffassen können. Als würde ich zu meiner inneren Stimme und eigentlichen Persönlichkeit zurückfinden oder irgendetwas in der Art. Leider war meine Erklärung bedeutend profaner: Ich hatte ganz einfach nicht die Energie gehabt, mich zu meiner Friseurin Cissi zu bequemen, damit diese meine gespaltenen Spitzen pflegte, und fand außerdem, dass sie im zusammengebundenen Zustand einen besseren Eindruck machten als im freien Fall. Cissi hatte für mich lange die Rolle einer Psychologin übernommen, obwohl ihr Heilmittel vor allem aus mehr oder weniger fundiertem Tratsch bestand. Nachdem ich nun eine richtige Therapeutin hatte, an die ich mich anlehnen konnte, hatte Cissi ihre wichtigste Funktion verloren.

»Ach, das ist nur vorübergehend. Ich werde sie bald abschneiden lassen«, sagte ich zu Bror, ehe ich mich in die Leinenserviette schnäuzte und ihm gegenüber Platz nahm.

»Bist du jetzt etwa ein Konservativer?«

»Wie kommst du denn darauf?«

»Du siehst ein bisschen aus wie unser Finanzminister Anders Borg. Wenn ich es mir recht überlege, ähnelst du aber noch viel mehr Gösta Ekman in seinem neuen Film«, sagte er.

»Ich war schon lange nicht mehr im Kino, den Film habe ich nicht gesehen.«

»Sei froh! Er spielt darin einen lächerlichen alternden Mann mit Pferdeschwanz und beginnender Glatze.«

»Na vielen Dank«, erwiderte ich.

»Du nimmst mir das doch nicht übel, oder?«, fuhr Landin fort. »Ich meine, wir reden hier ja nur von ein paar Haarsträhnen über einem Schädel. Aber das Thema Pferdeschwanz und Glatze ist schon interessant. Vor nicht allzu langer Zeit habe ich einen deutschen Artikel darüber gelesen. Da wurde auf eine Studie verwiesen, die bei Männern einen geradezu unheimlichen Zusammenhang zwischen Pferdeschwänzen und Glatze nachweisen konnte. Das ist die moderne Variante der Robin-Hood-Frise.«

Diesen Witz kannte ich schon, weil er zu seinem festen Repertoire der abgegriffenen Kalauer gehörte.

»Du weißt schon, man nimmt die langen Strähnen und kämmt sie über die Glatze. Von den Reichen nehmen und es den Armen geben.«

Bror lachte nie selbst über seine miserablen Scherze, was bedeutete, dass man ebenfalls mit neutraler Miene darauf reagieren durfte, ohne dass es unangenehm wurde. Ihm war es lediglich wichtig, den Zyniker zu spielen, und er arbeitete so hart daran, dieses Image aufrechtzuerhalten, dass er mitunter wie eine Parodie seiner selbst wirkte.

»Aber ich habe doch gar keine Glatze. Nur einen hohen Haaransatz«, sagte ich.

»So kann man es auch ausdrücken.«

Bror war ein magerer, fast schon anorektisch anmutender Mann mit dem markantesten Adamsapfel von ganz Malmö. Wenn er redete und schluckte, hüpfte dieser auf und ab wie ein außerirdischer Schmarotzer, der alle Nährstoffe aus ihm gesaugt hatte und jetzt so groß war, dass er hinauswollte. Einmal hatte ich eine Bemerkung darüber fallen lassen – in einem Versuch, ihm all die Spitzen zurückzugeben, die er mir gegenüber all die Jahre hindurch gebracht hatte. Das resultierte allerdings nur in einem extrem langen und ermüdenden Vortrag über Sigourney Weavers vollkommen überschätzte schauspielerische Leistung in der vollkommen übertriebenen *Alien*-Tetralogie des vollkommen überbewerteten Regisseurs Ridley Scott. Diesen Fehler wollte ich also keinesfalls wiederholen.

Es mag der Eindruck entstehen, dass ich Bror Landin nicht ausstehen kann und ihn durch und durch überheblich und unsympathisch finde. Aber so war es ganz und gar nicht. Ich wusste, dass er Vorsitzender in einer Amnesty-Ortsgruppe war, regelmäßig für einen Verein zum Schutz obdachloser Frauen spendete, von seinen Enkeln innig geliebt wurde und ihnen viel Zeit widmete. Die Gemeinheiten und Sticheleien waren reine Reflexe. Ich bin mir fast sicher, dass er mich mochte. Jedenfalls war er derjenige meiner Freunde, der sich am häufigsten meldete, und wenn wir zu Mittag aßen, lud er mich stets ein.

Trotz alledem konnte ich Landin bei Weitem nicht als spirituell bereichernde Gesellschaft bezeichnen. Wenn das Essen vorüber war und er, ohne eine Miene zu verziehen, seinen letzten Kritiker-Erguss vorgelesen hatte, in dem er kein gutes Haar an einer Provinz-Revue in Gislövs läge gelassen hatte, kam ich mir in mehrerlei Hinsicht übersättigt vor. Aber ich hatte eine sehr gute Kalbsfrikadelle gegessen, meinen sozialen Test ohne Panik überstanden und fühlte mich insgesamt ein klitzekleines bisschen besser.

»Kommst du morgen ins *Bullen*?«, fragte er, als wir auf die Straße traten und von einer wärmenden Septembersonne begrüßt wurden, die die Regenwolken in die Flucht geschlagen hatte.

»Ich weiß nicht.«

»Ich auch nicht. Ich habe gehört, dass Rogge Gudmundsson irgendeinen neuen Kerl mitbringen will, und halte das für groben Unfug. Das zerstört doch das ganze Konzept unseres Herrenclubs als exklusive und traditionsreiche Einrichtung, wenn plötzlich jeder Dahergelaufene aufgenommen wird.«

Ich hätte nie gedacht, dass Bror Landin unseren Herrenclub als eine exklusive und traditionsreiche Einrichtung betrachtete. Aber vielleicht war auch das wieder nur einer seiner schlechten Scherze.

# KAPITEL 4

Als der Dienstagabend kam, machte ich dennoch Nägel mit Köpfen und begab mich auf den Weg ins *Bullen* auf der Storgatan, das zu Fuß höchstens drei Minuten von meiner Wohnung am Davidshallstorg entfernt lag. Mit Ausnahme der selbstgewählten Isolation in der letzten Zeit war ich dort seit Jahren ein so häufiger Gast, dass ich zweifellos schon zum Inventar zählte. Meistens war ich nur hierhergekommen, um mir einen angenehmen Schwips anzutrinken und ein paar Stunden totzuschlagen. Doch auch einige der wichtigsten Ereignisse und Entscheidungen meines Lebens hatten ihren Anfang im *Bullen* genommen, wie als Erik mich überredete, ihn nach Indien zu begleiten. Jedenfalls fühlte ich mich dort heimisch.

Was gab es also Besseres, als mein soziales Training im Einklang mit dem KVT-Prinzip der schrittweisen Konfrontation in einer so vertrauten Umgebung fortzusetzen?

Allerdings ging ich nicht nur ins *Bullen*, um meine Genesung voranzutreiben, sondern mindestens genauso sehr, um Karin Vallberg Torstenssons Erwartungen zu erfüllen. Ich wollte sie ganz einfach nicht enttäuschen. Bestimmt brauchte sie wie alle strebsamen Berufsmenschen hin und wieder ein wenig Bestätigung; kleine, flackernde Zeichen dafür, dass die Behandlung, durch die sie mich begleitete, auch zielführend war und nicht in ihren matschigen Traktorspuren feststeckte. Das war ich ihr nach meinem schwachen Einstand als Patient wohl schuldig.

Im *Bullen* hatte sich nichts verändert, was ich auch nicht erwartet hatte. Das gleiche vertraute Stimmengewirr und die gleichen erwartungsvoll flirtenden Blicke am Tresen wie in den 1970er Jahren, als ich dort hinzugehen begann. Zum Teil waren es sogar dieselben Menschen, die diese Blicke wechselten. Sie waren lediglich ein paar Jahrzehnte älter geworden und hatten sich von prallen Tulpenknospen in verblühte Hyazinthen verwandelt.

Das traf besonders auf Peter Tamm zu, einen lokalen Musiker und Autor, der sich im Sturmschritt dem Rentenalter näherte, aber nach einigen Rationen seines täglichen Bourbon erlag er stets dem Irrglauben, noch immer zu Malmös bedeutsamsten und vor allem auch attraktivsten männlichen Kulturgrößen zu gehören. Da spielte es auch keine Rolle, dass fast ein halbes Jahrhundert vergangen war, seit er im Jahr 1967 mit Jimi Hendrix nach dessen Gig im Club Bongo in der Friisgatan Jack Daniel's getrunken und dass er seit fast zwanzig Jahren keinen Verlag mehr für seine Bücher gefunden hatte.

Der Sexappeal, den er als junger und verwegener Rockstar zweifelsohne besessen hatte, reichte inzwischen höchstens noch dazu aus, eine betagte Rotweintrinkerin zu beeindrucken. Was Peter Tamm jedoch nicht daran hinderte, sein Glück auch bei den jüngeren Damen zu versuchen, die sich hin und wieder ins *Bullen* verirrten.

Just an diesem Dienstagabend waren es gleich mehrere, eine Gruppe kichernder Mädchen auf Junggesellinnenabschied. Die werdende Braut, standesgemäß mit Plastikdiadem bekleidet, trug das ebenso typische Schild »1 Kuss 10 Kronen« um den Hals.

»Du bist so süß, dass ich dich auch für einen Fünfer küssen würde«, hörte ich Peter Tamm lallen, während er seine weiße, nach wie vor volle Mähne schüttelte und ein nikotingelbes

Lächeln in seinem geröteten Gesicht aufblitzen ließ. Selbst als Balzgehabe war dieser Gestus mehr als lächerlich.

Als die jungen Frauen dann auch in höhnisches Gelächter ausbrachen und die werdende Braut übertrieben die Lippen schürzte, wich er zurück und hob die Hände zu einer abwehrenden Geste.

»Erst das Geld.«

Mit nur einem Hauch Selbstironie wäre das tatsächlich witzig gewesen. Aber da ich ahnte, dass Peter Tamm tatsächlich glaubte, die werdende Braut, oder besser noch eine ihrer hoffentlich unverheirateten Freundinnen, bezirzen zu können, spürte ich, wie sich meine Wangen allmählich röteten. Auch das zählte zu meinen sozialen Handicaps – dass ich mich so schnell für andere schämte. Als wären die eigenen Peinlichkeiten nicht schon schlimm genug.

Ich nickte ihm kurz zu, doch er beachtete mich gar nicht. Ich dachte an Karin Vallberg Torstenssons Anweisung, mein Unbehagen auf einer Skala von 1 bis 100 einzustufen, und als der Großteil des übrigen Herrenclubs einige Minuten später gesammelt zur Tür hereinkam, war ich bei sagenhaften 95 angekommen. Erik Pettersson, der geheime Anführer unserer Runde, musste meine Lage erahnt haben, denn er zwinkerte mir kurz zu, legte seinen Arm um meine Schulter und führte mich mit den anderen im Schlepptau zu unserem Stammtisch. Ich setzte mich in die hinterste Ecke und versuchte, mich ganz klein zu machen. Mit dem spindeldürren Bror Landin zu meiner einen Seite und dem feisten Kolumnisten Richard Zetterström zur anderen stellte sich schließlich ein gewisses Gleichgewicht ein. Mein Puls sank, und ich schätzte mein Unbehagen auf zu bewältigende 50 ein.

In diesem leichten Anflug von sozialer Phobie war es Glück

im Unglück, einen so extrovertierten Charakter wie Erik dabeizuhaben. Wie immer zog er nämlich die meiste Aufmerksamkeit auf sich, weshalb ich mich zurücklehnen konnte und nur hier und da etwas einwarf. Erik redete ununterbrochen von seinem letzten Einsatz als Reiseleiter auf einem Kreuzfahrtschiff in der Karibik und dem reichlichen Trinkgeld, das sein spezieller Service für eine etwas betagte, aber nach wie vor attraktive amerikanische Witwe ihm eingebracht hatte.

»Hast du dich der Prostitution hingegeben?«, fragte Bror, woraufhin Erik ihn mit einem aufgesetzt strengen Blick bedachte und rief: »Warum musst du immer so vulgär sein? Hast du noch nie etwas von Gefallen und Gegengefallen gehört? Win-win?«

Wir anderen lachten einmütig, wie immer, wenn er eines seiner Win-win-Beispiele brachte. Gäbe es im *Bullen* einen Altherrenwitzanzeiger, hätte er in diesem Moment garantiert voll ausgeschlagen. Mein Unbehagen auf der KVT-Skala sank dagegen auf 30, und ich war Erik insgeheim dankbar.

Dabei war mein Verhältnis zu ihm nicht immer unkompliziert gewesen. In unserer Jugend hatten wir gemeinsam in der ehrgeizigen, aber nicht ganz treffsicheren Rockband Twins gespielt – er als charismatischer Sänger und Gitarrist und ich als schlagkräftiger, aber anonymer Drummer im Hintergrund. Damals hatte er mir Mia ausgespannt. Zwar waren wir zu diesem Zeitpunkt noch nicht verheiratet gewesen, aber dennoch. Als sie später wieder zu mir zurückkehrte, hatte Erik längst mit ihr Schluss gemacht.

Erik war der ewige Junggeselle, ein unverbesserlicher Frauenheld mit Talenten, die ich nicht durchschaute. Alles, was Peter Tamm inzwischen vermissen ließ, hatte Erik nicht nur bis ins Alter bewahrt, sondern sogar noch veredelt. Schon optisch war er ein unwiderstehlicher Fang mit seinem sehnigen, muskulösen

Körper, seinem markanten Gesicht und seiner Haarpracht, deren helle Farbe und Fülle über die Jahre erhalten geblieben waren. Hinzu kamen seine beneidenswert unbekümmerte Lebenseinstellung, sein beinahe jugendlicher Lebenswandel als flirtender Reiseleiter und Aushilfsmusiklehrer sowie seine Fähigkeit, eine Frau mit seinen tiefblauen Augen derart festzunageln, dass sie wirklich glaubte, sie wäre so unwiderstehlich, wie dieser Blick ihr glauben machen wollte.

Erik war ein begnadeter Eroberer. Gleichzeitig war er auch eine Killermaschine, denn nahezu sämtliche seiner bisherigen Beziehungen hatten damit geendet, dass er sich irgendwann langweilte und der Frau das Herz brach. Nur während unseres gemeinsamen Indienaufenthalts war Erik ein einziges Mal selbst sitzengelassen worden. Damals hatte ihn eine hübsche, sonnengebräunte und pseudospirituelle schwedische Yoga- und Meditationstouristin Mitte dreißig für einen rundlichen Guru verlassen. Eine aufsehenerregende Niederlage, die Eriks Selbstvertrauen vorübergehend ernstlich geschwächt hatte, doch als er sich nach einigen Monaten von der ungewohnten Erfahrung des Verlassenwerdens erholt und eingesehen hatte, dass ihn eigentlich nur das deprimiert hatte und nicht die eingebildete Verliebtheit in Josefin, war er wieder in seiner alten Spur, die ihn, um in der Symbolsprache meiner geschätzten Therapeutin zu bleiben, geradewegs zum Ziel führte.

# KAPITEL 5

Der Abend im *Bullen* ging weiter wie üblich, im Mittelpunkt standen Erik und ein stetiger, aber doch kontrollierter Rotweinkonsum. Es war ganz nett, viel mehr aber auch nicht, bis Rogge Gudmundsson, ehemaliger Kommunist, heute Börsenmakler, endlich auftauchte, gut eine halbe Stunde verspätet und in Begleitung eines groß gewachsenen Mannes mit einem gepflegten, grau gesprenkelten Bart.

»Tut mir leid, aber bei der Arbeit war wieder so viel zu tun. Das ist Sven Grip, von dem ich euch schon erzählt habe«, sagte Rogge und stellte den Neuankömmling vor.

Alle begrüßten ihn, sogar Bror, wenn auch etwas widerwillig. Sven Grip hatte einen festen Händedruck und einen offenen, neugierigen Blick. Etwas an seiner Erscheinung sprach mich sofort an. In der ersten halben Stunde war er höflich und zurückhaltend, wurde im Laufe des Abends jedoch gesprächiger, ohne sich dabei unangenehm hervorzutun. Dass er mitunter ein wenig polternd wirkte, stand ihm eher gut zu Gesicht und nahm nie überhand. Mühelos wechselte er zwischen anspruchsvollen und leichten Themen und hörte dem, was andere zu sagen hatten, interessiert zu. Sven Grip machte ganz einfach den Eindruck, ein natürlicher, sympathischer Mann ohne übertriebene Eigenarten zu sein.

Wenn er mich fragte, ob ich dem Aroma des Trappistenbiers Chimay, das er sich soeben bestellt hatte, auch so viel abgewinnen könne, klang er dabei keineswegs wie ein Biersnob, der mit seinen Kenntnissen prahlen wollte.

»Ich weiß nicht, um ehrlich zu sein, habe ich es noch nie probiert«, antwortete ich.

»Dann wird es höchste Zeit«, sagte er freundlich und reichte mir sein Glas.

Ich nahm einen Schluck und wurde von einem mächtigen Gefühl überwältigt. Wenn man Geschmackserlebnisse mit religiösen Offenbarungen vergleichen konnte, war dies ein heiliger Moment. Ich glaube, es gibt bestimmte Geschmacksrichtungen, die eigens für die Gaumen bestimmter Menschen geschaffen sind, und dass etwas ganz Spezielles entsteht, wenn sich diese beiden irgendwann begegnen. Es ist so, als wollte man ausrufen: »Wo bist du mein ganzes Leben lang gewesen?!«

Der süßliche und zugleich zartbittere Geschmack des Chimay passte perfekt zu mir. Und Sven Grip zum Donnerwetter noch mal auch! Die Chemie zwischen uns schien bis ins kleinste Molekül zu stimmen. Wir liebten die Fernsehserie *Modern Family* mit dergleichen Inbrunst, mit der wir *Two and a Half Men* verabscheuten. Wir führten beide einen aussichtslosen Kampf gegen unsere überflüssigen Pfunde und hatten eine ungesunde Vorliebe für Hamburger mit allen Extrabeilagen. Sven Grip war genau wie ich der Meinung, dass die dänischen Jazzsängerinnen ihren schwedischen Kolleginnen überlegen waren. Und genauso wenig wie ich konnte er begreifen, warum die Gleichstellungsdebatte immer so furchtbar vorhersehbar geführt wurde, warum der Mann mittleren Alters offenbar zum Abschuss freigegeben war und warum männliche Schriftsteller auf Autorenfotos fast ausnahmslos einen Schal tragen mussten.

Wir tranken unser Chimay und diskutierten alles Mögliche, ohne uns dabei groß von unserer Umgebung ablenken zu lassen. Er war Zahnarzt mit eigener Praxis, so hatte er auch Rogge kennengelernt, der als Patient zu ihm gekommen war. Als der

Abend unweigerlich auf sein Ende zuging und die meisten anderen vom Tisch aufstanden, um das Lokal zu verlassen oder zur Bar zu wechseln, blieben Sven Grip und ich sitzen. Inzwischen war unser Gespräch auf den Malmö FF gekommen, und natürlich war er genau wie ich ein großer Fan. Wir schwärmten von den alten Glanzzeiten in den Siebziger- und Achtzigerjahren. Von Bosse Larsson und Krister Kristensson, Ingemar Erlandsson und Puskas Ljungberg. Und von Roy Andersson natürlich, dem Mittelfeldspieler mit Oberschenkeln wie Betonpfeilern.

»Kannst du dich noch an die Rufe aus dem Publikum erinnern, wenn er den Ball hatte? Roooooy, Rooooooy, Rooooooy!«

»So was vergisst man nicht! Wie viele Freistöße hat er eigentlich verwandelt?«

»Nicht besonders viele, wenn ich mich recht entsinne. Die meisten hat er gegen die Latte gehämmert oder bis ins All geschossen. Aber irgendwie hatte Roy Andersson etwas Besonderes an sich. Er war einfach nur ein Mann, der gut schießen konnte und nie klein beigab. Das sieht man ja auch an seinen beiden Jungs, dass die Gene weitervererbt wurden«, antwortete ich.

Sven Grip lächelte und schenkte mir ein wenig Chimay nach.

»Der Viertelfinalsieg über Wisla Kraków im Europacup 1979 im alten Stadion zählt nach wie vor zu meinen besten Fußballerinnerungen«, sagte er. »Die halb leeren Ränge, der hoffnungslose Rückstand, und dann diese einzigartige Kehrtwende! Ich bekomme immer noch eine Gänsehaut, wenn ich daran denke.«

»Genauso geht es mir auch!«, rief ich aus. »Das waren noch Zeiten, als wir eine richtig große Nummer in Europa waren.«

Sven Grip nickte nachdenklich und strich sich über den Bart. Ich glaubte zu sehen, dass seine Augen ebenfalls glänzten.

Mit meinem neuen Seelenverwandten diskutierte ich noch ein

wenig über die aktuelle Situation unseres Clubs. Meine Hoffnungen auf die Meisterschaft hatte ich allerdings schon vor geraumer Zeit abgetan.

»Ich glaube, du täuschst dich, Göran.«

Eigentlich kann ich es nicht ausstehen, wenn mich taufrische Bekannte so vertraulich beim Vornamen nennen, aber in Sven Grips Fall sah ich mit einem warmen Gefühl in der Brust darüber hinweg.

»Ich bin mir fast sicher, dass wir dieses Jahr den Pokal holen«, fuhr er fort und sah mich dermaßen überzeugt an, dass ich ihm tatsächlich glaubte.

Drüben an der Bar unterhielt Erik sich eingehend mit einem übrig gebliebenen Mädchen aus der Junggesellinnengang. Innerhalb weniger Minuten hatte sich der Abstand zwischen den Lippen der beiden beträchtlich verringert, und es schien nur noch eine Frage der Zeit zu sein, bis sie Körperflüssigkeiten austauschten.

Am anderen Ende der Bar spielte sich ein ganz anderes Drama ab. Dort hatte ein einsamer Peter Tamm eindeutig Schwierigkeiten, das Gleichgewicht zu halten. Wohlgemerkt sitzend, nicht stehend.

»Wollen wir uns nicht morgen Abend zusammen das Spiel gegen Helsingborg ansehen?«, fragte Sven Grip.

»Das wäre wirklich großartig, aber das Spiel ist doch schon seit Monaten ausverkauft.«

»Weiß ich doch. Aber ich habe zwei Tickets! Und der Kumpel, mit dem ich eigentlich hingehen wollte, kann nicht. Hast du Lust einzuspringen?«

»Ob ich Lust habe?! Was bin ich dir denn schuldig?«

»Ach Quatsch, du bist eingeladen. Allerdings ist es nur ein Stehplatz. Ich hoffe, du hast nichts dagegen.«

Sven Grip zog die Augenbrauen subtil nach oben, als würde er für eine Sekunde an mir zweifeln.

Ich grinste breit.

»Machst du Witze? Ich bin immer auf der Stehtribüne!«

»Ich auch. Die Nordkurve ist mein zweites Zuhause!«

Seine Worte waren fast zu schön, um wahr zu sein. Diese völlige Übereinstimmung! Er war ein Stehplatzer, ein richtiger Stehplatzer! Noch vor drei Stunden hatte ich nicht gewusst, wer Sven Grip war. Jetzt saßen wir hier und plauderten wie zwei unzertrennliche Freunde vor dem brennend heißen Derby, und noch dazu hatte ich plötzlich eine Karte für das Spiel. Ich machte einen schnellen KVT-Überschlag meines Unbehagens und staunte. Aber es war tatsächlich so: Der Zeiger stoppte bei einer bescheidenen 10.

# KAPITEL 6

Ich war mir durchaus bewusst, dass ein neuer Freund mit grau meliertem Bart und ein Spitzenspiel der Allsvenskan nicht ausreichten, um mich aus meinen rutschigen Traktorspuren zu befreien. Aber ich hatte mich nach beendeter Arbeit schon lange nicht mehr so zufrieden gefühlt wie an jenem Mittwoch, als ich den Computer ausschaltete und meinen hellblauen MFF-Pullover mit den verwaschenen Spielerautogrammen aus dem Jahr 2004 über meinen schwarzen Rollkragenpullover zog.

»Jetzt kannst du sie zu einem richtig fetten Sieg anfeuern. Viel Glück!«, rief mir mein Kollege Alexander zu, lächelte mich an und hob den Daumen, als ich auf dem Weg aus dem Büro an ihm vorbeilief.

»Ich werde mein Bestes tun«, antwortete ich beinahe entschuldigend, band mir den MFF-Schal um den Hals und wunderte mich, warum ich diesem jungen Mann gegenüber so negativ eingestellt gewesen war. Er war doch nur ein ehrgeiziger Art Director, der mir nichts Böses wollte. Das galt bei eingehenderem Nachdenken auch für Jenny, die übereifrige, aber auch sehr talentierte Webdesignerin, die zugleich auch Büroleiterin war. Ich hatte mich fürchterlich über sie geärgert, seit sie sich zu der Bemerkung erdreistet hatte, ich würde zu altmodisch schreiben. Damals hatte ich Worte wie »immerdar« und »zuweilen« erbittert verteidigt. Jetzt erschienen sie mir nicht nur schrecklich verstaubt, nein, sie waren geradezu ein Hohn gegenüber allem, was sich funktionale Sprache nannte.

Meine Tochter Linda hatte recht gehabt. Ich hatte zugelassen, dass Geltungsdrang, Bitterkeit und Selbstmitleid langsam, aber sicher wieder von meiner Person Besitz ergriffen hatten. Es war höchste Zeit, diesen traurigen Trend zu durchbrechen und wieder zu neuer Freude und Zuversicht zu finden.

Im *Ölkaféet* am Möllevångstorg, wo ich mich mit Sven zum Aufwärmen getroffen hatte, war die Stimmung bereits zwei Stunden vor dem Anpfiff erwartungsfroh feindselig.

»Hassen, hassen Helsingborg!«, skandierte ein glatzköpfiger, heftig tätowierter Mann in den Vierzigern, dessen weißes T-Shirt über seiner gigantischen Wampe spannte wie der Silagekunststoff über einem gepressten Heuballen. Innerhalb kürzester Zeit hatte er Verstärkung von einer großen Gruppe ebenfalls grölender und bereits merklich betrunkener MFF-Fans an den übrigen Tischen im Freien. Eine Batterie kraftvoller Böller explodierte auf der Straße, und die Rauchschwaden mischten sich mit noch hasserfüllteren Parolen gegen Helsingborg, ehe sich am Ende alle auf die schwülstige MFF-Hymne einigten: »Oh, wir lieben den Malmö FF, ja, wir brennen für unsere Mannschaft! Und unter den himmelblauen Wolken schöpfen wir immer neue Kraft!«

Sven und ich wechselten einen einvernehmlichen Blick. Ein Blick, der keinen Zweifel daran ließ, dass wir uns niemals zu vulgären Hasstiraden oder Handgreiflichkeiten würden hinreißen lassen und nur aus Solidarität mit dem Verein in die pathetische Huldigung einstimmten. Aber dass wir durchaus ein klitzekleines bisschen von der testosterongeschwängerten Aggression mitgerissen wurden. Natürlich ist das für intelligente Menschen nur schwer nachvollziehbar, und es gibt auch keine vernünftige Rechtfertigung dafür. Aus diesem Grund verbargen wir unsere

Gefühle hinter mehr oder weniger gelungenen Versuchen, unsere eigene Erregung zu dämpfen und als halbwegs geistreich dazustehen.

»Hassen ist ein völlig falsches Wort«, sagte Sven Grip. »Ich habe lediglich Mitleid mit Helsingborg. Ich kann mir nur schwer eine langweiligere Stadt mit beschränkteren und nichtssagenderen Einwohnern vorstellen.«

Oh, diese Übereinstimmung! Es war schon fast unheimlich.

»Eine Stadt, deren führende Zeitung einen Feuilletonchef hat, der einen Vokuhila und noch dazu einen Hut darüber trägt, kann man doch niemals ernst nehmen!«, ereiferte ich mich. Im selben Moment begriff ich, dass ausgerechnet ich es mir nicht leisten konnte, andere nach ihrer Frisur zu beurteilen, und Sven genau dasselbe dachte. Aber er verstand wie gesagt etwas von Timing, lachte nur kurz und brachte einen neuen Helsingborgwitz, der eigentlich noch viel schlimmer war als meiner.

»Hast du schon von dem alten MFF-Fan gehört, der auf dem Sterbebett lag?«

»Nein.«

»Er hat seinen Angehörigen um einen letzten Wunsch gebeten, nämlich stattdessen Mitglied beim Helsingborg IF zu werden. Sie fanden das sehr merkwürdig, kamen seiner Bitte aber trotzdem nach. Als er seine neue Mitgliedskarte erhalten hatte, legte sich eine Ruhe über das Gesicht des Mannes, und er sprach seine letzten Worte: Der Tod eines Helsingborgers ist leichter zu verkraften als der eines Malmöers.«

Ich lachte, bis mir die Tränen kamen, und weil es hier kein Chimay gab, tranken wir ein Leffe blonde, das fast genauso gut war, und dann bildeten wir das Ende des unmusikalisch grölenden Fanzugs, der flankiert von berittener Polizei durch den Pildammspark zum Stadiongelände strömte.

Es war einer dieser seltenen, idealen Fußballabende, mit einem ersten Anflug von Herbst in der Luft. Die voll besetzte Arena kochte förmlich über vor hitzigen Gefühlen. Als die Mannschaft einmarschierte, wogte die Stehtribüne zunächst in einem blau-weißen Flaggenmeer, bevor der gesamte Rang von einem gigantischen Banner in denselben Farben bedeckt wurde. Anschließend wurden bengalische Feuer entzündet, die einem zwar in den Augen brannten, aber dennoch perfekt den Ton des Abends vorgaben: Dies war kein gewöhnliches Fußballspiel, dies war KRIEG.

Normalerweise hätte ich solche geschmacklosen Vergleiche in einer Diskussion über Fußball nie verwendet, aber genau das fühlte ich in diesem Moment. Als Daniel Andersson, der Mannschaftskapitän von Malmö, wie in einem Präludium zu einer Wagneroper mit vollem Körpereinsatz in den ersten Nahkampf ging, grölten Sven und ich genauso laut wie alle anderen Primaten in der Nordkurve. Ich hatte Blutgeschmack im Mund, und das gefiel mir.

Gespannt warteten wir auf die Entladung, und in der zwanzigsten Spielminute kam sie dann auch: 1:0 für Malmö!

Sven packte mich wie ein Ringer, und wir führten einen wilden Siegestanz auf. Ich schrie mich zusammen mit dem unisono hüpfenden Fanchor heiser und war am Ende der ersten Halbzeit kurz davor, in einen Gesang über kollektives Masturbieren einzustimmen, besann mich jedoch in letzter Sekunde. Irgendwo gibt es für einen erwachsenen Mann mit einem gewissen Bildungsstand dann doch Grenzen. Aus ebendiesem Grund wies ich milde einen etwa zehnjährigen Jungen zurecht, der einen Helsingborg-Spieler mit den Worten »Steh doch endlich auf, du alte Schwuchtel!« anbrüllte, nachdem dieser nach einem weiteren harten Tackling mit der Nase im Rasen lag. Mein Einsatz brachte mir einen wohlwollenden Blick von Sven ein. Trotz unserer vorübergehenden Ekstase waren wir schließlich immer noch vernünftige Menschen.

Schon in der Pause wurde mir klar, dass dieser Abend gar nicht mehr schiefgehen konnte. Während der zweiten Halbzeit war ich kein bisschen nervös. Als der Spielausgang in der Nachspielzeit durch ein Traumtor von Wilton Figueiredo definitiv entschieden war, war ich so glücklich, dass ich Sven Grip nicht nur umarmte, sondern auch ein großes, feuchtes Bussi auf seine bärtige Wange drückte.

Er lachte so sehr, dass sein Bauch unter der Jacke vibrierte, und wir waren glücklicher als zwei Kinder an Heiligabend, als wir nach dem Spiel im Pub neben der Arena blieben und mit einem Chimay feierten.

»Das müssen wir unbedingt wiederholen«, stellte Sven Grip fest, als es ans Aufbrechen ging, woraufhin ich sofort mit meinem Handy ins Internet ging, um nachzusehen, wann der MFF zum nächsten Mal spielte.

»Auswärts gegen Djurgården am Montagabend. Was hältst du von einem Besuch in der königlichen Hauptstadt? Ich denke, ich könnte mich schon gegen Mittag von der Arbeit wegschleichen. Und du?«

»Ich habe nachmittags noch einen Patienten, aber ich kann den Termin auch verschieben. Das klingt wirklich wie ein formidabler Plan. Darauf Prost!«

Wir tranken den letzten Schluck unseres Biers, ehe Sven wieder das Wort ergriff.

»Dann sollten wir aber wohl am besten in Stockholm übernachten? Der Gedanke, direkt nach dem Spiel in einen Nachtzug nach Malmö zu steigen, ist nicht gerade verlockend.«

Wir zogen erneut unsere Kalender zurate und wurden uns

einig, dass es bei einer konstruktiven Terminplanung durchaus machbar wäre, auch am Dienstagvormittag die Arbeit zu schwänzen. Sven Grip erklärte sich freundlicherweise bereit, sich um die Zugfahrkarten, Tickets und das Hotel zu kümmern.

»Wäre ein Doppelzimmer okay für dich? Dann wird es nicht ganz so teuer.«

»Na klar! Dann können wir uns ein paar zusätzliche Biere leisten«, stimmte ich freudig zu.

An diesem Abend kroch ich mit einem erregten Kribbeln im Bauch ins Bett. Wir hatten nicht allein den Erzfeind Helsingborg besiegt, sondern auch die Tabellenführung übernommen. Und das war noch nicht mal das Beste. Das Beste war, dass ich den Glauben an die positive Kraft des Lebens wiedergefunden hatte – dank meines neuen Freundes mit dem grau melierten Bart und dem polternden, aber sympathischen Lachen.

# KAPITEL 7

Am darauffolgenden Vormittag rief Sven an und berichtete, dass er schon sämtliche Vorbereitungen für unseren Fußballausflug nach Stockholm am Montag getroffen habe. Dann fragte er, ob ich nicht Lust hätte, schon am Freitag ein Bier trinken zu gehen.

»Vorausgesetzt, du hast Zeit, natürlich. Vielleicht rufen ja familiäre Verpflichtungen?«

Angesichts dieser altmodischen und taktvollen Weise, mich zu fragen, ob ich verheiratet sei, musste ich in mich hineinlächeln. Merkwürdigerweise waren wir darauf noch gar nicht zu sprechen gekommen.

»Nein, keine Sorge, ich bin Single. Aber nicht aus Prinzip, wenn sich mir die Gelegenheit bietet, sage ich nicht Nein!«, sagte ich und lachte aufgesetzt.

Es war als witziger Kommentar gedacht gewesen, klang aber eher kindisch.

»Dann willst du vielleicht ins *Mattssons* gehen?«, fragte Sven.

Für einen Moment überlegte ich, ob es sich dabei um einen Kalauer vom gleichen Kaliber handelte. Da jedoch nicht das obligatorische Lachen folgte, ging ich davon aus, dass er es ernst meinte. Und das beunruhigte mich ein wenig. Ich verabscheute Tanzen von ganzem Herzen, am allermeisten jedoch jene Art von »reifem Paarungstanz«, wie er auf der Tanzfläche des Musikpubs *Mattssons* zu den Klängen einer eher mittelmäßigen Tradjazz- oder Rock-Coverband praktiziert wurde. Die Vorstellung, wir beide würden zusammen ausgehen und ausgerechnet dort Frauen aufreißen wollen, versetzte mich in Angst und Schrecken, auch wenn ich das Sven gegenüber nicht zugeben wollte.

»Tja«, sagte ich zögernd. »Willst du das denn?«

»Lieber nicht. Tanzen liegt mir nicht unbedingt.«

Schon wieder eine völlige Übereinstimmung! Zum wievielten Mal hintereinander?

Also landeten wir am Freitagabend stattdessen im *Bishop's Arms* neben dem alten Savoy Hotel gegenüber dem Hauptbahnhof. Es war vielleicht nicht unbedingt das originellste Pub der Stadt, aber unbestritten das mit dem größten Angebot an Biersorten. Sven führte mich routiniert, aber bescheiden durch die Karte mit English Ale und Porter. Als es auf Mitternacht zuging, waren wir keineswegs betrunken, aber derart vom Freundschaftsgeist und einer sentimentalen »Aufrichtigkeit« beseelt, wie es Männern mittleren Alters fast nur unter einem gewissen Alkoholeinfluss gelang.

»Ich muss jetzt einfach mal loswerden, wie sehr ich mich darüber freue, dass wir beide uns kennengelernt haben. Es kommt mir so vor, als wären wir schon ewig befreundet. Ja, ich würde fast behaupten wollen, dass du jetzt schon einer meiner besten Kumpels bist. Wenn nicht der beste«, sagte ich.

Im selben Moment begriff ich, dass ich zu weit gegangen war, aber Sven schien das nicht zu stören. Ganz im Gegenteil, er nickte zustimmend, wieder mit einem leichten Glanz in den Augen. Vielleicht war er gerührt, vielleicht war es auch nur das Porter.

»Ich habe auch schon darüber nachgedacht, dass es zwischen uns beiden so wahnsinnig gut läuft. In unserem Alter ist es doch eher eine Ausnahme, dass man einen echten Soulmate trifft«, erwiderte er.

Wir setzten die gegenseitigen Ehrbezeugungen noch ein Weilchen fort, woraufhin Sven vorschlug, den Abend, der inzwischen schon zur Nacht geworden war, mit einem letzten Absacker bei ihm zu Hause abzurunden.

Er wohnte in einer Zweizimmerwohnung nur einen Steinwurf von Gamla Väster entfernt, im fünften und obersten Stock eines Hauses aus den Dreißigern und mit einem großen, nachträglich angebauten Balkon zum Innenhof. Die Wohnung war geschmackvoll eingerichtet mit einer Mischung aus besseren Ikea-Möbeln und einigen älteren Qualitätsstücken. Ein schönes, zerschlissenes Chesterfieldsofa bildete den natürlichen Blickfang des Wohnzimmers, flankiert von zwei Sockeln aus falschem Marmor, die dennoch stilvoll waren und auf denen Zimmerpflanzen standen. Die mit Büchern voll beladenen String Shelves, die eine ganze Wand bedeckten, verrieten, dass Sven ein belesener Mann war, und das umfangreiche Sortiment an Single Malt in seinem geräumigen Barschrank wiederum zeugte davon, dass er nicht nur ein Bierexperte, sondern auch ein ausgewiesener Whiskykenner war.

»Magst du einen rauchigen Geschmack?«, fragte Sven und zog mit geübtem Handgriff ein paar Flaschen hervor.

»Aber ja, solange der Whisky nicht zu qualmen anfängt!«

Diesmal ergänzte Sven sein Lachen mit einem Augenzwinkern, woraufhin er eine halb volle Flasche aus dem hinteren Bereich der Minibar herauszog.

»Ein fünfundzwanzigjähriger Lagavulin, die unbestrittene Perle der Insel Islay. Meiner Meinung nach schlägt er alles, was vom ärgsten Konkurrenten Laphroaig kommt, um Längen«, sagte er, schenkte andächtig einen Zentimeter der bernsteinfarbenen Flüssigkeit in zwei Gläser und goss ein wenig Wasser dazu.

»Damit wir das volle Geschmacksspektrum erleben. Prost, zum Teufel!«, rief er aus, aber nicht ganz so fröhlich wie sonst, sondern mit einem gewissen Ernst, als wollte er betonen, dass wir hier nicht gerade Katzenpisse konsumierten. Dann nippte er respektvoll an dem edlen Getränk.

Ich folgte seinem Beispiel und versuchte, genauso nachdenklich dreinzublicken wie Sven, wenn er die Tropfen einige Sekunden lang im Mund behielt, dann vorsichtig schluckte und anschließend einen genüsslichen Seufzer ausstieß.

»Unglaublich gut«, sagte ich, allerdings mehr aus Höflichkeit. Ich mochte Whisky, aber nicht in einem so ausgeprägten Maße wie mein Gastgeber, seinem seligen Blick und seinen Lauten nach zu urteilen.

»Ja, ich hätte beinahe vergessen, wie gut dieser alte Schotte schmeckt. Den entkorke ich nicht jeden Abend, sondern nur zu besonderen Anlässen«, betonte Sven, wodurch ich mich natürlich geehrt fühlte, aber auch gezwungen, genauso genüsslich zu schmatzen wie er, als ich mein zweites Schlückchen nahm. Zum ersten Mal fühlte ich mich in seiner Gesellschaft ein wenig verloren und peinlich berührt.

Doch dieses Gefühl war schnell wieder verflogen, als Sven auf seine joviale, scherzhafte Art verkündete, er müsse kurz verschwinden und »die Kanarienvögel gießen«, und ich solle mich in der Zwischenzeit ruhig in seinem Barschrank umsehen, ob ich noch etwas anderes nach meinem Geschmack fände.

»Es ist doch immer wieder schön, etwas Neues auszuprobieren«, sagte er lachend und gab mir einen freundschaftlichen Klaps auf die Schulter, ehe er in Richtung Badezimmer verschwand.

Ich erhob mich vom Sofa, um zu sehen, was der gut gefüllte Schrank noch zu bieten hatte. Auf dem Weg dorthin fiel mein

Blick auf die vergleichsweise spärliche Sammlung von DVDs, die in einem kleinen schwarz lackierten Regal neben dem Fernseher und der Musikanlage standen. Auf gut Glück zog ich eine Hülle heraus.

*Brokeback Mountain.*

Davon hatte ich gehört. Das war doch dieser recht erfolgreiche Film über zwei homosexuelle Cowboys. Ich hatte ihn nicht gesehen, sollte das aber vielleicht für meine cineastische Allgemeinbildung nachholen, damit ich bei meinem nächsten Treffen mit Bror über etwas anderes sprechen konnte als alte schwedische Komödien und *Alien*-Filme.

Dann zog ich einen weiteren Film heraus.

*Milk.*

Mit Sean Penn, einem meiner absoluten Lieblingsschauspieler. Da mir auch dieser Film völlig entgangen war, las ich den Text auf der Rückseite. Es ging um einen Aktivisten, der sich für die Rechte Homosexueller einsetzte.

Noch bevor ich darüber nachdenken konnte, was das bedeutete, hatte mein Körper auch schon reagiert. Subtil, aber dennoch. Meine Wangen wurden mit einem Mal warm, und meine Hände zitterten leicht, als ich den dritten Film aus dem Regal nahm.

*Patrik 1,5.*

Mit fieberhaftem Eifer las ich auch hier den Rückseitentext:

*Göran und Sven wollen ein Kind adoptieren. Ihr Problem ist, dass die wenigsten Herkunftsländer homosexuelle Eltern akzeptieren. Eines Tages ergibt sich die Möglichkeit, ein elternloses schwedisches Kind zu adoptieren …*

Ich hatte aufs Geratewohl drei Filme aus Sven Grips nicht gerade überwältigender DVD-Sammlung herausgegriffen. In allen ging es um schwule Themen. War mein neuer Freund etwa auch …? Und wenn ja, betrachtete er mich in diesem Fall als … ?

Im selben Moment traf mich der Verdacht mit der Wucht einer Bombe.

# KAPITEL 8

Ich las den Klappentext erneut und bemerkte zu meinem Entsetzen, dass die Hauptpersonen genauso hießen wie wir. Göran und Sven. War das ein Zeichen?

Mit Schweißperlen auf der Stirn wählte ich eine vierte DVD und stellte halbwegs erleichtert fest, dass es ein alter James-Bond-Streifen war. Da hörte ich die Toilettenspülung und begriff, dass der Bond-Film in diesem Zusammenhang keinerlei Bedeutung hatte. Jeder kann doch wohl einen Bond sehen, unabhängig von der sexuellen Präferenz? Aber kann auch jeder eine DVD-Sammlung besitzen, die bei einer Stichprobenkontrolle zu fünfundsiebzig Prozent aus Filmen besteht, in denen es um Liebe zwischen Männern geht? *Das* war die große und entscheidende Frage.

Hastig stellte ich den Film zurück, eilte zum Barschrank und öffnete ihn im selben Moment, als Sven wieder auftauchte.

»Hast du etwas gefunden?«, fragte er.

»Äääh«, antwortete ich, dachte an Karin Vallberg Torstensson und schätzte mein Unbehagen auf satte 85 auf der KVT-Skala.

»Warte, ich helfe dir«, erwiderte Sven und trat direkt neben mich.

Als er die Hand zum Schrank streckte, drehte er gleichzeitig seinen Oberkörper, was dazu führte, dass sein weicher Bauch gegen meine Hüfte gepresst wurde.

»Wie wäre es mit einem Rum? Diesen Zacapan aus Guatemala

zum Beispiel, ein reifes Kerlchen von dreiundzwanzig Jahren mit viel Charakter.«

Die Schweißperlen hatten sich jetzt zu großen Tropfen ausgewachsen, die in schmalen Rinnsalen an meinen Augenbrauen vorbeirannen, und die Luft wurde knapp in dem Zimmer, das sich mit einem Schlag in eine klaustrophobische Zelle verwandelt hatte. Ich geriet ins Wanken, und Sven packte aus Reflex meinen Arm.

»Wie geht es dir?«, fragte er besorgt. »Du siehst nicht ganz gesund aus.«

»Ich habe wohl einfach nur ein bisschen viel getrunken«, stammelte ich und torkelte zur Toilette – begleitet von Sven.

»Kommst du allein klar?«, fragte er.

»Ja!«, sagte ich so nachdrücklich, wie es ging, und schloss die Tür hinter mir ab.

Ich sank auf den Klodeckel und holte tief Luft. Meine Reaktion war ja wohl lächerlich! Sven hatte nie signalisiert, dass er mehr von mir wollte als eine Freundschaft. Und nichts an seinem Verhalten hatte darauf hingedeutet, dass er homosexuell war. Kein albernes Getue, soweit das Auge reichte. Und dafür, dass ein Film über Schwule, den er zufällig besaß, zufällig von zwei Männern handelte, die zufällig auch noch dieselben Vornamen hatten wie wir, konnte er natürlich nichts.

Mein Puls sank ein wenig, und ich schätzte mein Unbehagen auf 50. Jetzt ging es darum, einen kühlen Kopf zu bewahren, mahnte ich mich selbst. Ich durfte mich nicht in irgendwelchen haltlosen Fantasien und Vermutungen ergehen. Ich sah mich im Bad um, ein ganz normales männliches Bad, ohne Schnickschnack wie Kerzen, Schalen mit Blumen oder Lavendelduft. Hier war alles normal: eine normale Dusche, ein normales marineblaues Handtuch an einem ganz normalen Haken, normales Rasierzeug und normales Deodorant im Regal neben dem Waschbecken und ein ganz normaler Stapel mit Zeitschriften in einem normalen Körbchen neben der Toilette. Ich nahm die oberste Ausgabe.

*Zahnarztzeitung*. Die Mitgliederzeitschrift des schwedischen Zahnarztverbands. In Anbetracht von Sven Grips Beruf eine naheliegende Wahl.

Ich sah mir die nächste an.

*Ale Street News*. Großbritanniens größtes Biermagazin. Auch diese Publikation lag bei Svens Interesse auf der Hand.

Und dann betrachtete ich das dritte Heft.

*QX*.

Darauf das Porträtfoto einer hübschen jungen Frau, die mir bekannt vorkam, und das beruhigte mich. Von dem Text unter ihrem Gesicht konnte ich das leider ganz und gar nicht behaupten.

*LOREEN ERZÄHLT VON IHREM NEUEN ALBUM UND IHREM DURCHBRUCH. DAVON, DASS DIE LIEBE KEINE GRENZEN KENNT. UND VON ALLEN KONZERTEN AN QUEEREN ORTEN.*

*Schwedens größtes Magazin für Schwule und Lesben*, verkündete die Redaktion im Innenteil stolz.

Ich blickte erneut in den Zeitschriftenkorb und stellte fest, dass dort noch eine weitere Ausgabe der *QX* lag. Und als ich sie hochhob, entdeckte ich noch eine. Und noch eine und immer so fort, bis ich am unteren Ende des Zeitschriftenstapels angekommen war.

*Das* konnte auf keinen Fall Zufall sein. Sven Grip war schwul! Und alles deutete darauf hin, dass er *mich* im Visier hatte!

Mit einem Mal sah ich die ganze Situation kristallklar. Es war, als würde Karin Vallberg Torstenssons Ermahnung, meine Umgebung wahrzunehmen und in allen Situationen präsent zu sein, über mich hereinbrechen wie eine rückwirkende Riesenwelle der Einsichten. Plötzlich konnte ich – dem es im Therapiegespräch mit ihr so jämmerlich schwergefallen war, fünf wichtige Punkte und Ziele in meinem Leben zu formulieren – in schneller Folge zehn Anzeichen für Svens sexuelle Orientierung auflisten, denen gegenüber ich zuvor aus irgendeinem Grund blind gewesen war:

1. Das erste Anbändeln: als er mich im *Bullen* aus seinem Bierglas hatte trinken lassen.
2. Wie er mich umarmt hatte, als Malmö das 1:0 geschossen hatte.
3. Sein wohlwollender Blick, als ich den Jungen zurechtgewiesen hatte, der den gefoulten Helsingborgspieler mit schwulenfeindlichen Beschimpfungen bedacht hatte.
4. Sein glucksendes Lachen, als ich ihm beim 2:0 ein Bussi auf die Wange gedrückt hatte.
5. Sein Vorschlag, in Stockholm zu übernachten und ein Doppelzimmer zu teilen.
6. Die Unsicherheit in seiner Stimme, als er mich gefragt hatte, ob ich »familiäre Verpflichtungen« hätte, und seine Erleichterung, als klar wurde, dass mir der reife Tanz im *Mattssons* nicht lag, das man wohl als ausgeprägte Hetero-Disse einordnen würde. (Und das er sicher nur erwähnt hatte, um mich auf die Probe zu stellen!)
7. Der Glanz in seinen Augen, als ich gesagt hatte, dass er mein bester Kumpel sei, und die noch viel deutlichere Rührung in seiner Stimme, als er daraufhin selbst erwähnte, wie ungewöhnlich es sei, in unserem Alter noch einen »Soulmate« kennenzulernen.

8. Sein ständiges »Prost, zum Teufel!«, das zu den geflügelten Worten der 80er-Gay-Ikone Jacob Dahlin zählte.
9. Seine Art und Weise, über die exklusiven Schnapsflaschen zu sprechen wie über Männer, einen »Fünfundzwanzigjährigen« oder einen »reifen Kerl mit Charakter«.
10. Sein Kommentar: »Es ist doch immer wieder schön, etwas Neues auszuprobieren«, mit dem er offensichtlich noch auf etwas anderes angespielt hatte als auf den gut gelagerten Rum aus Guatemala.

Als besonderen Leckerbissen in unmittelbarer Nähe zu dieser Top-Ten-Liste konnte man zusätzlich auch seine Vorliebe für die Fernsehserie *Modern Family* erwähnen. Zwar teilten wir diese Leidenschaft, doch während ich vor allem über den Vater mit ADHS lachte, fand er wahrscheinlich den Dicken in der Schwulenfamilie am lustigsten.

Ich holte noch einmal tief Luft und spülte zweimal hintereinander, als könnte ich die plötzlich entstandene unangenehme Situation so in der Kanalisation verschwinden lassen. Dann atmete ich ein letztes Mal tief ein, klatschte mir Wasser ins Gesicht, ohne mich abzutrocknen, und trat wieder hinaus zu Sven Grip.

»Du, ich muss jetzt nach Hause. Mir ist übel.«

Er runzelte besorgt die Stirn und legte mir erneut die Hand auf die Schulter. Das tat er ja wohl unnatürlich oft?

»Soll ich ein Taxi rufen? Oder dich begleiten?«

»Nein, ich glaube, ich brauche nur ein bisschen frische Luft. Tut mir echt leid. Aber vielen Dank für den netten Abend.«

»Danke ebenso. Wie schade, dass dir schlecht ist, wir haben doch gar nicht so viel getrunken. Glaubst du nicht, dass etwas anderes dahintersteckt?«

»Nein, es ist wohl der Alkohol. Zurzeit vertrage ich nicht so viel«, antwortete ich bedauernd und lächelte *sehr* angestrengt.

»Ja, manchmal kommt es eben so«, erwiderte Sven aufmunternd, noch immer mit der warmen Hand auf meiner Schulter. »Ruh dich ein bisschen aus, dann können wir ja am Wochenende noch mal telefonieren? Ich hoffe wirklich, dass es dir bis zu unserer Fahrt nach Stockholm am Montag wieder gut geht!«

Ich schlüpfte in meine Jacke und wankte in die dunkle Malmöer Nacht hinaus. Sah zum Himmel empor und entdeckte einen flackernden, kleinen Stern, der als einziger den Mumm hatte, durch den nächtlichen Dunst hindurchzuleuchten: »Na, und du, kleiner Stern, kannst du mir vielleicht mal verraten, was ich jetzt tun soll?«

# KAPITEL 9

»Ich habe ja nichts gegen Homosexuelle, aber …«

Mitten im Satz hielt ich inne, aber da war es schon zu spät. Ich hatte noch mehr Wasser auf Lindas ewig mahlende Mühlen gegossen.

»Papa, bist du dir darüber im Klaren, dass du fast schon wie ein rechter Schwedendemokrat klingst, wenn du das Wort ›Homosexuelle‹ gegen ›Ausländer‹ austauschen würdest?«

»Aber das heißt nicht, dass ich etwas gegen Schwule hätte! Immer interpretierst du in alles zu viel hinein!«

»Genauso regen sich die Rassisten auch auf, wenn man sie bei ihrem Namen nennt.«

»Das kann schon sein, aber bitte, Linda, *read my lips! I am not a homophobe!*«

»Solche Versicherungen klingen jedenfalls nicht überzeugender, nur weil man sie auf Englisch vorbringt. Das ist eines der größten Missverständnisse, die es gibt, besonders unter alten Knackern. Genau das Gleiche hat Bush Senior damals auch gesagt, als er versprochen hat, niemals die Steuern zu erhöhen. Und dann hat er es doch getan! Hör mir mal gut zu, Papa. Wenn jemand *read my lips* sagt, bedeutet das, dass er kurz davor ist zu lügen.«

Ich bereute es fast schon wieder, dass ich mich meiner schonungslosen Tochter anvertraut hatte. Aber sie war die Einzige, mit der ich mein neu erworbenes Problem wälzen konnte, ohne mich zum allgemeinen Gespött zu machen. Lindas brutale

Ehrlichkeit auf meinem gut eingesessenen Fernsehsofa, während wir gemeinsam unser Ben & Jerry's verzehrten – diesmal ein Dough-ble Whammy – und einen starken Kaffee dazu tranken, war immer noch besser als die bodenlose Scham, die es bedeutet hätte, das Ganze mit Erik oder, schlimmer noch, mit Bror zu besprechen. Ich wusste, dass sie dichthalten konnte, und noch dazu besaß sie eine für ihr Alter verblüffend gute Allgemeinbildung, und hinter dieser dünnen Schicht Sarkasmus verbarg sich ein sehr kluges Mädchen.

Natürlich hätte es nähergelegen, den »Fall Sven Grip« mit Rogge zu erörtern, der ja sowohl dessen Patient als auch dessen Kumpel war. Aber das traute ich mich schlichtweg nicht. Ich hätte das Dilemma auch mit meiner KVT-Therapeutin besprechen können, doch wir würden uns nicht vor Donnerstagnachmittag wiedersehen, und irgendetwas sagte mir, dass ich es dann doch nicht über mich bringen würde, die Sache anzusprechen. Wie schon gesagt, ich war eben ein erbärmlicher Patient.

»Linda, wenn wir jetzt einmal versuchen, ein bisschen ernst zu sein. Könntest du deinem Vater nicht einen guten Rat geben?«, fragte ich mit aufrichtigem Flehen in der Stimme.

Linda schüttelte ihr blondes, ein wenig unbändiges Haar und knöpfte ihre viel zu große karierte Herrenstrickjacke mit Lederflicken an den Ellbogen zu, die sie heute über ein geblümtes Secondhandkleid gezogen hatte. Es erinnerte ein wenig an einen Putzkittel, passte aber dennoch verblüffend gut zu den hohen Schnürstiefeln, die sie nie auszog.

»Okay«, sagte sie und klatschte in die Hände. »Zuallererst frage ich mich, wie du dir so sicher sein kannst, dass er schwul ist. Vielleicht ist er auch einfach nur ein vorurteilsfreier Vertreter der Mehrheitsgesellschaft? Ich würde nicht ausschließen, dass es auch unter euch alten Knackern solche gibt, selbst wenn das sicher eine ziemliche Ausnahme ist. Es könnte doch sein, dass er sich mit diesen Zeitschriften und Filmen über Homosexuelle nur deshalb beschäftigt, weil er sich ein Bild davon machen will, mit welchen Vorurteilen Schwule zu kämpfen haben.«

»Ich bin mir hundertprozentig sicher, Linda. Sven Grip ist schwul. Das Komische ist nur, dass er kein bisschen tuntig daherkommt. Vielmehr würde ich ihn als ganz normalen Mann beschreiben, der Fußball und gutes Bier zu schätzen weiß. Er hört weder Opern noch Schlager. Außerdem hat er eine tiefe, sehr maskuline Stimme. Und einen richtigen Bart!«

Der kleine Funken Mitleid, den ich zuvor in Lindas Augen gesehen hatte, war jetzt verschwunden. Mit einem entnervten Seufzen ließ sie die Schultern sinken.

»Ist das dein Ernst, Papa?«

»Wie meinst du das?«, fragte ich nervös.

»Glaubst du wirklich, dass man als Schwuler Opern und Schlager hören und eine piepsige Mädchenstimme haben muss?«

»Nein, aber es sind doch wohl trotzdem gewisse Merkmale, die man … mit Schwulen verbindet«, stammelte ich. »So wie die Lesben und Frauenfußball. Aber klar, natürlich gibt es auch Lederschwule … Ich verstehe die Ironie ja durchaus, Linda. Es ist ein Stereotyp, genau wie die Tunte. Aber solche Klischees haben doch immer einen wahren Kern, und Schwule haben doch allgemein betrachtet ein … eher eigenes Verhalten, das … Versteh mich jetzt bitte nicht falsch. Ich bin für die gleichgeschlechtliche Ehe. Und ich finde sogar, dass Schwule das Recht haben sollten, in der Kirche zu heiraten … Also, wenn sie es wollen … Aber das bedeutet doch nicht, dass …«

Ich unterbrach mich erneut, hatte mich heillos verheddert in meinen Versuchen, möglichst vorurteilsfrei zu klingen.

»Hör zu, ich habe absolut nichts gegen meinen Arbeitskollegen Alexander. Der ist auch homosexuell. Ich finde es nur anstrengend, wenn sie aufdringlich werden, und, ja, du verstehst sicher, was ich meine …«

Linda schwieg, aber ihr Blick sagte alles.

»Ich bin nicht homophob!«, wiederholte ich mit Nachdruck.

Meine Tochter schnaubte verächtlich und rümpfte die Nase.

»Ich habe gehört, dass homophobe Menschen nicht selten selbst eine homosexuelle Neigung haben, die sie verzweifelt zu unterdrücken versuchen.«

»Was willst du damit sagen? Dass ich ein homophober Schwuler bin?«

Zum ersten Mal während unseres Gesprächs lächelte Linda.

»Nein, ich glaube nicht, dass du homosexuell bist, Papa. Aber wenn du es wärst, hätte ich dich genauso lieb.«

Obwohl ihre Worte herzerwärmend waren, fühlte ich mich unreif. Das war doch wohl ein Satz, den ein verständnisvoller Vater zu seiner Tochter sagte, nicht umgekehrt?

»Was ist an Sven Grip denn eigentlich so gefährlich?«, fuhr Linda fort. »Wenn er schwul ist und dich anmacht, kannst du ihm doch wohl ganz einfach erklären, dass du nicht interessiert bist?«

Ich nahm einen großen Löffel Eis und stopfte ihn mir in den Mund. Es war nicht nur tröstlich gut, sondern kühlte obendrein mein überhitztes Gehirn.

»Aber wie soll das denn gehen?«, fragte ich. »Soll ich ihn ohne sichere Beweise mit meiner Anklage konfrontieren? Oder soll ich warten, bis er einen richtigen Annäherungsversuch unternimmt?«

Linda verdrehte die Augen.

»Ich dachte, du wärst dir hundertprozentig sicher? Außerdem ist es noch keine Anklage, wenn man einen erwachsenen Mann fragt, ob er schwul ist. Homosexualität ist kein Verbrechen, Papa. Aber wenn du es dir ganz leicht machen willst, kannst du auch einfach ein bisschen von irgendwelchen Frauen schwärmen, die du toll findest. Das sollte doch dazu führen, dass seine eventuelle Glut für dich schnell erkaltet.«

Letzteres war ein Ausweg, über den ich seltsamerweise noch nicht selbst nachgedacht hatte.

»Du bist sehr klug, Linda«, sagte ich.

»Vielleicht bin ich einfach nur ein bisschen weniger einfältig als du«, konterte sie und holte ihr klingelndes Handy aus der Tasche.

Als sie auf das Display sah, schnellten ihre Mundwinkel nach oben, und als sie sich meldete, waren ihre Wangen bereits ganz bezaubernd gerötet. Diesen Hang zum Rotwerden hatte sie von mir geerbt. Der Unterschied war nur, dass Linda sich nicht einen Moment dafür schämte.

»Ich kann jetzt nicht reden. Ich rufe dich bald zurück. Bussi!«

Letzteres flüsterte sie nur und steckte ihr Handy anschließend flugs wieder in den alten Stoffbeutel, auf dem groß *Berlin Tempelhof* gedruckt war und der ihr als Handtasche diente. Erst vor einem Monat hatte Linda mit Jacob Schluss gemacht, einem bodenständigen Gerüstbauer, den ich sehr mochte und mit dem sie sogar einige Monate zusammengelebt hatte. Jetzt hatte sie offensichtlich einen neuen Kerl an der Angel. Bei ihr wirkte alles immer so leicht. So sorglos und unkompliziert.

»Wer war das?«, fragte ich.

»Ach, nur ein Kumpel.«

»Verabschiedest du dich von all deinen Kumpels mit einem Bussi?«

»Na klar. Ich verteile Küsse an alle, unabhängig von ihrer sexuellen Orientierung«, antwortete sie mit einem frechen Lachen.

Die hübschen, grün schimmernden Augen meiner Tochter glitzerten, und ich freute mich aufrichtig für sie. Sie hatte dieses Talent, den Augenblick zu genießen. Sich wirklich hinzugeben. So, wie ich selbst es während einiger magischer Monate in Indien auch gekonnt hatte.

»Wie heißt er?«

»William.«

»Ist er hübsch?«

»Du bist immer so aufs Aussehen fixiert, Papa. Aber ja, er ist hübsch. Schrecklich hübsch«, sagte Linda und hielt stolz ihr Handy hoch, damit ich das Foto auf dem Display sehen konnte. Es zeigte einen knapp dreißigjährigen Mann mit wirrem Haar, einer überdimensionalen Brille und einem erstaunlich drahtigen Spitzbart. Irgendwo hinter dieser nerdig-poppigen Fassade sah er sicher gut aus, aber er tat wahrhaftig alles dafür, es zu verbergen.

»Ist William auch so ein Hopster?«

Linda lachte.

»Du meinst Hipster? Ich muss schon sagen, dafür, dass du in einer Werbeagentur arbeitest, bist du wirklich hoffnungslos unwissend. Und was heißt hier eigentlich *auch*?«

»Na, weil du ein Hops… Hipster bist.«

»Was veranlasst dich zu dieser Annahme?«

»Dein Stil, diese unmodernen Klamotten, die so was von out sind, dass sie am Ende wieder in sind. Und dann müsst ihr immer schrecklich individuell sein und euren eigenen Look kreieren, was am Ende nur dazu führt, dass ihr alle gleich ausseht.«

Nach Lindas vielen Bosheiten war ich mit meinem kleinen Gegenangriff sehr zufrieden.

»Ist das dein Bild von einem Hipster?«

»Ja, so ungefähr.«

»Du bist wirklich einfältig, Papa. Und nein, ich bin kein Hipster«, sagte Linda und schleckte den letzten Rest Eis aus, ehe sie aufstand, um zu gehen.

Ich umarmte sie innig und dankte ihr für unsere Plauderstunde.

»Das ist ebenfalls kennzeichnend für den Hipster«, sagte ich.

»Was denn?«

»Dass ihr leugnet, Hipster zu sein. Das habe ich im Internet gelesen.«

»Genau wie ihr Homophoben also?«

Sie winkte fröhlich und zog die Tür mit einem Knall hinter sich zu. Ich blieb mit einem dämlichen Grinsen auf den Lippen und dem wohlbekannten Gefühl zurück, wieder einmal von meiner scharfzüngigen Tochter in die Schranken verwiesen worden zu sein. Oh, wie ich sie liebte!

# KAPITEL 10

Am Sonntagvormittag rief Sven Grip an, um sich nach meinem Gesundheitszustand zu erkundigen. Anstatt den Stier bei den Hörnern zu packen, log ich ihn natürlich ganz unverfroren an, ohne jede Raffinesse und mit groben Übertreibungen. Ich behauptete, ich wäre an einem seltenen Virus erkrankt, der unter anderem den Gleichgewichtssinn beinträchtigte. Zudem wäre mir hundeelend, und unter gar keinen Umständen dürfe ich das Bett in den nächsten drei Tagen verlassen, also am Montag leider auch nicht mit nach Stockholm fahren.

»Also hast du eine Diagnose bekommen. Was war es denn?«, fragte Sven mit einem Hauch Misstrauen in der Stimme.

»Äääh … Ich erinnere mich nicht mehr genau daran, irgendein komischer lateinischer Name. Aber ich weiß immerhin noch, dass die Arzthelferin, die mir Blut abgenommen hat, ziemlich hübsch war.«

Auch wenn das Timing denkbar ungünstig war, hatte ich zumindest schon einen ersten Testballon losgeschickt. Aber Sven lachte nur und fuhr unbeirrt fort: »Immerhin hast du deinen Humor nicht verloren. Das ist ein gutes Zeichen«, sagte er. »Hast du dich übergeben müssen?«

»Ja«, log ich.

»Hm, dann könnte es eine Neuritis vestibularis sein, kommt dir das bekannt vor?«

Ich hätte bedenken sollen, dass Sven als Zahnarzt auch in der Allgemeinmedizin halbwegs bewandert war.

»Ja! Genau das hat die Arzthelferin gesagt«, log ich. »Also diese ausgesprochen hübsche.«

Sven lachte erneut.

»Wobei ich bei näherem Nachdenken daran zweifle, dass man eine Neuritis vestibularis allein mittels einer Blutuntersuchung feststellen kann«, erwiderte er. »Hast du dich auch vom HNO-Arzt untersuchen lassen?«

»Äh … nein. Dann ist es vielleicht gar nicht diese Vestibularkrankheit? Bestimmt habe ich mich verhört«, antwortete ich ausweichend.

»Wie auch immer, Hauptsache, du wirst wieder gesund. Wie lange bist du denn krankgeschrieben?«

»Eine Woche«, log ich.

»Dann bringe ich dir morgen eine stärkende Suppe vorbei!«

Das klang nun doch ein bisschen tuntig, oder?

»Aber du sollst doch nach Stockholm fahren!«, kreischte ich so laut, dass sich meine Stimme überschlug.

»Oh je, hat der Virus etwa auch deine Stimmbänder angegriffen? Nein, ohne dich fahre ich nicht nach Stockholm. Die Reise und das Hotel lassen sich stornieren, und die Tickets werde ich sicher auch los. Wenn du Lust hast, könnten wir das Match ja stattdessen bei dir zu Hause gucken.«

»Ich hab den Sportkanal nicht«, behauptete ich.

»Aber man kann das auch übers Internet streamen. Ich nehme meinen Laptop mit, dann können wir ihn an deinen Fernseher anschließen.«

»Mein Fernseher ist gerade kaputt«, log ich, und es war die siebte Lüge innerhalb von zwei Minuten. Das musste mein neuer persönlicher Rekord sein.

»Dann schauen wir eben direkt auf dem Laptop. Ich habe einen Siebzehnzoller.«

Seine Worte ließen mich derart erschauern, als wäre ich von echtem Schüttelfrost gepackt. Vielleicht war in Wirklichkeit ich pervers, wenn mir zu so ziemlich allem, was er sagte, sexuelle Assoziationen in den Kopf schossen?

»Ich glaube, ich muss mich wirklich richtig ausruhen«, sagte ich schließlich, und das war immerhin eine ehrenhafte Halblüge, die zu funktionieren schien.

»Natürlich, du hast ja recht. Es tut mir nur so leid, dass du allein in der Wohnung dahinvegetieren musst und keine Möglichkeit hast, das Spiel zu sehen.«

»Ich werde es überleben.«

»Okay, aber wenn du auf andere Gedanken kommen willst, brauchst du dich nur zu melden, und ich komme stehenden Fußes zu dir. Dann müssen wir wohl stattdessen auf das kommende Heimspiel setzen, gegen Göteborg, am nächsten Sonntag? Bis dahin bist du doch sicher wieder auf den Beinen.«

»Kann sein. Aber jetzt muss ich mich wirklich ausruhen. Dazu hat mich auch die Krankenschwester ermahnt.«

»Du meinst die hübsche?«

Svens ironische Stimme klang mir noch lange im Ohr, nachdem wir das Gespräch beendet hatten. Ich hatte so was von versagt! Nicht einmal Lindas Abschreckungstipps konnte ich angemessen umsetzen. Der Kerl glaubte ganz offensichtlich, ich machte Scherze. Summa summarum: Ich hatte mich selbst nur noch mehr in die Ecke gedrängt. Jetzt hatte ich einen leidenschaftlichen männlichen Zahnarzt am Hals und war obendrein auch noch gezwungen, meine Chefin Jenny anzulügen.

Am Montag rief ich sie an und behauptete, ich läge mit Fieber flach. Schließlich war ich gezwungen, meine – im doppelten Sinne des Wortes – kranke Rolle weiterzuspielen, bis mir eine bessere Idee einfiel, wie ich Sven abspeisen konnte, ohne dabei wie ein Idiot dazustehen. Die pragmatische Jenny ging nicht weiter auf meine Symptome ein, sondern fragte nur in forderndem Ton, wann ich wieder da sei.

»Vielleicht schon morgen«, antwortete ich. Anschließend schlich ich zum Supermarkt an der Ecke zum Davidshallstorg und kaufte zwei Packungen Ben & Jerry's, ein Oh My Apple Pie und ein Fairly Nuts, die ich auf dem Sofa verschlang, während ich erst vier Folgen von *Modern Family* sah und im Anschluss zwei Wiederholungen deutscher Bundesligaspiele auf Eurosport.

Gegen Abend schaltete ich dann auf den Sportkanal und sah das Spiel Djurgården – Malmö. Es war eine zutiefst deprimierende Veranstaltung, die von verpassten Torchancen geprägt war. Obwohl sie das Spiel massiv dominierten, scheiterten die Blauen am Ende mit einem 0:1. Da die Erzfeinde aus Helsingborg zur selben Zeit 2:1 gewannen, standen die roten Teufel jetzt wieder an der Tabellenspitze. Ich machte noch einen Tag krank, und als Sven anrief und mich mit einem Besuch aufmuntern wollte, war ich gezwungen, am Telefon ein wenig unleidlich zu werden, um ihm Paroli zu bieten.

»Verstehst du denn nicht, dass ich mich ausruhen muss? Mit Viruserkrankungen ist nicht zu spaßen!«

Sven entschuldigte sich und klang geknickt. Ich bekam sofort ein schlechtes Gewissen und schlug vor, dass wir uns am nächsten Wochenende sehen könnten, was mein Unbehagen und meinen Bedarf an Ben & Jerry's zusätzlich verstärkte. Was für ein jämmerliches Gewohnheitstier ich doch war; wie ein kalorienabhängiger Vogel Strauß steckte ich den Kopf in den Eisbecher, kaum dass der Boden unter mir ein wenig ins Wanken geriet.

»Reiß dich gefälligst zusammen, du Missgeburt!«, ermahnte ich mein Spiegelbild, als ich am nächsten Morgen im Bad stand und mir die Zähne putzte. Dann sah ich sechs weitere Folgen von *Modern Familiy*, die ich allesamt schon kannte, und aß noch einen Becher Ben & Jerry's (Strawberry Cheesecake), woraufhin mir wegen der abnormen Zuckerzufuhr tatsächlich schlecht wurde. Als ich in der folgenden Nacht von einem säuerlichen Bäuerchen geweckt wurde, erwachte auch ein Gedanke in mir: Mein Leben erinnerte derzeit viel zu sehr an eine Berg- und Talfahrt. Kaum dass ich glaubte, einen neuen Gipfel erstürmt zu haben, stürzte ich mit voller Kraft wieder hinab in die Tiefe. Ich hätte auf meine innere Stimme hören und nach Indien fahren sollen, so wie ich es von Anfang an beschlossen hatte. Dass Yogi meinen Besuch um ein paar Monate verschieben wollte, damit er mit seiner Hochzeit zusammenfiel, hieß schließlich nicht, dass ich zu einem früheren Zeitpunkt nicht willkommen wäre. Warum verließ ich dieses Jammertal nicht einfach? Schließlich hatte ich immer noch ein flexibles Flugticket nach Indien und ein gültiges Visum.

Am Donnerstagmorgen hatte ich meine Idee in einen Plan verwandelt, und um acht Uhr rief ich Yogi an, der dem schmatzenden Geräusch im Hörer nach gerade beim Mittagessen war.

»Wie wunderbar, deine liebliche Stimme zu hören, Mr Gora! Das ist wahrlich ein Zeichen des Himmels«, brachte er mit vollem Mund hervor.

»Störe ich gerade beim Essen?«, fragte ich.

»Ganz und gar nicht! Ich lasse mir lediglich gerade einen sehr bekömmlichen kleinen Snack munden. Drei Idli mit Sambar.«

»Was ist das?«

»Das sind Brötchen aus feinstem Reismehl. Man tunkt sie in eine Gemüsesoße – wirklich vorzüglich und noch dazu die gesündeste Mahlzeit, die man sich vorstellen kann. Sie senkt den Blutdruck und den Cholesterinspiegel und hat mit ihrer geschmeidigen Konsistenz zudem einen überaus positiven Einfluss auf schwabbelnde Fettpölsterchen. Die südindische Küche ist die reinste Schlankheitskur! Weniger Fleischsaft und keine Butter auf dem Chapati. Um der grausamen Wahrheit ins Auge zu sehen, müssen sich meine vielen Bäuche vor der Hochzeit noch dezimieren.«

Kaum dass ich Yogis Stimme und seine verschnörkelte Sprache hörte, besserte sich meine Laune.

»Genau darüber wollte ich mit dir sprechen. Steht das Hochzeitsdatum denn schon fest?«

»Und genau deshalb wollte ich dich auch anrufen! Welch wunderbare Fügung, dass du mir zuvorgekommen bist! Nach den gemeinsamen Anstrengungen der Brahmanen und Astrologen steht es nun endlich fest. Am 10. Dezember werden wir Mann und Frau!«

Dieses Datum kollidierte mit meinem frisch ausgeheckten Plan. Wenn ich mich jetzt auf den Weg machte, wäre ich gezwungen, vor Yogis Hochzeit nach Schweden und zu meinem Job zurückzukehren. Ich überlegte kurz und beschloss dann, dass mein akutes Fluchtbedürfnis schwerer wog, was ich meinem Freund gegenüber aber keineswegs preisgeben wollte.

»Herzlichen Glückwunsch, Yogi! Wie schön! Und weißt du was? Ich habe auch eine Neuigkeit. Ich habe vor, schon jetzt nach Indien zu kommen.«

»Aber guter Mr Gora, das ist doch viel zu früh!«

»Bin ich denn nicht willkommen?«

»So habe ich das doch nicht gesagt! Jetzt hörst du wieder auf dem denkbar schlechtesten Ohr! Du musst mittlerweile längst begriffen haben, dass du jederzeit eingeladen bist, Mutter Indiens herrlichen Boden zu betreten. Vorausgesetzt, das bedeutet nicht, dass du der Hochzeit fernbleibst! Denn die willst du doch wohl nicht verpassen?«

»Auf keinen Fall!«, rief ich aus, denn das stimmte ja auch und war dennoch kein unausgesprochenes Versprechen, wirklich so lange zu bleiben.

»Ich helfe dir auch gern bei den Vorbereitungen«, fügte ich schnell hinzu, um ein wenig vom eigentlichen Thema abzulenken.

»Ausgezeichnet, Mr Gora, wirklich ausgezeichnet! Allerdings werden wir vorerst eine Weile nicht in den Süden zurückkehren können. Erst müssen hier in Delhi einige Formalitäten geklärt werden.«

»Dauert es wirklich so lange, eine indische Hochzeit in die Wege zu leiten?«

»Nicht immer, aber just in diesem speziellen Fall spielen so viele Umstände eine Rolle, dass es eine vollständige Analyse des Wohlwollens aller Himmelskörper erfordert, bevor zwei so unterschiedliche Familien vereint werden können.«

»Aber du hast doch die ganze Zeit gesagt, es sei eine Liebesheirat!«

»Das ist sie auf ihre ganz besondere Weise auch, Mr Gora. Es geht um Liebe und Respekt – zwischen Mann und Frau, dem Norden und dem Süden, der Kriegerkaste Kshatriya und der südindischen Unternehmerkaste Nadar sowie zwischen Eltern mit unterschiedlichen Meinungen. Du musst verstehen, Mr Gora, dass ein solch grenzüberschreitendes Eheband, wie Lakshmi und ich es zu knüpfen gedenken, in Indien zu den absoluten Ausnahmen gehört. Und deshalb ist es wichtiger denn je, dass alles auf bestmögliche Weise mit rechten Dingen zugeht. Wir können nicht einfach so mir nichts, dir nichts die Ringe tauschen wie ihr im Westen«, sagte Yogi in einem ungewohnt belehrenden Tonfall.

Dann ging das Schmatzen im Hörer weiter, und erst nach einer halben Minute intensiven Kauens und Schlürfens konnte das Gespräch fortgesetzt werden.

»Ich möchte wirklich, dass du kommst, aber ich muss derzeit einige Dinge erledigen, die meine vollkommene Aufmerksamkeit erfordern. Und vielleicht ist es für dich auch beschwerlich, wenn du dich allzu lange hier in Delhi aufhalten musst, vor dem Hintergrund deiner besonderen Situation …«

»Das habe ich jetzt nicht ganz verstanden.«

»Bitte verzeih, wenn ich nun auf Zehen trete, die ohnehin schon wehtun, aber ich meine, dass es deinem Gemüt nicht unbedingt zuträglich sein könnte, wenn du dich wieder in derselben Stadt befändest wie eine gewisse Schönheitssalonbesitzerin.«

»Preeti ist ein abgeschlossenes Kapitel«, erwiderte ich, spürte aber zugleich, wie meine Wangen heiß wurden. »Ich bin weitergekommen im Leben, Yogi. Ich will einfach nur nach Indien und dich wiedersehen. Und ich verspreche, dass ich dir nicht zur Last fallen werde. Ich kann mir ein Hotel nehmen, und dann können wir uns einfach treffen, wann immer es dir passt.«

»Aber lieber Mr Gora, es passt *immer*! Du sollst diese kleinen Vorbehalte, die ich nur in bester Absicht geäußert habe, nicht missverstehen. In Sundar Nagar steht immer ein frisch bezogenes Bett für dich bereit! Und die liebe kleine Amma würde sich so freuen, dich wiederzusehen. Wann kommst du?«

Der Gedanke an Yogis cholerische Mutter ließ mich zusammenzucken. Dann aber fiel mir Sven Grip wieder ein.

»So schnell ich kann, Yogi.«

# KAPITEL 11

Bis Donnerstagnachmittag war es mir gelungen, vier der fünf Punkte auf meiner akuten To-do-Liste abzuhaken:

1. Sven Grip weiterhin auf Distanz halten. (Ich wählte die einfachste Lösung: Wenn er anrief, ging ich nicht ans Telefon, und als es eines Abends an der Tür klingelte und ich durch den Spion sehen konnte, dass er im Treppenhaus stand, machte ich nicht auf.)
2. Mir kurzfristig wieder den Urlaub nehmen, den ich zuvor unter großen Mühen rückgängig gemacht hatte. (Jenny war irritiert, aber da ich den ganzen Sommer durchgearbeitet hatte, willigte sie schließlich ein – unter der Voraussetzung, dass ich spätestens Ende November wieder zurück sei, und zwar mit »aufgeladenen Batterien«.)
3. Meinen Flug von Madras nach Delhi auf den kommenden Sonntag umbuchen. (Das kostete mich zwei Tausender extra, aber in Anbetracht des sparsamen Einsiedlerlebens, das ich in der letzten Zeit geführt hatte, konnte ich diese Ausgabe verkraften.)
4. Meine Familie über die bevorstehende Reise informieren. (Meine geistesabwesende Mutter sagte: »Aha.« Mein Sohn John, dem gegenüber meistens ich der Geistesabwesende war, sagte ebenfalls: »Aha.« Linda sagte: »Du bist ein homophober Feigling!«)

Blieb nur noch Punkt Nummer fünf, vor dem ich aus irgendeinem Grund den größten Respekt hatte: meiner KVT-Therapeutin Karin Vallberg Torstensson zu erklären, warum ich meine Therapie umgehend abbrechen würde. Wir hatten uns zwei Wochen lang nicht gesehen, und sie wusste nicht einmal, dass ich Sven Grip kennengelernt hatte. Und noch viel weniger, in welche Richtung sich die anfangs so vielversprechende Freundschaft mit ihm entwickelt hatte.

»Was haben Sie seit unserer letzten Sitzung erlebt?«, fragte sie und lächelte freundlich, ehe sie sich in ihr Taschentuch schnäuzte.

Ich betrachtete das Foto von Karin und ihrem Mann auf dem Schreibtisch und sah dann durch das Fenster auf die gegenüberliegende Hauswand mit dem abbröckelnden Putz.

»Nichts Besonderes.«

»Sie wollten sich mit Ihren Freunden in der Kneipe treffen. Wie war das?«

Für einen kurzen Moment überlegte ich, alle Karten auf den Tisch zu legen. Dann sagte ich: »Ganz okay, würde ich sagen.«

»Erzählen Sie von Anfang an, zu wievielt waren Sie?«

»Ungefähr fünf.«

»Aha, und was haben Sie gemacht?«

»Es war eigentlich wie immer. Mein Kumpel Erik hat eine Audienz gehalten, und wir anderen haben ringsherum gesessen, unser Bier getrunken, wir haben ihm zugehört und ein bisschen geredet.«

»Und worüber haben Sie geredet?«

»Dies und das.«

»Und haben Sie auch etwas gesagt?«

»Ein bisschen.«

»Und wie war das?«

»So lala.«

»War es unangenehm?«

»Tja.«

»Was haben Sie denn gesagt?«

»Alles Mögliche. Prost, zum Beispiel«, sagte ich mit einem albernen Grinsen, das verdeutlichen sollte, dass ich ein kleiner Witzbold war. In Wirklichkeit verriet es meine Nervosität aber nur umso mehr.

»Prost? War das alles?«

»Nee, über Fußball habe ich auch ein bisschen geredet. Und über Bier. Ich weiß, das klingt jetzt ziemlich pubertär, aber wir waren ja im Pub, und da ist es nicht weiter ungewöhnlich, wenn Männer über Fußball und Bier sprechen.«

»Versuchen Sie nicht, eine Wertung hineinzubringen. Erzählen Sie einfach nur, was Sie beobachtet haben. Gab es denn jemanden, mit dem Sie besonders viel geredet haben?«

»Ja, mit Sve… Snorri Sturluson.«

Karin Vallberg Torstensson runzelte erstaunt die Stirn.

»Der Name kommt mir bekannt vor. War das nicht ein isländischer König?«

»Er ist tatsächlich Isländer, aber kein König.«

Schon wieder diese erbärmlichen Lügen, die nicht nur sinnlos und durchschaubar waren, sondern auch halbherzig. War ich etwa dabei, Schwedens Baron Münchhausen zu werden?

»Ist Snorri ein alter Freund?«

»Ja, wir kennen uns schon ewig.«

»Können Sie ein bisschen über ihn erzählen?«

»Ja, er ist Zahnar… Zahntechniker.«

»Konnten Sie sich auf das Gespräch mit ihm konzentrieren?«

»Jein.«

»Sind Ihnen die Gedanken dazwischengekommen?«

»Tja.«

»Haben Sie Unbehagen empfunden?«

»Mm.«

»Haben Sie versucht, Ihr Unbehagen einzuschätzen, so wie wir es besprochen hatten?«

»Mmnn.«

»Entschuldigen Sie, aber ich werde aus Ihren Lauten einfach nicht schlau. Was haben sie zu bedeuten?«

Karin Vallberg Torstensson betrachtete mich durch ihre rot geschwollenen Augen mit einem Blick, in dem ich so etwas wie Herzlichkeit zu erkennen meinte.

»Was bedrückt Sie denn?«, fragte sie.

»Ich fliege am Sonntag nach Indien! Also muss ich heute mit der Therapie aufhören!«

Ich presste meine Sätze in zwei kräftigen Luftstößen hervor, die mich vollständig atemlos machten.

»Aha«, sagte Karin Vallberg Torstensson kurz, ihre Augen glänzten noch immer. »Ist es Ihnen unangenehm, mir das mitzuteilen?«

»Nein, ganz und gar nicht! Es ist ja keine Kritik an Ihnen! Es tut mir leid, falls das so bei Ihnen ankommt.«

»Entschuldigen Sie sich nicht ständig. Erzählen Sie stattdessen, was Sie jetzt fühlen.«

Ihre Allergie verlieh Karin Vallberg Torstensson eine melancholische Aura, die mir alles nur umso mehr erschwerte. Denn obwohl ich ihr gegenüber bei unseren Sitzungen zutiefst unaufrichtig gewesen war und ihr im Prinzip alles von emotionalem Wert vorenthalten hatte, schätzte ich meine Therapeutin. Sie hatte sich wirklich bemüht, meinen Schutzpanzer zu durchbrechen. Es war nicht ihre Schuld, dass es komplett gescheitert war. Es lag ganz allein an mir, und ja, möglicherweise auch an Sven Grip.

»Okay, vielleicht ist es am besten, wenn Sie die Behandlung abbrechen und sich auf den Weg machen, da Sie ja ohnehin die ganze Zeit davon sprechen. Solche wichtigen Entscheidungen in Ihrem Leben können natürlich nur Sie selbst treffen.«

Das klang schicksalsschwer und erschreckend verantwortungsvoll.

»Aber ich fahre ja nur dorthin, um die Hochzeit meines Freundes zu feiern«, log ich.

»Aha? Steht das Datum jetzt endlich fest?«

Ich nickte und schwieg. Mir wurde schmerzlich bewusst, dass die menschliche Nähe manchmal furchtbar angstbehaftet sein konnte. Mein Unbehagen näherte sich der 95 auf der KVT-Skala. Nach einer Minute schnäuzte Karin Vallberg Torstensson sich erneut.

»Gesundheit«, rief ich in meinem Eifer, endlich das Schweigen zu brechen.

»Darf ich noch eine letzte Frage stellen, ehe Sie aufbrechen?«, sagte sie.

»Selbstverständlich.«

»Haben Sie eine Idee, wovor Sie immerzu fliehen?«

»Ich fliehe doch gar nicht, ich fahre nur zu einer Hochzeit.«

»Ja, aber es geht ja wohl auch noch um etwas anderes, oder?«

»Was denn?«

»Ich glaube, dass Sie vor sich selbst fliehen.«

»Und ich glaube, da irren Sie sich!«

Ich nahm ihre Hand, drückte sie etwas zu fest, bedankte mich höflich für die vergangene Zeit und verließ den Raum hastig und mit einem Gefühl der Erleichterung, aber auch der Leere. Während ich in der Dämmerung über den menschenleeren Gustav Adolfs Torg zu meiner Wohnung spazierte, versuchte ich, mir einzureden, dass die Worte meiner Therapeutin wie Floskeln aus einem banalen Selbsthilfebuch geklungen hätten. Machte sie es sich als Therapeutin nicht wahnsinnig leicht, wenn sie immer nur von Flucht und Konfrontation sprach?

»Bullshit!«, brüllte ich laut, als ich endlich in meiner Küche stand und den Kühlschrank öffnete. Bis auf eine Tube Kalles Kaviar, eine Käserinde und ein Chimay herrschte gähnende Leere. Ich nahm die Flasche, öffnete sie zischend und kippte sie im Stehen herunter. Der vorübergehende Rausch konnte das allzu Offensichtliche nicht übertünchen: Mein Gaumen und meine Zunge harmonierten nicht mehr mit dem belgischen Trappistenbier. Unter die herbe Süße hatte sich unverkennbar ein bitterer Beigeschmack gemischt.

# KAPITEL 12

Als ich das letzte Mal nach einer Zwischenlandung in Helsinki im Flugzeug nach Neu Delhi gesessen hatte, war ich von einer geradezu lähmenden Angst vor dem Unbekannten befallen gewesen. Diesmal fühlte ich mich, mit einem Glas viel zu kaltem chilenischen Rotwein und einer schlechten amerikanischen Komödie mit finnischen Untertiteln beschäftigt, vor allem erleichtert, dass ich das Problem Sven Grip unter den Teppich gekehrt hatte.

Das war jedoch vor der großen nächtlichen Folter. Ich hatte einen Platz neben einer kleinen indischen Familie: einer Einjährigen mit kajalumrahmten Augen und mit Goldpailletten besetztem Kleidchen samt ihren beiden durchaus liebenswerten und höflichen, aber aus pädagogischer Sicht nicht ganz konsequenten Eltern. Sie versuchten, ihre Tochter ruhigzustellen, indem sie sie abwechselnd mit einem rosafarbenen Saft aus einer Nuckelflasche fütterten und mit einer Schaukeltechnik in den Schlaf wiegten, die unsere ganze Sitzreihe so erschütterte, als wären wir in schwere Turbulenzen geraten. Im Gegensatz zu ihrem Kind waren die Eltern nach einer Weile so erschöpft von ihren Anstrengungen, dass sie hin und wieder einnickten, mitunter sogar gleichzeitig, und die Kleine, bis die beiden mit einem Ruck wieder aufwachten, vorübergehend in meinen Verantwortungsbereich fiel. Auch deshalb, weil sie in ihrem Zuckerrausch ohne die mindeste Scheu wie ein geölter Blitz auf meinen Schoß kletterte.

»*I am so sorry for that, Sir*«, sagte ihr Vater wieder und wieder, zog seinen Sprössling abermals zu sich, fütterte ihn mit einer neuen Portion rosafarbenem Saft, wiegte ihn und schlummerte kurz darauf erneut selbst ein.

Das Mädchen greinte, trank rosa Saft, wimmerte, trank rosa Saft, brabbelte, trank rosa Saft, furzte, trank rosa Saft, kreischte und krönte seine Vorführung, indem es später seine gesamte Umgebung vollsabberte, vor allem aber mich. Erst als die Flugbegleiterinnen die Kabine kurz vor der Landung mit etwas besprühten, das stark nach Insektenvernichtungsmittel roch – obwohl sie wenig überzeugend versicherten, für uns Menschen sei die Substanz *vollkommen* unschädlich –, schlief die kleine Terroristin mit einem frommen und gänzlich entspannten Ausdruck auf ihrem niedlichen Gesicht ein.

Es war sehr früh am Montagmorgen, als das Flugzeug im Nebel des Indira Gandhi International Airport landete. Ich hatte leichte Kopfschmerzen und gefühlte zwei Kilo Schlaf in den Augen.

»*Maybe she should become a pacifist*«, erdreistete ich mich, zur Mutter zu sagen, die immerhin einige Stunden Schlaf abbekommen hatte und unverschämt erholt aussah.

»*Yes, that would be wonderful*«, erwiderte die Mutter mit einem entschuldigenden Lächeln.

Ich begriff, dass mein schlechtes Englisch zu einem peinlichen Missverständnis geführt hatte, weil ich *pacifier* mit *pacifist* verwechselt hatte, und versuchte, die Situation zu retten.

»*No, I mean that you should buy her the little rubber thing for her that we in Sweden call a napp*«, fuhr ich fort und machte damit alles noch schlimmer.

Es war offensichtlich, dass die Mutter keine Silbe von dem verstand, was ich da faselte, und hinter ihrem freundlichen

Lächeln ahnte ich ihre leise Unruhe darüber, was eigentlich mit dem merkwürdigen Schweden los war, mit dem sie sich die nächtliche Fürsorge für ihr Kind geteilt hatte. Also verkniff ich mir jeden weiteren Erklärungsversuch und machte mich mit einem beschämten Lächeln an meinem Handgepäck zu schaffen.

Nach einer Nacht in einem engen Finnair-Flugzeug und mit einem saftsabbernden Balg auf dem Schoß sehnte ich mich nach nichts mehr als nach einer schönen Dusche und einem Bett mit frisch gewaschenen Laken, zwischen denen ich meinen versäumten Schlaf nachholen konnte. Mit dieser Karotte vor der Nase und in der Hoffnung, Yogis Mutter würde bei meiner Ankunft noch schlafen, sodass mich mein indischer Freund in das Gästezimmer lotsen konnte, ohne dass ich schon zu so früher Stunde mit Mrs Thakur konfrontiert würde, verließ ich das Flugzeug.

Bereits in der Gangway fiel mir die angenehm gekühlte Luft auf, die mir aus der Klimaanlage entgegenströmte. Und als ich das eigentliche Terminal betrat, dachte ich erst, ich wäre falsch. Sah man einmal von dem psychedelisch gemusterten Fußboden ab, den ich auf keinen Fall in verkatertem Zustand betreten wollte, war dies ein topmoderner und schöner Flughafen. Kein Vergleich zu jenem abgewrackten und ungastlichen Tor zu Indien, durch das ich mich hatte hindurchzwängen müssen, als ich beim letzten Mal hier gewesen war. Die Grenzschutzbeamten, damals chronisch unterbesetzt und mit grimmigen Blick, saßen nun in einer langen, luftigen Reihe an geschmackvoll designten Tresen unter einer Wand mit großen goldfarbenen Händen, die zum indischen Willkommensgruß geformt waren, und lächelten uns freundlich an.

»*Welcome to India*«, sagte folglich auch der rundliche Sikh mit lilafarbenem Turban, der meinen Pass abstempelte.

Offenbar hatte man beim großen Umbau des Indira Gandhi International Airport nicht nur auf schöne Architektur gesetzt, sondern auch den Charme der Mitarbeiter geschult.

Im Vergleich zu meinen früheren Erfahrungen verlief alles geradezu unwirklich leicht und schmerzfrei, bis ich mit meinem Koffer im Schlepp in die Ankunftshalle kam, wo ich mich mit Yogi verabredet hatte. Stattdessen wurde ich jedoch von einer halben Brigade schwer bewaffneter Soldaten begrüßt, die die Halle geräumt hatten und allesamt aussahen, als hätten sie die Charme-Schulungen verpasst. Ein wandhohes Plakat, das für die Commonwealth Games warb, die in Kürze in Delhi starten würden, erklärte das militärische Aufgebot und weckte in mir Erinnerungen an meinen letzten Besuch und die vielen Baumaßnahmen extra für diese Miniatur-Olympiade mit den Ländern des Britischen Commonwealth.

»*Security check!*«, zischten drei Soldaten hintereinander, und genauso oft musste ich meinen Pass zeigen, ehe es mir erlaubt wurde, mit zunehmenden Kopfschmerzen das Terminal zu verlassen und mich in die milde und nach dem Monsunregen noch immer feuchte Septemberluft zu begeben.

Vor dem Geländer aus blank poliertem rostfreien Stahl standen Chauffeure mit Namensschildern von Geschäftsreisenden zwischen eher familiären Begrüßungskomitees, in denen sich zerbrechliche Alte in Rollstühlen mit jungen Mädchen in modischen Jeans und molligen Müttern in farbenfrohen Saris und mit Säuglingen auf dem Arm mischten. Der Ort hatte sich verändert, aber die Menschen sahen aus wie immer, und das beruhigte mich irgendwie.

Ich ließ meinen Blick über die Menschenmenge schweifen und hielt Ausschau nach Yogi. Nach zehn Minuten erfolglosen Spähens holte ich mein Handy hervor und rief ihn an, doch er ging nicht ans Telefon. Als mein Handy piepte, dachte ich, er wäre es, doch stattdessen erschien auf dem Display der Text eines indischen Mobilfunkanbieters und dann, zu meinem Entsetzen, eine lange SMS von Sven Grip, die mit dem dramatischen Ausruf »LEBST DU NOCH?« endete.

Ich löschte sie sofort und wurde allmählich leicht gereizt, weil Yogi nicht auftauchte.

Am wahrscheinlichsten war es, dass sich mein indischer Freund aufgrund seines eher entspannten Verhältnisses zur Zeit ein wenig verspätet hatte, und das konnte ich notfalls akzeptieren. Als er nach einer knappen Stunde immer noch nicht aufgetaucht war, war ich jedoch richtig angefressen.

Nach einer weiteren Viertelstunde beschloss ich, ein Taxi nach Sundar Nagar zu nehmen, schließlich konnte ich nicht ewig am Flughafen warten. Ich entdeckte einen freien gelbschwarzen Ambassador, der zwischen zwei weißen Touristenbussen versteckt stand, und einigte mich mit dem Fahrer auf einen Preis, woraufhin er hastig mein Gepäck im Kofferraum verstaute. Kaum hatten wir uns zwischen den Bussen hindurchgezwängt, wurden wir von einem anderen Taxi gestoppt, dessen Fahrer mit flammendem Blick und geballten Fäusten aus seinem Wagen stürmte. Innerhalb von Sekunden hatte er die Fahrertür aufgerissen, meinen Fahrer herausgezerrt und ihn in eine hitzige Diskussion verwickelt, die hauptsächlich auf Hindi stattfand, und so war das Einzige, was ich verstand, das englische Wort *prepaid.* Weitere Taxifahrer schlossen sich dem Angreifer an, und mein schreckerfüllter Chauffeur befand sich mit einem Mal mitten auf der Straße, umringt von zehn erregten Männern, die so frenetisch auf ihn einschrien, dass ich fürchtete, sie könnten ihn jeden Moment verdreschen.

»*No, no, stop, please!*«, brüllte ich, und da kam ein Polizist herbeigerannt. Ich seufzte erleichtert auf, bis mir klar wurde, dass der Polizist nicht gekommen war, um meinen Fahrer zu retten, sondern um ihm mit seinem Bambusschlagstock einen gezielten Hieb gegen die Wade zu verpassen.

Nach diesem entschlossenen polizeilichen Eingriff beruhigte sich die Lage jedoch genauso schnell, wie sie hochgekocht war. Der Polizist forderte mich auf, das Auto zu verlassen und meinen Koffer mitzunehmen, ehe er den Fahrer gemeinsam mit einem Kollegen ins Kreuzverhör nahm und einen Bußgeldbescheid ausstellte. Nachdem aber zwei Hundertrupienscheine den Besitzer gewechselt hatten, stellten die Polizisten ihre Drohgebärden sofort ein und entließen den Mann mit einem verhältnismäßig freundlichen *challo.*

*»Only prepaid taxi on airport. Very strict rules«*, erklärte mir der eine Beamte mündig, und als ich mich erkundigte, wo ich ein solches Taxi finden könne, machte er diese typisch wiegende Kopfbewegung, die, wie ich gelernt hatte, unter anderem bedeuten konnte: »Okay, ich höre zu und versuche, den Eindruck zu erwecken, als könnte ich dir helfen«, woraufhin der andere zu einem etwas weiter entfernten Tisch zeigte, um den sich die zuvor so erbosten Taxifahrer jetzt auf Plastikstühlen versammelt hatten und Karten spielten, als wäre nichts gewesen.

Als ich mich dorthin geschleppt hatte, erklärte der Einzige von ihnen, der ein verständliches Englisch sprach, dass ich gezwungen sei, meine Taxifahrt vorab an einem Schalter zu bezahlen, der noch weiter entfernt lag, um dann mit der Quittung zurückzukehren, sodass der Fahrer, der als Nächster an der Reihe war, die Tour übernehmen konnte.

*»Only prepaid and fixed prices. But tip is not included and very much welcomed!«*, erklärte er.

Ich nickte und machte mich abermals auf den Weg, musste

jedoch zu weit gegangen sein, denn irgendwann befand ich mich am Rande des Terminals vor einem großen Aufzug. Mangels anderer Ideen stieg ich ein. Ich gelangte in die darunterliegende Etage und irrte auf der Suche nach einem Taxischalter eine Weile zwischen hupenden Autos und Taxis umher. Am Ende erblickte ich eine Autorikscha, und da keine knüppelschwingenden Polizisten in der Nähe zu sehen waren, entschied ich mich, diese zu nehmen.

Der Paan kauende Fahrer roch nach Kloputzmittel und Tabak, und mir fiel auf, dass ich diesen eigenartigen Hybridgeruch tatsächlich vermisst hatte. Der Rikschafahrer versicherte mir, er wisse exakt, wo in Sundar Nagar der Sweet Corner liege, jener Orientierungspunkt, von dem aus ich Yogis Haus zu finden hoffte.

Anfangs rumpelte es ein wenig auf der neu gebauten vierspurigen Autobahn, die vom Flughafen in die Innenstadt von Delhi führte, aber die Fahrt war dennoch erträglich. Bald schon wurde sie allerdings zu einem haarsträubenden Erlebnis, was an dem zunehmenden Berufsverkehr und der Fahrweise des Rikschafahrers lag, der sofort Gas gab, sobald sich die kleinste Lücke auftat, bis er nur noch einen Meter vom Vordermann entfernt war. Dann stieg er in die Eisen oder scherte so abrupt aus, dass ich mehrmals sicher war, wir würden gleich umkippen.

Meine Versuche, seine Aufmerksamkeit zu erlangen, scheiterten grandios in dem lauten Geknatter der Rikscha, das begleitet wurde von ständigem Hupen und einer piepsig singenden Frauenstimme, die aus dem Autoradio dröhnte. Endlich gelang es mir, das Interesse des Mannes auf mich zu ziehen, indem ich ihm zum wiederholten Male auf die Schulter klopfte. Er drehte sich um, nickte kurz, erhöhte das Tempo noch mehr und führte uns mit einigen irren Wendungen in das umzäunte Wohnviertel Shanti Niketan. Dort machte er eine Vollbremsung vor der

Ruine eines gemauerten Hauses direkt gegenüber einer Mädchenschule, stieg von seinem Gefährt und urinierte für jedermann sichtbar auf einen Haufen alter Ziegelsteine. Nach einer Weile drehte er sich um, das Geschlechtsorgan noch immer fest im Griff, und winkte mir mit der freien Hand zu. Schockiert und verständnislos winkte ich zurück – abwehrend.

»*Public convenience*«, rief der Mann da und zeigte auf ein handgemaltes Schild an der einzigen noch bestehenden Wand des eingestürzten Gebäudes, das tatsächlich verkündete, dies sei eine öffentliche Toilette.

Offenbar hatte die Verzweiflung in meinem Blick dazu geführt, dass er mein Flehen, er möge das Tempo drosseln, als eiliges Bedürfnis missverstanden hatte. Sicherheitshalber stieg ich ebenfalls ab und erleichterte mich, und sei es nur, um das Risiko zu mindern, während der restlichen Fahrt aus purer Angst in die Hose zu pinkeln.

Um neun Uhr passierten wir das Tor zum schicken Sundar Nagar, doch zwanzig Minuten später befanden wir uns immer noch auf der Suche nach dem Süßwarenladen Sweet Corner, von dem der Fahrer in aller Regelmäßigkeit behauptete, er wisse genau, wo der liege. Dennoch hielt er ständig an und fragte jeden Wachmann in der Gegend nach dem Weg, und unserer Odyssee nach zu urteilen erhielt er eine große Bandbreite an verschiedensten Antworten. Ich verfluchte meinen schlechten Orientierungssinn und starrte apathisch auf die grell kolorierte Fotografie eines weiblichen Bollywoodsternchens, die neben einer überdimensionalen Postkarte von Ganesha über dem Fenster der Rikscha befestigt war. Ich drehte den Kopf und erwischte den glücksbringenden Elefantengott aus einer Perspektive, in der er mich hinter seinem Rüssel höhnisch auszulachen schien.

Inzwischen war es halb elf am Vormittag, und ich überlegte allmählich, ob ich mit meiner Flucht von Schweden nach Indien vielleicht vom Regen in die Traufe gekommen war, als eine mir wohlbekannte Stimme durch die Luft gellte: »Mr Gooooooooo-ooooraaaaaaaaaa!«

# KAPITEL 13

Beim Anblick des rundlichen Mannes mit dem wassergekämmten Scheitel und dem Tweedjackett, der vor der herbeisausenden Rikscha wie eine Windmühle mit den Armen ruderte, stieg mein Fahrer ein letztes Mal in die Eisen. Zum Glück hatte er Erfahrung mit dem abrupten Bremsen, denn als das knatternde Dreirad schließlich zum Stehen kam, befand sich dessen Nase gerade einmal zwanzig Zentimeter von Yogis ausladendem Bauch entfernt.

»Mr Gora, was machst du denn hier?!«, fragte mein indischer Freund erstaunt, nachdem er mich und mein Gepäck aus der Rikscha bugsiert und den unablässig Paan kauenden Fahrer so großzügig entlohnt hatte, dass dieser seinen Mund zu einem dankbaren Lächeln öffnete und dabei seine rot gefärbten Zahnstummel enthüllte.

Ich wiederum war so erschöpft und gleichzeitig so froh darüber, Yogi zu sehen, dass ich seinen Worten keine größere Bedeutung beimaß, sondern mich durch das Tor zu seinem Haus führen ließ, das ich erst in diesem Moment wiedererkannte.

Yogi setzte mich auf eine Bank im Vorgarten, warf einen nervösen Blick über die Schulter und senkte seine Stimme.

»Ich habe gerade mit einem der Wächter geredet, als wir ein ums andere Mal einen orientierungslosen Rikschafahrer vorbeibrausen sahen, und am Ende habe ich entdeckt, dass von allen Menschen auf dieser Welt ausgerechnet du auf der Rückbank saßest. Ich war so außerordentlich beglückt, aber zugleich auch so besorgt, dass ich Hals über Kopf auf die Straße rannte, um eurer hoffnungslosen Irrfahrt ein Ende zu bereiten! Um ehrlich zu sein, muss ich sagen, dass es nicht nur meinen inneren Kompass, sondern auch meinen Verstand erstaunt, dass du dich in diesen Vierteln nicht zurechtfindest. Immerhin hast du sogar hier gewohnt, Mr Gora.«

»Irgendetwas an der Stadtplanung des südlichen Delhi sorgt dafür, dass alles gleich aussieht. Aber ich muss auch zugeben, dass mein Orientierungssinn ziemlich bescheiden ist.«

Yogi atmete schwer und steckte sich eine Bidi an, eine dieser kleinen indischen Zigaretten, von denen er so abhängig war.

»Aber, mein lieber Mr Gora, warum bist du eigentlich schon heute gekommen?«, fragte er röchelnd und sah mich beinahe vorwurfsvoll mit seinen großen Augen an.

Nervös rückte er seine Brille zurecht, bückte sich, um ehrerbietig meine Füße zu berühren, wie er es immer bei Menschen tat, die älter waren als er, und umarmte mich unbeholfen, was ich ebenso unbeholfen erwiderte.

»Ich bin heute gekommen, weil wir das so vereinbart hatten! Du wolltest mich heute Morgen am Flughafen abholen, bist aber nie aufgetaucht und hast auch nicht auf meine SMS geantwortet.«

Yogi zog sein Handy aus der Innentasche seines Jacketts und musste beschämt zugeben, dass es ausgeschaltet war.

»Ich bin erst vor einer Stunde aufgewacht und hatte wahrlich nicht damit gerechnet, dass du an diesem Tag anrufen würdest, und noch viel weniger, dass du in Verkörperung deiner höchsteigenen Person hier auftauchen würdest«, wand er sich und schaltete sein Telefon ein.

»Da siehst du mal, in deinem Kalender herrscht keinerlei Ordnung«, sagte ich in einem Ton zu ihm, der scherzhaft klingen sollte, obwohl ich tatsächlich wütend war. Nach diesem schwindelerregenden Morgen verspürte ich zwar eine tiefe Dankbarkeit darüber, mich endlich in der Obhut meines Freundes zu befinden, störte mich aber immer noch an seiner Unfähigkeit, Verabredungen einzuhalten. Das war so typisch indisch, dachte ich.

»Nein, nein und nochmals nein, Mr Gora«, protestierte Yogi und zeigte mir die SMS, in der ich ihm meine Flugzeiten geschickt hatte. »Sieh doch, hier steht klar und deutlich, dass du am Montag, den 4. Oktober um 6.40 Uhr mit dem Finnair-Flug ankommst. Und ich möchte mit der Sturheit eines Maultiers darauf beharren, dass dieses Datum sieben Tage in der Zukunft liegt.«

Verwundert starrte ich auf das Display, nahm dann mein eigenes Handy zur Hand und suchte dieselbe SMS in den gesendeten Objekten. Yogi hatte recht, ich hatte ihm das falsche Datum geschickt.

»Entschuldige, da habe ich mich wohl getäuscht«, sagte ich und wurde rot.

»Nicht der Rede wert, Mr Gora. Meine Erfahrung mit der begrenzten Geduld der Westler hat mich gelehrt, Nachsicht mit euren bisweilen leicht übereilten Handlungen und Schlüssen zu haben«, erwiderte Yogi mit einem zufriedenen Lächeln.

Diese verbale Ohrfeige hatte ich mehr als verdient.

»Nun ja, jetzt bin ich also hier. Ich hoffe wirklich nicht, dass ich dich dadurch in Schwierigkeiten bringe.«

»Keinesfalls, Mr Gora«, versicherte Yogi, wirkte jedoch ein wenig gequält. »Das Einzige, was möglicherweise ein klitzekleines Sandkorn in diesem sonst so gut geölten Getriebe darstellen könnte, ist, dass deine Ankunft sozusagen noch nicht bekanntgegeben wurde.«

»Du meinst, dass deine Mutter nichts davon weiß, dass ich hier bin?«

»Ja, so ungefähr, und es kommt noch etwas hinzu …«

»Sie ist nicht einmal darüber informiert, dass ich überhaupt komme?!«

»Ich glaube, jetzt hast du dich der Wahrheit so sehr genähert, wie es zu dieser empfindlichen Tageszeit nur möglich ist. Also, mein lieber Mr Gora, hab ein wenig Nachsicht mit der spontanen Reaktion, die deine Ankunft bei der kleinen Amma hervorrufen könnte. Ich bin aber mehr als dreihundertfünfzigprozentig sicher, dass sie insgeheim jubeln wird!«

Ich selbst war dagegen dreihundertfünfzigprozentig sicher, dass dies nicht der Fall sein würde, und versuchte vergebens, den Knoten um meine zugeschnürte Kehle wieder zu lösen.

# KAPITEL 14

»Was machen Sie denn hier?«

Mrs Thakurs Frage war streng genommen weder sonderlich aggressiv noch unverschämt. Ein westlicher Mann mit zweifelhaftem Ruf, der den einzigen, unverheirateten Sohn einer dominanten Mutter schon allzu oft zum Zechen verführt hatte, musste zwangsläufig mit einem etwas kühlen Empfang rechnen.

Die dürre alte Dame blickte allerdings angewidert drein, und außerdem hatte sie die Angewohnheit, alle Menschen in ihrer Nähe mit einer Lupe zu betrachten, die sie wie einen furchteinflößenden Zyklopen aussehen ließ, und so war es vielleicht nicht weiter verwunderlich, dass meine Beine ein wenig zitterten.

Also war fast alles wie immer. Die eigensinnige Witwe Mrs Thakur saß noch immer in dem knarrenden Sessel vor dem Fernseher, eine fusselige Decke über ihrem viel zu großen Hemdkleid, dem traditionellen Salwar Kamiz, die frierenden Füße in dicken Wollstrümpfen. Wie gewohnt war es im Wohnzimmer auch unerträglich warm, denn trotz einer Außentemperatur von fast dreißig Grad stand der glühende Heizlüfter in Reichweite der alten Dame. Und genau wie bei meinem letzten Besuch lag die hindisprachige Zeitung *Dainik Jagran* aufgeschlagen auf dem Beistelltisch neben der Personalglocke. Auf den ersten Blick fiel mir an Veränderungen nur auf, dass das lange graue Haar der Alten ein wenig lichter und ihre gichtgeplagten Finger noch krummer geworden waren.

»Liebste Amma, just über diese Sache habe ich dich in aller

Eile vergessen, in Kenntnis zu setzen – nämlich dass Mr Gora aus Schweden zu Besuch kommt«, sagte Yogi, und sein Blick flackerte nervös.

Ohne eine Miene zu verziehen, legte die Alte die Lupe auf den Tisch und bimmelte mit der Glocke. Innerhalb von zwanzig Sekunden standen das Dienstmädchen Lavanya und der Koch Shanker vor Mrs Thakur stramm. Lavanya trug nach wie vor das silberne Kettchen mit den kleinen Glöckchen an ihrem Fuß, das dafür sorgte, dass man jeden ihrer Schritte hören konnte, wo auch immer im Haus sie sich gerade aufhielt, und Shankers blendend weißes Lächeln signalisierte, dass er wie immer bereit war, dem kleinsten Wink von *Madam* zu folgen.

»Hört gut zu, meine Kinder«, sagte Mrs Thakur und lächelte ihre Dienerschaft an. »Als Südinder seid ihr doch damit vertraut, wie unangemessen der Genuss von alkoholischen Getränken ist, oder?«

Beide nickten bejahend mit dem Kopf.

»Ihr wisst auch, dass Yogendra im Begriff ist, eine südindische Dame zu heiraten, und er deshalb, gemäß der Tradition der Enthaltsamkeit, die ich voll und ganz unterstütze, in jeder Hinsicht nüchtern bleiben muss.«

Die Alte machte eine kurze Pause, ehe sie mit ihrem krummen Zeigefinger auf mich wies, den Blick jedoch immer noch auf Lavanya und Shanker richtete.

»Ihr beide kennt unseren Mr Borg hier gut genug und wisst daher schon einiges über sein oftmals unangemessenes Verhalten. Wir werden doch wohl kaum das Holi-Fest im vorigen Jahr vergessen, als er und sein übermäßiger Genuss von berauschendem Bangh-Tee auch Yogendra ins Verderben gestürzt haben, nicht wahr?«

*»We will always remember that, Madam!«*, rief Lavanya wie eine

Erweckungspredigerin aus, um ja keinen Zweifel an ihrer Loyalität aufkommen zu lassen.

Mrs Thakur strafte das Mädchen für ihren theatralischen Ausfall mit einem zurechtweisenden Blick und fuhr fort: »Nun ist es so, dass Mr Borg heute ohne Vorwarnung hier eingetroffen ist oder jedenfalls ohne dass mein Taugenichts von einem Sohn es für nötig befunden hätte, seine Mutter darüber zu informieren. Und wenn ich Yogendra recht verstehe, wobei das natürlich nur eine Vermutung ist, weil ich es noch nicht mit eigenen Ohren gehört habe, gedenkt Mr Borg auch hier zu übernachten, jedenfalls vorübergehend. Damit keine Zweifel darüber aufkommen, wie wir uns in dieser noch nicht näher definierten Zeitspanne gegenüber berauschenden Getränken verhalten, will ich betonen, dass in unserem Haus und seiner unmittelbarer Umgebung wie den Gärten, Pavillons, Vorratskammern und Dienstbotenwohnungen auf keinen Fall etwas serviert oder verzehrt werden darf, was den menschlichen Verstand und das innere Gleichgewicht in irgendeiner Form negativ beeinflusst. Ich möchte euch auch einschärfen, dass ihr ausnahmslos dazu verpflichtet seid, mich beim kleinsten Verdacht darauf aufmerksam zu machen – auch wenn ihr erfahren solltet, dass es Mr Borg gelungen ist, Yogendra andernorts in einen Rausch zu versetzen. Habt ihr meine Anweisungen zur Gänze verstanden?«

»*Yes, Madam!*«, riefen Shanker und Lavanya unisono und schüttelten synchron die Köpfe wie zwei mechanische Puppen.

»Wunderbar, dann hätten wir diese Sache wohl geklärt«, sagte die alte Dame und wandte sich mit einem milden Lächeln mir zu.

»Willkommen, Mr Borg. Wie wäre es mit einem Tässchen Masala Chai?«

Natürlich hätte ich mir einen besseren Start für meinen neuerlichen Umgang mit Mrs Thakur vorstellen können, aber in gewisser Weise war es auch schön zu wissen, wo der Hammer hing. Ich erkannte alsbald zwei Vorteile darin:

1. Die strengen Regeln würden zweifelsohne einen ausgesprochen dämpfenden Effekt auf meinen derzeit etwas zu hohen Alkoholkonsum haben.
2. Ich würde die meiste Zeit mit Yogi verbringen, weil ich wusste, dass seine Barmherzigkeit es ihm verbot, mich längere Zeit mit seiner Mutter allein zu lassen.

Und so kam es auch, zumindest am Anfang. Nicht ein einziges Kingfisher-Bier tranken Yogi und ich in der ersten Zeit, in der er mir auch eine indische SIM-Karte für mein Handy organisierte, sodass ich einer weiteren Konfrontation mit Sven Grips ständigen SMS entging.

Den Rest unserer Premierenwoche verbrachten wir mit diversen Tagesausflügen in Delhi, die alles von Sightseeing über Tempelbesuchen und Parkspaziergängen bis hin zu Einkaufsbummeln umfassten. Ich verbrachte auch viel Zeit allein auf Märkten und in Cafés mit einer englischsprachigen Zeitung, während Yogi diverse Besprechungen und Geschäftsessen abhielt, deren Sinn ich nicht ganz verstand. Allerdings zeigte er sich auch nicht gerade übertrieben bemüht, mich darin einzuweihen.

Der Kontakt zu Mrs Thakur beschränkte sich auf das gemeinsame Frühstück und Abendessen, die jetzt nicht mehr nur streng vegetarisch, sondern auch noch streng südindisch war. Erst glaubte ich, Yogis Mutter wollte sich aus Rücksicht auf ihre künftige Schwiegertochter mit deren Essen vertraut machen, aber wie sich herausstellte, hatte sie in Wahrheit ganz andere

Hintergedanken. Shanker war erwiesenermaßen ein guter Koch, der von Yogis Vater, einem Gourmet, dazu ermutigt worden war, Essen vom gesamten indischen Subkontinent zuzubereiten. Seit der Vater vor knapp zehn Jahren gestorben war, wurden auf Geheiß seiner wählerischen Witwe fast nur Gerichte aus Punjab, Haryana und Delhi serviert. Shankers wahres kulinarisches Heimspiel, bei dem er die besten Leistungen erbrachte, war jedoch die tamilische Küche. Und ich konnte mir bald den wahren Grund dafür ausrechnen, warum die Alte plötzlich so erpicht darauf war, jeden Tag südindische Mahlzeiten auftischen zu lassen, von denen sie nur kleine Portionen aß.

»Dieser Dosa ist wirklich sehr knusprig, und das Kokoschutney schmeckt mild und süß. Aber da ist auch ein ungewöhnlicher Nachgeschmack, von dem ich ehrlich gesagt nicht so recht weiß, ob ich ihn mag oder nicht. Soll das denn wirklich so sein?«, fragte sie den Koch eines Morgens, als wir einen voluminösen Pfannkuchen mit Kartoffelfüllung und den entsprechenden Beilagen verspeisten.

»Auf jeden Fall, Madam. Er ist perfekt!«, versicherte Shanker mit einer Selbstgewissheit, die er nur an den Tag legte, wenn es um lukullische Genüsse ging.

»Du hast recht. Wenn man sich erst einmal an den Geschmack gewöhnt hat, ist er sehr gut«, schmeichelte die alte Dame. »Aber wärst du so freundlich und würdest mir verraten, was der häufigste Fehler ist, den nicht ganz so geübte Köche bei der Zubereitung dieses Gerichts begehen?«

Shanker hielt einen langen Vortrag, der von einem zu großen Hefeanteil im Teig bis zu schlecht geriebener Kokosnuss alles Mögliche enthielt und den ich äußerst ermüdend fand. Yogis Mutter jedoch lauschte interessiert und machte sich sogar Notizen.

Tags darauf nahm sie ein ziemlich ähnliches Essen namens Uttapam mit verschiedenen Soßen ins Visier.

»Pikant, mit einer angenehmen Säure, und die Ränder sind so hübsch gebräunt und trotzdem nicht ansatzweise angebrannt. Wie ist dir das so gut gelungen?«, fragte Mrs Thakur.

Shanker strahlte wie eine Sonne und erklärte nach einer Reihe Folgefragen der Alten den Unterschied zwischen diesem Meisterwerk und der versalzenen und fettigen Zumutung, die leider allzu oft bei den Kochversuchen schlampiger südindischer Mädchen herauskam.

Mrs Thakur schrieb alles mit einem sardonischen Grinsen auf den Lippen mit, ehe sie sich vor dem Fernseher niederließ, um die Wiederholung einer dieser unzähligen Soaps zu sehen, in denen es um die nie enden wollenden Machtkämpfe zwischen indischen Müttern und ihren Schwiegertöchtern ging.

# KAPITEL 15

Als die Alte endlich schlafen gegangen war und Yogi und ich im Garten Nimbu Pani, eine würzige indische Limonade, tranken, fragte ich vorsichtig, ob denn von seiner künftigen Ehefrau erwartet werde, das Essen zuzubereiten, sobald sie hier im Haus wohnte.

»Ja, zumindest am Anfang. Der unerschöpfliche Quell unserer Traditionen besagt, dass sie bei ihrer neuen Familie auch in diesem Bereich ihr Können unter Beweis stellen muss.«

»Und wie wird das deiner Meinung nach ausgehen?«

Yogi seufzte und zündete sich an seiner fast verglühten Bidi gleich die nächste an.

»Ich weiß, worauf du hinauswillst, Mr Gora. Du hast gesehen, wie Amma Shanker über die Küche von Tamil Nadu ausfragt, damit sie auf jedem kleinsten Fehler herumhacken kann, den Lakshmi bei der Zubereitung dieser Gerichte womöglich begeht.«

»Ganz genau. Und das wirkt etwas beunruhigend.«

Yogi verschränkte die Finger und streckte seine Arme erst nach oben, dann im geraden Winkel nach hinten, als wären sie aus Gummi. Die Biegsamkeit seiner Gelenke bewirkte, dass er trotz seiner Leibesfülle mitunter an einen geschmeidigen Yogalehrer erinnerte.

»Im Normalfall, bei einer ganz normalen indischen Schwiegertochter, wäre das ein Anlass zu großer Besorgnis. Aber Lakshmi ist nicht ganz so wie alle anderen.«

»Wie meinst du das?«

»Das wirst du verstehen, wenn du sie kennenlernst«, antwortete Yogi kryptisch und lächelte flüchtig. Sein Blick wurde matt.

Ich schwieg und beobachtete ihn unauffällig. Schon am Tag zuvor waren mir leichte Schatten unter Yogis Augen aufgefallen, und im flackernden Licht der Öllampe traten sie nun deutlich hervor. Obwohl er im Begriff war, die Frau zu heiraten, von der er sagte, er habe sein gesamtes, fast vierzigjähriges Leben auf genau sie gewartet, sah Yogi traurig aus. Und diesen Gemütszustand war ich von ihm nicht gewohnt.

»Gibt es etwas, was dich bedrückt?«, fragte ich schließlich.

Er zuckte zusammen, und sein Blick wurde wieder klar.

»Mr Gora«, sagte er ernst und sah mir tief in die Augen. »Kannst du ein Geheimnis in deinem Herzen bewahren und beim Herz des Hanuman schwören, dass du es Amma gegenüber niemals preisgibst?«

»Ich schwöre.«

Er rückte mit seinem Korbstuhl heran und senkte die Stimme.

»Wenn Lakshmis möglicherweise unvollkommene Kochkünste mein größtes Problem wären, dann wäre ich der glücklichste Mann der Welt. Aber leider ist eine Komplikation von bedeutend ernsterem Ausmaß hinzugekommen. Ich habe dir ja gesagt, die aufgeschobene Hochzeit würde auf einem falsch erstellten Horoskop beruhen. Aber in Wirklichkeit spannt die Hose nicht an diesem Punkt über dem Bauch, wenn du verstehst, was ich meine.«

»Fällt die Hochzeit aus?«, fragte ich aufgeregt.

»Pssst!«, sagte Yogi. »Nicht so laut.«

Mit gespitzten Ohren lauschte er nervös in die Nacht, doch einzig das Brüllen des Löwen aus dem Zoo von Delhi, der nur ein paar Straßen entfernt lag, war zu hören.

»Ich hoffe bei sämtlichen drei Millionen hinduistischen Gottheiten und ihren dreimal so vielen Inkarnationen, dass es nicht so weit kommen wird. Letztendlich heißt meine Frau nicht umsonst Lakshmi, nach der unbestrittenen Beschützerin der Liebe. Da müssen wir beide doch eins werden, ansonsten gibt es im ganzen Universum keinen Sinn und keine Vernunft! Aber Lakshmi ist auch die Göttin des Reichtums, und diese Namensvetterin meiner Zukünftigen stellt uns vor eine noch viel härtere Prüfung. Wie du sicher weißt, erfordert eine richtige indische Mittelklassehochzeit einen beträchtlichen finanziellen Einsatz. Und genau das ist der Punkt, wo die Hose über dem Bauch spannt. Oder wo sich die Sorgen auftürmen wie bedrohliche Termitenhügel, um ein Bild aus der Natur zu bemühen.«

Dass Yogi selbst in dieser ernsten Stunde nicht darauf verzichtete, seine Sprache mit diesen eigenhändig zusammengeschusterten Gleichnissen zu vergolden, wertete ich als gutes Zeichen. Er leerte sein Glas mit Limettensaft und unterdrückte einen Rülpser.

»Mein hochverehrter künftiger Schwiegervater hat keine unbegrenzten Geldsummen zur Verfügung«, flüsterte Yogi. »Er ist ein Mann, der den Wohlstand der Familie mit harter Arbeit, Sparsamkeit und einer Reihe besonders gelungener Investitionen in die Textilindustrie zum richtigen Zeitpunkt aufgebaut hat. Und so sehen ihn die meisten Menschen in seiner Heimatstadt noch heute: als einen in jeder Hinsicht erfolgreichen Geschäftsmann. Ja, sogar als den ungekrönten Heeresführer der tamilischen Unternehmerschaft. Aber mir hat er ein Geheimnis verraten, und ich werde es mit dir teilen, aber nur wenn du mir erneut schwörst, und zwar diesmal bei Shivas gefürchteter Kobra, es niemandem zu verraten, denn sonst kommt sie und beißt dich«, rief Yogi im Eifer, bereute es aber sofort wieder.

»Ich meine natürlich nicht, dass es richtig schlimm ausgehen soll, aber dass du von Zahnschmerzen oder schweren Blähungen oder irgendetwas anderem geplagt werden würdest, was dir das Dasein so richtig vermiest. Zumindest eine Zeit lang.«

»Du musst dir keine Sorgen machen, dass ich etwas ausplaudere. Ich schwöre!«

Yogi zog einen Kamm aus der Innentasche seines Tweedjacketts, platzierte ihn millimetergenau auf dem Seitenscheitel und zog ihn mit einer routinierten Bewegung durch sein glänzendes Haar.

»Okay, Mr Gora, ich verlasse mich darauf, dass du deinen Mund versiegeln kannst. Die Sache ist so: Im letzten Jahr haben zwei katastrophale Geschäfte in Kombination mit den steigenden Baumwollpreisen auf dem Weltmarkt fast das ganze Vermögen meines Schwiegervaters aufgezehrt. Gleichzeitig ist er so stolz und stur, dass er sich weigert, meine Unterstützung anzunehmen. Ich habe ihm mehrere Auswege vorgeschlagen, zum Beispiel, ihn von der Mitgift zu befreien oder eine einfachere, aber immer noch farbenfrohe Hochzeit zu arrangieren. Aber leider will er davon überhaupt nichts hören. Für ihn ist es von größter Bedeutung, seine Tochter in aller Pracht zu verheiraten und ein so großes Fest auszurichten, dass unverkennbar wird, wie sehr er sie liebt, aber auch dass niemand seinen Reichtum infrage stellt. Hinzu kommt, dass Amma dieser ehelichen Verbindung anfangs extrem kritisch gegenüberstand. Wir gehören einer höheren Kaste an als die Krishnamurtis, und ich musste sie erst unter langwierigen Anstrengungen davon überzeugen, wie respektiert und reich die Familie ist, ehe sie ihre Zustimmung gab.«

Yogi machte eine seiner charakteristischen Kunstpausen, ehe er erneut das Wort ergriff.

»Ich möchte wirklich nicht mit Kohle auf einer rußigen Leinwand malen, aber allmählich wird das Bild an den Rändern ein wenig dunkel.«

# KAPITEL 16

Yogi und ich blieben die halbe Nacht im Garten sitzen und diskutierten. Und trotz aller Probleme schien er allein dadurch einen Teil seines optimistischen und lösungsorientierten Gemüts wiederzuerlangen, dass er sein Herz erleichterte. Ich war der Erste, mit dem er darüber sprach, der nicht in irgendeiner Weise involviert war, und daher auch der bisher Einzige, der unzensensiert über sämtliche Zutaten dieses brodelnden indischen Currys informiert wurde.

»Es ist wahnsinnig anstrengend, gleichzeitig innen und außen zu spielen. Sobald es einem gelingt, den Angriff des Bowlers mit einem perfekten Schlag abzuwehren, und man dabei ist, vier neue Punkte einzuheimsen, muss man von der Schlagmannschaft in die Feldmannschaft wechseln und der Länge nach über den Rasen hechten, um den härtesten Ball zu fangen. Und die ganze Zeit droht ein böswilliges Wicket, das um jeden Preis befriedet werden will«, sagte Yogi.

Vermutlich bedeutete dieses Cricket-Gleichnis irgendetwas wie »mehrere Bälle in der Luft halten«. Denn so war es wirklich. Yogi hatte unterschiedlichen Leuten unterschiedliche Erklärungen gegeben, hatte Wahrheiten zurechtgebogen, Details unterschlagen und sich sogar Schweigen erkauft, um vorübergehend mehr Zeit und Verhandlungsspielraum zu haben.

Seiner Mutter hatte er gesagt, die Trauung verschöbe sich um höchstens zwei Monate, weil der tamilische Kalender nach der Entdeckung alter Tempelinschriften revidiert werden müsste, was wiederum die herrschende Auffassung darüber auf den Kopf stellte, welche Tage sich am besten für die Eheschließung eigneten. Zum Beweis hatte Yogi ihr einen Artikel mit dem Foto eines schönen Brautpaars aus einer tamilischen Tageszeitung gezeigt (in der Überzeugung, dass die Mutter ohnehin kein Wort von dem Text verstand, in dem es eigentlich um die beliebtesten Hochzeitstage ging). Als notwendige Ergänzung hatten Lavanya und Shanker, deren Muttersprache Tamilisch war, einen zusätzlichen Monatslohn erhalten, um Yogis Version zu verifizieren, falls Mrs Thakur Fragen stellte, wovon er fest überzeugt war.

»Sie sollen nicht direkt lügen, sondern eher nicht die ganze Wahrheit erzählen.«

Yogis Zukünftige wiederum hatte die Nachricht erhalten, dass er aufgrund des kräftigen Monsuns über Delhi in diesem Sommer gezwungen wäre, einen Teil des Hauses zu renovieren, der von erheblichen Wasserschäden betroffen wäre, und es deshalb besser wäre, die Hochzeit noch ein wenig aufzuschieben, damit er sie nach den Flitterwochen in einem trockenen und sicheren Zuhause willkommen heißen konnte. Zwar hatte es tatsächlich in das Haus hineingeregnet, aber bei Weitem nicht in dem Ausmaß, das er ihr gegenüber angedeutet hatte.

Lakshmis Vater, Mr Chivan Krishnamurti, der nach Yogis nebulöser Beschreibung zu urteilen ein liebenswerter, aber ziemlich eigensinniger Witwer zu sein schien, war gebeten worden, das Problem nicht mit Mrs Thakur zu erörtern, weil das ihren ohnehin schon labilen Zustand ernsthaft gefährden könnte.

»Ich glaube, diese Beschreibung kommt der verzwickten Sachlage am nächsten. Man soll ja bei allen Göttern wahrlich nicht sein Schicksal herausfordern, aber ich darf wohl zu meiner nicht ganz unangemessenen Verteidigung hinzufügen, dass es weit mehr erfordert als eine abgeblasene Hochzeit, um meine liebe Amma ins Grab zu bringen.«

Ich war geneigt, ihm zuzustimmen. Bei all den Intrigen, die ich Mrs Thakur spinnen sah, und all ihren Wutausbrüchen, die ich mit anhörte, hatte ich nie eine negative Auswirkung auf ihre Gesundheit bemerkt. Ganz im Gegenteil schien die alte Dame neue Kraft aus diesen ganzen Meinungsverschiedenheiten zu ziehen.

Am schlimmsten jedoch hatte sich mein Freund in eine geheime und komplizierte Allianz verstrickt, die er mit seinem Schwiegervater in spe eingegangen war. Er sah in Yogi den Sohn, den er nie bekommen hatte. Und noch dazu hatte Mr Krishnamurti ihn zu dem Mann auserkoren, der nach den finanziellen Misserfolgen der letzten Zeit jetzt ein lukratives Geschäft an Land ziehen sollte. Ein Geschäft, das wie durch Zauberei die Finanzierung der großartigsten Hochzeit retten würde, die man sich nur vorstellen konnte. Eine Hochzeit, die obendrein nicht nur die Zukunft des alternden Mr Krishnamurti sichern würde, sondern auch die von Lakshmis noch unverheirateter großer Schwester.

Dieses wunderbare Geschäft bestand darin, eine Teeplantage von rund hundert Hektar einschließlich Fabrik, Lager, Arbeiterbaracken und Villa in Darjeeling von einem älteren Briten namens Edward Green zu erwerben, mit dem der Schwiegervater über einen Immobilienmakler in Kontakt gekommen war. Der Engländer hatte in den letzten zehn Jahren nach und nach seine Unternehmen in Indien abgewickelt und wollte nun seine beiden letzten, wohlrenommierten Plantagen in Darjeeling respektive Assam verkaufen, um anschließend nach London zurückzukehren und dort seinen Lebensabend zu verbringen. Da Yogis künftiger Schwiegervater als junger Mann einige Jahre als Vorsteher auf einer Teeplantage in Kerala gearbeitet hatte, kannte er sich in der Branche aus und glaubte zudem zu wissen, wie man durch den Verkauf von Anteilen schnelles Geld verdienen konnte. Vor allem, nachdem der Teepreis nach einigen schwierigen Jahren endlich wieder anstieg.

»Mr Green hatte zugestimmt, im Falle eines schnellen Abschlusses zu einer sehr angemessenen Summe zu verkaufen. Er wollte meinem Schwiegervater die halbe Plantage zum Preis von einem Crore anstelle von einem Crore und fünfzig Lakh überlassen.«

Ich bat Yogi, mir die komplizierte indische Rechenweise zu erklären.

»Ein Lakh entspricht hunderttausend und ein Crore zehn Millionen. Wenn wir diese goldenen Summen von Rupien in amerikanische Dollar umrechnen, sind es ungefähr hundertfünfzigtausend Dollar anstatt zweihunderttausend«, sprudelte es aus ihm heraus.

»Das ist ein fantastischer Preis, der nur Mr Greens Sehnsucht nach einer schnellen Rückkehr in seine Heimat zu verdanken ist. Er sagt, er habe keine Kraft mehr für die ausdauernden indischen Verhandlungen. Noch dazu war die Summe fast identisch mit dem, was mein Schwiegervater noch aufbringen konnte, und entspricht in etwa den Kosten für unsere großartige Hochzeitsfeier. Indem er seine Hälfte jedoch sofort in kleinere Anteile aufteilen und den doppelten Preis dafür verlangen wollte, sollte er dank dieses Geschäfts mit der Geschwindigkeit eines Geparden so reich werden, dass er die fantastischste Hochzeit von allen würde zahlen können und darüber hinaus auch noch Geld zum Leben übrig hätte. Nach seinem Handschlag mit Mr Green war mein Schwiegervater sich seines Gewinns so sicher, dass wir neue Einladungskarten mit dem neuen Hochzeitsdatum verschickt haben, das auf den zehnten Dezember angesetzt wurde.«

Ich hatte eine ungute Vorahnung, worauf das Ganze hinauslaufen würde, und dieses Gefühl wurde bestärkt, als Yogi fortfuhr: »Er hat alle Gelder auf mein Konto überwiesen und mir die Vollmacht erteilt, das Geschäft abzuschließen. Außerdem bekam ich eine lange Liste mit Namen von Geschäftspartnern meines Schwiegervaters, die bereit waren, sich mit kleineren Anteilen einzukaufen. Es gab sogar eine Warteliste mit Menschen, die an dem Projekt teilhaben wollten, weil noch immer die allgemeine Auffassung herrscht, dass alles, was Mr Krishnamurti anrührt, zu Gold wird. Aber vor ein paar Tagen geschah dann das, was nicht hätte geschehen dürfen.«

»Ist sein letztes Geld auch in Rauch aufgegangen?«, fragte ich erschrocken.

»Keinesfalls. Jede Rupie befindet sich noch immer auf meinem Konto. Und genau da liegt der problematische Kern des Problems.«

»Jetzt verstehe ich gar nichts mehr.«

»Edward Green hat sich aus dem Geschäft zurückgezogen! Er will meinem Schwiegervater nicht mehr wie versprochen die Hälfte der Plantage verkaufen, weil er ein besseres Angebot von einem Franzosen erhalten hat, der obendrein bereit ist, das Geschäft noch schneller abzuschließen. Ich habe versucht, ihn zur Räson zu bringen, und in einer äußerst demütigen Rede angedeutet, dass wir auch noch ein wenig mehr Geld zuschießen könnten. Aber es ist, als hätte er sich plötzlich darauf eingeschossen, dass wir nicht gut genug wären!«

Wenn es stimmte, was Yogi sagte, wurde der alte Krishnamurti nicht um sein Geld gebracht, sondern um seine letzte Chance, die teure Hochzeit zu finanzieren. Und das stellte natürlich eine ernsthafte Bedrohung für das zukünftige Lebens- und Liebesglück meines Freundes dar.

»Wenn ich mit meiner ehrlichsten Zunge spreche, muss ich gestehen, dass ich richtig sauer über Mr Greens starrköpfige Einstellung bin. Mein künftiger Schwiegervater hat nach ihrem ersten Treffen wohl ein zu gutes Bild von ihm gehabt. Doch meiner Meinung nach wird er dem Ruf des echten Gentlemans, wie er den Briten vorauseilt, nicht gerecht. Ein Handschlag ist doch nach wie vor ein Handschlag, oder nicht, Mr Gora?«

»Dem kann ich nur zustimmen. Aber es gibt keine schriftliche Vereinbarung, die ihn an das Geschäft bindet?«

»Nichts, was das vergoldete Siegel der indischen Rechtsprechung trägt. Darüber hinaus sieht es wohl auch leider so aus, dass ich meinen hochverehrten Schwiegervater noch nicht darüber informiert habe, dass es sozusagen bedeutende Lecks im Boot gibt. Er glaubt nach wie vor, alles liefe wie geplant und die Formalitäten würden jeden Moment erledigt sein. Weil er allmählich ein feiner alter Herr wird und nicht mehr alles verkraftet, habe ich die vollste Verantwortung dafür übernommen, dieses Geschäft zu Ende zu bringen. Und er vertraut mir zu dreihundertfünfzig Prozent! Das ist wahrhaftig ein schwerer Sack Reis, den ich da zu tragen habe.«

Yogi schlich sich ins Haus und kehrte mit einigen Ausdrucken aus dem Internet wieder, welche die Teeplantage Green Estate zeigten. Sie sah wirklich einladend aus, dicht gewachsene Teesträucher, die sich über sanfte Hügel wanden, und die gut erhaltenen alten Holzgebäude strahlten Zimmermannsglück und kolonialen Charme aus. Weder Yogi noch sein Schwiegervater hatten die Ländereien mit eigenen Augen besichtigt, aber es gab Referenzen und verlässliche Aussagen über den unbestreitbaren Wert dieser Plantage.

»Green Estates *first flush* zählt zu den besten Darjeelings«, verkündete Yogi mit einer Mischung aus Stolz und Verzweiflung in der Stimme. »Hergestellt aus den Blättern der ersten Pflückung nach dem Winter und mit einem milden Geschmack, der die schönsten Blumen in deinem Mund erblühen lässt! Und auch der *second flush* gehört zur absoluten Spitzenklasse. Er ist sozusagen der Champagner des Tees, mit einer perlenden Berauschtheit, die die schönsten Bilder im Gehirn desjenigen weckt, der ihn trinkt! Ohne die Launenhaftigkeit eines Edward Green würde all das uns gehören.«

»Was willst du in der Sache unternehmen?«, fragte ich.

Yogi schüttete geröstete Kichererbsen aus einer Schale in seine Hand und schnippte sich mit einer schnellen Daumenbewegung mechanisch eine nach der anderen in den Mund. Seine Kiefer mahlten monoton, und sein Blick verschwand erneut in der Ferne.

»Hallo, jemand zu Hause?«

Es erschien mir wie eine verkehrte Welt, dass plötzlich *ich* derjenige war, der versuchte, einen anderen zur Rückkehr ins Hier und Jetzt zu bewegen.

»Entschuldige. Was hast du gesagt, Mr Gora?«

»Gibt es keinen Ausweg?«

»Daran habe ich fest geglaubt. Deshalb habe ich mich in den letzten Tagen so sehr in meine Angelegenheiten vertieft und dir nicht die Aufmerksamkeit geschenkt, die ein Ehrengast deines Kalibers verdient hätte. Ich habe mit Juristen und Geschäftsbekanntschaften gesprochen und nicht zuletzt versucht, Mr Greens arrogante Einstellung uns gegenüber mit einem Rogan Josh im Imperial Hotel zu revidieren. Du musst wissen, dass mein tierliebes Herz blutete, als ich ein geschlachtetes Lamm in Curry bestellt habe. Und noch dazu ohne jeglichen Nutzen, so wie es jetzt aussieht! Mr Green sagt, das Angebot des Franzosen gelte noch immer, und er habe fest vor, an ihn zu verkaufen. Das Einzige, worauf er sich einlassen wollte, war ein letztes Treffen in einigen Tagen. Ich habe vor, die Summe noch mal um einen kleineren Betrag zu erhöhen, glaube aber kaum, dass es helfen wird. Seine ständigen Andeutungen über die Unehrlichkeit der Inder brennen mir wie rotes Chili in den Augen. Der Mann scheint ein übertriebenes Vertrauen in die Redlichkeit von Menschen zu setzen, die eine genauso bleiche Haut haben wie er. Versteh mich nicht falsch, Mr Gora. Ich hege große Sympathien für dich, aber um ehrlich zu sein, gibt es nicht wenige Goras, die sich noch immer so benehmen wie in den Tagen des Imperiums.«

Yogis Ausführung über die Goras weckte trotz ihrer Schärfe nostalgische Erinnerungen. Eigentlich lag es an seiner Unfähigkeit, das schwedische Ö auszusprechen, dass er mich seit unserer ersten Begegnung statt Göran passenderweise Mr Gora nannte, was so viel bedeutete wie Herr Bleichgesicht.

»Ich werde den übelriechenden Verdacht nicht los, dass ich eine viel bessere Verhandlungsposition hätte, wenn ich selbst ein Gora wäre…«

Plötzlich hielt Yogi mitten in seiner entrüsteten Ausführung inne. Sein Blick fiel auf mich, und ich meinte, ein Blitzen darin zu erkennen.

»Mr Gora, ich glaube, ich habe eine ausnehmend brillante Idee!«

# KAPITEL 17

Laut Yogi war Mr Edward Green Goras gegenüber bedeutend positiver eingestellt als Indern. Und weil ich nun einmal zufällig ein Gora war, sollte ich mit meinem blassen Antlitz für Yogis tadelloses Leben und seine unbestrittene Ehrlichkeit in Geschäftsdingen bürgen und damit eine Tür öffnen, die im Prinzip bereits geschlossen war. So sah die »brillante Idee« meines Freundes aus.

»Aber Yogi! Wie oft soll ich dir noch sagen, dass ich solchen sozialen Herausforderungen momentan ganz und gar nicht gewachsen bin. In der letzten Zeit ging es mir nicht sonderlich gut, und es würde deiner Sache eher schaden als nutzen, wenn Mr Green mich in meinem jetzigen Zustand treffen würde«, protestierte ich bei einem gemächlichen Morgenspaziergang, nachdem er mich zwei Tage lang bearbeitet hatte. Wir flanierten durch einen dieser kleinen rechteckigen Parks, von denen es im Süden Delhis so viele gab. Ein Schwarm kreischender grüner Sittiche flatterte dicht an unseren Köpfen vorbei, während eine junge Frau in Polohemd und kurzen Hosen bereits zum fünften Mal an uns vorübereilte und dabei wie besessen telefonierte.

»Mr Gora, nun versuch doch bitte mal, deinen Worten ein wenig mehr Goldglanz zu verleihen. Ich verlange ja gar nicht, dass du mich retten sollst. Ich verlange nur, dass du einen bezaubernd hübschen Versuch unternimmst!«

Weder das frische Grün noch der für Delhi ungewohnt angenehme Duft frischer Erde konnten das Unbehagen mindern, das mich immer mehr überkam. Inzwischen schätzte ich es auf 75 auf der KVT-Skala ein.

»Das ist nicht so leicht, Yogi. Ich bin derzeit nicht gerade stabil«, stammelte ich.

Mein Freund blieb stehen und sah mich mit großen, flehenden Augen an.

»Mr Gora, ich selbst bin derzeit auch nicht so stabil, wie man es sich wünschen könnte. Und ich brauche wirklich deine Hilfe, sonst würde ich dich nicht mit einer solch beharrlichen Aufdringlichkeit darum bitten. Aber ich werde bald damit aufhören, versprochen. Dies ist das absolut *letzte* Mal, dass ich dich frage: Könntest du dir vorstellen, mir morgen als Stütze meines instabilen Charakters bei meinem *letzten* Treffen mit Mr Green zur Seite zu stehen?«

Ich wich seinem Blick aus und stellte mich demonstrativ mit dem Rücken zu ihm. Vielleicht verstand Yogi, dass ich einen Moment für mich brauchte, jedenfalls ließ er mich in Ruhe.

Ich sah mich im Viertel um, das voller Menschen und in Bewegung war. Auf dem Rasen in der Mitte des Parks widmeten sich vier ältere indische Frauen in farbenfrohen Salwar Kamiz ihrem Morgenritual, das Gebet und Bewegung miteinander verband. Ihr *Oooooooooommmmmm* hallte wie ein Nebelhorn wider, ehe sie zu Yogaübungen übergingen. Ein älterer Herr mit perfekt gezwirbeltem Schnurrbart kombinierte seinen Frühsport dagegen mit der Gartenarbeit. Mit einer Gartenschere in der Hand blieb er während seines Morgenspaziergangs in regelmäßigen Abständen stehen, um Büsche zu stutzen oder kleinere Äste und Zweige abzuknipsen, die ihn auf seinem Weg behinderten. Auf der anderen Seite des Zauns stand ein magerer Chai-Verkäufer und verkaufte an seinem mobilen Stand Tee an einige müde Chauffeure, die darauf warteten, ihre Herren zur Arbeit zu fahren. Ein Dienstmädchen in knallgelbem Sari fegte die Einfahrt einer pompösen Villa unter der Oberaufsicht eines fetten Labradors, der sich offenbar nur schwer entscheiden konnte, ob er liegen bleiben und den Bewegungen nur mit dem Blick folgen oder aufspringen und den Besen attackieren sollte. Ein Müllmann radelte vorbei und schlug seine Glocke, während ein paar kleine Jungen mit viel zu großen Rucksäcken Hand in Hand zu einem wartenden Schulbus trabten. Ich fühlte mich merkwürdig präsent und doch nicht wirklich anwesend, als befände ich mich in einer Blase. Der Wächter vor Yogis Haus gähnte und streckte sich wie eine verschlafene Katze.

Ganz Sundar Nagar erwachte in diesem Moment. Dann sollte ich es vielleicht auch tun? Ich wandte mich Yogi erneut zu und begegnete seinem Blick. Seine entschiedene Betonung des Wortes *letzte* hätte man als Hinweis verstehen können, dass er ein Nein von mir nicht akzeptieren würde, aber wahrscheinlich spiegelte das eher seine Verzweiflung wider als irgendeine Taktik. Wie auch immer, effektiv war es.

»Okay, ich komme mit.«

»Wunderbar, Mr Gora! Du ahnst nicht, wie außerordentlich glücklich du mich mit dieser fantastischen Entscheidung machst!«

»Aber ich werde nicht mehr sagen als unbedingt notwendig, und du darfst mich auf keinen Fall als deinen Geschäftspartner vorstellen. Hast du verstanden?«

Yogi nickte eifrig und strahlte über das ganze rundliche Gesicht. Plötzlich wirkten die Ringe unter seinen Augen nicht einmal mehr besonders dunkel.

»Du ahnst nicht, wie glücklich du mich machst, Mr Gora!« wiederholte er. »Jetzt wird sich alles auf wunderbarste Weise regeln!«

»Nun mach aber mal halblang. Eigentlich hat sich nichts geändert. Ich habe dir nur versprochen, dich zu deinem Treffen mit Mr Green zu begleiten. Deine Chancen haben sich dadurch nicht nennenswert gebessert, und sich zu früh zu freuen, ist das Schlimmste, was man tun kann«, mahnte ich.

»Warum das denn, Mr Gora? Es muss doch einige tausend Dinge geben, die wesentlich schlimmer sind! So wie ich die Sache sehe, ist das Schlimmste, was passieren kann, dass man sich zu früh freut und sich später herausstellt, dass man sich umsonst gefreut hat. Und anstatt erst traurig zu sein und dann wieder traurig, bin ich doch lieber erst glücklich und dann traurig. Wie man es auch dreht und wendet, kommt bei meiner Rechnung ein Ergebnis heraus, das nur die Hälfte an Traurigkeit enthält! Und nach all den finsteren Nachrichten der letzten Zeit habe ich vor, sowohl mein Hirn als auch mein Herz tanzen zu lassen und glücklich zu sein.«

Mit den yogischen Weisheiten als Leitlinie versuchte ich, unserem gemeinsamen Auftrag etwas mehr Enthusiasmus entgegenzubringen. Wenn mein Freund tatsächlich noch immer glaubte, dass sich das Teeplantagengeschäft unter Dach und Fach bringen ließe, musste ich ihn wohl noch eine Weile in diesem sehr optimistischen Glauben belassen. Ihm würde dann schon noch früh genug aufgehen, dass er sich ganz umsonst gefreut hatte, dachte ich.

Am nächsten Tag standen wir früh auf, um nach dem stärkenden Spaziergang im kleinen Park noch Zeit für das südindische Frühstück zu haben, das Yogis Mutter seit Neuestem servieren ließ und das aus Tee und einem für meine Geschmacksknospen viel zu scharf gewürzten Getreidebrei namens Upma bestand. Den Rest des Vormittags verwendeten wir darauf, uns vor dem späten Lunch mit Mr Green so repräsentativ wie möglich herzurichten.

Nach einer gründlichen Wäsche und Rasur war es an der Zeit, die Kleidung zu wählen. Ich hatte einen sehr hübschen dunkelgrünen Cordanzug aus Schweden dabei, den Yogi erst als viel zu düster abtat, dann aber durchgehen ließ, nachdem ich ihm erlaubt hatte, mein Outfit durch ein rotes Halstuch aus seiner eigenen Kollektion zu ergänzen. Es war tatsächlich sehr kleidsam und versteckte meinen Truthahnhals genauso effektiv wie die schwarzen Rollkragenpullover, die ich normalerweise trug, die in dieser Jahreszeit jedoch zu warm für Delhi waren.

Er selbst wollte in einem Anfall von Patriotismus eigentlich seine Festkurta mit den glänzenden Stickereien und den passenden Schnabelschuhen tragen, aber da Mr Green nun einmal ein Mann war, der mit Yogis eigenen Worten »den brillanten Wert von Kleidungsstücken im indischen Stil nicht zu schätzen wusste«, wählte er stattdessen einen klassischen Leinenanzug, den er trotzig mit einem safrangelben Einstecktuch aufpeppte.

Mrs Thakur versuchte angestrengt, den Grund für unsere besondere Aufmachung herauszufinden. Yogi versuchte, sie abzulenken, aber je mehr er ihr auswich, desto finsterer wurden ihre Rosinenaugen. Ich rechnete jeden Moment mit einem Zornesausbruch, als Yogi vorsichtig seine Hände auf die knochigen Schultern seiner Mutter legte und sie zärtlich drückte.

»Kleine, süße Amma. Eigentlich wollte ich dir das nicht erzählen, weil es noch vertraulich ist. Aber da es dich so brennend interessiert und du mir immer die beste Mutter gewesen bist, die sich ein Sohn nur wünschen kann, werde ich dir den Grund für unsere feinen Kleider verraten. Ich möchte unter keinen Umständen als undankbarer Sohn dastehen nach all den Mühen, die du erst damit gehabt hast, mich auf diese Welt zu bringen und mich dann mit einer enormen Klugheit, aber auch handfesten Liebe zu erziehen ...«

»Komm zur Sache«, fauchte Mrs Thakur.

»Wir werden Seine Exzellenz den schwedischen Botschafter treffen!«

Mir fiel die Kinnlade herunter, und ich starrte Yogi an, der mir hastig zuzwinkerte. Mrs Thakurs Gesichtsausdruck wandelte sich von mürrisch zu neugierig, ein Hauch von Misstrauen lag aber nach wie vor darin.

»In welcher Angelegenheit?«, fragte sie.

»In einer äußerst ehrenwerten Angelegenheit. Ja, sogar ehrwürdig. Ich wünschte, ich könnte sie dir in allen Einzelheiten schildern, aber leider geht das noch nicht. Ich kann dir nur verraten, dass ich es einzig und allein Mr Gora höchstpersönlich zu verdanken habe, ihn zu diesem Anlass begleiten zu dürfen. Aber da ich mit ihm befreundet bin, werden sowohl Seine Exzellenz der schwedische Botschafter als auch seine bezaubernde Ehefrau Ihre Exzellenz die schwedische Botschafterin mich persönlich begrüßen!«

Ich hatte keine Ahnung, wo Yogi die Inspiration zu dieser bizarren Lüge hernahm, bemerkte jedoch, dass sie Wirkung zeigte. Mrs Thakur nahm erneut ihre Lupe und inspizierte mich mit ihrem Zyklopenauge, das diesmal jedoch eher freundlich aussah als furchteinflößend.

»Mr Borg«, sagte sie mit einer Stimme, die beinahe beeindruckt klang. »Dann können Sie mir vielleicht etwas über den Anlass Ihres Empfangs beim Botschafter berichten?«

Ich spürte, wie der Boden unter meinen Füßen bebte.

»Na, na, na! Nicht so neugierig, Amma!«, schalt Yogi sie mit gespielter Strenge. »Heute findet nur ein vorbereitendes Treffen statt, ehe wir den hohen Herrschaften dann einen offiziellen

Besuch abstatten. Wenn alles vorüber ist, wird meine geliebte kleine Amma den Grund dafür erfahren, warum Seine Exzellenz der schwedische Botschafter eine so glänzende Zusammenkunft arrangiert!«

# KAPITEL 18

Als wir endlich in Yogis kleinem Tata und damit außer Reichweite von Mrs Thakurs hellhörigen Ohren saßen, fragte ich Yogi, was für eine verlogene Suppe er seiner Mutter da aufgetischt hatte und vor allem, warum.

Yogi startete den Motor und salutierte dem Wächter mit einem zackigem Gruß, als er durch das große Eisentor des Hauses fuhr. Er antwortete mir nicht, sondern pfiff nur vor sich hin und winkte noch einmal, als wir Harjinder Singh passierten, den hochgewachsenen Chauffeur, der dank seines eleganten Turbans noch größer wirkte und gerade auf der Straße den metallicfarbenen Toyota Innovan der Familie Thakur polierte. Im Prinzip war das seine einzige regelmäßige Beschäftigung, weil Yogi die Dienste des in seinen Augen viel zu geschwätzigen Mannes nur in Ausnahmefällen nutzte. Was Harjinder Singh hörte und sah, wurde oft ungefiltert an die Diktatorin des Hauses weitergegeben, gern auch mit seinen eigenen, lebhaften Reflexionen angereichert. Deshalb stand der Toyota in erster Linie als Rettungswagen bereit, sollte Mrs Thakur einmal einen eiligen Transport ins Krankenhaus benötigen. Yogi fuhr am liebsten seinen eigenen Tata, obwohl das Auto viele Beulen und derzeit auch einen quietschenden Keilriemen hatte.

»Komm schon, Yogi! Das kannst du nicht einfach totschweigen. Und wenn du schon lügen musst, brauchst du doch nicht gleich so dick aufzutragen, oder?«

»Ich lüge nicht. Ich gebe nur die bestmögliche Interpretation der Wahrheit«, sagte er und stellte die Klimaanlage an.

»Ich höre. Und ich verspreche, mit meinem besten Ohr zu hören, wie du immer zu sagen pflegst. Aber diesmal glaube ich, du wirst mich nur schwer überzeugen können.«

»Du bist doch schwedischer Bürger, Mr Gora«, begann Yogi ein wenig zögerlich.

»So weit, so wahr.«

»Und als schwedischer Bürger wirst du mit größter Sicherheit zu dem großen Nobelfest eingeladen, das die schwedische Botschaft jedes Jahr ausrichtet, wenn der Herbst vor der Tür steht. Vorausgesetzt, du informierst sie darüber, dass du wieder nach Delhi gezogen bist, damit sie dich auf die Gästeliste setzen können.«

»Aber Yogi, ich bin nur *zu Besuch* hier. Und hat das im Übrigen auch nur im Entferntesten irgendetwas mit unserem heutigen Treffen mit Mr Green zu tun?«

»Nicht direkt, das muss ich zugeben. Aber das habe ich Amma gegenüber ja auch nicht behauptet. Ich habe ihr nur erklärt, dass unsere sorgfältige Kleiderwahl mit einem Besuch beim Botschafter zusammenhängt. Und *indirekt* könnte man das schon sagen, denn wir müssen ja mindestens genauso gut gekleidet sein, wenn uns dann später einmal die unübertroffene Ehre zuteilwird, an den Nobelfeierlichkeiten teilzunehmen.«

Er sah mich mit einem etwas furchtsamen Blick an, den ich mit fassungsloser Miene erwiderte.

»Mr Gora, es ist ja nun wirklich nicht unmöglich, dass wir auf dem Nobelfest etwas Ähnliches tragen. Und somit gibt es durchaus eine direkte Verbindung zwischen heute und später! Außerdem war ich vor zwei Jahren schon einmal da, weil ich den persönlichen Yogalehrer des Botschafters begleiten durfte, den ich zufällig kenne. Es war eine wahrlich großartige und festliche Party, bei der ich tanzte und trank, bis mir schwindlig wurde. Aber meine eindrücklichste Erinnerung an diese in jeder Hinsicht außerordentlich gelungene Veranstaltung war der Moment, als wir Gäste beim Einmarsch in die schönen Räume der Botschaft allesamt mit einem warmen Handschlag begrüßt wurden, und zwar sowohl von Seiner Exzellenz dem schwedischen Botschafter als auch von Ihrer Exzellenz der schwedischen Botschafterin! Und ungefähr das habe ich doch auch zu Amma gesagt! Dass wir die Hände dieser ehrwürdigen Menschen schütteln dürfen, und nur dank dir, was ja auch stimmt, weil du als Einziger von uns beiden schwedischer Staatsbürger bist.«

Ich war schon ganz matt von Yogis sprachlichen Verrenkungen.

»Als du mit deiner Mutter gesprochen hast, klang es aber so, als würde mir der Botschafter eine Ehrenauszeichnung verleihen. Wie willst du dich da wieder herauswinden? Jetzt erwartet sie doch etwas ganz Besonderes.«

»Das ist deine Interpretation, Mr Gora. Aber sollte Amma zufälligerweise zu demselben Schluss gekommen sein, können wir uns einen nahen Verwandten jenes Gewinns zunutze machen, den es bedeutet, sich zu früh zu freuen. Nämlich das Gegenteil, allerdings umgekehrt, wenn du verstehst, was ich meine.«

»Nein!«

»Ganz einfach: sich keine Sorgen zu machen, ehe sie wirklich eintreffen. Wir finden sicher Rat, bis das Nobelfest steigt. Und in der Zwischenzeit darfst du es genießen, dass dein Ansehen in Ammas Augen genauso schnell gestiegen ist wie die Aktien von Mittal Steel an der Börse in Mumbai. Vornehme Titel und prominente Feiern gehören nämlich zu den wenigen Dingen, die sie beeindrucken.«

Ich wiederum war – obwohl mir gehörig der Kopf schwirrte –

beeindruckt davon, wie Yogi auf den verschlungensten Wegen irgendwann immer zum Ziel gelangte.

»Okay, du hast wohl gewonnen. Diesmal«, sagte ich und lächelte ein wenig resigniert.

Ehe wir Mr Green treffen sollten, musste Yogi in einem anderen Stadtteil einige Besorgungen machen, weshalb wir eine Extrarunde durch den intensiven Vormittagsverkehr drehen durften. Im Stau vor einer roten Ampel wurden wir Zeugen eines ganz alltäglichen Schauspiels, aufgeführt von der in Delhi üblichen Zunft der Straßenartisten: turnende kleine Jungs aus der untersten Kaste, den Dalits, in schmutzigen Kleidern, mit aufgemalten Filzstiftschnurrbärten und Mützen mit langen Troddeln, die sie in Schwingungen versetzten, indem sie ihre Köpfe kreisen ließen.

Eines dieser armen Würstchen, höchstens sechs Jahre alt, blies in eine Pfeife und schlug eine Trommel, während sein noch jüngerer Kompagnon eine Art Schlangentanz aufführte, ehe er todesverachtend zwischen den Autos ein Rad schlug. Als akrobatische Show war die barfüßige Vorstellung der Kreiselköpfe kaum einen müden Applaus wert. Und hatte man einen Auftritt gesehen, kannte man alle, weil alle das Gleiche zeigten, egal an welcher Straßenkreuzung in Delhi man sich gerade befand. Ich kurbelte trotzdem das Fenster herunter und gab einem der Jungen zehn Rupien. Kaum hatte er den Schein bekommen, entspannten sich seine Mundwinkel für einige Sekunden, ehe er wieder sein starres Lächeln aufsetzte und zum nächsten Auto weiterging. Es war mehr als traurig mitanzusehen, wie etwas, das seinen Ursprung eigentlich in Spiel und Spaß hatte, zu einer monotonen und lebensgefährlichen Kinderarbeit geworden war.

Als die Ampel grün wurde, schlängelte Yogi sich mit der

Hand auf der Hupe durch das Gedränge und nahm eine verbotene Abkürzung über eine extra Fahrspur, die eigens für die Teilnehmer der Commonwealth Games, ihre Veranstalter und besonders prominente Gäste reserviert war. Die ohnehin schon miserable Verkehrssituation in Delhi hatte sich noch verschlimmert, seit die Spiele vor Kurzem eröffnet worden waren, aber dank Yogis konstruktiver Fahrtechnik lagen wir dennoch gut im Zeitplan. Wir waren erst um 14 Uhr mit Mr Green verabredet. Weil es bis dahin noch eine Stunde war und Yogi schon jetzt einen Bärenhunger hatte, hielten wir an einer Straßenküche, wo er zwei Samosas mit Chilisoße kaufte – die gefüllten Teigtaschen waren seine absolute Leibspeise.

Er verschlang sie mit einem seligen Lächeln und sah nach all den Schwierigkeiten, die ihm in der letzten Zeit Kopfzerbrechen bereitet hatten, wieder so glücklich und hoffnungsfroh aus, dass ich es nicht fertigbrachte, ihn darauf hinzuweisen, dass er schon fast die tägliche Kaloriengrenze durchbrochen hatte, die er sich selbst gesetzt hatte, um in seinen Hochzeitsanzug zu passen. Ich selbst begnügte mich mit einem kleinen Plastikbecher Masala Chai.

Yogi schmatzte zufrieden, musterte mich mit anerkennender Miene und lobte meinen Anzug und meine schwarzen Lederschuhe. Plötzlich jedoch entstand eine tiefe Falte zwischen seinen Augenbrauen.

»Pardon, Mr Gora, aber es gibt da ein kleines Detail in deinem sonst vorteilhaften Aufzug, das es noch zu justieren gilt. Ich wollte es schon einige Male ansprechen, habe aber bisher nicht die Zeit gefunden. Aber jetzt, da wir eine ausgezeichnete Gelegenheit haben, diesen ästhetischen Makel schnell und einfach zu beheben, sollten wir sie nutzen.«

Er wischte sich mit einer Papierserviette den Mund ab und

nickte zu einem Baum am Wegrand, wo ein Straßenfriseur einen Plastikstuhl platziert und einen Spiegel an einen Ast gehängt hatte. Dann zeigte er resolut auf meinen Hinterkopf.

»Meinst du den da?«, fragte ich und griff nach meinem kleinen Zopf im Nacken.

Er war noch ein wenig länger geworden und hatte inzwischen einen Bedeutungswandel erfahren. War er früher einfach ein Pferdeschwanz gewesen, den ich eigentlich nicht hatte haben wollen und nur nicht losgeworden war, weil ich zu faul war, zum Friseur zu gehen, hatte er nun wieder seine frühere Funktion als mein persönlicher Schnuffeldeckenersatz eingenommen. Deshalb erschien es mir nicht besonders verlockend, ihn abzuschneiden, und am allerwenigsten bei einem Gossenfriseur, dessen Werkzeug sich auf ein ziemlich ungeschliffenes Rasiermesser, eine Rasierseife mit Bürste in einer mit trübem Wasser gefüllten Wanne, eine rostige Schere, eine Herrenparfümflasche mit einer blauen Flüssigkeit sowie einen Plastikkamm mit Läuserisiko beschränkte.

Yogi schien meine Gedanken zu lesen und zog blitzschnell seinen eigenen, wohlgeölten Kamm hervor.

»Wir können den hier benutzen! Wenn du mich fragst, gibt es nur wenige Friseure, die so geschickt mit der Schere hantieren wie diese ehrwürdigen Straßenhandwerker. Dank ihnen sind selbst die Armen immer bestens und höchst elegant frisiert. Sieh dich nur einmal um!«, sagte Yogi und zeigte mit der Hand auf all die Schaulustigen, die inzwischen einen Kreis um uns bildeten. »An ihren Frisuren ist wahrlich nichts auszusetzen!«

Die ganze Situation war so aufdringlich und zugleich unwirklich, dass ich nicht zu Protest fähig war, und schon saß ich unter dem Baum und starrte in den gesprungenen Spiegel. Inzwischen hatte die Hitze beträchtlich zugenommen, und der Schweiß rann mir in Strömen die Stirn hinab. Ich sehnte mich in das klimatisierte Auto zurück, war jedoch immer noch zu benommen, um mich zu wehren.

»In der Situation bleiben! Nicht fliehen!«, hallte es in meinem Kopf wie ein Echo aus den Sitzungen mit Karin Vallberg Torstensson, während sich eine wachsende Zuschauerschar um mich versammelte. Dies war das krasse Gegenteil von dem kühlen, exklusiven Schönheitssalon, in dem ich damals Preeti kennengelernt und die Maniküre bekommen hatte, die mir die schönsten Hände von Delhi bescherte. War man jedoch darauf aus, sich in extremer Weise der sozialen Aufmerksamkeit auszusetzen, war man hier genau richtig. Ich stufte mein Unbehagen auf der KVT-Skala ein: 95.

Das war zu viel für mein kochendes Hirn, das in Panik wieder in die alte Traktorspur zurückfinden wollte. Auf der Flucht, ohne voranzukommen. Immer im Kreis, in einem taumelnden Tanz.

Auch wenn mein Kopf es nicht aushielt, in dieser Situation auszuharren, klebte mein Körper noch immer auf dem Plastikstuhl fest. Wie aus einer anderen Dimension hörte ich das Klappern der frenetisch schneidenden Schere. Als ich wieder zur Besinnung kam und mein eigenes Spiegelbild erblickte, musste ich schockiert feststellen, dass nicht nur der Pferdeschwanz verschwunden war. Auch meine Haar-hinters-Ohr-Frisur, die ich in den letzten zehn Jahren getragen hatte. Und mit verschwunden meine ich, wirklich verschwunden. Langsam drang Yogis Stimme in mein Bewusstsein.

»Sehr hübsch, Mr Gora. Jetzt siehst du mehr denn je aus wie echter Mann!«

# KAPITEL 19

Als ich im Alter von sieben Jahren an einem Nachmittag nach der Schule allein zu Hause war, klopfte der Nachbarjunge an der Tür. Er hatte eine Streichholzschachtel dabei, mit der wir uns seiner Meinung nach eingehender beschäftigen sollten, jetzt, da sich die Gelegenheit bot.

Ich fürchtete um mein Leben und versuchte wirklich, ihm zu widerstehen. Aber er war zwei Jahre älter als ich, in der Grundschule der Stärkste von allen und noch dazu sehr beharrlich. Als er seine brandgefährlichen Pläne von einem Comiclagerfeuer und dem Einschmelzen von Legosteinen nach ängstlichen Protesten meinerseits so weit beschränken wollte, nur ein paar Streichhölzer zu entzünden und sofort wieder auszupusten, gab ich schließlich nach. Weil ich wusste, dass meine Eltern sehr wütend werden würden, wenn sie uns entdeckten, stellte ich die Forderung, dass wir nicht nur die Haustür abschlossen, sondern uns obendrein in der Toilette einsperrten. Meine Mutter wäre frühestens in ein paar Stunden wieder da, das Risiko, dass wir ertappt würden, war also äußerst gering. Als zusätzliche Sicherheitsvorkehrung füllte ich auch das Waschbecken mit Wasser und stellte vier leere Zahnputzbecher zum Schöpfen an den Rand, sodass wir zügig mit den Löscharbeiten beginnen konnten, sollte sich das Feuer wider Erwarten in irgendeiner Weise ausbreiten.

Der Nachbarjunge entflammte ein Streichholz und zwang mich, es ihm gleichzutun. Ich verspürte auf der Stelle Unbehagen. Die Faszination für die flackernde kleine Flamme, die ich früher erlebt hatte, wenn ich unter der strengen Aufsicht eines Erwachsenen Kerzen hatte anzünden dürfen, wurde von massiven Schuldgefühlen verdrängt. Dies war doch streng verboten und zugleich höchst gefährlich! Zwei gefährliche Fliegen auf einen gefährlichen Schlag! Nachdem der Nachbarjunge mit mir als nervösem Zeugen in schnellem Takt drei weitere Streichhölzer abgefackelt hatte, schlug ich vor, dass wir unser pyromanisches Vorhaben im Bad abschlossen und in mein Zimmer umzogen, um stattdessen die gelangweilten Guppys zu füttern. Dies war meine Trumpfkarte, die ich nur in besonderen Fällen zog und die merkwürdigerweise immer funktionierte. Nicht so dieses Mal. Die Glut in den Augen des Nachbarjungen sprach eine andere Sprache.

»Wir machen ein Hexenfeuer!«, rief er aus und erklärte mir dann, dass man dazu eine ganze Streichholzschachtel auf einmal anzündete.

Ich bekam kein Wort heraus, wohl aber eine ängstliche Träne, die langsam meine Wange hinabrollte. Noch ehe ich sie wegblinzeln konnte, entzündete er ein weiteres Streichholz und stopfte es zurück in die Schachtel, die neben den Bechern am Rand des Waschbeckens lag. Eine knisternde, halbmeterhohe Flamme schoss mit einer gewaltigen Kraft und Hitze in die Höhe, verlosch jedoch ebenso blitzartig wieder. Alles ging so rasend schnell, dass sich mein Schreck gar nicht weiter hatte auswachsen können und ich einzig und allein Erleichterung verspürte, als das Drama endlich vorbei war.

Ich sog den Duft von Schwefel ein, der sich mit einem noch strengeren und stärkeren Geruch mischte, den ich nicht identifizieren konnte. Aber es dauerte immer noch ein Weilchen, bis meine Mutter wieder nach Hause käme, und bis dahin hätte ich sicher ausgelüftet. Ein triumphales Gefühl machte sich in mir breit. Ich war kein Angsthase mehr! Ausnahmsweise hatte ich einmal etwas Verbotenes getan und würde auch noch damit davonkommen! In genau diesem Moment tat sich mir eine spannende neue Welt auf.

Ich lächelte in flegelhaftem Einvernehmen mit dem Nachbarjungen. Dem taffen, starken Nachbarjungen. Er erwiderte meinen Blick mit einer Miene, die an Faszination erinnerte. Bedeutete das, dass ich in seinen Augen gewachsen war? Dass ich plötzlich jemand geworden war, mit dem er rechnen konnte?

Dann zeigte er auf meine Stirn.

Ich drehte meinen Kopf und sah mein eigenes Gesicht im Badezimmerspiegel. Dort, wo kurz über der Augenbraue normalerweise mein akkurat geschnittener blonder Pony endete, kräuselte sich nun ein graues Knäuel. Der Nachbarjunge brach in schallendes Gelächter aus, und wenn ich mich jetzt mit dem zeitlichen Abstand an das Ereignis erinnere, kann ich ihm diese Reaktion auch nur schwer übelnehmen. Ich bot zweifellos einen komischen Anblick.

Noch ehe ich das ganze Ausmaß des Geschehens begriffen hatte, streckte der Nachbarjunge seinen Finger aus und fuhr damit durch mein sprödes Haarknäuel, das sofort zerfiel und als kleiner Ascheregen in das Waschbecken hinabrieselte.

»Verdammte Hacke! Du siehst ja dermaßen grottenhässlich aus!«, sagte der Nachbarjunge, der in der Grundschule nicht nur der Stärkste von allen war, sondern auch am meisten und besten fluchen konnte.

Einige Sekunden später wandelte sich sein Lachen jedoch zu einer bedrohlichen Grimasse.

»Du darfst mich ums Verrecken nicht verpetzen! Wenn du deinen Eltern oder jemand anderem auch nur irgendwas davon steckst, dass ich dabei war, werde ich dir so derbe in die Eier treten, dass dir Hören und Sehen vergeht.«

Ich verstand nicht genau, was das bedeutete, aber ich ahnte, dass es sehr wehtun würde. Der Nachbarjunge überließ mich meinem Schicksal, und mit zitternden Händen und Tränen in den Augen schnitt ich die Reste meines angesengten Ponys bis zum Haaransatz ab, während die Beatles-Längen an den Seiten intakt blieben. Damit veränderte ich meinen Look – von einer Omi mit frischer Dauerwelle hin zu etwas wie einer Siebzigerjahre-Feministin, die sich im Protest gegen das kommerzialisierte Schönheitsideal hässlich macht. Dabei waren wir erst in den Sechzigern, und ich war wie gesagt erst sieben Jahre alt.

Meine Mutter konnte sich das Lachen gerade so verkneifen, als sie nach Hause kam und ich ihr meine Sünde gestand, natürlich ohne den Nachbarjungen mit einem Wort zu erwähnen. Erst fragte sie beunruhigt, was mir daran gefalle, allein mit Streichhölzern zu spielen wie ein künftiger Brandstifter. Dann wurde ich gehörig ausgeschimpft, mit einem Taschengeldentzug und einwöchigem Stubenarrest nach der Schule bestraft. Letzteres empfand ich im Hinblick darauf, wie ich aussah, eher als Erleichterung. Ich wollte mich den anderen Kindern nicht häufiger zeigen als unbedingt notwendig. Das fiese Gelächter und die bösen Kommentare, die ich in der Pause überstehen musste, waren mehr als genug. Im Übrigen wurden mehrere davon vom Nachbarjungen selbst ausgesprochen, der mir anschließend leise Drohungen ins Ohr flüsterte, wenn es wieder zur Stunde läutete.

Einen direkten Vergleich zwischen diesem Kindheitstrauma und dem Haarschnitt beim Straßenfriseur in Delhi zu ziehen wäre nicht ganz gerecht gewesen. Im Unterschied zu dem sadistischen Nachbarjungen wurde Yogi von Liebe geleitet und hatte im Grunde nur mein Bestes gewollt. Aber das Gefühl, mir wäre unverschuldet eine neue Frisur verpasst worden, mit der ich mich äußerst unwohl fühlte, war dasselbe. Genau wie die Einsicht, dass ich trotzdem niemandem die Schuld dafür geben konnte. Zumindest musste ich diesmal keinen Tritt in die Weichteile fürchten.

Von meiner patentierten Haare-hinters-Ohr-Frise war nur ein raspelkurzer Stoppelschnitt übrig geblieben, der meine beginnende Glatze in all ihrem öligen Glanz offenlegte. Objektiv betrachtet war an diesem Haarschnitt wahrscheinlich wirklich nichts auszusetzen, aber ich fühlte mich nicht mehr wie ich selbst.

»Gefällt dir die allerhübscheste Frisur nicht?«, fragte Yogi, als wir wieder in dem kühlen Auto saßen. Und obwohl die KVT-Skala noch immer knapp unter dem Siedepunkt lag, presste ich ein »Doch!« hervor. Viel zu laut und aggressiv, aber das kommt wohl davon, wenn man sich selbst von etwas überzeugen möchte.

Denk positiv, versuchte ich mir einzureden. Vielleicht ist es genau das, was du brauchtest. Einen Abschnitt überstehen, um einen neuen Abschnitt einzuleiten. Ein Stoppelfeld anstelle einer unzeitgemäßen Kulturfrisur. Auf diesem Stoppelfeld konnte ich meine Gedanken vielleicht aus ihren matschigen Traktorspuren hinauslenken.

»Ich wusste, dass du deine neueste und allerfeinste Haarkreation lieben würdest!«, strahlte Yogi. »Jetzt siehst du viel reifer aus. Wie ein vornehmer alter Herr.«

»Alter Herr?«

»Ja, genau!«, rief Yogi aus, hielt jedoch inne, als er meine missbilligende Miene sah.

»Ich meinte natürlich einen sehr feinen und perfekt gereiften Mann! Wie eine reife Mango!«

»Mango?«

»Genau! Stell dir eine unreife Mango vor, Mr Gora, eine, die so faserig und hart ist, weil man sie zu früh gepflückt hat. Streng und bitter. Und dann stell dir eine perfekt gereifte Mango voller Saft und Vitamine vor und mit einem Aroma, das alle Geschmacksknospen in einem wilden Bollywoodtanz umherwirbeln lässt! Genau so bist du jetzt, Mr Gora. Genau so! Ein bisschen klebrig auf der Zunge, aber mit dem lieblichsten Nachgeschmack.«

Ich bedachte ihn mit einem skeptischen Blick.

»Willst du etwa keine reife Mango sein, Mr Gora?«

»Doch!«

# KAPITEL 20

Der Gymkhana Club auf der Safdarjung Road, den Yogi für sein letztes, schicksalsträchtiges Treffen mit Mr Edward Green ausgesucht hatte, war eine schattige Oase in einer der schönsten Gegenden Delhis. Während er zur Kolonialzeit ein exklusiver Treffpunkt für die britische Oberklasse gewesen war, hatte er sich nach der Unabhängigkeit zu einem ebenso exklusiven Club für die einheimische bürokratische Elite gewandelt.

Staatsdiener sei das Respektabelste, was man in Indien sein könne, betonte Yogi. Sein Vater war einer gewesen, weshalb auch der Sohn eine permanente Mitgliedschaft in dieser unter den Führenden der Stadt so angesehenen sozialen Bastion hatte.

»Noch am Tag, als ich auf unsere wunderbare Welt kam, setzte mich mein geliebter Vater in weiser Voraussicht auf die Warteliste für eine Mitgliedschaft. Und erst vor fünf Jahren bin ich aufgenommen worden. Wäre mein Vater kein goldener Staatsdiener gewesen, hätte ich meine ebenso goldene Mitgliedskarte nie erhalten. Er unterstrich immer, dass nicht nur Blut, Schweiß und Tränen unsere stolze Nation aufgebaut hätten, sondern auch Dokumente, Stempel und Unterschriften«, sagte Yogi mit einem liebevollen Lächeln und malte einen Krakel in das Besucherverzeichnis des Pförtners, der den nach wie vor massiven Einfluss der handschriftlichen Bürokratie in Indien wunderbar veranschaulichte.

Yogi rollte langsam vor das große weiße Hauptgebäude, wo ein weiterer Wachmann in altmodischer, aber eleganter Militäruniform und mit passendem Turban uns die Autotüren aufhielt. Yogi gab ihm die Schlüssel, und er reichte sie sofort an einen jungen Mann im Hemd mit flatternden Schulterklappen und Flip-Flops weiter, der prompt in den Tata hüpfte und ihn auf einen dreißig Meter entfernten Parkplatz lenkte.

Wir durchschritten einen Eingang mit pompösen Säulen. An der Rezeption meldeten wir uns ein weiteres Mal an und gingen anschließend in einen großen Saal mit mehreren Sitzgruppen, auf denen sich kleine Grüppchen von Mitgliedern tummelten.

Das beruhigende Gemurmel gedämpfter Gespräche empfing uns. Einige Ventilatoren hingen an langen Stangen von der hohen Decke und verbreiteten einen angenehmen Luftzug im Lokal. Zwei ergraute Herren in weißen Hemden und identischen Nehru-Westen tranken Tee und diskutierten leise irgendetwas, was ihren ernsten Gesichtern nach zu urteilen bedeutungsvoll und kompliziert war, während in einer anderen Sitzecke drei ältere Paare unter konzentriertem Schweigen Karten spielten.

Eine einsame Frau im Sari mit einer riesigen Sonnenbrille und großen, schweren Gehängen in den ausgeleierten Ohrläppchen erhob sich mühsam aus einem Sessel, was Yogi sofort dazu veranlasste, dorthin zu eilen, um ihr zu helfen. Als sie endlich auf ihren Stock gestützt stand, beugte er sich hinab und berührte respektvoll ihre Füße.

»Yogendra, bist du das? Mein liebes Kind, man sieht dich zurzeit ja kaum hier.«

»Ich hatte sehr viel zu tun, *Auntie*«, entschuldigte Yogi sich und stellte uns einander vor. Die Tante, die sich als die Schwester seines verstorbenen Vaters erwies, begrüßte mich höflich und begann dann, Yogi über die bevorstehende Hochzeit auszufragen, der sie wegen ihres hohen Alters und ihrer schlechten Knie leider nicht würde beiwohnen können.

»Meine Beine tragen mich mehr schlecht als recht, und eine Reise in den Süden würde ich nicht mehr verkraften. Aber was ist mit deiner Mutter? Die Ärmste ist doch in einem noch schlechteren Zustand als ich.«

Ihr Gesicht war freundlich, aber ich ahnte einen Anflug von Feindseligkeit in ihrer Stimme, als sie das Wort »Ärmste« aussprach.

»Ach, aber meine liebe Amma muss natürlich mit, *Auntie*. Sie mag ja die Hitze des Südens.«

»Wie gut, dass es wenigstens irgendetwas gibt, was sie mag«, erwiderte Yogis Tante noch immer lächelnd.

Mein Freund lächelte ebenfalls, allerdings gequält, ehe er sie am Arm fasste und aus dem Gebäude hinaus zu einem wartenden Auto führte. Als er wiederkam, zog er mich mit in die Bar, die hinter der nächsten Tür des großen Clubhauses lag.

»Verstehst du, Mr Gora, sowohl Amma als auch *Auntie* sind Frauen, die schwache Knochen, aber einen sehr starken Willen haben. Sie hatten über die Jahre einige kleinere Meinungsverschiedenheiten, und Amma ist ja, wie du vielleicht schon bemerkt haben wirst, nicht unbedingt die diplomatischste Person, die Delhi je gesehen hat. Aber sehr warmherzig«, fügte er hastig hinzu. »Über die Maßen hinaus äußerst warmherzig!«

Die Uhr näherte sich der magischen Zwei, und wir ließen uns an einem Tisch neben der Bar nieder, wo unser Geschäftsessen mit Edward Green mit einigen Snacks und Drinks eingeläutet werden sollte. Yogi rief einen Kellner herbei, dessen ausgeblichene rote Weste gut mit der leicht antiken Einrichtung harmonierte. Eine große Deckenlampe mit einem bleiverglasten Schirm in verschiedenen Farben verbreitete angenehmes Licht im Raum. Der ganze Club, die Gäste mit inbegriffen, hatte eine museale Patina, die mich ansprach. Von dem befürchteten Snobismus keine Spur. Hier war die Zeit zwar stehen geblieben, aber im besten Sinne des Wortes.

Obwohl der Brite noch nicht aufgetaucht war, bestellten wir uns ein Glas Blenders Pride. Yogi war der Meinung, dass wir das »der guten Geschäftslaune zuliebe« bräuchten, und die Gelegenheit jetzt nutzen sollten, da vor dem Wiedersehen mit seiner Mutter noch ein ganzer Nachmittag und ein halber Abend lägen. Ich goss ein wenig Sodawasser in meinen Whisky und nahm einen Schluck. Er schmeckte erstaunlich gut. An Sven Grips teure Malt-Tropfen kam er natürlich nicht heran, aber ich hatte gelernt, den etwas neutralen indischen Whisky zu schätzen, der nicht so lange gelagert worden war, seinem Konsumenten daher aber auch nicht so viel abverlangte.

Die Zeit verging, und als Edward Green eine halbe Stunde und einen weiteren Whisky später immer noch nicht aufgetaucht war, wurde Yogi allmählich unruhig. Zum dritten Mal schickte er einen Kellner mit der Frage zur Rezeption, ob der Engländer eingetroffen sei, und rief dann erneut auf Mr Greens Handy an, ohne ihn zu erreichen. »Nicht, dass es mich im Geringsten stören würde, ein Weilchen zu warten, aber ich hatte den Eindruck, dass Mr Green zu jenen Goras gehört, die nicht einmal eine Anstandsminute zu spät kommen würden«, sagte Yogi und warf einen nervösen Blick auf seine Armbanduhr.

Nach einer weiteren Viertelstunde voller Qualen hellte sich sein Gesicht endlich auf. Hastig sprang er auf und sauste auf einen großen, dicken älteren Mann mit gehetzter Miene zu, der soeben die Bar betreten hatte.

»Mr Green, welch eine Freude, Sie zu sehen!«, rief Yogi aus und schüttelte die Hand des Engländers so heftig, dass die umfangreichen Bäuche beider Männer im Takt schaukelten.

# KAPITEL 21

Der Mann, der hier vor mir stand, stimmte ganz und gar nicht mit dem Bild des distinguierten Briten überein, das ich mir ausgemalt hatte. Er war schätzungsweise Mitte siebzig und wirkte mit seinem zottigen grauen Haar, das in alle Richtungen abstand, eher wie ein müder alter Bär. Unter den Ärmeln seines khakifarbenen Hemdes breiteten sich Schweißflecken aus, und er trug ausgebeulte Hosen und ein Paar unpassende spitze Herrenschuhe, genau dieses in Indien so beliebte Modell, das man als eine Mischung aus Anzugschuh und Cowboystiefeln beschreiben konnte – aus Kunstleder. Wie sich herausstellte, hatte er sich die Schuhe jedoch nicht selbst ausgesucht. Sie waren ihm an der Rezeption aufgezwungen worden, damit er überhaupt hereingelassen wurde.

»Es ist schon merkwürdig, wie ihr in diesem Land immer alles noch komplizierter machen müsst!«, klagte Mr Green, ehe er mich überhaupt begrüßt hatte. »Ich kann durchaus akzeptieren, dass es in Clubs eine Kleiderordnung gibt, aber müsst ihr gleich so rabiat sein? Und mal ehrlich, finden Sie diese Missgeburten etwa hübscher als ein Paar klassische weiße Turnschuhe?«, fragte er unter schwerem Schnaufen und streckte Yogi mühsam seinen Fuß entgegen.

Ich verstand allmählich, was mein Freund über Mr Greens herablassende Attitüde gesagt hatte, auch wenn sie auf mich eher ungehobelt als überheblich wirkte. Nachdem wir einander vorgestellt worden waren und der Brite ein kaltes Bier und mehrere Teller mit indischen Snacks bekommen hatte, setzte er seine Rede im selben Stil fort.

»Es ist nicht meine Schuld, dass ich zu spät bin. In dieser widerwärtigen Stadt kommt man ja überhaupt nicht mehr voran«, keuchte er. »Eine dieser sogenannten neuen Fußgängerbrücken ist über der Straße eingestürzt, also musste mein Chauffeur einen Umweg fahren. Und apropos: Haben Sie schon gehört, dass das Becken in der neuen Schwimmarena leckt wie ein Sieb? Und das Athletendorf unter Wasser steht?! Delhi hatte acht Jahre Zeit, um sich auf die Commonwealth Games vorzubereiten, und jetzt, da es darum geht, sich der Welt zu präsentieren, ist alles nur Chaos, Schmutz und Elend! Ich sage nur eins: T-I-I!«

»Verzeihung, Mr Green, was bedeutet T-I-I?«, fragte Yogi vorsichtig.

»*This is India!* Das Land, das Gott vergaß. Und Delhi ist die Stadt, die der Teufel persönlich schuf!«

Nach seiner wütenden Tirade prustete Edward Green angestrengt, um kurz darauf gierig sein Glas Bier zu leeren. Er jammerte weiter über die katastrophale Situation in Indien mit der weit verbreiteten Korruption, den Baumängeln und unehrlichen Geschäftsleuten. Es war nur schwer nachvollziehbar, wie ein Mann, der offenbar einen so tiefen Groll gegen alles und alle in Indien hegte, so viele Jahre hier hatte leben können.

Yogi machte gute Miene zum bösen Spiel, aber ich sah, wie ihn die ständigen Sticheleien verletzten. Dennoch umgarnte er den Briten und bestellte ihm sofort ein weiteres Bier. Am Ende signalisierte er mir mit einem Blick, dass es nun Zeit für meinen Einsatz sei. Ich griff nervös nach dem Pferdeschwanz, der nicht mehr da war, und strich mir stattdessen über die verbliebenen Stoppeln. Der ungewohnte Kontakt meiner Handfläche mit dem borstigen Haar jagte mir einen Schauer über den Rücken, der in irgendeiner Weise meine Sinne schärfte. Wenn ich schon einmal hier war, konnte ich im Namen der Anständigkeit auch versuchen, etwas zu unternehmen, dachte ich.

»Um ehrlich zu sein, habe ich auch keine sonderlich guten Erfahrungen damit, Geschäfte mit Indern zu tätigen. Ich war eine Zeitlang in der Textilbranche tätig und bin dabei vielen Schwindlern begegnet«, begann ich ein wenig zögerlich.

Edward Green stopfte eine fettige Pakora in den Mund und spülte sie mit einem Schluck Bier hinunter. Er sah mich mit einem Blick an, der plötzlich echtes Interesse verriet.

»Aber Yogendra Singh Thakur ist ein Mann, der hält, was er verspricht. Mit ihm habe ich nie Probleme gehabt, weder mit der pünktlichen Lieferung noch mit der Qualität der Ware. Er ist ein richtiger Ehrenmann«, fuhr ich fort.

»Sie beide haben also zusammen Geschäfte gemacht? Mit guten Erfahrungen?«

»Und wie! Mr Thakur ist der einzige Inder, dem ich voll und ganz vertraue.«

Mir war es unangenehm, so etwas sagen zu müssen. Ich war in diesem Land durchaus dem einen oder anderen Schwindler begegnet, aber auch vielen guten und ehrlichen Menschen. Nach Edward Greens zustimmendem Brummeln zu deuten, hatte ich dennoch die richtige Taktik gewählt. Als wir uns ins Restaurant begaben, ließ er sich sein cremiges Butter Chicken schmecken, das Yogi trotz seiner Abneigung für den gierigen Gast bestellt hatte. Gedämpfter Reis, würziges Linsen-Dal, ein wirklich köstliches Fisch Masala, Paneer-Käse, Ginger Pickles, Roti-Brot und Riesengarnelen in scharfem Curry verschwanden im Schlund des Briten. Mr Greens Aversion gegen das Land schloss das Essen offenbar nicht mit ein. Was die Kapazität der

Nahrungsaufnahme anging, schlug er Yogi um Längen, und das hieß nicht wenig. Als das Dessert kam, der krachsüße Weizenpudding Rava Kessari und eine Platte mit den noch süßeren frittierten Zuckerkringeln Jalebis, schaufelte der Engländer hastig die Hälfte der Leckerbissen auf seinen eigenen Teller.

Unterdessen fütterte ich ihn zusätzlich mit Märchen über Yogis und meine formidable Zusammenarbeit. Ich fürchtete, dass er irgendwelche schriftlichen Beweise verlangen würde, aber Edward Green begnügte sich mit einigen wenigen Folgefragen, die ich recht einfach parieren konnte, während er zielstrebig seinen grotesken Appetit stillte, zum Abschluss auch noch mit zehn Schokoladenpralinen zum Kaffee.

Und dann, plötzlich, kam aus seinem Mund nicht der schallende Rülpser, den ich befürchtet hatte, sondern der magische Satz: »Okay, ich verkaufe an euch.«

Yogis Gesicht hellte sich schlagartig zu einem großen und glücklichen Lächeln auf, und seine Augen wurden feucht. Mr Green erklärte seine unerwartete Kehrtwende damit, dass er die Versuche des Franzosen leid sei, ständig den Preis zu drücken, indem er neue Kostenanalysen präsentierte, die auf falschen Untersuchungen und schlecht belegten Spekulationen darüber beruhten, dass der Teepreis auf dem Weltmarkt erneut sinken würde.

»Das ist ein altes und längst überholtes Problem aus dem Jahr 2003, als die Plantagen in Darjeeling verschleudert wurden, weil die Nachfrage aus Russland und dem Iran sank. Wie euch natürlich bewusst sein wird, ist die heutige Situation eine ganze andere. Jetzt ist der Tee die Zukunft! Aber es scheint so, als würden die Menschen, wenn sie hierherkommen, sofort von der stinkenden Luft vergiftet und deshalb anfangen zu schummeln und zu tricksen. Wobei Sie mir eine ehrliche Person zu sein scheinen, Mr Borg. Also vertraue ich Ihrem Urteil über Mr Thakur.«

Er fixierte Yogi.

»Jetzt ist es an Ihnen zu beweisen, ob Sie wirklich ein Ehrenmann sind, guter Mann!«

»Aber natürlich! Sie können sich vollkommen darauf verlassen, dass ich meinen Teil der Absprache dreihundertachtzigprozentig einhalten werde!«

»Dreihundertachtzigprozentig! Was ist das denn für ein Blödsinn? Setzen Sie mein vorübergehendes Wohlwollen Ihnen gegenüber bloß nicht gleich wieder aufs Spiel.«

»Bitte verzeihen Sie, Mr Green. Ich werde nie wieder so übertreiben. Darauf können Sie sich dr... äh... einhundertprozentig verlassen!«

Edward Green seufzte und ächzte wie ein Blasebalg, lächelte aber immer noch ziemlich wohlwollend. Dann erläuterte er seine Bedingungen. Yogi müsse den Vertrag noch heute unterschreiben und die Summe umgehend per Scheck bezahlen. Im Gegenzug sei der Preis derselbe, wie Green ihn zunächst mit Yogis Schwiegervater vereinbart hatte, ohne irgendwelche Aufschläge.

»Ich bin die ganzen Verzögerungen und unseriösen Spekulanten so was von leid. Die Leute sind von einer ekelhaften Gier befallen, die mir unendlich auf die Nerven geht!«

Ich nickte zustimmend, musste jedoch daran denken, wie gierig Edward Green selbst agiert hatte, als er seine mündliche Vereinbarung beim ersten Mal gebrochen hatte.

»Entweder einigen wir uns sofort, oder ich überlasse dem Deutschen, der schon die halbe Plantage gekauft hat, auch noch den Rest!«, fuhr er fort und fuchtelte mit seinem klebrigen Zeigefinger in der Luft herum. »Für mich geht es dabei mehr ums

Prinzip als um die Finanzen. Ich werde schon klarkommen, egal ob Sie nun kaufen oder nicht!«

Nachdem einige Anrufe getätigt worden waren, besiegelten sie das Geschäft in einem separaten Konferenzraum des Gymkhana Clubs unter Aufsicht eines Bankberaters von Yogi, der innerhalb einer Stunde eintraf. Mit seiner Vollmacht stellte Yogi Edward Green einen Scheck über eine Million Rupien aus. Zuvor durfte Yogi am Telefon auch mit dem anderen Käufer sprechen, einem deutschen Geschäftsmann, der sich bereits auf der Plantage in Darjeeling aufhielt und Yogi überschwänglich als Teilhaber dieser fantastischen Anlage beglückwünschte und begrüßte.

»Ihnen ist schon klar, dass das ein Schleuderpreis ist?«, knurrte Edward Green griesgrämig, nachdem er den Kaufvertrag unterschrieben hatte. »Das mache ich nur, damit ich endlich von hier wegkomme!«

Yogi verbeugte sich höflich und schüttelte die Hand des völlig überfressenen Briten noch frenetischer als zuvor, woraufhin dieser ein wenig grün im Gesicht wurde.

Nachdem Mr Green sich mit einem unsympathischen Grunzen verabschiedet hatte, kehrten Yogi und ich an die Bar zurück, weil wir diesen dramatischen Nachmittag mit seinem erfreulichen Ausgang erst einmal verdauen mussten.

»Wunderbar, Mr Gora! Das ist wahrlich das Allerwunderbarste, was mir seit Langem passiert ist!«, jubelte er und wedelte triumphierend mit dem unterschriebenen Vertrag.

Ich klopfte ihm freundschaftlich auf den Rücken und war stolz und glücklich darüber, dass ich etwas zu der überraschenden Entwicklung beigetragen und noch dazu meine soziale Tauglichkeit unter Beweis gestellt hatte. Vielleicht war das ein rückwirkender Effekt von all meinen Sitzungen bei Karin Vallberg Torstensson, dachte ich.

»Aber was für ein Typ, dieser Green, ohne Anstand und Manieren! Ich verstehe nicht, warum wir uns so herausputzen mussten.«

Yogi schob sich eine Mintpastille in den Mund, um seine Whiskyfahne bei dem bevorstehenden Wiedersehen mit seiner Mutter zu verbergen, und sah mich mit einem breiten Grinsen an.

»Mr Gora, wir haben uns nicht Edward Green zuliebe schick gemacht. Sondern uns selbst zuliebe! Schöne Geschäftsmänner sind nämlich bessere Geschäftsmänner!«

Er legte den Arm um mich und lehnte seinen Kopf an meine Brust.

*Dream-Team,* dachte ich und kontrollierte meine innere KVT-Skala: 5.

Nicht schlecht!

# KAPITEL 22

Ich war noch nie der Typ, der auf Wolken tanzt. Überhaupt bin ich so weit davon entfernt, ein Tänzer zu sein, wie man es sich nur vorstellen kann. Aber wenn ich daran denke, wie nervös ich gewesen war, als ich aus Schweden und vor Sven Grip floh, und wie verunsichert ich mich während der ersten Wochen in Delhi gefühlt hatte, war inzwischen doch eine höchst bemerkenswerte Veränderung eingetreten.

Ich hatte Yogi immer noch nicht gestanden, dass ich gezwungen sein würde, Indien vor seiner Hochzeit zu verlassen, und beschloss, lieber noch ein Weilchen damit zu warten, ihm diese unschöne Nachricht zu überbringen. Ich versuchte, mir selbst einzureden, dass ich ihm die Freude nicht verderben wollte, aber in Wirklichkeit lag es vor allem an meiner eigenen Feigheit.

Mein Freund dagegen tanzte nicht nur auf Wolken, sondern schwebte geradezu über ihnen. Seine ohnehin schon überdurchschnittlichen Energiespeicher waren zusätzlich aufgefüllt worden.

Nachdem er seinem Schwiegervater mitgeteilt hatte, dass das Geschäft nun offiziell in trockenen Tüchern war, graste er mit großer Eloquenz und einer verblüffenden Geschwindigkeit Mr Krishnamurtis Liste mit jenen Personen ab, die sich mit kleineren Anteilen an der Teeplantage beteiligen wollten. Innerhalb einer Woche hatten acht neue Teilhaber das Bankkonto mit doppelt so vielen Millionen Rupien gefüllt. Ein Gewinn von sechs Millionen Rupien war mit anderen Worten bereits gesichert, obwohl noch immer zwei Anteile zum Verkauf standen. Damit würde die Hochzeit am 10. Dezember in ihrer ganzen Pracht stattfinden können.

Yogi hatte außerdem den Verwalter der Teeplantage und den deutschen Teilhaber in Darjeeling kontaktiert. Sie verabredeten, sich im November vor Ort zu treffen, um die Richtlinien für den weiteren Betrieb zu bestimmen, damit eine regelmäßige Gewinnausschüttung auch künftig möglich wäre.

Yogi freute sich außerdem übermäßig über den großen sportlichen Erfolg Indiens bei den gerade zu Ende gegangenen Commonwealth Games in Delhi. Mit ganzen 38 Medaillen landeten die heimischen Athleten auf dem zweiten Rang, lediglich geschlagen von Australien, und ließen England hinter sich. In Yogis Augen war dies – zusammen mit der Übernahme der britischen Automarke Jaguar durch den indischen Großkonzern Tata Motor's vor einigen Jahren – der endgültige Beweis dafür, dass Indien die ehemalige Kolonialmacht überholt hatte.

*»Mr Green must be green with envy!«*, wiederholte er Mal ums Mal und schlug sich auf die Knie vor Lachen angesichts dieses, wie er fand, unglaublich raffinierten Wortwitzes.

Bei mir sorgten wiederum andere sportliche Erfolge für gute Laune. Nach dem vorübergehenden Debakel gegen Djurgården war der Malmö FF wieder auf der Überholspur, wie ich feststellen konnte, nachdem ich im Internet auf ein paar schwedischen Sportseiten gesurft hatte. Die Mannschaft hatte einen Sieg nach dem anderen errungen, und mit nur noch zwei Spielen bis zum Saisonende lagen die Blauen wieder an der Spitze.

Also waren wir sehr vergnügt, als wir uns an einem Samstagabend Ende Oktober in einer beinahe höfischen Abschiedszeremonie artig von Mrs Thakur verabschiedeten.

»Möge meine Amma einen wahrlich angenehmen Abend verbringen, während Mr Gora und ich mit all unserer gesammelten Demut versuchen wollen, der feierlichen Ehre gerecht zu werden, die uns so feierlich zuteilwurde«, sagte Yogi und küsste seiner Mutter die Hand.

Dass sie verächtlich über die sprachlichen Verrenkungen ihres Sohnes schnaubte, war reiner Schein. In Wirklichkeit schien Mrs Thakur die Situation in vollen Zügen zu genießen. Sie zupfte den langen roten Schal zurecht, den Yogi zu seiner silberschimmernden Kurta mit ebenso glänzenden Schnabelschuhen trug, und ermahnte ihn, während des Abends keinen Alkohol zu trinken. Anschließend wandte sie sich mit ihrem mildesten Lächeln mir zu.

»Letzteres gilt auch für Sie, Mr Borg. Im Übrigen wünsche ich Ihnen ebenfalls einen äußerst angenehmen Abend. Wenn Sie zurückkommen, bin ich wirklich gespannt, endlich zu erfahren, worum es sich bei der feinen Zusammenkunft zu Ihren Ehren genau handelt.«

Im langsamen Takt, als gingen wir in einer Prozession, schritt Yogi anschließend vor mir, der ihm peinlich berührte folgte, durch die Tür hinaus. Der Chauffeur Harjinder Singh stand schon bereit. Unser Ziel war die schwedische Botschaft und »das extrem ehrwürdige und exklusive Treffen mit Seiner Exzellenz dem schwedischen Botschafter und seiner bezaubernden Gattin, Ihrer Exzellenz der schwedischen Botschafterin«, wie Yogi seiner Mutter eingebläut hatte.

Nun war *The Nobel Memorial Party*, für die es mir unter größter Anstrengung gelungen war, zwei Karten zu ergattern, auf keinen Fall eine extrem exklusive Veranstaltung, aber dennoch ein ziemlich beeindruckendes Fest für Tausende Gäste von ganz unterschiedlichem Rang und Würde. Wir befanden uns mit großer

Wahrscheinlichkeit am unteren Ende der VIP-Hierarchie, aber Yogi tat sein Bestes, um der Tratschtante Harjinder Singh den Eindruck zu vermitteln, wir wären der Mittelpunkt des Festes.

»Kaum zu glauben, dass der schwedische Botschafter für dich einen solchen Empfang ausrichtet, Mr Gora!«, rief er aus und zwinkerte mir zu, während wir nebeneinander auf der Rückbank saßen.

Ich lächelte und strich mit der Hand über meine Haarstoppeln. Aus dieser Lügengeschichte sollte Yogi sich schön selbst wieder herauswinden.

Die schwedische Botschaft war äußerlich betrachtet eine gigantische Landesvertretung, die einen halben Straßenzug in der schattigen Diplomatenenklave Chanakyapuri einnahm. Als wir angekommen waren, schickte Yogi Harjinder Singh sofort mit dem Bescheid nach Hause, uns erst gegen ein Uhr nachts wieder abzuholen. Er sollte auf keinen Fall die Chance erhalten, bei den anderen Chauffeuren, die auf dem Parkplatz neben der hohen Mauer warteten, mehr über das Fest herauszufinden.

Wir schlossen uns der Schlange der ausländischen Gäste an. Frauen in Abendkleidern und Saris glitzerten mit den dekorativen Lichterketten, die den Eingangsbereich schmückten, um die Wette, während ich mir neben den herausgeputzten Männer in ihren westlichen und indischen Kreationen ein wenig alltäglich vorkam in meinem dunkelgrünen Cordanzug und dem roten Schal um den Hals. Als wir das Tor passiert hatten und durch den blumengeschmückten Vorgarten ins Hauptgebäude gelangten, stellte ich jedoch zu meiner Erleichterung fest, dass der Botschafter selbst nur einen Blazer und ein Hemd ohne Krawatte trug. Als ich an der Reihe war, von dem hochgewachsenen Mann begrüßt zu werden, lächelte er mich so pflichtschuldig an, wie Menschen es tun, die tausend Gästen die Hand schütteln und dabei den Eindruck erwecken müssen, es wäre das reinste Vergnügen. In diesem anonymen Handschlag lag keinerlei Magie. Aber immerhin wurde er angemessen beleuchtet, weil im selben Moment ein Fotoblitz explodierte.

Ich drehte mich um und sah Yogi mit seiner kleinen Kamera im Anschlag.

Es blitzte noch einmal, als ich in der nächsten Sekunde auch »Ihre Exzellenz die schwedische Botschafterin« begrüßen durfte.

Der große Garten auf der Rückseite war auf das Festlichste erleuchtet. Lichterketten mit Tausenden kleinen Lämpchen ringelten sich um Bäume und Büsche, und von einer aufgebauten Bühne leuchtete ein großer Scheinwerfer herab. Eine Bar lag in blauen Rauch gehüllt, der Tanzboden unterhalb der Bühne blinkte im kreisenden Lichtermeer einer Discokugel, und die überreichlich gedeckten Tische waren mit großen Kandelabern geschmückt.

Yogi inspizierte sofort das Essensangebot und platzierte sich vor den indischen vegetarischen Gerichten. Ich selbst strebte zum schwedischen Büfett, wo es sich auch ein älterer indischer Herr in einem dezenten grauen Anzug schmecken ließ.

»Das ist das erste Mal, dass ich schwedischen Hering probiere. Wirklich gut! Ich glaube, ich genehmige mir noch ein Häppchen«, sagte er freundlich zu mir und spießte mit seiner Gabel ein Würstchen auf.

Ich wagte es nicht, ihn darüber aufzuklären, dass die kleinen Schilder mit dem Text *Glassblowers herring (pickled fish)* und *Prince sausages (pork meat)* vertauscht worden waren. Denn wer konnte wissen, zu welchen diplomatischen Verwicklungen eine solche Verwechslung womöglich führen würde? Vielleicht war er Moslem?

Als verantwortungsvoller Vertreter meines Landes korrigierte ich den fatalen Fehler des Servicepersonals, sobald der Inder endlich den Tisch verlassen hatte. Ich verspeiste ein wenig Hering und Lachs und eine irrsinnig gute Tarte mit Västerbotten-Käse, ehe ich versuchte, mich so unbeschwert wie möglich zwischen den anderen Gästen zu bewegen. Nach einer Weile landete ich am Rande eines skandinavischen Grüppchens. Plötzlich wurde das entspannte Gemurmel von einem graublonden, schmächtigen Schweden in meinem Alter unterbrochen, der lauthals um Aufmerksamkeit bat.

»Hallo! Wenn Sie bitte für einen Moment Ihre Gespräche unterbrechen würden, denn ich habe Ihnen etwas Wichtiges mitzuteilen!«, rief er und wedelte mit einem Buch.

Der Mann stellte sich vor als Ronny P. Gyllin, wobei er ausgerechnet das P zwischen Vor- und Nachnamen so stark betonte, dass er dabei Speichel ringsum verteilte. Er erklärte, dass er der Autor des Buchs *Mit unvoreingenommenem Blick auf dem Sozius durch das neue Indien* sei. Den langen und etwas umständlichen Titel verdanke er seinen Erfahrungen, Indien auf dem Beifahrersitz eines Motorrads erkundet zu haben.

»Autos sind zu banal und Rikschas zu klischeebehaftet, als wäre Indien nur ein Land voller Moped- und Fahrradkarren. Es gibt so viele Vorstellungen und Mythen über dieses Land, mit denen ich in meinem neuen Buch sehr effektiv aufräume«, erklärte er. »Ich zeige das neue Indien, das Land, das von IT, Unternehmerschaft und medizinischer Spitzenkompetenz aufgebaut wurde und dennoch mit beiden Füßen fest auf dem Boden der alten Kultur steht.«

Ich grübelte einen Moment lang darüber, warum ein Motorrad weniger banal sein sollte als ein Auto, ehe Ronny P. Gyllin das Thema wechselte und einen langen Vortrag über die gesundheitlichen Vorzüge der ayurvedischen Ölmassage hielt.

»Und jetzt glauben Sie nicht, das hätte etwas mit Mystifizierung zu tun. Ich bin diese ständigen Mystifizierungen Indiens durch die westliche Welt so was von leid! Nein, es ist viel einfacher als das. Fühlen Sie mal, wie zart die Haut davon wird!«

Ronny P. Gyllin krempelte den Ärmel seines Hemdes hoch, um etwaigen Wissbegierigen die Richtigkeit seiner Behauptungen zu belegen. Das Interesse hielt sich jedoch in Grenzen. Schließlich strich eine rundliche und leicht angeheiterte Frau vorsichtig mit dem Finger über seinen Unterarm.

»Sie sind ja aalglatt!«, kicherte sie freundlich, woraufhin Ronny P. Gyllin etwas angestrengt lächelte, ehe er einen Stift und ein Blatt Papier aus der Tasche zog.

»Dann nehme ich jetzt Ihre Bestellungen auf«, sagte er.

»Geben Sie selbst auch Massagen?«, fragte die mollige Dame mit einer gewissen Erwartung in der Stimme.

»Ich meinte, für mein Buch. Es kostet nur dreitausend Rupien. Und für zweihundert Rupien mehr liefere ich es Ihnen bis zu Ihrer Haustür, wenn Sie hier in Delhi wohnen. Druckfrisch und signiert! Wenn Sie kein Bargeld dabeihaben, können Sie auch später bezahlen.«

Die rundliche Dame schrieb sofort ihre Adresse auf den Zettel und lächelte Ronny P. Gyllin flirtend an, bis ein ebenso rundlicher, aber bedeutend nüchternerer Herr an ihrer Seite auftauchte und sie schnell von dort wegzog. Unterdessen hatte sich die Gruppe der Umstehenden mit einer beeindruckenden Geschwindigkeit und Diskretion aufgelöst. Ich wollte mich auch gerade aus dem Staub machen, als der Autor mir seine Hand auf den Arm legte.

»Wollen Sie denn kein Buch?«, fragte er auffordernd.

»Äh …«

»Sie können es sogar direkt mitnehmen!«, fuhr er fort. »Wie heißen Sie?«

»Göran.«

Ehe ich protestieren konnte, hatte er mir sein eigenes abgegriffenes Exemplar signiert und in die Hand gedrückt.

»Nur tausend Rupien«, sagte er.

Ich zog mein Portemonnaie aus der Tasche und reichte ihm zwei Fünfhundert-Rupien-Scheine.

»Wie schön, dass es wenigstens eine weltoffene Person in dieser traurigen Ansammlung von voreingenommenen und verwöhnten Schweden gibt. Geizig sind diese Schurken auch noch. Man sollte fast meinen, sie kämen allesamt aus Småland! Aber hier wälzen sich diese Schmarotzer im Luxus und trinken kostenlose Cocktails auf Rechnung des Steuerzahlers!«

Ronny P. Gyllin gab mir einen freundschaftlichen Klaps auf die Schulter, ehe er sich routiniert ein Glas Sekt von einem Silbertablett angelte, das gerade an ihm vorbeiglitt.

»Lesen Sie es mit unvoreingenommenem Blick«, sagte der Autor. »Es wird Ihnen helfen, die Klischees zu überwinden. Und vergessen Sie nicht, einmal eine ayurvedische Massage auszuprobieren!«

Ich dachte, jetzt, jetzt kommt es gleich, dieses kleine Zwinkern, mit dem er seine Ironie offenbart.

Aber es kam nicht.

# KAPITEL 23

Mit dem Buch unter dem Arm schlenderte ich weiter zu einer der Bars, wo ich vollkommen unerwartet Yogi wiedertraf. Er hatte schon einen Wodka mit Preiselbeersaft geleert und bestellte sich gerade den zweiten.

»Denk an deine Mutter!«, warnte ich ihn.

»Ich denke in jeder Sekunde an meine liebe Amma, Mr Gora. Und unter keinen Umständen will ich in einem nicht repräsentablen Zustand zurückkehren. Aber so, wie ich bisher auf dieses äußerst exotische und herrlich süße schwedische Getränk reagiere, habe ich den Eindruck, dass es frisch und munter macht. Ich spüre wahrlich, wie es meinen Körper freudig durchzuckt! Komm, lass uns die Tanzfläche mit unserer Anwesenheit vergolden! *Challo!*«

Yogi leerte den Drink mit zwei Schlucken und schwebte mit wackelnden Hüften über den Rasen und auf die große Bühne zu. Ich hielt mich zwanzig Meter hinter ihm, um nicht wie er zum Blickfang zu werden, was jedoch das genaue Gegenteil bewirkte, weil er auf dem Weg dorthin mehrmals stehen blieb und zur allgemeinen Belustigung lauthals nach mir rief.

Auf der Bühne war *der* Showact des Abends in vollem Gange: Sibel. Nummer vier bei »Schweden sucht den Superstar«. Vor sechs Jahren. Irgendetwas sagte mir, dass man der Botschaft das Budget für das Nobelfest gekürzt hatte.

Ich weigerte mich hartnäckig, Yogi auf der Tanzfläche Gesellschaft zu leisten, der ziemliche Probleme hatte, den richtigen

Takt herauszuhören. Erst als Sibel von den Bombay Vikings abgelöst wurde, einer schwedisch-indischen Partyband, die eine Mischung aus westlichem Schlager und Bollywoodpop spielte, fand er seinen Rhythmus wieder und schloss sich einer Gruppe ebenso schwungvoller Sikhs an.

Nach zwei weiteren Liedern bemerkte ich, dass er einen neuen Tanzpartner gefunden hatte und jetzt mit einer kurzhaarigen, bebrillten Europäerin fortgeschritteneren Alters in einen leicht holprigen, aber nicht minder enthusiastischen Jive involviert war. Als ich genauer hinsah, fiel mir auf, dass diese Person Maud Olofsson zum Verwechseln ähnlich sah, und nachdem ich einige Male geblinzelt und noch genauer hingesehen hatte, wurde mir klar, dass sie es tatsächlich war! Ich weiß nicht, wie Yogi mit ihr angebandelt hatte, aber die schwedische Wirtschaftsministerin, die offenbar auf Indienbesuch war, fühlte sich in seiner energiegeladenen Gesellschaft unverkennbar pudelwohl. Yogi weihte sie in einige sehr avancierte Bollywoodtanzschritte ein, die ihr nach ein paar Startschwierigkeiten ziemlich gut glückten. Einige Tänze später verbeugte Yogi sich tief und überschwänglich und kehrte zu meinem versteckten Posten hinter einem großen Blumengebinde zurück. Im Scheinwerferlicht glitzerte seine Stirn vor Schweiß.

»Was für eine sympathische schwedische Madam, und was für erstaunlich geschmeidige Beine sie hatte«, sagte er fröhlich keuchend und zündete sich eine Bidi an.

Als ich Yogi erzählte, mit wem er getanzt hatte, war er Feuer und Flamme. Er drückte seine Zigarette aus und sauste sofort wieder zurück zu Maud Olofsson, verbeugte sich noch einmal tief vor ihr und berührte die Schuhe der Wirtschaftsministerin. Der hochgewachsene schwedische Botschafter und seine Frau wirkten peinlich berührt über das unverhohlene Interesse für den schwedischen Ehrengast, das der rundliche Inder an den Tag legte, aber Mauds Augen strahlten. Im nächsten Moment steuerten Yogi und sie plötzlich direkt auf mich zu, und noch bevor ich die Fassung wiedererlangen konnte, stellte er uns mit den üblichen Schnörkeln und erprobten Übertreibungen einander vor.

»Sie sind also ein preisgekrönter schwedischer Kulturjournalist und wohnen hier in Indien? Wirklich ein faszinierendes Land, muss ich sagen, mit einer unglaublich interessanten Geschichte und einer Farbenpracht, die alles übertrifft, was ich bisher erlebt habe. Und das Geschäftsklima hier ist wirklich spannend und vielversprechend, ich glaube, davon können wir im Westen noch einiges lernen, vor allem wir Schweden, die wir ja zu dem Glauben neigen, immer alles am besten zu können«, schnatterte Maud auf Englisch mit norrländischem Akzent.

Es ist irgendwie unangenehm, einen Menschen zu treffen, den man schon tausendmal gesehen hat und zu dem man trotzdem kein persönliches Verhältnis hat. Als wüsste man nicht, auf welchem Bein man stehen soll. Entweder wagt man den Versuch, möglichst ungezwungen zu wirken, und plappert sinnlos drauflos – was meist misslingt –, oder man bekommt den Mund gar nicht mehr auf. Diesmal wurde ich von letzterem Phänomen geplagt, aber das fiel auch gar nicht weiter auf, denn Yogi und die schwedische Wirtschaftsministerin verstanden sich auch außerhalb der Tanzfläche prächtig. Nachdem sie eine Viertelstunde lang ununterbrochen gebrabbelt hatten, fürchtete ich schon, sie würden nie wieder damit aufhören.

»Nein, jetzt muss ich aber wohl wirklich mal wieder zu den Gastgebern zurück«, sagte Maud Olofsson am Ende dann doch und umarmte Yogi herzlich.

»Bitte, Eure Exzellenz Mrs Maud, lassen Sie mich Ihnen zunächst als Beweis für meine Wertschätzung Ihrer höchst sympathischen und interessanten Gesellschaft einen im Vergleich dazu extrem unbedeutenden Gegenstand überreichen. Er hat jedoch eine liebenswürdige Bedeutung, da er genau jenen unserer Götter darstellt, der mehr als jeder andere Freundschaft und Loyalität symbolisiert«, sagte Yogi und zog ein laminiertes Bild des Affengottes Hanuman aus der Tasche seiner silberschimmernden Kurta.

»Oh, wie schön! Dann muss ich Ihnen aber auch etwas schenken dürfen«, erwiderte Maud und zog eine kleine Schachtel aus ihrer Handtasche.

Yogi nahm das Schächtelchen entgegen und öffnete es. Darin lag ein kleiner silberner Frosch.

»Das ist schwedisches Design. Der Frosch ist ein hoch geschätztes Tier in Schweden. An Mittsommer tanzen wir um die Mittsommerstange und singen Lieder zu Ehren des Froschs«, erklärte Maud Olofsson lachend.

»Ich danke Ihnen von ganzem Herzen, Mrs Maud! Der Frosch ist auch im Hinduismus ein unerhört wichtiges Tier! Sein Quaken während der Monsunzeit ist für uns wie ein göttliches Mantra, das uns an den Ursprung der Schöpfung erinnert! Ja, man könnte fast sagen, dieses kleine Tier hat in höchstem Maße zur Entstehung des Universums beigetragen!«

Er verbeugte sich erneut und legte dann den Kopf schief, eine Pose, von der ich bereits wusste, dass noch etwas darauf folgen würde.

»Gute Mrs Maud! Würde es Ihnen etwas ausmachen, wenn ich ein kleines Foto von Ihnen zusammen mit diesem schönen Frosch und meinem lieben Freund Mr Gora machen würde? Damit sozusagen das bedeutungsvollste Schwedentum dieses Abends auf einem Bild versammelt ist?«

Maud Olofsson lächelte und stellte sich dicht neben mich.

»Und dann halten Sie beide vorsichtig diesen feinen kleinen schwedischen Frosch in Ihren Händen und sehen zu mir. Cheeeeeese!«

Inzwischen kannte ich Yogi gut genug, um mir ausrechnen zu können, was er mit dem Bild vorhatte. Mrs Thakur würde ein selektives und beschönigendes Fotoalbum von den Ereignissen des Abends bekommen. Mit mir als Hauptperson.

Als die Wirtschaftsministerin uns verließ, nachdem sie mit Yogi Visitenkarten ausgetauscht hatte, schlug er vergnügt vor, noch einmal die Bar zu besuchen.

»Nur noch einen Drink, Mr Gora, das verspreche ich!«, sagte Yogi und bestellte uns zwei Wodka mit Preiselbeersaft.

»Und du brauchst die Rache des bösen Atems nicht zu fürchten. Diese Dinger neutralisieren die Spuren des Alkohols auf sensationellste Weise«, versicherte er und hielt mir eine Tüte Minzpastillen von einer neuen Marke vor die Nase.

»Weißt du, dass man Maud Olofsson auch den ›Biber‹ nennt?«, fragte ich Yogi.

»Was ist denn ein Biber?«

»Ein Tier.«

»So was wie ein Frosch?«

»Nein, der Biber ist größer und hat auch sehr große Zähne, mit denen er nagen kann.«

Yogi nahm einen Schluck von seinem Wodka und schmatzte zufrieden.

»Wie die feine Ratte, auf der der Elefantengott Ganesha reitet?«

»Nein, der Biber lebt im Wasser, wo er große Bauten aus Ästen und Zweigen errichtet. Er gilt als sehr fleißig, arbeitet hart und energisch. Maud Olofsson hat einmal gesagt, ihrer Meinung nach sollte es in Schweden mehr Biber geben. Seither wird sie manchmal ›der Biber‹ genannt.«

»Ich glaube, damit hat sie übermäßig recht! Der Biber scheint mir ein unerhört nützliches Tier zu sein!«

»Nicht immer. Die Biberbauten stauen das Wasser, und er kann auch Sachen kaputt nagen. Einer von ihren politischen Gegnern sagte mal in einer Debatte, man müsse diese Biberfrau stoppen, bevor sie das soziale Netz in Schweden komplett zernagt hätte. Also ist ›der Biber‹ ein nicht durchweg positiver Spitzname.«

Yogi atmete geräuschvoll aus und streckte die Arme.

»Politiker sprechen immer mit so viel Schaum vorm Mund, wenn sie übereinander reden. Das sollte man nicht so ernst nehmen.«

Dennoch wirkte er ein wenig verstört.

»Ist ›Frosch‹ in Schweden auch ein Spitzname?«

Ich schüttelte den Kopf, wir lachten, stießen an und leerten unsere Gläser in einem Zug. Dann nahm ich die Schachtel mit dem Silberfrosch und wog sie in meiner Hand.

Er musste aus irgendeinem Geschenkefundus in der Regierungskanzlei stammen, dachte ich. Kleine Frösche in handlichen Schächtelchen, von denen irgendjemand eine riesige Partie erstanden hatte. Man konnte sie leicht auf Auslandsreisen mitnehmen und munter verteilen, ohne sich über die Kosten oder das schwedische Gesetz zur Korruptionsbekämpfung Gedanken machen zu müssen. Aber war der Frosch nicht ein bisschen schäbig? Wäre ein Elch nicht besser geeignet gewesen? Der König der Wälder. Ein exotisches und respekteinflößendes Tier anstelle dieser quakenden kleinen Kreatur.

Plötzlich bemerkte ich, dass Yogi nicht mehr da war. Ich

schaute über den Garten und entdeckte Ronny P. Gyllin. Er musste ein weiteres Exemplar seines Buchs herbeigezaubert haben, denn jetzt stand er erneut in einem Grüppchen und winkte damit. Ich ließ meinen Blick weiterwandern, bis ich Yogi fand.

Natürlich auf der Tanzfläche. Natürlich zusammen mit Maud Olofsson. Sie hüpften zu den Tönen von Bollywoodmusik. Und diesmal hatte die Wirtschaftsministerin die Rolle der Tanzlehrerin übernommen.

Es bestand kein Zweifel daran, dass sie den schwedischen Mittsommertanz übten: *Kleine Frösche, kleine Frösche sind lustig mitanzusehn.*

# KAPITEL 24

Das Leben in Delhi trat in eine angenehme Phase ein. Man feierte das Lichterfest Diwali mit einer Fülle von Essen und Geschenken, und Yogi war immer noch glänzender Laune nach dem Erwerb der Teeplantage, die ihm durch den Verkauf von weiteren Anteilen inzwischen noch eine Million Rupien eingebracht hatte. Außerdem war etwas beinahe Unvorstellbares passiert, das mir mein Dasein zusätzlich vergoldete: Mrs Thakur behandelte mich mit Respekt.

Das lag ganz allein daran, dass Yogi tatsächlich das Kunststück gelungen war, mich als Ehrengast des Nobelfestes zu präsentieren. Die Bilder, die er zu Beginn des Abends aufgenommen hatte, als ich vom Botschafterehepaar begrüßt wurde, hatten den Anfang gemacht, aber es war vor allem das Foto mit Maud Olofsson, auf dem wir beide den kleinen Silberfrosch hielten, das die Alte beeindruckte. Umso mehr, als die schwedische Wirtschaftsministerin am selben Tag auch in der großen Tageszeitung *Dainik Jagran* abgebildet war, während sie niemand Geringerem als Sonia Gandhi die Hand schüttelte! Daraus zog Mrs Thakur den Schluss, dass es sich bei Maud Olofsson um eine Würdenträgerin höchsten Ranges handeln musste. Denn bei der mächtigen Vorsitzenden der Kongresspartei erhielt wahrlich nicht jeder eine Audienz.

Yogi erklärte seiner Mutter, der Silberfrosch wäre mir als Belohnung dafür verliehen worden, dass ich »durch unzählige äußerst gelungene Kulturartikel über Indien in den schwedischen Medien das Band zwischen den beiden Ländern gefestigt« hätte. Dass ich während meines früheren Aufenthalts höchstens zwanzig Artikel verfasst hatte, von denen nur die wenigsten einen kulturellen Bezug gehabt hatten, und dass nicht ein einziger davon in Schweden größere Aufmerksamkeit erregt hatte, konnte Mrs Thakur glücklicherweise nicht ahnen.

»Verstehst du, liebe Amma, für Schweden und seine Bewohner ist der goldene Silberfrosch das, was das Staatswappen mit der Löwensäule für uns ist! Ein Symbol für Stolz und Mut!«

Bei Yogis Worten überlief mich ein kalter Schauer, und ich erinnerte mich an ein verregnetes Mittsommerfest in meiner Jugend, als ich mit dem ersten Rausch meines Lebens nur in Gummistiefeln und einer Unterhose mit Elchmuster um eine Mittsommerstange hüpfte und versuchte, einen Frosch zu imitieren.

Bei Mrs Thakur hinterließ der Bericht des Sohnes aber tiefen Eindruck. Neben dem stattlichen indischen Wappen mit den drei Löwenköpfen musste der Silberfrosch ziemlich erbärmlich wirken, aber wenn Schweden wirklich ein kleines, grünes, quakendes Tier zum wichtigsten Symbol der Nation auserkoren hatte, sollte man diese Wahl achten und respektieren, schien sie zu denken.

Sie war so beeindruckt, dass sie mich sogar fragte, ob ich mir vorstellen könne, dass der Frosch während meiner verbleibenden Zeit in Indien einen Ehrenplatz zwischen einem eingerahmten Diplom und einer Medaille einnähme, mit denen ihr verstorbener Gatte während seiner langen und erfolgreichen Karriere als Staatsdiener geehrt worden war.

»Unsere Familie wird mit solchen Auszeichnungen mittlerweile nicht unbedingt verwöhnt«, sagte sie mit einem freundlichen Lächeln, das von einer irritierten Kopfbewegung in Yogis Richtung gefolgt wurde.

Und dann, als i-Tüpfelchen, ließ ich selbst den alles entscheidenden Kommentar fallen: »Liebe Mrs Thakur, es ist mein tiefster Wunsch, dass Sie den Silberfrosch behalten.«

»Aber mein lieber Mr Borg, das wäre nun wirklich zu viel des Guten!«

»Aber nicht doch! Ich bestehe darauf und wäre sehr verletzt, wenn Sie dieses Geschenk nicht als Zeichen meiner Dankbarkeit darüber annähmen, dass ich in Ihrem schönen Heim so großzügig und mit offenen Armen empfangen wurde.«

Von Yogi hatte ich etwas über die Kunst der höflichen Formulierung gelernt. Mrs Thakur verschränkte ihre krummen Finger und betrachtete mich mit geradezu ritterlicher Miene. Yogi saß schweigend in seiner Sofaecke und schmunzelte.

Anschließend wurde ich behandelt wie ein König auf Staatsbesuch beim Diktator. Jeden Tag fragte mich die Alte höflich, wie es mir gehe, ob ich gut geschlafen hätte, ob der Tee süß genug gewesen sei und ob ich mir etwas Besonderes zum Abendessen wünsche. In diesem Fall werde sie Shanker Bescheid geben, ehe dieser sich für den täglichen Einkauf auf den Markt begebe.

Und als wäre mein Glück nicht schon perfekt, erreichten mich auch noch fantastische Nachrichten aus Schweden: Der Malmö FF hatte die Meisterschaft gewonnen! Nach sechs Jahren wieder schwedischer Meister! Es war fast zu schön, um wahr zu sein.

Ich musste kurz an Sven Grip denken und hoffte aufrichtig, dass er sich noch mehr als ich über den Sieg freute und vielleicht sogar einen neuen Freund gefunden hätte, mit dem er nicht nur seine Liebe zum Fußball teilen konnte. Das minderte die Schuldgefühle, die ich seit meiner feigen Flucht mit mir herumtrug, wenigstens etwas.

Meine Freude wurde lediglich dadurch getrübt, dass sich das Datum für meine gebuchte Rückreise nach Schweden, der

28. November, im Sturmschritt näherte und ich Yogi noch immer nicht gebeichtet hatte, dass ich seine Hochzeit verpassen würde.

Vor einigen Tagen hatte ich eine Mail an Jenny in der Firma geschickt, um vorzufühlen, ob es nicht doch irgendeine Möglichkeit gab, meinen Indienaufenthalt um einige Wochen zu verlängern, doch ich bekam eine strenge Antwort, in der sie mir deutlich machte, dass ich keinen Job mehr hätte, zu dem ich zurückkehren könnte, wenn ich mich nicht allerspätestens am Montag, den 29. November, um 9 Uhr morgens im Büro einfände.

Also war die Hochzeit für mich gestorben, doch wie sich zum Glück herausstellte, bekam ich trotzdem die Möglichkeit, alles zu einem anständigen Abschluss zu bringen. Ehe Yogi sich zusammen mit seiner verfrorenen Mutter in die Wärme des Südens begab, um bei den Vorbereitungen für die Hochzeit mitzuhelfen, sollte er nämlich dem bedeutend kühleren Darjeeling einen kurzen Besuch abstatten, um die Teeplantage zu begutachten und den deutschen Teilhaber Herrn Müller kennenzulernen. Er bat mich, ihn auf die Reise zu begleiten, und ich sagte sofort zu. Welche Umgebung wäre besser geeignet, um Yogi meinen notwendigen Abschied zu beichten, als die ruhige und schöne Landschaft am Fuße des Himalaya? Er und ich, für ein paar Tage unter vier Augen. Zwei Freunde, die sich über alle kulturellen Unterschiede hinweg so gut verstanden. Ich hatte mich ja, im Rahmen meiner Möglichkeiten, von meiner besten Seite gezeigt und tatsächlich dazu beigetragen, Yogis Hochzeit zu retten. Da würde er sicher auch verstehen, dass ich nicht meinen Job riskieren konnte, um bei seiner Hochzeit anwesend zu sein.

Am Mittwoch, den 24. November, gingen wir in Delhi an Bord der indischen Airline Spicejet und landeten zwei Stunden später am Flughafen Bagdogra, von wo aus wir noch eine hundert Kilometer lange Autofahrt zur Teeplantage vor uns hatten. Das Wetter zeigte sich von seiner besten Seite, mit strahlendem Sonnenschein und einem angenehmen Luftzug, der die Hitze im Zaum hielt. Yogi nahm einen tiefen, genussvollen Atemzug und lächelte sein breitestes Lächeln.

»Wie wunderbar doch diese reine Luft ist, wenn man sie mit dem stinkenden Wintersmog in Delhi vergleicht«, sagte er träumerisch und steckte sich nach der kurzen Busfahrt vom Flugzeug zum Terminal sofort eine Bidi an. Erst kurz bevor wir das Terminal betraten, drückte er sie wieder aus, hustete einige Male und versicherte, die Luft werde noch reiner und erfrischender, wenn wir die Berge erreicht hätten.

»Und wenn du mit dem Rauchen aufhören würdest, könntest du die frische Luft noch viel mehr genießen«, sagte ich.

»Möglicherweise hast du recht, Mr Gora. Aber im Gegenzug käme ich nicht mehr in den Genuss dieses unbestritten behaglichen Kribbelns, das eine echte Bidi in meinem Körper auslöst. Und mehr Genuss einerseits und mehr Verzicht andererseits ergeben ja bestenfalls plus minus null. Und wenn ich ganz ehrlich sein soll, stufe ich den Genuss der Bidi höher ein als den der frischen Luft, also wäre es für mich das reinste Verlustgeschäft, mit dem Rauchen aufzuhören.«

»Aber denk doch auch an deine Gesundheit«, wagte ich einen erneuten Versuch.

»Wie meinst du das?«

»Rauchen ist nicht gut für den Körper.«

»Du musst lernen, zwischen diesem wunderbaren indischen Naturprodukt und den widerlichen Tabakwaren, die man als Zigaretten bezeichnet, zu unterscheiden.«

»Aber du hustest doch die ganze Zeit.«

»Husten ist gesund. Er befreit von bösartigem Schleim. Wenn ich meine Bidis nicht rauchen würde, säße der Schleim immer noch in meinem Hals fest, und das will man doch auf keinen Fall, oder?«, sagte Yogi mit einem Selbstverständnis, das alle weiteren Diskussionen überflüssig machte, ehe er seinen Koffer vom Gepäckband hob.

Als ich meinen Koffer ebenfalls erhalten hatte, gingen wir zu den wartenden Fahrern hinaus, die mit den üblichen Namensschildern am Ausgang standen. Unter unseren Mitreisenden waren viele westliche Touristen, und eine Gruppe nach der anderen verschwand mit ihren Chauffeuren zu den hochglanzpolierten Fahrzeugen mit Allradantrieb, die in langen Reihen auf dem Parkplatz warteten.

»Mein deutscher Kollege Herr Müller hat ein schickes Auto mit Chauffeur geschickt, um uns abholen zu lassen«, versicherte Yogi und suchte mit den Augen sorgfältig jedes Empfangsschild ab.

Nach einigen Minuten musste er feststellen, dass sein Name nirgendwo stand, und eine weitere Viertelstunde später waren wir die letzten wartenden Gäste vor dem kleinen Terminal. Einzig ein müder Wachmann, der in seinem Plastikstuhl eingeschlafen war, und ein Rikschafahrer auf seinem knatternden Gefährt leisteten uns noch Gesellschaft.

»Das muss ein kleines Missverständnis sein«, sagte Yogi ängstlich und schaltete sein Telefon ein. Kurz darauf piepste es, und sein Gesicht entspannte sich wieder.

»Aha, hier haben wir die Erklärung! Herr Müller hat eine SMS geschrieben und bedauert, dass das Auto auf der Fahrt hierher eine schwere Panne erlitten hat. Er entschuldigt sich übermäßig und schlägt vor, dass wir uns stattdessen ein eigenes Auto organisieren.«

Yogi versuchte, seinen deutschen Teilhaber anzurufen, um weitere Einzelheiten zu erfahren, aber der Empfang war zu schlecht. Deshalb weckte er den Wachmann, der sich den Schlaf aus den Augen rieb und uns dann energisch davon abriet, eines der Autos zu nutzen, die noch auf dem Parkplatz warteten, weil sie viel zu teuer seien. Stattdessen schlug er vor, dass sein nur wenige Kilometer vom Flughafen entfernt lebender Bruder uns in seinem nagelneuen Geländewagen zur Teeplantage fahren könne.

Der Wachmann verschwand im Terminal und kam mit einem uniformierten Kollegen zurück, der seinen Platz auf dem Plastikstuhl übernahm. Er erklärte uns, dass seine Schicht nun beendet sei und er sowohl Zeit als auch Lust habe, mit uns zu seinem Bruder zu fahren. Wir sprangen gesammelt in die Autorikscha, die uns vom Flughafengelände wegbrachte und anschließend links abbog, bis wir uns irgendwann auf einem holprigen, staubigen Kiesweg befanden. Nach einigen Kilometern, die sich wie eine Ewigkeit anfühlten, endete der Weg an einem Haus, das komplett aus altem Wellblech gebaut war. Auf dem Rasen vor dem rostbefallenen Gebäude stand ein Mann neben einem Berg ebenso rostiger Ersatzteile und einem noch rostigeren Jeep. Der Mann war in eine Decke und eine Schicht rostbraunen Staubs gehüllt, der perfekt mit dem Fahrzeug harmonierte. Ein Paar Ohrenwärmer mit Leopardenmuster saß wie ein poppiger Kopfhörer auf seinem Kopf, und um den Hals trug er einen dicken roten Schal. Schon bei seinem Anblick brach mir der Schweiß aus.

»Das ist mein Bruder«, sagte der Wachmann in ausgezeichnetem Englisch und wandte sich mir zu, vermutlich weil er mich als das schwächste Glied der Kette ausgemacht hatte.

»Ist das etwa das Auto?«, fragte Yogi und deutete entsetzt auf den Jeep.

Der Wachmann nickte.

»Aber das ist doch nicht neu!«

»Die sind höchstens zwei Wochen alt«, konterte der Wachmann und trat mit dem Fuß gegen die Reifen.

Yogi wandte sich dem Fahrer zu und beschwerte sich lauthals über den Zustand des Fahrzeugs, was nur dazu führte, dass auch er gegen den Reifen trat.

»Nagelneu!«, sagte er, zog ein eingeöltes und glänzend blankes Multiwerkzeug aus der Tasche und salutierte damit, als würde er seinen Worten so mehr Gewicht verleihen.

»Diese alte Rostlaube taugt ja wohl nichts! Sie hat ja noch nicht mal ein Dach! Wir fahren wieder zum Flughafen zurück und suchen uns ein richtiges Auto.«

Der Wachmann öffnete die Arme zu einer entschuldigenden Geste und zeigte anschließend auf die Staubwolke, die sich von uns wegbewegte. Der Rikschafahrer, der uns hergefahren hatte, war wieder davongebraust, ohne Geld von uns zu verlangen! Man brauchte kein Anhänger von Veschwörungstheorien zu sein, um hier eine Konspiration zu wittern.

Gereizt zog Yogi sein Handy hervor, um festzustellen, dass es wieder kein Netz hatte.

»Nagelneue Reifen«, sagte der Wachmann.

»Nagelneue Reifen«, wiederholte sein Bruder, der Chauffeur, und steckte sein Werkzeug ein.

# KAPITEL 25

Am Ende gab Yogi sich mit dem rostigen Jeep zufrieden. Andererseits boten sich auch nicht viele andere Möglichkeiten.

»Bei so schönen Reifen muss die Bodenhaftung immerhin wahrhaft exzellent sein!«, sagte mein Freund aufmunternd zu mir.

Nachdem wir den Fahrpreis wegen des Alters aller übrigen Autoteile ein wenig nach unten korrigiert hatten, quetschten wir uns zusammen mit unseren Koffern auf die Rückbank.

Beim vierten Versuch sprang der Motor an. Er klang wie eine Katze, die bei lebendigem Leibe in einer Kompostmühle zerkleinert wurde, aber als wir endlich bis zu der großen asphaltierten Straße geschaukelt waren, stellte sich heraus, dass der Wagen auch mit Pferdestärken punkten konnte. Zu den positiven Überraschungen zählte außerdem das Geschick des Fahrers. Er donnerte in beeindruckend hohem Tempo voran, und auch wenn seine Überholtechnik die klassisch indische war – mit der Hand auf der Hupe und einem hauchdünnen Abstand zu allen Autos und Tieren, an denen wir vorbeifuhren –, hatte ich keine große Angst. Seine geschmeidige Art zu schalten und zu beschleunigen wiegte mich in Sicherheit, und es war eigentlich recht angenehm, in dem offenen Jeep zu sitzen und sich den kühlenden Fahrtwind um die Ohren wehen zu lassen.

Wir fuhren durch die Stadt Siliguri mit ihrem Gewimmel aus Menschen und Fahrzeugen und weiter durch Ebenen mit Reisfeldern, Wasserbüffeln und Palmen, die sich mit den Teeplantagen des Tieflands und ihren hohen, kräftigen Sträuchern abwechselten. Nach einer Stunde stieg der Weg an, und wir konnten die bezaubernde Aussicht über Täler und Flussbetten genießen, die die hübsche Hügellandschaft durchzogen.

Doch dann begannen die Serpentinen, auf denen wir die Berge erklimmen mussten, und mich befiel eine tückische Übelkeit, die nach einigen weiteren Kilometern meinen Brechreiz herausforderte. Der Chauffeur hielt an einem kleinen Straßenkiosk, der einem dritten Bruder gehörte. Hier konnten wir Wasser und Bananen kaufen und ein wenig durchatmen, während er selbst die Motorhaube öffnete und mit seinem blank polierten Universalwerkzeug einige lockere Schrauben nachzog. Anschließend setzten wir die Fahrt in einem gleichmäßig hohen Tempo fort, das weder von den zahlreichen Schlaglöchern noch den verschlungenen Kurven beeinträchtigt wurde.

»Nicht die Augen schließen! In den Kurven mitgehen!«, schrie Yogi, als ich erneut grün im Gesicht wurde.

Ich tat, was er sagte, und es half ein bisschen. Je höher wir kamen, desto spektakulärer und abwechslungsreicher wurde die Natur. Auf dichten Dschungel folgten majestätische Pinienwälder, dann plötzlich sanft gewellte Teeplantagen, einige Hügel weiter öffnete sich der Blick auf schwindelerregende Schluchten und dramatische Szenerien, hinter denen man in der Ferne die schneebedeckten Gipfel des Himalaya erahnen konnte.

Dann drängten sich die Berge wieder enger an die Straße, und wir schlängelten uns über holprige Wege voran, die nach dem letzten Monsunregen und den Erdrutschen nur provisorisch wieder befestigt worden waren. Selbst auf den steilsten Hängen wuchs Tee, und auch kleine bunte Häuser aus Holz und Blech klammerten sich dort mit ihren Pfählen fest. Als wir uns der Stadt Darjeeling näherten, dem Hauptort im Distrikt desselben Namens, schlug das Wetter abrupt von strahlendem Sonnenschein in dichten Nebel um. Es war, als würde man in eine dichte milchige Wand hineinfahren. Die Kälte, die sich während unserer Fahrt durch die Berge angeschlichen hatte, schlug nun mit ihrer ganzen nasskalten Kraft zu, und mit einem Mal verstand ich, warum sich unser Fahrer so eingemummelt hatte. Unser Jeep war weit und breit der einzige offene Wagen, den ich sah. Yogi trug immerhin einen Strickpullover und sein dickes Tweedjackett, während ich selbst nur leichte Chinos, ein Polohemd und eine Fleeceweste anhatte. Meine Zähne klapperten vor Kälte, aber wohl auch vor Angst, weil wir die Reise unbeirrt mit der gleichen Geschwindigkeit fortsetzten, obwohl der Nebel jede Sicht verhinderte. Von der Sicherheit, in der ich mich anfangs gewiegt hatte, war nichts mehr übrig.

Als wir endlich in die viel befahrene Stadt kamen, die in über zweitausend Metern Höhe lag, war ich nass und steif gefroren, und mir war übel. Yogi dagegen plagte in erster Linie schwerer Hunger, und er verordnete uns ein ordentliches Essen, ehe wir unsere Fahrt zum Green Estate fortsetzen würden, das auf der anderen Seite des Bergrückens im Tal lag.

»Die beste Medizin gegen die böse Übelkeit, die dich befallen hat, ist eine richtig schmackhafte Mahlzeit aus der lokalen Küche. Und das beste Essen, das man in dieser Gegend bekommt, dürften ziemlich konkurrenzlos Momos sein!«

»Was ist das?«

»Gefüllte Teigtaschen, die über Dampf gegart und manchmal auch gebraten werden. Traditionell mit Fleisch, aber es gibt auch fabelhafte vegetarische Momos. Stell dir ein Samosa vor, das zum Buddhismus konvertiert ist oder so ähnlich«, erklärte Yogi und bat den Chauffeur, uns zum besten Momos-Restaurant in Darjeeling zu fahren.

Er setzte uns vor einer beschlagenen Glastür ab, hinter der ein winziger Imbiss lag. In der einen Ecke des Raums, der höchstens fünfzehn Quadratmeter groß war, stand eine kleine, muskulöse Frau mit schönen Mandelaugen an einem gut befeuerten Herd und rührte energisch in großen Bratpfannen und Töpfen. Abgesehen von einer jungen Westlerin mit Rastazöpfen, war das Restaurant nur von Einheimischen besucht, die in Decken gehüllt dicht gedrängt auf schmalen Holzbänken an ebenso schmalen Tischen saßen. Sie hatten zugleich indische und tibetanische Züge, eine aparte Mischung aus dunkler Haut, hohen Wangenknochen und schmalen Augen. Ein Jugendlicher nahm die Bestellungen auf, räumte das Geschirr ab und spülte es auch. Schnell und geschickt schlängelte er sich mit Tellern und Schalen durch den engen Raum.

Yogi bestellte zwei ordentliche Portionen Momos und einen großen Teller Nudeln, die uns trotz des großen Andrangs fast umgehend serviert wurden. Ich aß eine Handvoll der heißen Teigtaschen mit einer Füllung aus Steckrüben und Chili und stellte fest, dass Yogi recht hatte. Es schmeckte nicht nur hervorragend, sondern minderte auch meine Übelkeit. Die feuchtwarme Luft in dem kleinen Raum taute meine steif gefrorenen Glieder auf, aber richtig anfreunden konnte ich mich dennoch nicht damit. Sie kam mir irgendwie aufdringlich vor, genau wie der plötzliche Nebel über Darjeeling.

»Die frische Luft, von der du gesprochen hast, scheint vollkommen in Rauch aufgegangen zu sein«, sagte ich.

»Das ist nur vorübergehend, Mr Gora. In diesen Höhenlagen verläuft der Wetterumschwung immer dramatisch. Du wirst sehen, dass die Sonne bald ihren wunderbaren Strahlenglanz über uns verbreiten wird!«

Nachdem Yogi alle Teller geleert, zwei Tassen Tee getrunken und drei Bidis geraucht hatte, versuchte er abermals, seinen deutschen Teilhaber Herrn Müller zu erreichen, um ihm mitzuteilen, dass wir im Anflug waren. Aber diesmal ertönte immer nur das Besetztzeichen, und weil es allmählich spät wurde, beschlossen wir, die Fahrt unmittelbar im gleichen Tempo fortzusetzen, damit wir vor Einbruch der Dämmerung im Green Estate ankämen.

Wenig überraschend unterstützte der Chauffeur unseren Plan und drückte das Gaspedal durch, sobald wir den dichten Stadtverkehr hinter uns gelassen hatten. Noch dazu ging es jetzt bergab, was uns auf den schmalen, spiralförmigen Wegen zusätzlichen Schwung verlieh. Ich klammerte mich krampfhaft an den rostfleckigen Überrollbügel des Jeeps und suchte verzweifelt etwas, worauf ich meinen Blick richten konnte.

Der Nebel war noch immer dicht, aber hin und wieder taten sich Löcher auf, und in diesen Momenten konnte ich einige geisterhafte Silhouetten erahnen, die sich gemächlich vorwärtsbewegten. Sie glichen buckligen Zombies, die gebückt im langsamen Marsch über die schaurig in Nebel gehüllten Felder schlichen. Doch dann erkannte ich, dass es sich bei den Buckeln in Wirklichkeit um geflochtene Körbe handelte, und verstand, dass es Teepflückerinnen waren. Im selben Augenblick bremste der Fahrer und zeigte auf ein Holzschild mit der Aufschrift *Green Estate*, das über einem großen Eisentor hing.

»Wunderbar, endlich sind wir da!«, rief Yogi und erhob sich mit einem Ruck vom Sitz. »Guck mal, dort ist das Lager, es sieht genauso aus wie auf den Bildern! Und schau, da kommen die fleißigen Fabrikarbeiterinnen!«, sagte er strahlend und winkte fröhlich einer Gruppe Frauen, die in der diesigen Luft durch das Tor marschierten und ihre Tiffins trugen, zylinderförmige indische Lunchboxen aus Stahl.

Er steckte sich eine Bidi an, nahm einen tiefen Zug und blies den Rauch in einer weißen Wolke wieder aus.

»Kaum hat sich der Nebel ein bisschen gelegt, nimmst du uns die Sicht«, klagte ich.

Yogi kicherte und schlug mir kameradschaftlich auf die Schulter.

»Nebel hin oder her, Mr Gora. In diesem Moment fühlt sich die Luft trotzdem frisch und klar an«, sagte er und bat den Chauffeur, zu dem Pförtnerhäuschen neben dem Tor zu fahren.

Dort präsentierte er sich feierlich als der neue Besitzer der Teeplantage, Mr Yogendra Singh Thakur.

Der Pförtner verbeugte sich tief, hob seine Mütze, kratzte sich am Kopf, blätterte nervös in seinem Besucherbuch und öffnete uns schließlich mit einem vagen, ängstlichen Lächeln das Tor. Wir fuhren auf einem schmalen Kiesweg weiter, der uns an der eigentlichen Teefabrik vorbeiführte. Obwohl das Gebäude sicherlich noch aus der Zeit der britischen Kolonialherrschaft stammte, war es in einem tadellosen Zustand, mit hellgrün gestrichenen Holzlatten und einem Blechdach, das vollkommen neu aussah. Durch das Fenster sickerte mildes Licht, und aus der Fabrik drang das rhythmische Hämmern von arbeitenden Maschinen.

»Hier leuchten in der Tat noch die Lampen des Fleißes! Was habe ich dir gesagt, Mr Gora? Green Estate ist die Perle unter den Teeplantagen von Darjeeling. Klein, aber mit einem solchen Glanz, der alle anderen überstrahlt!«

Der Weg stieg steil an und verengte sich noch mehr. Der Jeep ächzte angestrengt auf der Steigung und gab einen letzten Seufzer von sich, ehe sich der Chauffeur seines Fahrzeugs erbarmte und den Motor mit perfektem Timing genau in dem Moment abstellte, als wir vor der prächtigen Villa im Kolonialstil angekommen waren, die auf dem höchsten Punkt des Bergs lag.

Unser scheppernder Einzug wurde interessiert und möglicherweise auch ein wenig entsetzt von einer Gruppe älterer Europäer und Inder verfolgt, die in Korbstühlen auf der langen Veranda vor dem Haus saßen und ihren *afternoon tea* tranken. Eine indische Frau mittleren Alters im Salwar Kamiz und mit einer runden Brille erhob sich aus der Gesellschaft, stieg die Treppe von der Veranda herab und kam auf uns zu. Ihr Lächeln war ebenso vage und verhalten wie das des Pförtners. Yogi sprang mit einem sportlichen Satz aus dem Auto und lief ihr entgegen.

»*Namaskar*«, sagte die Frau unsicher und führte die Handflächen vor der Brust zu einem demütigen Gruß zusammen.

»*Namaskar*«, erwiderte Yogi. »Wer sind Sie, gute Madam?«

»Mein Name ist Devi, ich leite die Pension, die zu dieser Plantage gehört. Kann ich Ihnen weiterhelfen?«

»Das können Sie mit allergrößter Sicherheit. Aber zunächst einmal möchte ich Ihnen meine ungeteilte Begeisterung über diese prachtvolle Villa kundtun«, sagte Yogi feierlich.

»Vielen Dank, Sir.«

»Hier werden wir uns wahrlich wohlfühlen!«, fuhr mein Freund begeistert fort. »Doch, Sie können mir tatsächlich ganz unmittelbar mit etwas helfen. Rufen Sie die Kofferträger, damit sie unser Gepäck hereinbringen.«

»Bedaure, Sir, aber wir sind leider vollkommen ausgebucht«, entgegnete die Frau und lächelte gequält. »Aber wenn Sie es wünschen, kann ich für Sie in einer anderen hübschen Unterkunft anrufen, die nicht weit von hier liegt, und fragen, ob dort noch Zimmer frei sind.«

Yogis Lächeln erstarrte ein wenig.

»Wissen Sie denn nicht, wer ich bin?«

»Es tut mir wirklich sehr leid, Sir …«

»Nun gut, da wir uns noch nie begegnet sind, ist es ja auch nicht leicht für Sie. Mein Name ist Yogendra Singh Thakur!«

Die Frau wirkte noch immer vollkommen ratlos.

»Aber bei allen guten Göttern! Hat man Sie denn nicht über meine Ankunft informiert?«

»Es tut mir wirklich sehr leid, Sir …«

»Das muss Ihnen nicht leidtun, Madam. Das kann ich Ihnen bei näherem Nachdenken nicht einmal vorwerfen! Ich bin mir sicher, dass wir uns mit der Zeit auf die allerbeste Weise kennenlernen werden. Ich bin nämlich der neue Teilhaber dieser vortrefflichen Teeplantage!«

»Ich bitte tausendfach um Entschuldigung, Sir, aber ich wusste nicht, dass …«

»Na, na, liebe Madam«, fiel Yogi ihr ins Wort. »Jetzt ist es aber genug für heute mit den Entschuldigungen. Richten Sie Mr Müller doch bitte einfach nur aus, dass wir angekommen sind, dann werden wir hier auf ihn warten.«

»Mr Müller?«

»Ja! Mr Müller! Mr Gerd Müller! Der deutsche Gentleman, dem die andere Hälfte der Plantage gehört!«

# KAPITEL 26

Gerd Müller, genannt »der Bomber der Nation«. Die deutsche Fußballikone von Bayern München, die der Bundesrepublik im Jahre 1974 zusammen mit Franz Beckenbauer und Paul Breitner zum WM-Sieg auf heimischem Boden verhalf. Weit davon entfernt, elegant zu spielen – die meisten seiner Tore waren eher brachial, aber ungemein effektiv. 68 Tore in 62 Länderspielen sagten alles – im Vergleich zu Pelés 77 Toren in 92 Länderspielen beispielsweise. Gerd Müller *regierte* den Strafraum.

Natürlich konnte man Müller heißen und eine Teeplantage in Darjeeling erwerben. Ich hatte schon früher darüber sinniert, dass der Nachname des deutschen Teilhabers beinahe klischeehaft war, dem aber keine größere Bedeutung beigemessen. Das war allerdings gewesen, *bevor* ich seinen Vornamen kannte.

Natürlich konnte man auch Gerd Müller heißen und immer noch Plantagenbesitzer in Darjeeling sein. Statistisch gesehen war das keineswegs unmöglich. Aber kaum hatte Yogi diesen Namen ausgesprochen, wusste ich, dass irgendetwas fundamental falschlief. Ich wusste, dass es eine Konstruktion war. Ein typisch deutscher Name, der genauso reflexmäßig aus der Luft gegriffen war, wie man »Backe, backe Kuchen« oder »Hänschen klein« sagte, wenn man spontan ein Kinderlied nennen sollte.

Eine Teeplantage in Darjeeling war ganz einfach nicht der richtige Ort für einen deutschen Mann namens Gerd Müller, das wusste ich instinktiv. Gerd Müller konnte durchaus Tankstellenwärter in der Nähe von Bremen oder Gynäkologe in Würzburg sein. Mir fielen einige denkbare Berufe und geografische Platzierungen für einen Mann ein, der auf diesen Namen hörte. Sogar in Indien. Hier hätte Gerd Müller so etwas sein können wie ein Tauchlehrer in Goa, oder warum nicht der Chef von Mercedes Indien mit Standort in Mumbai.

Aber sosehr ich mich auch anstrengte – das Bild eines deutschen Teeplantagenbesitzers namens Gerd Müller konnte ich beim besten Willen nicht heraufbeschwören.

»Gerd Müller«, wiederholte Yogi verzweifelt. »Wo ist Herr Gerd Müller?!«

Der Blick der Frau flackerte, und sie fingerte nervös an ihrer Brille herum.

»Es tut mir schrecklich leid, Sir, aber hier gibt es wirklich keinen deutschen Gentleman mit diesem Namen. Derzeit wohnen überhaupt keine Deutschen bei uns, auch nicht unter den Gästen.«

»Und der Verwalter? Wo ist Mr Abhay Sharma? Rufen Sie ihn sofort her!«

Yogis umständliche Höflichkeit war wie weggeblasen. Seine Stimme schwankte zwischen Falsett und krächzendem Tenor. Es war äußerst qualvoll, dem Ganzen zuhören zu müssen.

»Einen Mann mit diesem Namen gibt es hier leider auch nicht.«

»Aber das ist doch wohl das Green Estate?«

»Natürlich, Sir«, sagte die in Bedrängnis geratene Gastgeberin.

Sie drehte sich um und blickte flehend zu den älteren Tee trinkenden Gästen hinüber, die das Drama gebannt verfolgten. Alle anderen Gespräche waren verstummt. Selbst die Vögel zwitscherten nicht mehr.

Yogi riss seine Aktentasche an sich, die noch im Jeep lag, und zog ein Dokument hervor, das er der armen Frau unter die Nase hielt.

»Hier ist der Vertrag! Ich bin der Besitzer dieser Plantage. Sehen Sie selbst, dies ist Edward Greens Unterschrift!«, jaulte er und tippte mit dem Finger darauf.

Normalerweise war mein Freund der friedfertigste Mensch, den man sich vorstellen konnte. Jetzt machte sein Verhalten der Pensionsleiterin jedoch ernsthaft Angst. Sie wankte einige Schritte zurück und stolperte auf der Treppe, was Yogi sofort dazu bewegte herbeizueilen, um ihr aufzuhelfen. Das wiederum jagte der Frau einen noch größeren Schrecken ein, und sie schrie um Hilfe.

»Ich bitte Sie, ich will Ihnen doch nichts Böses!«, brachte Yogi gerade noch hervor, ehe zwei uniformierte Wächter auftauchten und ihn unter den Armen packten. Kurz darauf kam ein indischer Mann Mitte fünfzig in khakifarbener Hose, einem gebügelten weißen Hemd und einer bestickten Weste hinzu. Mit einer ruhigen, aber mündigen Stimme fragte er, worum es gehe.

»Ich bin der Besitzer dieser Plantage«, piepste Yogi.

»Nein, sind Sie nicht«, entgegnete der Mann. »Denn das bin ich.«

Angesichts der selbstverständlichen Autorität, mit der der Mann seine Worte aussprach, war es, als würde alle Luft aus Yogi entweichen. Hätten die Wachmänner ihn nicht festgehalten, wäre er vermutlich auf dem zu ordentlichen Bahnen gerechten Kies vor dem Haus zusammengebrochen. Ich selbst stand still und stumm daneben, peinlich berührt von meiner eigenen Handlungsunfähigkeit.

Am Ende war es der wohlgekleidete indische Herr, der sich als Mr Ramesh Saranathan vorstellte, der mich dazu zwang, am Geschehen teilzuhaben. Nachdem der leichenblasse Yogi nicht mehr ansprechbar war, wandte er sich mir zu und erkundigte sich, wer wir seien. Mehrere der Tee trinkenden Gäste hatten sich jetzt zur Rasenfläche bewegt und bildeten einen neugierigen Kreis um uns. Ich räusperte mich nervös und stellte uns vor.

»Mein Freund Mr Singh Thakur aus Neu-Delhi hat wie gesagt fünfzig Prozent dieser Plantage gekauft«, fuhr ich unsicher fort und entdeckte den Vertrag, den Yogi im Tumult auf den Boden fallen lassen hatte.

Mit zitternden Händen hob ich ihn auf und reichte ihn Mr Saranathan. Er überflog das Dokument routiniert und zog eine bekümmerte Miene.

»Hier liegt ein Missverständnis vor«, erklärte er. »Lassen Sie uns in mein Büro gehen, dann kann ich Ihnen in Ruhe erklären, wie die Dinge stehen.«

Yogi hatte wieder etwas mehr Farbe im Gesicht, war jedoch immer noch merklich mitgenommen, als wir uns auf den verhängnisvoll knarrenden Stühlen gegenüber dem gigantischen Mahagonischreibtisch in Mr Saranathans Büro niederließen. Es lag hinter einem Gesellschaftsraum der Pension und war im selben altertümlichen Kolonialstil eingerichtet wie die übrige Villa. Ein Grammofon stand auf einem kleinen Tisch neben einer Chaiselongue mit Quastenkissen, und über der Tür hing ein verstaubter Leopardenkopf. Karten und vergilbte Fotografien aus den frühen Tagen der Teeplantage schmückten die Wände. Auf einer alten Aufnahme posierte ein selbstsicherer und sehr kräftiger europäischer Herr mit einem Spazierstock vor der Fabrik. Er trug Stiefel, einen Mantel und einen breitkrempigen Hut, in seinem grimmig nach unten verzogenen Mundwinkel hing eine Pfeife. Obwohl das Foto alt und ein wenig verschwommen war, kam mir sein Aussehen bekannt vor. Mr Saranathan bemerkte mein Interesse für das Bild.

»Das ist Mr Green der Ältere, der dieses Unternehmen Ende des neunzehnten Jahrhunderts begründet hat. Die Plantage wurde über vier Generationen als Familienbetrieb geführt, ehe ich sie vor vier Jahren von seinem Urenkel übernahm, Edward Green dem Jüngeren. Er war der letzte britische Plantagenbesitzer hier in Darjeeling.«

»Ist er dick und hat zotteliges graues Haar?«, fragte ich nervös.

»Stimmt genau. Nicht unbedingt eine elegante Erscheinung, könnte man sagen. Wann sind Sie ihm begegnet?«

»Erst vor ein paar Wochen in Delhi, als der Vertrag besiegelt wurde. Ein ziemlich ungehobelter und lauter Mensch.«

»Ich weiß, dass es Menschen gibt, die ihn so beschreiben. Aber ich persönlich würde eher das Wort aufrichtig verwenden. Mein Eindruck von Edward Green junior ist, dass er immer genau das sagt, was er denkt. Ich habe diesen Mann immer für ehrbar gehalten. Aber unsere letzte Begegnung liegt schon einige Jahre zurück. Ich war überzeugt, er hätte sich zurückgezogen und würde seinen Lebensabend in London verbringen. So hatte er es mir gegenüber jedenfalls angekündigt, nachdem wir den Kauf abgewickelt hatten.«

»Merkwürdig. Uns hat er erzählt, er wäre jetzt erst dabei, seine letzten Besitztümer in Indien zu verkaufen, um dann nach England heimzukehren. Und auf mich wirkte es so, als würde er Indien und seine Bewohner hassen.«

Mr Saranathan schüttelte den Kopf.

»Ganz und gar nicht. Er hat nur seine Meinung über das, was bei uns nicht funktioniert, wie die umständliche Bürokratie und die Probleme mit der Korruption. Als Geschäftsmann hatte er immer mein vollstes Vertrauen. Deshalb erstaunt mich dieser Vertrag wirklich. Formell gesehen ist daran ja nichts Falsches, aber … wenn ich mir ansehe, wie viel Ihr Freund dafür bezahlt hat, würde ich schon sagen, man hat ihn ein wenig … wie soll ich es sagen … in die Irre geführt.«

Yogi wurde hellwach und befeuchtete nervös seine Lippen.

»Inwiefern?«, fragte er.

Mr Saranathan nahm seine Brille ab und putzte sie nachdenklich mit einem Taschentuch, als überlegte er sorgfältig, wie er sich ausdrücken sollte. Er wandte sich Yogi zu und lächelte vorsichtig.

»Soweit ich es beurteilen kann, ist dies tatsächlich ein rechtsgültiger Vertrag, sogar eine Geschäftszulassung gibt es. Sie besitzen die Hälfte einer Teeplantage in Darjeeling. Das Problem ist nur, dass es nicht diese Plantage ist.«

»Das verstehe ich nicht. Auf diesem Vertrag steht doch klar und deutlich Green Estate!«, protestierte Yogi. »Und ich habe die Plantage von Edward Green gekauft.«

»Zweifellos, aber bitte beachten Sie den Buchstaben E vor ›Green Estate‹.«

»Was soll denn daran falsch sein? E wie in Edward!«, rief Yogi aus, der offenbar wieder obenauf war.

Mr Saranathan bedachte ihn mit einem teilnahmsvollen, beinahe mitfühlenden Blick.

»Was Sie gekauft haben, Mr Singh Thakur, ist das *East* Green Estate. Dies ist das *West* Green Estate. Und das sind zwei ziemlich unterschiedliche Anlagen, um es vorsichtig zu sagen.«

Er öffnete seine Schreibtischschublade, zog eine Mappe mit Dokumenten heraus und zeigte sie uns.

»Dies sind Vertrag, Kaufbrief, Jahresrechenschaftsberichte und andere Papiere, die meinen Betrieb betreffen. Und wie Sie sehen können, ist die Bezeichnung des Besitzes in all diesen Dokumenten eine andere als auf Ihrem Vertrag«, sagte Mr Saranathan und deutete auf die Ziffernkombination, die auf sämtlichen Papieren zusammen mit dem W vor »Green Estate« angegeben waren. »Auch die Fläche unterscheidet sich. Das West Green Estate ist fast doppelt so groß wie das East Green Estate. Als ich diese Anlage übernahm, bot mir Edward Green auch das östliche Anwesen für eine sehr bescheidene Summe zum Kauf an. Aber ich habe kein, wie soll ich es formulieren … Potenzial darin gesehen.«

»Wo liegt denn das East Green Estate?«

»Weniger als eine halbe Stunde Fahrt von hier entfernt.«

»Dann müssen wir uns beeilen, um dorthin zu kommen! Mr Gerd Müller ist sicher schon ganz beunruhigt, weil wir immer noch nicht dort angekommen sind.«

»Wer ist das denn?«, fragte Mr Saranathan. »Der Name kommt mir irgendwie bekannt vor.«

»Gerd Müller ist der deutsche Gentleman, dem die andere Hälfte meiner Teeplantage gehört«, antwortete Yogi.

»Nein«, sagte ich. »Gerd Müller ist ein ehemaliger deutscher Fußballspieler, der in den Siebzigerjahren eine einzigartige Karriere hingelegt und in 62 Länderspielen 68 Tore geschossen hat.«

»Was redest du denn jetzt für einen Unsinn, Mr Gora?«

»Ich sage nur die Wahrheit, Yogi«, erwiderte ich. »Und die Wahrheit ist, dass es in Darjeeling keinen Gerd Müller gibt.«

# KAPITEL 27

Ich war davon überzeugt, dass Yogi in seinem tiefsten Inneren ebenfalls wusste, dass ich recht hatte, auch weil bei Gerd Müller immer noch ununterbrochen besetzt war. Aber vielleicht musste er die Wahrheit allein herausfinden. Und selbst wenn der Teeplantagenteilhaber Gerd Müller nicht existierte, schien es allem Anschein nach immerhin eine Teeplantage zu geben, an der mein Freund Anteile besaß.

Und so bestand Yogi darauf, dass wir sofort hinüber zum East Green Estate fuhren, obwohl Mr Saranathan uns großzügig angeboten hatte, dass wir in einem hübschen Anbau seiner ausgebuchten Pension übernachten könnten, um der Wirklichkeit erst am darauffolgenden Morgen bei Tageslicht ins Auge zu sehen.

Mr Saranathan gab uns Decken, eine Taschenlampe und den diplomatisch formulierten Wunsch mit auf den Weg, dass wir gut schlafen sollten, auch »wenn man dort drüben vielleicht nicht ganz auf Gäste eingerichtet ist.«

»Sie haben recht. Er war wirklich großartig«, flüsterte er mir zu, bevor wir aufbrachen.

»Wer?«

»Gerd Müller. Jetzt erinnere ich mich wieder an ihn. Ich habe mich immer mehr für Cricket begeistert, aber Gerd Müllers Ruf konnte man nicht einmal in Indien ignorieren. Ich habe ihn ein paarmal im Fernsehen gesehen. Wirklich ein großartiger Fußballspieler.«

Mr Saranathan senkte seine Stimme noch mehr.

»Kümmern Sie sich gut um Ihren Freund. Ich bin überzeugt, dass er Ihre Unterstützung jetzt gebrauchen kann.«

Unser Chauffeur hatte die Schrauben noch einmal mit seinem Universalwerkzeug angezogen. Und nach der kleinen Pause, in der er und sein Jeep neue Kraft hatten schöpfen können, eroberten wir nun die Serpentinen mit einer ebenso heftigen Angriffswut wie zuvor.

Jetzt hatten wir allerdings nicht nur die Kurven und den Nebel gegen uns, sondern auch die pechschwarze Nacht. Immerhin war zumindest ein Scheinwerfer des Jeeps intakt, und dank ihm und dem Fahrtalent des Chauffeurs hatten wir unser Ziel schon nach weniger als zwanzig Minuten erreicht.

Ein altes, rostiges Schild, das im Wind quietschte, verriet uns, dass dies wirklich das East Green Estate war. Yogi hatte seine Taschenlampe eingeschaltet und ließ den Lichtkegel weiter über ein verfallenes Ziegelgebäude mit eingesunkenem Dach gleiten, das hinter der Einfahrt des Anwesens lag.

»Hallo! Herr Müller, sind sie daaaaaa?!«, rief er.

»Hier ist keine Menschenseele«, sagte ich und ging zu dem Eisentor, das mit einer dicken Kette und einem großen Hängeschloss gesichert war.

Yogi folgte mir und rüttelte gewaltsam am Tor.

»Herr Müüüüllleeeeeeeerrrrrrrr!«, grölte er mit einer letzten Kraftanstrengung, die mir eher wie ein verzweifelter Hilferuf vorkam.

Ich legte den Arm um seine Schultern und überlegte, welche tröstenden Worte ich finden könnte, als unsere Augen von einem hellen Licht geblendet wurden.

*»Hallijou!«*, rief eine piepsige Stimme, die der anderen Person mit Taschenlampe gehörte.

»Sind Sie Herr Gerd Müller?«, rief Yogi.

*»Hallijou!«*, wiederholte die Stimme.

Yogi erwiderte den grellen Lichtschein mit seiner Taschenlampe und lieferte sich mit dem anderen eine Art Blendduell. Als dieser die Waffe sinken ließ und sich unsere Augen von der Lichtblindheit erholt hatten, konnten wir ihn endlich sehen. Denn es war ein Mann, wie sich herausstellte, als er zu uns ans Tor kam und seine Lampe auf den Boden richtete, um das Licht gleichmäßiger und schonender zu verteilen. Ein sehr kurzgewachsener und sehr alter Mann mit weißem Bart und einer roten Zipfelmütze.

*»Hallijou«*, sagte er noch einmal.

Papa Schlumpf, dachte ich. Er klang und sah genauso aus wie Papa Schlumpf. Eine bedeutend magerere und wettergegerbtere Ausgabe jedoch, mit tiefen Furchen in der Stirn und einem ganzen Flussdelta aus Falten rund um die schmalen, blinzelnden Augen.

Es bestand kein Zweifel daran, dass dies *nicht* Gerd Müller war. Das musste sogar Yogi einsehen.

»Sind Sie Mr Abhay Sharma?«, fragte er. »Der Verwalter?«

Der verständnislose Blick des kleinen Mannes sagte alles. Es bestand kein Zweifel daran, dass er *nicht* Abhay Sharma war.

Yogi hielt seinen Vertrag an den Zaun, und schließlich gelang es ihm, Papa Schlumpf zunächst in einem ratternden Hindi, dann in einer langsameren, buchstabierenden Version, davon zu überzeugen, dass er, Yogendra Singh Thakur aus der Hauptstadt Neu-Delhi, der neue Besitzer von East Green Estate sei. Jedenfalls öffnete der Mann das Vorhängeschloss und das Tor für uns.

Eine Minute später kam noch eine weitere kleine Person auf uns zugewackelt, die eine Öllampe in der Hand hielt. Eine buckelige Alte, mindestens genauso wettergegerbt wie Papa

Schlumpf. Sie war in mehrere Decken gehüllt und trug ein Tuch um den Kopf gewickelt. Ihr Blick glänzte wässrig und ihr Mund rot, beides Anzeichen eines allzu eifrigen Betel-Konsums.

Yogi bestürmte die beiden mit Fragen auf Hindi, was sie besser beherrschten als Englisch. Trotzdem lief die Verständigung äußerst zäh. Ihre Muttersprache war Nepali, und so dauerte es, bis sie verstanden, was Yogi gefragt hatte, und ihm dann antworteten, woraufhin er es schließlich für mich ins Englische übersetzte.

Langsam, aber sicher ergab sich ein klareres Bild. Die Alten waren Eheleute, sie hießen Vinod und Sunita Chettri. Sunita war einmal Teepflückerin im East Green Estate gewesen, und Vinod hatte als Wachmann auf der Plantage gearbeitet, ehe Edward Green den Betrieb vor fast neun Jahren aufgrund der niedrigen Rentabilität eingestellt hatte. Das Ehepaar war dennoch dort geblieben, und Edward Green hatte ihnen jedes Jahr einen kleineren Beitrag dafür gezahlt, dass sie die Gebäude bewachten und die Teesträucher beschnitten. Geld für den Unterhalt der Gebäude hatte er jedoch nie bereitgestellt, und vor einem Jahr waren alle Zahlungen abrupt eingestellt worden. Seither hatten Vinod und Sunita nichts mehr von dem Briten gehört. Das betagte, ältere Paar hatte allein zurechtkommen müssen, so gut es ging. Die beiden konnten mit Mühe und Not von dem Gemüse leben, das sie in dem nach wie vor fruchtbaren Boden anbauten. Und was sie nicht selbst aßen, verkauften sie auf dem lokalen Markt und verdienten sich damit ein kleines Zubrot. Obwohl es hier im Grunde nichts mehr von Wert gab, drehte Vinod Chettri noch immer jeden Tag nach dem gleichen strikten Zeitplan seine Inspektionsrunden mit der Taschenlampe.

Nachdem er sein anfängliches Misstrauen gegen uns abgelegt hatte, schien es, als gewänne der ausgezehrte und schwer gebeutelte Mann neue Kraft. Seine Augen blitzten auf, und aus Yogis Übersetzung entnahm ich, dass der alte Wachmann meinte, die Plantage sei noch zu retten, wenn man nur entschieden genug dafür eintrete. Der Weltmarktpreis für Tee sei wieder gestiegen, genau wie die Nachfrage weiter wachse, erläuterte er mit seiner piepsigen Stimme. Und weil die Teesträucher weiterhin getrimmt worden seien, könne man sofort wieder etwas ernten, wenn die nächste Saison Ende Februar beginne.

In der Dunkelheit erhielten wir eine erste Führung über das East Green Estate, und es war kein sehr erbaulicher Spaziergang. Die Anlage war in einem miserablen Zustand. Die Arbeiterbaracken waren so von Termiten zerfressen, dass sie fast in sich zusammenfielen, und Tauben und Fledermäuse hatten überall Einzug gehalten. In mehreren anderen Gebäuden hatte sich die Vegetation einen Weg durch Fenster und Türen gebahnt, und an einigen Stellen hatten die Wurzeln und Äste sogar die Ziegelwände und Mauern zerstört. In der alten Teefabrik roch es streng nach den Hinterlassenschaften der Fledermäuse, die in großen Trauben von der Decke baumelten, und am Boden flitzten Ratten zwischen ausgedienten Maschinen und Säcken mit verfaulten Teeblättern hin und her.

Die Dunkelheit machte eine Besichtigung der Pflanzen unmöglich. Laut Vinods vorsichtiger Beschreibung waren einzelne Felder von Erdrutschen betroffen, aber er meinte auch, dass noch große nutzbare Flächen übrig seien. Die Versicherungen des Wachmanns, dass das East Green Estate in seinen besten Zeiten haufenweise renommierte Preise für seine *first-flush-* und *second-flush-*Tees gewonnen habe, trösteten keinen von uns. Eine Zukunft für diese Plantage zu sehen setzte weit mehr als Yogis üblichen Optimismus voraus. Mr Saranathas Formulierung, es fehle ihr an Potenzial, wirkte mit einem Mal untertrieben. Die

Wahrheit musste wohl lauten, dass es dem East Green Estate an fast allem fehlte.

Vinod und Sunita wohnten in dem Gebäude, das einmal die geräumige Villa des Verwalters gewesen war, von der sie jedoch nur einen kleinen Teil nutzten. Es gab keine Elektrizität in dem Haus, das verhältnismäßig sauber und gemütlich war, aber von einem offenen Kamin, der auch als Herd diente, ging eine angenehme Wärme aus. Die Eheleute schliefen auf Matten auf dem Boden, zeigten uns jedoch einen Raum nebenan, in dem es drei Charpais gab, aus Seilen gewebte Betten, auf denen vor allem die Armen zur Ruhe kamen, und einen weiteren funktionierenden offenen Herd.

Dort richteten wir uns ein, Yogi, ich und der Fahrer, der nach den rasanten Manövern des Tages viel zu müde war, um den gesamten Weg nach Bagdogra zurückzufahren, und dessen Dienste wir im Übrigen bestimmt auch am nächsten Tag in Anspruch nehmen müssten. Sunita servierte uns einen wohlschmeckenden Tee, der aus den hier angebauten Blättern gebrüht worden war, und frisch gebackene Chapatis mit wässrigem Dal. Wir hätten ein schönes Bild abgeben können, wie wir dort im flackernden Schein des Kamins warteten, hätte mein Freund nicht am Rande einer wahrscheinlichen Katastrophe gestanden. Sunita mit ihren roten, glasigen Augen lächelte Yogi müde an.

»*You good man. Very good man*«, sagte sie. »*You make work. You start business. You very, very good man.*«

Bedrückt krochen wir in unsere Betten. Der Chauffeur fing sofort an zu schnarchen, dass die Wände wackelten. Ich zog mir die Decke über die Ohren und wünschte Yogi eine gute Nacht. Es kam mir wie ein Hohn vor.

»Mr Gora«, sagte er und richtete sich seitlich auf seinem Ellbogen auf. »Das ist ein Albtraum. Sag, dass das ein Albtraum ist! Sag, dass es der abscheulichste Albtraum ist, den man sich nur vorstellen kann, und dass ich morgen in einer anderen Wirklichkeit wieder erwachen werde.«

Seine Verzweiflung entsetzte mich. Yogendra Singh Thakur war ein Mann, der immer, selbst in der größten Finsternis, noch ein kleines Licht am Ende des Tunnels entdeckte. Ich wusste nicht, was ich sagen sollte, bis ich schließlich irgendetwas stammelte, dass wir erst einmal eine Nacht über alles schlafen sollten, um das Problem am nächsten Tag mit frischem Blick dahingehend zu untersuchen, ob es nicht doch eine Lösung geben könnte.

»Du hast recht, Mr Gora«, sagte Yogi. »Man darf nicht aufgeben. Es gibt immerhin eine Sache, über die ich bei aller Betrübtheit doch unendlich dankbar bin.«

»Und die wäre?«

»Dass du bei mir bist! Dass ich nicht allein bin! Es ist ein so schönes Gefühl, dich an meiner Seite zu wissen, jetzt, da sich der Nebel nicht nur über Darjeeling gelegt hat wie eine lumpige, stickige Decke, sondern auch über mich. Außerdem kann man unsere Flugtickets nach Delhi zum Glück umbuchen. Wir werden mehr als nur ein paar Tage brauchen, um wenigstens ein bisschen Ordnung in dieses allergrößte Schlamassel zu bringen. Ich hoffe nur bei Hanuman, dass wir es noch vor der Hochzeit schaffen. Aber vielleicht ist das möglich. Sag mir, dass es möglich ist, Mr Gora!«

»Es könnte möglich sein«, sagte ich und spürte den metallischen Geschmack von Blut und Angst im Mund. Spätestens am Sonntag, also in drei Tagen, wäre ich gezwungen, Indien zu verlassen, um rechtzeitig am Montagmorgen wieder bei der Arbeit in Malmö zu sein. Das Ticket von Delhi nach Hause war längst gebucht, aber ich hatte mich bis jetzt davor gedrückt, es Yogi zu gestehen. Ich hatte mir eingebildet, dass es viel leichter wäre, wenn wir uns erst einmal hier in Darjeeling befänden.

»Es könnte möglich sein«, wiederholte Yogi, und ich dachte, jetzt sage ich es. Je länger ich damit warte, desto schlimmer wird es.

Ich holte tief Luft. Über ein solches Szenario hatte ich mit Karin Vallberg Torstensson nie gesprochen.

»Du, Yogi ….«

»Ja, Mr Gora?«

»Da ist etwas, was ich dir sagen muss.«

»Was denn?«

»Äh … gute Nacht!«

# KAPITEL 28

Wollte man einen mildernden Umstand für meine Feigheit finden, könnte man anführen, dass ich sie mir zumindest selbst eingestand, und zwar vorbehaltlos. Zur Strafe hielt mich diese Feigheit zusammen mit dem ununterbrochenen Schnarchen des Chauffeurs die ganze Nacht lang wach, und als der Morgen in einem noch dichteren Nebel als zuvor dämmerte, war ich schon fast wieder der Meinung, dass ich zumindest ein kleines bisschen Mitgefühl verdient hätte.

Nach einem mageren Frühstück, bestehend aus dem guten Tee und ein paar dünnen Chapatis, nahm uns der Wachmann mit auf eine neue Inspektionsrunde. Leider verstärkte sich der am Vortag gewonnene Eindruck völligen Verfalls im dunstigen Tageslicht umso mehr. Das Lagergebäude aus Holz stand offenbar nur deshalb noch, weil die Wände einander wie bei einem Kartenhaus stützten. Der Fuhrpark der Plantage bestand aus einem rostigen Traktor ohne Räder, Lenkrad und Sitz sowie einem Motorrad der Marke Royal Enfield mit Beiwagen, in dem eine Vogelfamilie ihr Nest gebaut hatte.

Auf den Feldern konnten wir feststellen, dass die Pflanzen das Einzige auf dieser Plantage waren, das stetig gepflegt worden war. Um einige Sträucher herum wuchsen Gestrüpp und Unkraut, und an anderen Stellen hatte ein Erdrutsch tiefe Narben in den Boden gerissen, aber der Mehrzahl der Teesträucher schien es gut zu gehen. Ein kleiner Teil der Pflanzen wuchs an einem Steilhang, die meisten wellten sich jedoch über sanfte Hügel.

Auch Yogi schien nicht viel geschlafen zu haben, die schwarzen Ringe unter seinen Augen waren wieder da. Eine anstrengende Wanderung über einen rutschigen Hang führte uns zu einem Aussichtspunkt, von dem aus man an klaren Tagen den Kangchendzönga sehen konnte, den dritthöchsten Berg der Welt, eine Formation aus mehreren Gipfeln, die alle weit über achttausend Meter hoch waren. Jetzt konnten wir allerdings nur einige Meter weit sehen, und zu allem Unglück hatte es auch noch zu nieseln begonnen.

Vinod Chettri erklärte mit seiner piepsigen Stimme, dass das schneebedeckte Massiv nun schon seit über einem Monat nicht mehr zu sehen gewesen sei, was äußerst ungewöhnlich sei. Der Winter sei in diesem Jahr schon früh gekommen, betonte er und trug damit unbeabsichtigt dazu bei, die allgemeine Düsterkeit noch hervorzuheben.

Immerhin hatte unser geschwindigkeitsliebender, schnarchender Chauffeur ausgeschlafen. Nachdem er einige Minuten lang mit seinem Lieblingswerkzeug am Motor herumgeschraubt hatte, war er bereit, uns wieder nach Darjeeling-Stadt zu fahren, und kurz vor der Mittagszeit befanden wir uns erneut in dem kleinen Restaurant mit den beschlagenen Scheiben. Yogi bekämpfte seinen Kummer mit Momos in rauen Mengen, und obwohl das kaum der richtige Weg war, um seine Probleme zu lösen, gönnte ich ihm diese vorübergehende schwelgerische Realitätsflucht. Irgendwie schien es ohnehin schon so, als könnte es nicht viel schlimmer kommen. Ich täuschte mich. Es konnte viel schlimmer kommen. Denn nachdem wir den ganzen Tag in einem schäbigen Internetcafé in Darjeeling mit Telefonaten, Mailkorrespondenz und Recherchen im Netz zugebracht hatten, ließ sich unsere Lage mit der folgenden Liste zusammenfassen:

1. Edward Green war unter keiner seiner zahlreichen Telefonnummern mehr zu erreichen. Wir fanden auch keine Adresse, die sich mit ihm in Verbindung bringen ließ, weder in Indien noch in London. Er schien sich in Luft aufgelöst zu haben. Dasselbe galt auch für Gerd Müller und Verwalter Abhay Sharma, allem Anschein nach zwei Halunken, die mit Edward Green unter einer Decke steckten. Seit der letzten SMS des »deutschen Teilhabers« hatte es kein Lebenszeichen mehr von ihm gegeben. Jetzt ertönte nicht einmal mehr das Besetztzeichen, wenn man ihn anrief, sondern nur eine Stimme, die mitteilte: Kein Anschluss unter dieser Nummer.
2. Auch der indische Immobilienmakler in Madras, der das Anwesen vermittelt hatte, existierte plötzlich nicht mehr. Die Homepage, auf der er fälschlicherweise Bilder vom West Green Estate gezeigt hatte, um das East Green Estate zu verkaufen, war nicht mehr zu finden.
3. Mehrere Geschäftspartner, denen Yogi kleinere Anteile weiterverkauft hatte, erkundigten sich per Mail nach einem neuen Lagebericht mit aktuellen Fotos von der Plantage, den mein Freund ihnen in Aussicht gestellt hatte.
4. Yogis künftiger Schwiegervater meldete sich und verlangte, dass der Gewinn des Verkaufs der Anteile auf ein anderes Konto überwiesen werde, weil er jetzt mehrere große Überweisungen an Festveranstalter und Restaurants tätigen müsse. Schließlich finde die gigantische Hochzeit mit eintausendfünfhundert Gästen schon in zwei Wochen statt. Er benötige das Geld in spätestens drei Tagen.
5. Mr Ramesh Saranathan vom West Green Estate hatte uns dank seiner profunden Kenntnisse über die Teeplantagen von Darjeeling dabei geholfen, den Wert des East Green Estate zu

schätzen. Er kam zu dem Schluss, dass es in Anbetracht des schlechten Zustandes höchstens zweihunderttausend Rupien wert war, falls es überhaupt gelingen würde, einen Käufer für ein so baufälliges Anwesen zu finden. Diese Summe entsprach etwa dreißigtausend schwedischen Kronen.

Damit hatte sich der Gewinn von zehn Millionen Rupien, fast anderthalb Millionen schwedische Kronen, den Yogi mit diesem Geschäft gemacht zu haben glaubte, plötzlich in einen fast ebenso großen Verlust gewandelt. Das wiederum bedeutete, dass Mr Krishnamurti ruiniert wäre, zumindest wenn man den Anteilseignern ihren Einsatz zurückzahlen würde. Yogi würde die Summe vielleicht zusammenkratzen können, indem er ein paar Anlagen aus dem Vermögen seiner eigenen Familie veräußerte, aber da die Mutter die Immobilie in Sundar Nagar und das Erbe ihres Gatten allein verwaltete, setzte das ihr Einverständnis voraus und war somit so gut wie ausgeschlossen.

»Die liebe Amma war von Anfang an skeptisch gegenüber dem finanziellen Ergebnis einer Verbindung unserer beider Familien, und ich würde sie wohl nicht einmal mit der allerfröhlichsten Laune, die ich aufzubringen vermag, dazu bewegen können. Darüber hinaus, Mr Gora, fühle ich mich derzeit kaum in der Lage, ein derart kreatives Überredungsmanöver zu starten. Eigentlich bin ich in diesem Moment kaum noch zu irgendetwas in der Lage, wenn ich die bittere Wahrheit formulieren darf.«

Zur bitteren Wahrheit gehörte auch, dass Edward Green einen fast perfekten Betrug inszeniert und umgesetzt hatte. Als wollten wir uns noch mehr in unserem eigenen Elend wälzen, verwendeten wir beträchtliche Zeit darauf, den Handlungsverlauf und das manipulative Verhalten des britischen Schwindlers zu rekonstruieren. Natürlich waren Yogi und sein Schwiegervater naiv gewesen, als sie eine Immobilie gekauft hatten, ohne diese zuvor zu besichtigen, aber Edward Greens Täuschungsmanöver hätte sicher auch vorsichtigere Geschäftsleute überzeugt. Indem er sein Verkaufsangebot mit der Behauptung zurückgezogen hatte, es gäbe einen anderen Interessenten, der ein höheres Gebot abgeben hätte, war es ihm auf raffinierte Weise gelungen, das Interesse für die Plantage zu steigern. Das Gleiche galt für seine unnahbare Attitüde. Was man nicht bekommen kann, will man bekanntlich umso mehr haben.

Auch die Konstruktion mit dem »deutschen Teilhaber«, der bereits die halbe Plantage gekauft hätte und voll des Lobes schiene, war ein Geniestreich. Und da Yogi mit einem Scheck bezahlt hatte, gab es auch kein Bankkonto, das wir mit Edward Green in Verbindung bringen konnten, um die Jagd auf ihn zu eröffnen. Obendrein existierte das Objekt ja wirklich und war mit einem augenscheinlich vollkommen legalen Vertrag verkauft worden. Deshalb hatten die Banken das Geschäft auch nicht infrage gestellt, und falls es ihnen gelingen sollte, Edward Green ausfindig zu machen, würde es äußerst schwer werden, ihn juristisch zu belangen.

Der Betrug bestand lediglich darin, dass er dem Käufer vorgegaukelt hatte, die Teeplantage wäre eine andere, die einen sehr ähnlichen Namen hatte. Das ließ sich allerdings nur schwer beweisen. Und selbst wenn sich ein Staatsanwalt davon überzeugen ließe, den Briten anzuklagen, müsste man mit einem sehr langen Prozessverlauf rechnen. Die Mühlen der indischen Justiz mahlten noch langsamer als anderswo.

Hinzu kam das delikate Detail, dass Yogi das East Green Estate offenbar noch immer mit dem Mann teilte, der ihn betrogen hatte. Denn Yogi hatte nur fünfzig Prozent der Plantage gekauft, die andere Hälfte war noch immer im Besitz von Edward Green.

Natürlich hätte der Brite mit seinem Betrug scheitern können, aber im Prinzip hatte er nur seinen Ruf als Geschäftsmann zu verlieren, der ohnehin keine große Bedeutung mehr für ihn haben dürfte, wenn er sich aus dem Berufsleben zurückziehen wollte. Ich gab zu bedenken, dass irgendetwas vorgefallen sein musste, das seine Wandlung vom ehrbaren Geschäftsmann zum Gauner erklärte, aber auf diesem Ohr war Yogi taub.

»Ich bin nicht nur mit den Nerven am Ende, Mr Gora, ich bin noch dazu von einem widerwärtigen Kolonialisten übers Ohr gehauen worden! Früher haben sie uns Inder bis aufs Blut ausgesaugt, und jetzt sind sie wieder da, um uns heimlich noch einmal auszusaugen! Die Zeit, in der ich die Briten noch für wahre Gentlemen hielt, ist jetzt beim Zorn des Varuna für immer vorbei! Von nun an werde ich die Briten so scheuen, wie ein Hühnchen den Tandooriofen scheuen würde, wenn es genügend Verstand hätte. Nie wieder werde ich meine Hand besudeln, indem ich einen Engländer begrüße. Du kennst doch sicher die abscheuliche alte indische Tradition, die besagt, dass ein Volk von einer höheren Kaste die Daliter nicht berühren dürfe. Das ist eine grausame Regel, die heute glücklicherweise fast ausgestorben ist. Aber ich gedenke, sie wieder zum Leben zu erwecken, wenn auch auf meine Weise. Ab sofort werde ich alle Briten als Unberührbare ansehen!«

Ich hatte Yogi nie zuvor so erbost und kategorisch erlebt und versuchte sofort ihn zu besänftigen.

»Aber Yogi, nun zieh mal keine voreiligen Schlüsse. Auf mich wirkt das fast so, als wäre Edward Green von einem Tag auf den anderen verrückt geworden. Mr Saranathan hat doch berichtet, dass er früher einmal ein ehrbarer Mann gewesen sei. Und er hat dem Wachmann und seiner Frau immerhin bis vor einem Jahr einen Lohn ausgezahlt.«

»Ein ehrbarer Mann!? Nein, ein teuflisch betrügerischer Mann, ganz wie der hinterlistige Dämon Ravana, der dem göttlichen Rama seine Gemahlin Sita entführt hat! Ja, ganz genau das ist er! Verstehst du, was das hier bedeutet, Mr Gora? Begreifst du, dass es keine Hochzeit geben wird, es sei denn, ich lüge auf die infernalischste Weise, die die Welt je gesehen hat? Und ich würde nicht irgendwen anlügen, sondern meine eigene Familie, alle Menschen, die meinem hochgeschätzten künftigen Schwiegervater vertrauen und die mir fast genauso sehr vertraut haben.«

Yogis Augen füllten sich mit Tränen, und mir wurde klar, dass ich nichts sagen konnte, um seine Pein zu mindern. Zugleich kämpfte ich auch mit meinen eigenen Gewissensqualen. Zwar hatte nicht ich das Geschäft mit dem Schwindler Edward Green abgeschlossen, aber ich hatte es zweifellos erleichtert. Und noch dazu näherte sich der Zeitpunkt, an dem ich gezwungen wäre, meinen völlig verzweifelten Freund zu verlassen, beunruhigend schnell.

Ich hatte eine weitere Mail von Jenny mit einer Erinnerung daran erhalten, dass zu Hause die Pflicht rief. Am Montag sollte ich mich in einen neuen Eilauftrag von meinem Lieblingskunden, dem Gesundheitsamt der Region Schonen, stürzen: einen Text über Inkontinenz.

Warum bekam immer ich solche Aufträge, während Jenny und Alexander alles in Beschlag nahmen, bei dem es um jugendlichen Esprit und neue, smarte Lösungen ging?

Wollten sie auch diesmal, dass es ein wenig humorvoller sein durfte, wie bei der Broschüre über Prostatakrebs? Wie konnte eine vollgepinkelte Hose bei Erwachsenen überhaupt lustig sein? Gut, man konnte sich ja auch vor Lachen bepissen.

Mein altes Reklamegehirn sprang sofort an. »Können Sie sich vor Lachen nicht halten?«

Momentan schien es mir tatsächlich leichter zu fallen, einen spaßigen Text über Inkontinenz zu schreiben, als Yogi meine bevorstehende Abreise zu beichten.

# KAPITEL 29

Ein Unglück kommt selten allein, heißt es. Aber sollte es nicht auch dafür eine Grenze geben? Irgendein Naturgesetz, das besagt, dass auf, sagen wir mal, vierzehn Unglücke mindestens ein paar Glücke folgen müssen? Und warum hatte sich nicht ein einziger der Millionen hinduistischer Götter oder ihrer dreimal so vielen Inkarnationen Yogis erbarmt? Jenes Mannes, der ihr größter Fan war und ein Herz aus Gold hatte und von allen nur Gutes hielt (möglicherweise vorübergehend mit Ausnahme der Engländer).

Derartige Gefühle von Ohnmacht und Ungerechtigkeit überkamen mich, als Yogi mir am darauffolgenden Tag von dem Gespräch mit seinem künftigen Schwiegervater berichtete, dem er nach reiflicher Überlegung die Wahrheit über das katastrophale Geschäft in Darjeeling erzählt hatte.

Der vollkommen am Boden zerstörte Mr Krishnamurti hatte sofort den Entschluss gefasst, alle Anteilseigner auszuzahlen. Yogi und er waren gründlich übers Ohr gehauen worden, aber darunter sollten die anderen Investoren nicht leiden. Damit war der ehemals hoch angesehene Mann mit einem Schlag verarmt, und eine Hochzeit zwischen seiner Tochter und Yogi konnte natürlich auch nicht gefeiert werden.

Mit brüchiger Stimme hatte Yogi versprochen, die finanzielle Situation und Ehre der Familie Krishnamurti wiederherzustellen, damit die Hochzeit mit Lakshmi doch noch stattfinden konnte. Wie Yogi berichtete, hatte der alte Mann zugehört, geschnauft und gebrummt, ehe er am Ende die Frage stellte, dessen Antwort mein Freund schon kannte: »Was wird Ihre Mutter zu alldem sagen?«

»YOOOGEEENDRAAAAA SIIIINGH THAAAAAKUUUR! DU TAUGENIIICHTS! DU BIST EINE SCHANDE FÜR DIE GANZE FAMILIE! WARUM HAST DU DICH ÜBERHAUPT MIT DIESEN ELENDIGEN SÜDINDERN EINGELASSEN?! ICH HABE ES DIR VON ANFANG AN GESAGT! TRITT MIR NIE WIEDER UNTER DIE AUGEN! HÖRST DU? WAS FÜR EIN GLÜCK, DASS DEIN VATER DAS NICHT MEHR ERLEBEN MUSS! DAS HÄTTE IHN INS GRAB GEBRACHT! DU KOMMST NICHT EHER NACH HAUSE, BIS DU DAS ALLES WIEDER IN ORDNUNG GEBRACHT HAST! HÖÖÖÖÖRST DU MICH?! ICH WILL DICH HIER NICHT SEHEN, BEVOR DU DIESES PROBLEM GELÖST HAST!«

Obwohl die Lautstärke vom Handy gedämpft wurde, das Yogi an sein Ohr hielt, ließ Mrs Thakurs Wutausbruch selbst Sunita im Nebenzimmer zusammenzucken, als sie gerade in ihrem Topf das wässrige Dal umrührte, das offenbar das Grundnahrungsmittel des Ehepaars darstellte.

In gewisser Weise erschien es charakteristisch für die ganze Situation, dass am ersten Tag, da wir im East Green Estate vollen Handyempfang hatten, nur Schimpftiraden aus dem Hörer drangen.

Auch seiner Mutter gegenüber hatte Yogi alle Karten auf den Tisch gelegt. Nach dem »Gespräch« setzte er sich auf sein Charpai und starrte mit leerem Blick vor sich hin. Alle Versuche, die Mutter zu beruhigen, hatten nicht gefruchtet. So abweisend hatte Yogi seine Mutter noch nie erlebt.

»Ich muss mein Flugticket umbuchen. Ich muss hierbleiben«, fuhr er mit mechanischer Stimme fort.

»Warum denn?«, fragte ich.

»Wo soll ich denn sonst hin? In Delhi habe ich kein Zuhause mehr, in das ich zurückkehren kann.«

»Aber deine Mutter hat es bestimmt nicht so gemeint, Yogi. Du kennst sie doch besser als jeder andere. Sie ist nur aufgebracht! Wäre es nicht besser, nach Delhi zurückzukehren und dort zu sehen, was du tun kannst? Hier kannst du doch ohnehin nicht viel ausrichten.«

»Aber wie sollte ich denn deiner Meinung nach wieder nach Hause zurückkehren können? Angesichts der Schande, die ich über mich und meine Familie gebracht habe. Eine indische Hochzeit einmal abzublasen, ist schon schlimm genug. Es zweimal zu tun, ist eine Katastrophe. Und es unter diesen Umständen zu tun, ist nicht weniger als eine katastrophale Katastrophe. Nein, Mr Gora, ich werde nicht nach Hause fahren. Ich bleibe hier. Aber ich hätte das größte Verständnis dafür, wenn du wieder nach Schweden fahren wolltest. Jetzt da die Hochzeit ohnehin nicht zustande kommt, gibt es für dich ja nicht mehr viele Gründe, noch hierzubleiben.«

Das war eine Chance, mit der ich nicht gerechnet hatte, eine Möglichkeit für mich, die Bühne zu verlassen, ohne als der Feigling dazustehen, der ich zweifelsohne war.

»Ich wäre gern noch eine Weile geblieben, Yogi. Aber da ist ja auch noch die Sache mit meinem Job ...«

»Ich finde, du solltest auf der Stelle abreisen, Mr Gora. Der Flug, den wir mit Spicejet gebucht haben, startet morgen Vormittag in Bagdogra. Du kannst in einem Hotel in Siliguri übernachten, damit du ihn auf keinen Fall verpasst. Lass dich jetzt vom Chauffeur dorthin bringen, bevor es dunkel wird. Ich muss seine Dienste jetzt ohnehin nicht mehr in Anspruch nehmen.«

»Das kommt mir nicht richtig vor. Willst du nicht doch mitkommen?«

Yogi schüttelte den Kopf.

»Fahr! Du hast ein Leben und einen Job in Schweden, dem du nachgehen musst. Ich komme schon zurecht, Mr Gora, das verspreche ich.«

Er hatte keine Tränen in den Augen, machte keine großen Gesten und keine hübschen verbalen Schnörkel in seine Sätze. Was blieb, war nichts als seine mechanische, monotone Stimme, die Dinge von sich gab, die gewiss klug und logisch klangen, aber keinerlei emotionale Regung verrieten.

Schnell packte ich meine Sachen zusammen und sagte Yogi, dass ich bald wieder nach Indien zurückkehren würde. Er nickte nur, lächelte steif, und seine Umarmung ließ die Wärme vermissen, die ich normalerweise mit ihm verband. Sie war ebenso mechanisch wie seine Stimme. Hätte Yogi geweint, hätte ich ihn trösten und vielleicht selbst eine Träne vergießen können. Sein jetziges Verhalten war gewissermaßen einfacher für mich, aber gleichzeitig auch unglaublich schwer.

»Es wird sich alles regeln. Ich rufe dich an, wenn ich wieder in Schweden bin«, sagte ich und setzte mich mit meinem Koffer in den Jeep.

*»Hallijou and good bye!«*, piepste Vinod Chettri und winkte, als der Jeep losrollte.

Ich drehte mich um und winkte zurück. Vinod stand dicht an Yogis Seite. Auf der anderen Seite hatte sich seine Frau ebenso nahe neben meinem Freund platziert. Man bekam den Eindruck, dass das ausgemergelte alte Paar ihn mit seinen zerbrechlichen Körpern stützen wollte, damit er nicht zusammenbrach.

Wieder hatten sich Risse im Nebel gebildet, sodass ich von meinem Platz auf der Rückbank aus sehen konnte, wie die drei

Gestalten kleiner und kleiner wurden. Es war ein bewegendes Bild, beinahe überdeutlich in seiner Symbolik, wenn man all die wackligen Kartenhäuser bedachte, die auf dem Grundstück standen.

Der Weg machte einen Knick, und sie verschwanden aus meinem Blickfeld. Jetzt musst du versuchen, nach vorn zu sehen, Göran Borg, sagte ich zu mir selbst. Und ging in der Kurve mit.

Nach einem weiteren Michael-Schumacher-inspirierten Einsatz des Chauffeurs mit nur einem Boxenstopp unterwegs (bei dem das Universalwerkzeug aus seiner rechten Tasche erneut das Problem löste, diesmal eine verschmutzte Zündkerze), kamen wir unten im Tal in Siliguri an. Es war, als hätte der Nebel nie existiert. Die Sonne ging gerade unter und verlieh der Umgebung die gleiche unbekümmerte Ausstrahlung wie vor einigen Tagen, als wir – voller freudiger Erwartung – hergekommen waren.

Der Chauffeur setzte mich bei einem Hotel ab, das seinem Bruder gehörte. Zuvor hatten wir an einer Tankstelle getankt, die von einem anderen Bruder betrieben wurde, und anschließend ein wenig Obst und Nüsse am Straßenrand gekauft – an einem Stand, der von einem dritten Bruder betrieben wurde. Ich grübelte gerade, wie viele Brüder er eigentlich noch haben konnte, denn ich hatte ja bereits mit einer verblüffend großen Menge von ihnen Bekanntschaft geschlossen, als der Chauffeur dem kleinen Laufburschen, der meinen Koffer trug, durch das Haar zauste und auch ihn Bruder nannte. Zwischen ihnen lagen mindestens fünfundzwanzig Jahre, und mir dämmerte, dass der Begriff »Bruder« hier wohl etwas weiter gefasst wurde, als ich es aus Schweden kannte. Das Gleiche galt vermutlich auch für die »Schwester«, denn so nannte der Fahrer sowohl die Rezeptionistin als auch die Putzfrau im Hotel.

»Sind denn alle hier Ihre Brüder und Schwestern?«, fragte ich ihn.

Er sah mich erstaunt an.

»Natürlich, Sir. Warum sollten sie es nicht sein?«

Offenbar herrschte in Siliguri und Umgebung eine andere Auffassung über die Definition von Brüdern und Schwestern, aber die Idee von der gigantischen Familie des Chauffeurs gefiel mir. Soweit ich es beurteilen konnte, war er ein angesehener Mann, der zum Lebensunterhalt vieler Menschen beitrug, indem er mich und andere zu verschiedenen Restaurants und Hotels fuhr. Natürlich war es nicht ausgeschlossen, dass auch er selbst ein wenig von dieser familiären Einstellung profitierte, aber daran fand ich nichts Verwerfliches. Ein Bruder, der Brüdern und Schwestern hilft, hat sich eine kleine Belohnung verdient.

Ich bezahlte für seine rasanten Dienste, ohne ihn um eine einzige Rupie herunterzuhandeln, und ließ mich dazu überreden, dass er mich am nächsten Tag wieder abholte und zum Flughafen in Bagdogra brachte. Alles in allem hatte er sich als kompetenter Chauffeur erwiesen, und sein Auto hatte bessere Dienste geleistet als erwartet. Manchmal trog der Schein eben tatsächlich – oder in diesem Fall der Rost.

Anschließend ging ich in mein Hotelzimmer und stellte mich lange unter die heiße Dusche, um den Schmutz und rostigen Staub von der Reise loszuwerden, ehe ich mich ins Bett legte, das viel zu hart, aber mit herrlich reinen und kühlen Laken bezogen war. Die Unterkunft war weit davon entfernt, luxuriös zu sein, kam mir aber dennoch traumhaft komfortabel vor, wenn ich an die Nächte in den Bergen zurückdachte, durch die ich mich neben dem schnarchenden Chauffeur auf dem knarrenden Charpai gequält hatte.

Ich holte meine Reiselektüre hervor, in die ich bisher noch keinen Blick hatte werfen können, Ronny P. Gyllins *Mit unvoreingenommenem Blick auf dem Sozius durch das neue Indien.* Darin führte der Autor lange und komplexe Debatten über alles von der indischen Innenpolitik bis hin zur Bollywoodästhetik mit den Fahrern der Motorräder, auf dessen Sozius er mitfuhr. Diese Männer brannten offenbar leidenschaftlich dafür, mitten im Berufsverkehr über den Kaschmirkonflikt oder die Armutsbekämpfung zu diskutieren, außerdem zeigten sie sich ausnahmslos beeindruckt von Ronny P. Gyllins Schlussrepliken, die ein jedes Thema abrundeten. Die Heldentaten erschienen umso heldenhafter, wenn man bedachte, dass die spirituellen und zutiefst humanistischen Gespräche mit einem Motorradhelm auf dem Kopf geführt worden waren, falls man den Fotos vom Autor und seinen Fahrern Glauben schenken wollte. Jedes Kapitel endete damit, dass sich Ronny P. Gyllin auf eine neue Massagebank legte, um seine tägliche ayurvedische Ölmassage zu genießen.

Nach fünf Kapiteln hatte ich genug von Gyllins Exzessen. Er war ein Mann, der so tat, als sorgte er sich um andere, obwohl er eigentlich einzig und allein selbst glänzen wollte, und zwar nicht nur vor Massageöl. Er war ein echter Egoist.

Egoisten sind etwas Anstrengendes, stellte ich fest und schloss die Augen.

Nach dem unzureichenden Schlaf der letzten Tage war ich wahnsinnig müde und schlummerte sofort tief und fest.

Als ich mitten in der Nacht mit einem Ruck erwachte, war ich klatschnass vor Schweiß. Mein Herz raste, und mir war, als würde jemand meinen Brustkorb zusammendrücken. Ich schnappte nach Luft.

Ein Herzinfarkt, schoss es mir durch den Kopf!

# KAPITEL 30

Meine ganze Kindheit hindurch war ich eine Memme gewesen. Dafür hatte ich mich unter anderem durch zwei Hustenattacken qualifiziert, die kollektive Lachsalven in der Raucherecke auslösten, als ich mich insgesamt zwei Mal dorthin wagte und zwei Mal ziehen durfte. Noch dazu hatte ich einmal einen beigen Steppanorak getragen, der aus irgendeinem Grund als mädchenhaft eingestuft wurde.

Eine Memme ist nicht mit einem Streber zu verwechseln. Zwar wird ein Streber häufig zum Mobbingopfer, findet oft aber auch andere Streber, mit denen er seine Zeit verbringen kann, und darf sich noch dazu mit der unmittelbaren Bestätigung glänzender Schulnoten trösten, aus denen dann ein glänzender Abiturschnitt wird und auf lange Sicht auch eine glänzende Karriere. Auch eine Memme und ein Nerd sind nicht dasselbe. Der Nerd hat ein spezielles Interesse, mit dem er sich bis zur Perfektion auskennt und das er mit anderen Nerds aus demselben Fachgebiet teilen kann. Ein Nerd kann für seine besonderen Schachtalente bewundert werden oder, in ausgesuchten Kreisen, auch für sein Vermögen, die Genome der gescheckten Goldhamster zu erläutern.

Aber ich war also nur eine simple Memme mit mittelmäßigen Noten und ohne besondere Begabungen. Nur im Fußball war ich halbwegs brauchbar. Ich war ziemlich flink und hatte einen guten rechten Fuß. Wenn ich den Ball nicht jedes Mal abgegeben hätte, sobald sich mir eine Torchance bot, weil ich eine solche Angst davor hatte, vorbeizuschießen, hätte ich wahrscheinlich um einen Platz als Stürmer in der Schulmannschaft konkurrieren können. Aber so durfte ich nicht einmal mehr in der Klassenmannschaft mitspielen.

So ging es fast die gesamte Schulzeit. Als ich in die Oberstufe kam, passierte jedoch etwas. Ich bekam neue Klassenkameraden und wagte mich etwas mehr in den Vordergrund. Mein Hahnenkamm schwoll langsam, aber sicher, ich freundete mich mit Erik an und überredete ihn, mich in seine Rockband aufzunehmen. Doch statt die Situation zu genießen und andere Memmen in die soziale Gemeinschaft mit aufzunehmen, verteidigte ich meine Position erbittert. Ich wurde ein kontrollsüchtiger kleiner Dreckskerl, der ständig dafür sorgte, mit den Beliebten zu verkehren, und mich so wenig wie möglich mit den Schwachen zeigte. Ich war berechnend. Ein richtiger Egoist. Und jetzt stellte sich mir die Frage, ob ich das nicht immer noch war.

Hatte ich jemals etwas getan, was nicht von meiner Egozentrik motiviert war? Hatte ich jemals mit voller Inbrunst etwas geopfert, ohne daran zu denken, was ich daraus gewinnen könnte? War ich jemals MUTIG gewesen? Quälende Bilder von Selbstsucht, Betrug und Feigheit in meinem Leben flimmerten auf meiner Netzhaut vorüber wie ein Film im Schnelldurchlauf.

Wenn ich wirklich ehrlich zu mir war, erschien dann nicht auch mein letzter Aufenthalt in Indien in einem ganz anderen Licht? Ich hatte mich in die Vorstellung geflüchtet, aus Edelmut und Menschenliebe gehandelt zu haben, als ich die Enthüllungsreportage über Kinderarbeit geschrieben hatte. Natürlich hatten die Artikel etwas Gutes bewirkt, aber das war nicht mein wahrer Beweggrund gewesen. Eigentlich hatte ich nur den Ehemann der schönen Preeti Malhotra überführen wollen, damit sie mein werden konnte. Und ja, ich hatte Shania, die junge Frau mit der

Kiefer-Gaumen-Spalte, von der Straße geholt und damit aus den Fängen der Bettlermafia gerettet. Ich hatte sie unter meine Fittiche genommen und ihr eine Arbeit als Haushälterin gegeben, aber war das nicht eher auf meine Faulheit als auf meine Güte zurückzuführen? Schließlich hatte sie mich fast nichts gekostet, die Wohnung blitzsauber gehalten und wunderbares Essen zubereitet.

Und nun zu dem Punkt, der alles auf die Spitze trieb: Was würde aus Yogi werden? Dem Mann, der für mich durch Feuer und Wasser gegangen war? Der mir wie Hanuman dem Gott Rama mit grenzenloser Loyalität zur Seite gestanden hatte? Ich hatte ihn einsam auf einer verfallenen Teeplantage in Darjeeling zurückgelassen, ohne Hoffnung, Familie, Liebe und Geld. Aller wichtigen Dinge beraubt. Auch meiner Freundschaft und Loyalität. Wie ich dort auf meinen nass geschwitzten Laken saß, sank mein Puls im selben Takt, in dem mir die Einsicht kam. Was war mein Job in Malmö eigentlich wert, wenn ich mich nicht mehr im Spiegel ansehen konnte? Wenn ich dort nur einen Feigling sah, jemanden, der seine Nächsten im Stich ließ und niemals etwas für andere opferte?

Ich grübelte lange, um mir diese Fragen zu beantworten, dann schlief ich erneut ein. Als der Chauffeur am nächsten Morgen um Viertel vor zehn ankam, stand ich schon vor dem Hotel und erwartete ihn frisch geduscht und abfahrbereit.

Wir bogen zunächst nach links in Richtung Flughafen ab. Ich ließ einige Minuten verstreichen, ehe ich mir ganz sicher war. Dann tippte ich ihm auf den Rücken und schrie laut, um das Motorendröhnen zu übertönen: »Bitte wenden Sie!«

»Haben Sie etwas im Hotel vergessen, Sir?«, brüllte er zurück.

»Nein! Ich muss zurück ins East Green Estate!«

# KAPITEL 31

Der Chauffeur fragte nicht, was mich dazu bewogen hatte, den Flug nach Delhi sausen zu lassen. Er schien einfach nur froh, dass er eine andere, weitaus lukrativere Fahrt übernehmen durfte, und gabelte unterwegs zwei seiner Geschwister auf, die gegen ein geringes Entgelt mitfahren durften: ein Bruder, der Kellner im feinen alten Kolonialhotel Windamere in Darjeeling-Stadt war und nach ein paar freien Tagen in Siliguri wieder zur Arbeit zurückkehren musste, und eine Schwester in Person einer älteren Frau, die zu einer Hochzeit in den Bergen wollte und als Brautgeschenk eine Ziege dabeihatte.

Inzwischen hatte ich mich fast an die verschlungenen Straßen gewöhnt, und es gelang mir, die Übelkeit im Griff zu behalten, bis wir auf eine neblige Anhöhe kamen. Die schlechte Sicht in Kombination mit dem strengen Geruch der Ziege setzten mir dann aber ziemlich zu. Das Tier, das zwischen mir und der Frau auf dem Rücksitz lag, lehnte in beinahe jeder Kurve seinen Kopf an meine Brust und meckerte erschrocken. Ich bezwang meinen Brechreiz und seufzte erleichtert, als uns die Schwester und vor allem ihre Ziege kurz darauf verließen. Auch der kellnernde Bruder verabschiedete sich bald, und nach vier Stunden waren wir endlich im Green Estate angekommen.

Das Tor war verschlossen, aber das energische Hupen des Chauffeurs lockte schließlich Papa Schlumpf aus dem Nebel hervor. Mit verwunderter Miene öffnete er uns die Tür. Er blickte bekümmert drein. Ich erkundigte mich nach Yogi, was den kleinen Mann dazu veranlasste, die Hände vors Gesicht zu schlagen, den Kopf hin- und herzuwiegen und ein Jaulen von sich zu geben. Er klang wie ein Klageweib.

»Was ist passiert? Wo ist er?«, fragte ich aufgeregt, ohne ihm eine verständliche Antwort entlocken zu können.

Ich rief Yogi von meinem Handy aus an. Ohne Erfolg, denn obwohl der Empfang gut war, meldete er sich nicht.

Als Vinods Frau Sunita auftauchte, die immerhin ein paar holprige englische Phrasen kannte, verstand ich nach einer Weile, dass Yogi irgendwohin verschwunden war. Die Frage war nur, wohin.

*»Very good man. Very drunk man«*, sagte sie, setzte den Daumen an den Mund und warf den Kopf in den Nacken.

»Er hat Alkohol getrunken?«, fragte ich, woraufhin die alte Frau den Kopf schüttelte und verzweifelt *»Yes, yes!«* rief.

»Wo ist er?«

Sunita jammerte immer weiter und wurde von Papa Schlumpf unterstützt, der noch dazu die Hand in einer »Jetzt geht's dir an den Kragen«-Geste über den Hals führte, was mich ernstlich beunruhigte.

*»Sikkim«*, wimmerte Sunita am Ende. *»Gone Sikkim.«*

Demnach zu urteilen hatte Yogi sich in den angrenzenden Bundesstaat Sikkim begeben, und noch dazu in betrunkenem Zustand. Das herauszufinden, hatte mich fünfzehn Minuten gekostet, und irgendetwas sagte mir, dass die sprachlichen Mittel damit ausgeschöpft waren und ich nicht mehr erfahren würde.

»Entschuldigen Sie, Sir – kann ich Ihnen vielleicht behilflich sein?«

Ich wandte mich um und sah den Chauffeur mit einem Blick an, der vertuschen sollte, dass ich mir in diesem Moment wie der größte Idiot im Universum vorkam. Eine Viertelstunde hatte ich nun hier gestanden und versucht, das bescheidene Englisch der Eheleute und ihre für mich vollkommen unbegreifliche Muttersprache zu interpretieren, obwohl ich einen ausgezeichneten Dolmetscher in Reichweite gehabt hatte. Ich schob es auf den Stress und nickte dankbar.

»Ja, sehr gern. Bitte fragen Sie die beiden, wohin mein Freund verschwunden ist und wie ich ihn finden kann.«

Der Chauffeur nahm sich seiner Aufgabe sofort an und konnte nach einer Weile einen vollständigen Bericht ablegen: Kurz nach meiner Abreise hatte Yogi eine halbe Flasche Blenders Pride aus seiner Reisetasche geholt und sie in Windeseile geleert. Danach hatte er Vinod Chettri gefragt, wo man mehr Alkohol bekommen könne, und der kleine Mann hatte preisgegeben, dass vor der Grenze zu Sikkim ein Ort lag, in dem es außerordentlich viele Schnapsläden gab. Papa Schlumpf hatte seinen Fehler sofort eingesehen und eilig hinzugefügt, dass keine Busse dorthin führen, der Weg zu Fuß weit sei und Yogi lieber eine andere Alternative wählen solle, weil diese Stadt noch dazu nicht sonderlich gastfreundlich sei. Aber mein Freund, der den Angaben des Chauffeurs zufolge schon stark betrunken und fest entschlossen gewesen war, sich noch weiter dem Alkohol hinzugeben, hatte dem verzweifelten Vinod eine Wegbeschreibung abgerungen und anschließend mit wankenden, aber nichtsdestotrotz entschlossenen Schritten seine Wanderung in Richtung des Flusses Rangeet angetreten, der die natürliche Grenze zwischen dem Distrikt Darjeeling in West Bengal und dem Nachbarstaat Sikkim bildete. Ein sportlicher und nüchterner Mann konnte diesen Spaziergang in drei bis vier Stunden bewältigen. Yogi war keines von beiden und noch dazu ortsunkundig. Das Risiko war groß, dass er sich im Nebel verirrt hatte.

»Die Alten haben versucht, ihn aufzuhalten, aber er war wirklich fest entschlossen, ein sehr betrunkener Mann zu werden«, erklärte der Chauffeur ernst.

Ich hatte ihn bisher noch nicht gefragt, wie er eigentlich hieß, und entschuldigte mich dafür. Jetzt, da er mir schon mit so vielen Dingen behilflich gewesen war, kam es mir dumm und unhöflich vor, ihn nicht bei seinem Namen anzureden.

»Machen Sie sich darüber keine Gedanken, Sir«, sagte er. »Mein Name ist so lang und schwer, dass ich ihn selbst kaum buchstabieren kann. Ich heiße Gautham Gangaikondakanchipuram. Aber Sie können mich Gaga nennen, das tun alle meine Brüder und Schwestern.«

»So wie Lady Gaga?«, fragte ich und grinste dämlich.

Er sah mich mit verständnislosem Blick an.

»Gaga genügt, Sir.«

Ich errötete und fragte ihn, ob es möglich sei, mit dem Jeep in diese Stadt mit den Schnapsläden zu fahren, aber er erklärte, dass wir in diesem Fall den langen Weg nehmen und außerdem einen bewachten Grenzübergang passieren müssten, wo ich als Ausländer eine Einreisegenehmigung nach Sikkim bräuchte, deren Beantragung uns mehrere Stunden lang aufhalten würde.

»Wenn wir stattdessen die Abkürzung nehmen, ersparen wir uns auch den Grenzposten«, sagte Gaga und kratzte sich nachdenklich am Kopf. »Der Jeep ist leider zu breit, um die schmalen Passagen dort zu überwinden. Aber ich habe gesehen, dass vor der Teefabrik ein altes Motorrad mit Beiwagen steht. Vielleicht können wir das nehmen. Die Reifen scheinen in einem guten Zustand zu sein.«

»Diese Rostlaube wird uns garantiert nirgendwohin bringen«, wandte ich ein.

»Unterschätzen Sie niemals eine Royal Enfield. Oder einen

indischen Mechaniker«, sagte Gaga, ohne dabei prahlerisch zu klingen.

Wie er diesem Motorrad wieder Leben einhauchen wollte, schien mir völlig rätselhaft, aber nachdem der Chauffeur schon mehrfach für Überraschungen gesorgt hatte, protestierte ich nicht länger. Aus dem Kofferraum holte er eine Holzkiste, die bis zum Rand mit Ersatzteilen gefüllt war, und zwei Kanister mit Öl und Benzin. Aus seiner rechten Tasche zog er einmal mehr seinen liebsten Besitz: das eingeölte Universalwerkzeug.

Eine Stunde später war das Wunder wahr geworden. Gaga hatte mehrere Löcher in den Reifen geflickt, Vergaser, Zündkerzen und Zahnräder ausgewechselt, den Motor geölt, das Vogelnest aus dem Beiwagen gehoben und die Maschine mit dem Kickstarter angelassen. Einige Male hintereinander knallte es laut, und aus dem Auspuff quoll dicker schwarzer Rauch, doch schon nach ein paar Minuten tuckerte der Motor so rhythmisch und sympathisch wie ein kleiner Fischkutter, und kurz darauf waren wir unterwegs.

Meine Gedanken waren für einen Moment bei Ronny P. Gyllin, als ich in dem schaukelnden Beiwagen saß, auch wenn es zwischen Gaga und mir nicht zu spirituellen Gesprächen kam.

Der Nebel hatte sich gelichtet, und obwohl ich mich um Yogi sorgte, konnte ich die schöne Umgebung durchaus genießen. Wir fuhren auf schmalen Pfaden durch Pinienhaine und Urwälder und auf etwas breiteren Kieswegen durch wogende Teefelder. In einiger Entfernung waren Teepflückerinnen bei der Arbeit zu sehen. Die letzte von vier Erntezeiten war nun bald vorbei, und während der Wintermonate durften die Büsche ruhen, um Kraft für das nächste Jahr zu sammeln. Erst Mitte März würden die strebsamen Frauen ihre Arbeit wieder aufnehmen und mit gebeugten Rücken und flinken Fingern die zarten grünen Knospen pflücken, die dann zum *first flush* wurden.

Unser Weg führte uns durch zwei kleine Dörfer. Dort redeten wir mit Menschen, die bezeugen konnten, dass am Vortag ein rundlicher Mann im Tweedjackett und mit leicht wankendem Gang hier vorbeigekommen war. Mit anderen Worten waren wir auf der richtigen Spur. Und was noch viel wichtiger war: Yogi war es auch. Der Gedanke, dass er sich verirrt haben könnte, hatte mir mehr Angst bereitet als die Vorstellung, dass er betrunken in Sikkim herumtorkelte.

Das Motorrad gab in unregelmäßigen Abständen einen lauten Knall gefolgt von schwarzem, stinkendem Rauch von sich, dazwischen aber war die Luft sauerstoffreich und erfrischend. Die Feuchtigkeit mischte sich nun mit einer knackigen Kälte, aber zum Glück war der Nebel etwas gestiegen und fühlte sich nicht mehr ganz so stickig an. Er lag nicht länger wie ein schwerer Deckel, sondern eher wie ein Filter über dem Tal.

Als wir uns dem Fluss näherten, fiel der Pfad steil nach unten ab, und Gaga musste sich wie ein Jockey auf die Pedale stellen, um all die Steine und Löcher zu parieren. Hinter einer scharfen Kurve lag plötzlich mitten auf dem Weg ein Bündel und zwang Gaga zur Vollbremsung. Um Haaresbreite wäre das Motorrad in einen Baum gerauscht, doch stattdessen landeten wir sanft in einem mit hohem Gras bewachsenen Graben.

Ich sprang aus dem Beiwagen und ging auf das Bündel zu. Wie sich herausstellte, war es ein Mann, ein sehr betrunkener Mann, aber nicht Yogi.

Mit vereinten Kräften gelang es Gaga und mir, den Mann in eine aufrechte Sitzposition zu bringen und ihm ein wenig Wasser einzuflößen. Er bekam einen Hustenanfall und blinzelte uns mit verquollenen Augen angestrengt an, als müsste er überlegen, ob es die Mühe wert war, die Augen offen zu halten, ehe er sie wieder schloss und zu Boden sank.

»Können wir ihn wirklich in diesem Zustand hier zurücklassen?«, fragte ich.

»Mit so viel Alkohol im Blut kann er immerhin nicht erfrieren«, sagte Gaga, bedeckte ihn jedoch sicherheitshalber mit ein paar herabgefallenen Pinienzweigen, um ihn vor der Kälte zu schützen. »Außerdem würde es mich sehr wundern, wenn er allein wäre. Soweit ich gehört habe, gibt es in dieser Gegend viele Trunkenbolde.«

Nur wenige hundert Meter weiter bestätigte sich Gagas Einschätzung, als wir an einem weiteren, schwer alkoholisierten Mann vorbeifuhren, der im Graben lag. Auf dem letzten Kilometer bis zum Fluss zählte ich nicht weniger als vier Männer, die im Wald ihren Rausch ausschliefen. So etwas war mir in Indien noch nie begegnet. Eigentlich hatte ich den Eindruck, dass die Inder insgesamt viel weniger tranken als wir Westler und dass sie es nur äußerst selten öffentlich taten.

Als wir den Fluss erreicht hatten, führte der Weg über eine Hängebrücke weiter, die zu schmal, vor allem aber auch viel zu wacklig wirkte für unsere Royal Enfield. Gaga kettete das Motorrad an einen Baum und schraubte die Zündkerze mit seinem Universalwerkzeug heraus.

»Man kann nie vorsichtig genug sein«, sagte er.

»Was ist das hier für ein Ort? Und warum sind diese Männer so betrunken?«, fragte ich.

Der Chauffeur räusperte sich und spuckte einen Rotzklumpen in den rauschenden Wasserlauf.

»Auch die Sonne hat schwarze Flecken. Sikkim ist einer der schönsten und wohlhabendsten Bundesstaaten von ganz Indien, aber hier wurde schon immer etwas mehr getrunken als anderswo. Und genau in diesem Gebiet hier ist alles den Bach runtergegangen. Früher lag neben dem Fluss ein Sägewerk, aber es wurde geschlossen, und viele Männer wurden arbeitslos. Einige Jahre später verloren viele Frauen ihre Arbeit als Teepflückerinnen, weil auch eine große Teeplantage dichtmachen musste. Und wo das Unglück ist, gibt es auch immer jemanden, der ein Geschäft daraus macht, Sir.«

Gaga erzählte, dass die Alkoholgesetze in Sikkim nicht ganz so streng seien wie in Westbengalen und die Alkoholsteuer viel niedriger sei, was dazu geführt habe, dass in diesem Niemandsland zwischen den Bundesstaaten immer mehr Schnapsläden eröffnet hätten und kriminelle Geschäftsleute gut am Verkauf von minderwertigem Alkohol an Leute auf beiden Seiten der Grenze verdienten. Viele Männer seien in der Abhängigkeit versunken, aber die Apathie und Hoffnungslosigkeit habe auch die Frauen ergriffen. Und dieser langsame Verfall halte nun schon seit einigen Jahren an.

Wir gingen über die Hängebrücke aus Holz, die im kräftigen Wind hin- und herschaukelte. Fünfundzwanzig Meter unter uns rauschten die reißenden Wasser des Flusses Rangeet.

# KAPITEL 32

Nachdem wir uns mühsam auf die andere Seite des Flusses nach Sikkim vorgearbeitet hatten, setzten wir unseren Weg zu Fuß auf einem Pfad fort, der von kleinen, düsteren Holzhütten mit Blechdächern gesäumt war. Gaga hielt an und sprach mit einer älteren Frau, die leise etwas murmelte und nach einigem Zögern in Richtung des Ortszentrums zeigte, das ein paar hundert Meter weiter lag.

Doch, doch, sie habe den rundlichen Mann mit dem Tweedjackett durchaus gesehen. Am Vortag sei er hier vorbeigekommen und habe sich erkundigt, wo man Whisky kaufen könne. Etwas angetrunken sei er schon gewesen, bestätigte sie, aber das habe er schließlich mit vielen Männern in dieser Gegend gemein, weshalb sie das nicht weiter beachtet habe. Aber ihr seien die Tränen aufgefallen, die die Wangen des Mannes hinabströmten, während er mit ihr gesprochen hatte. Ein merkwürdiger Anblick sei das gewesen.

Viele der gebeugten Frauengestalten aus den kleinen Holzhütten hatten meinen traurigen Freund auch beobachtet. Wir hatten keine Schwierigkeiten, seiner Spur bis zur nächsten Station zu folgen: zwei langen Reihen mit Läden und Ständen, die den kahlen Platz in der Stadtmitte umrahmten. Bei näherem Hinsehen schien mindestens die Hälfte der Geschäfte Alkohol in irgendeiner Form zu verkaufen. Überall prangten Schilder, die Werbung für Sikkim Gold Star Brandy, Gangtok Splended Gin oder Ähnliches machten. Die meisten Spirituosen waren sehr billig, und bei einem Preis von nur 95 Rupien für eine Literflasche Old Mature Himalayan Whisky hatte ich den Verdacht, dass die Angabe von einer achtjährigen Lagerung auf dem Etikett übertrieben war.

Drei süße, aber rotznasige kleine Mädchen in schmuddeligen Kleidern spielten mit einem verflohten Welpen vor einem Berg leerer Flaschen. Dabei tollte der schäbige Köter so sehr umher, dass er mit der Pfote gegen den Glasberg stieß und die Flaschen ins Rollen brachte. Das Klirren weckte einen aufgedunsenen Mann, der diesen schlichten Wertstoffhof offenbar beaufsichtigte. Auf wackligen Beinen erhob er sich von seinem schmutzigen Plastikstuhl und brüllte laut, sodass Speichel aus seinem Mund spritzte. Die Mädchen rannten schniefend davon, den Welpen im Schlepptau, und suchten in einem Haus Zuflucht, vor dem Männer mit glasigen, rot geäderten Augen saßen und Bier der Marke Hit aus riesigen Glasflaschen tranken.

Über dem Ort lag eine zutiefst deprimierende Atmosphäre. Er war nicht so schmutzig und verarmt wie viele Slums in Delhi, die ich erlebt hatte. Die Einwohner sahen auch nicht unterernährt aus wie in manch verdörrtem Dorf auf dem indischen Land, das ich gesehen hatte. Die Kinder waren wohlgenährt und hatten runde Backen. Und die Frauen wirkten nüchtern.

Aber der Duft vergangener Trinkexzesse hing wie eine unsichtbare Giftwolke über dem Ort. Die Leere in den Blicken der Männer und Frauen tat beinahe weh, und ihre Resignation wirkte betäubend. Aus irgendeinem Grund schien es besonders traurig, dass diese Stadt, die man all ihrer Kraft beraubt hatte, in einer so schönen und fruchtbaren Landschaft lag. Es schien, als würde die Natur den Menschen die Hand reichen, und trotzdem gelänge es ihnen nicht, von den Ressourcen zu leben, die sie umgaben. Stattdessen machten sie sich zu den Sklaven eines Rauschmittels. Nachdem er sich umgehört hatte und nur vage, ausweichende Antworten bekommen hatte, glaubte Gaga dennoch den Laden identifiziert zu haben, in dem Yogi seine Einkäufe getätigt hatte: den Excellent English Wine and Beer Shop.

Der Name war mit goldenen Lettern auf ein verwittertes rotes Schild gemalt, das über dem Eingang eines Steinhauses mit langen Rissen in der Fassade hing. Trotz dieser oberflächlichen Makel war es der größte und bestsortierte Schnapsladen, der allerdings auch vom wortkargsten Inhaber geführt wurde, einem Mann mit einem runden, sonnenverbrannten Gesicht und buschigen Brauen über tief liegenden Augen. Er hatte einen ganzen Kader an Mitarbeitern, die um ihn herumscharwenzelten, während er selbst wie ein Pascha in einem Sessel neben der Kasse thronte, Tee trank und mit seinen beringten Fingern Geldscheine zählte. Es war offensichtlich, dass außer ihm niemand im Laden das Recht hatte, etwas Bedeutsames von sich zu geben, weshalb Gaga sich sofort an ihn wandte. Der Mann betrachtete uns mit reservierter Miene und zog einen Kamm durch sein schwarz gefärbtes Haar, an dessen Scheitel der graue Ansatz zum Vorschein kam. Hin und wieder schüttelte er auf Gagas Fragen hin nonchalant den Kopf.

Als der Chauffeur den Mann weiter mit seinen Fragen bestürmte, obwohl dieser nicht zu antworten gewillt war, stöhnte er zunächst nur angestrengt, wurde dann aber zunehmend gereizter und wies uns schließlich in hasserfülltem Ton an, seinen Laden zu verlassen. Wenn wir nichts kaufen wollten, hätten wir darin auch nichts zu suchen, lautete seine unmissverständliche Botschaft.

»Er behauptet, deinen rundlichen Freund nicht gesehen zu haben, geschweige denn ihm etwas verkauft zu haben. Aber ich bin mir ziemlich sicher, dass er lügt«, flüsterte Gaga, als wir uns ein Stück entfernt hatten.

Unser Eindruck, dass uns dieser aufgeblasene Schnapshändler etwas verheimlichte und noch dazu ein Mann mit großem Einfluss war, wurde dadurch verstärkt, dass wir anschließend mit niemandem mehr ins Gespräch kamen. Hatten sich die Menschen zuvor noch vage und unsicher geäußert, wurden sie jetzt mit einem Mal mucksmäuschenstill. Noch dazu verbreitete sich diese kollektive Mundfaulheit im Nu. Die krummen Alten in den Holzhütten am Ortsrand flitzten wie Kaninchen in ihre dunklen Bauten, als wir zu ihnen zurückkehrten. Obwohl wir hartnäckig bei ihnen anklopften, weigerten sie sich, uns die Tür zu öffnen. Der Mann vom Bierausschank kehrte uns den Rücken zu, als wir ihn anredeten. Ein einsamer Hirte verscheuchte uns mit seinem Stab, als würden wir eine Gefahr für seine meckernden Ziegen darstellen.

Wir drehten noch einige Runden durch den Ort, um nach Lebenszeichen von Yogi zu suchen. Überall begegnete uns eine Wand des Schweigens. Ein Jeep rauschte gefährlich nahe an uns vorbei, und ein paar junge Männer starrten uns misstrauisch an, als wir an ihnen vorbeigingen. Das Gefühl der Hoffnungslosigkeit war unmerklich in eine diffuse Bedrohung umgeschlagen.

Obendrein begann es zu dämmern. Die nächtliche Kälte schlich sich langsam an und kroch unter die Haut. Obwohl ich einen dicken Rollkragenpullover und eine Windjacke trug, fror ich so sehr, dass ich zitterte. Seit er verschwunden war, hatte ich Yogi mindestens hundertmal angerufen, doch es sprang immer nur die Mailbox an.

»Was sollen wir tun?«, fragte ich Gaga entmutigt.

»Ehrlich gesagt glaube ich, dass es am besten wäre, wenn wir von hier aufbrechen würden, Sir. Bis zur Plantage ist es noch ein weiter Weg.«

»Aber können wir denn wirklich ohne Yogi fahren?«

Der Chauffeur wischte sich mit dem Handrücken die Nase ab und unterdrückte ein nervöses Gähnen.

»Wir müssen morgen wiederkommen, wenn es hell ist, und weiter nach Ihrem Freund suchen, Sir. Bald geht die Sonne unter, und dann sehen wir nichts mehr. Ein Hotel haben wir auch nicht gefunden. Und ich habe nicht das Gefühl, als würden uns die Menschen in dieser Stadt ein Dach über dem Kopf anbieten.«

Innerhalb weniger Minuten waren wir von einer aufdringlichen und beängstigenden Dunkelheit umgeben. Mit kurzen, vorsichtigen Schritten tasteten wir uns auf der wankenden Hängebrücke voran, nur von dem matten Mondschein geleitet. Der Wind war etwas abgeflaut, dank der Kälte aber immer noch schneidend. Ich verfluchte mich selbst dafür, dass ich Yogi mit den Alten im East Green Estate allein gelassen hatte. Wäre ich gleich auf der Plantage geblieben, hätte es nie so weit kommen können. Doch als ich mitten auf der Brücke stand, kamen mir Karin Vallberg Torstensson und ihr Mantra in den Sinn: »Was früher war, können Sie nicht mehr ändern. Über die Zukunft wissen Sie nichts. Leben Sie im Jetzt!«

Plötzlich wurde mir die wahre Bedeutung dieser Worte klar, die ich früher als Psychologengewäsch abgetan hatte. Wo auch immer Yogi sich gerade befand, ihm war nicht damit geholfen, dass ich mich in meine Traktorspuren grub oder Schreckensszenarien entwarf. Wenn ich etwas für meinen Freund tun wollte, war ich gezwungen, es im Hier und Jetzt zu tun. Vielleicht sorgte genau diese Einsicht auch dafür, dass ich nicht weiterging, sondern stattdessen innehielt und lauschte, als ich neben dem Rauschen des Flusses auch das leise Brummen eines Motors zu hören glaubte. Ich spitzte die Ohren und versuchte, es zu lokalisieren. Eine Windböe schlug mir entgegen, und das Motorengeräusch wurde lauter. Jetzt konnte ich es deutlich vernehmen, es kam aus Richtung des Ortes und näherte sich uns.

Wenn ein alternder, phlegmatischer, von sich selbst eingenommener und zivilisationsgeschädigter schwedischer Mann, der sonst den Hintern nicht hochbekommt, mitten in der indischen Provinz auf einer Hängebrücke über einem Fluss, in einer Situation, die durchaus als gefährlich einzuschätzen ist, plötzlich etwas tut, was er nie zuvor getan hat, kann man das auf Mut, Wahnsinn oder die Angst um seinen besten Freund zurückführen. Was auch immer es war, es brachte mich auf jeden Fall dazu kehrtzumachen und dem Geräusch entgegenzulaufen. Der Lichtkegel eines Scheinwerfers tanzte zwischen den Baumstämmen, und im selben Moment, als ich das Ende der Brücke erreichte, bremste ein Motorroller vor mir ab. Ich konnte die Silhouette des Fahrers erahnen, der vollkommen still auf dem Sattel saß, die Füße auf den Boden gestemmt. Die Hängebrücke schaukelte und quietschte, und die klappernden Schritte in meinem Rücken verrieten mir, dass Gaga zu mir gerannt kam. Ich hielt die Hand hoch, um die Augen vor dem blendenden Licht zu schützen. Meine Lungen brannten, und das Blut pumpte mit einer solchen Kraft durch meine Adern, dass es fast schmerzte. Der Fahrer stellte den Motor ab, und mit einem Mal wurde es um uns herum vollkommen dunkel und still. Abgesehen vom Fluss im Hintergrund hörte ich nur meinen eigenen Atem und Gagas Schritte.

*»Looking for your fat friend?«*

Die Stimme des Fahrers ließ mich zusammenzucken, allerdings eher erstaunt als erschreckt, denn es war die Stimme einer jungen Frau.

*»Yes!«*, rief ich aus. *»I am looking for my fat friend!«*

*»I know where he is.«*

# KAPITEL 33

Als eingefleischter Atheist wollte ich es eigentlich als reinen Zufall verbuchen. Vielleicht noch als Schicksal.

Aber es fiel mir nicht ganz leicht, das Gefühl loszuwerden, irgendeine höhere Macht - vielleicht der gute Hanuman oder eine seiner unzähligen Inkarnationen - könnte ein klein wenig die Hand im Spiel gehabt haben. Schließlich erfuhren wir gerade in dem Moment von Yogis Aufenthaltsort, als ich ihn ein zweites Mal verlassen wollte.

Das Alter der Frau auf dem Motorroller war schwer zu schätzen, es lag irgendwo zwischen zwanzig und dreißig. Als sich meine Augen nach dem grellen Scheinwerferlicht wieder an die Dunkelheit gewöhnt hatten, traten ihre Gesichtszüge im Mondschein hervor. Ihre leicht mandelförmigen Augen und das kurze Haar verliehen ihr ein leicht androgynes Aussehen, das von ein paar Röhrenjeans und einer hüftkurzen glänzenden Steppjacke verstärkt wurde. Sie war mir schon am Nachmittag aufgefallen, als sie während unserer Tour durch den Ort an uns vorbeigefahren war. Wie viele andere hatte sie uns lange nachgesehen, und ich hatte gedacht, sie wäre uns feindlich gesinnt. Jetzt verstand ich, dass die Dinge anders lagen.

Die Frau schob ihren Roller ins Gehölz neben der Brücke und bedeutete uns, ihr zu folgen. Sie sah sich ein letztes Mal in der Dunkelheit um, ehe sie begann, in tadellosem Englisch zu berichten. Welche Motive sie hatte, uns zu helfen, sagte sie nicht direkt, aber ich hatte das Gefühl, es waren persönliche Gründe.

Sie erzählte, Yogi befinde sich in einer großen Villa, die etwa einen Kilometer außerhalb der Stadt liege. Sie gehöre dem arroganten Schnapshändler mit den buschigen Augenbrauen. Er lenke die Geschicke im ganzen Umkreis, was sein überlegenes Auftreten erklärte. Der Mann, so erzählte die junge Frau, stamme ursprünglich aus Kalkutta und habe nach der Schließung des Sägewerks ein mafiaähnliches Imperium hier aufgebaut. Die Leute seien abhängig von ihm, fürchteten ihn jedoch auch, erklärte sie.

»Einigen Menschen verschafft er Jobs, andere schüchtert er so ein, dass sie den Mund halten«, sagte sie und fuhr sich hektisch mit der Hand durchs Haar.

Die Machenschaften des Mannes reichten von illegaler Schnapsbrennerei und Schmuggel bis hin zu Betrug und Erpressung. Mit Bestechungsgeldern hielt er den langen Arm des Gesetzes auf Abstand, die Polizei tauche nur dann auf, wenn es darum gehe, das Geld einzukassieren.

Die Villa außerhalb der Stadt sei nicht der private Wohnort des Schnapsbarons, sondern nur ein zusätzlicher Unterschlupf, wo er seine allerschmutzigsten Geschäfte tätige. Darum kümmerten sich allerdings seine Gehilfen, er selbst tauche nicht öfter als nötig dort auf. Es gebe dort auch einige junge Frauen, die nicht nur die Haushaltstätigkeiten erledigten, für die sie einmal angestellt worden seien.

»Die Mädchen sind auch da, um wohlhabende Fremde in die Villa zu locken. Männer, die für kurze Zeit in der Stadt sind oder auf der Durchreise. Davon kommen einige hierher.«

Sie zwängte die Hände in die engen Taschen ihrer Jeans und lachte höhnisch.

»Viele Männer lassen sich unglaublich leicht an der Nase herumführen. Sobald sie eine junge, schöne Frau sehen, denken sie mit etwas anderem als ihrem Gehirn.«

In ihrer Stimme klang unverkennbar ein Hass durch, der mich bedrückte. Ich konnte mir nur schwer vorstellen, dass Yogi in seinem betrübten und traurigen Zustand irgendeinen Gedanken an Sex verschwendet hatte, als er zu dem Haus gelockt worden war. Aber ganz sicher konnte ich natürlich nicht sein. Jetzt da er Lakshmi verloren hatte, suchte er womöglich nicht nur im Alkohol Trost. Es gab viele destruktive, wenig ehrbare Methoden, mit seiner Angst umzugehen.

Ich versuchte, mein Unbehagen abzuschütteln, und sah die Frau an.

»Was passiert mit den Männern, wenn sie ins Haus gelockt worden sind?«

»Die Handlanger des Schnapsbarons füllen sie ab. Die Mädchen tanzen und lassen nach und nach ihre Hüllen fallen. Manchmal kommt es zu Sex.«

Sie verstummte abrupt, und ihr Blick glitt in die Ferne, als hinge sie einer Erinnerung nach. Aber genauso schnell, wie sie abgetaucht war, kehrte sie wieder in die Gegenwart zurück und erzählte weiter.

»In der Zwischenzeit wird die Kleidung der Männer nach Geld abgesucht. Dann gibt es noch mehr Schnaps, manchmal auch noch mehr Sex, die Mädchen und die Handlanger horchen die Männer aus – und das nur zu einem Zweck: um sie auszunehmen wie eine Weihnachtsgans. Ich glaube, genau das widerfährt Ihrem dicken Freund jetzt gerade.«

»Halten sie ihn dort gefangen?«

»Nein, das kann man nicht behaupten«, antwortete die Frau etwas zögerlich. »Jedenfalls nicht, wenn Sie meinen, dass er dort gefesselt oder eingesperrt wäre. Aber sie haben ihn sicher sehr betrunken gemacht oder sogar unter Drogen gesetzt. Und wenn sie mit ihm fertig sind, wird er irgendwo entsorgt.«

Als ich ihre Worte hörte, flimmerte es vor meinen Augen. Ich spürte, wie mein Blutdruck fiel und ich mich mit beiden Händen auf meinen Oberschenkeln abstützen musste, um nicht das Gleichgewicht zu verlieren. Gaga erkannte meinen Zustand und packte meinen Arm mit einem schnellen Griff. Nachdem ich mehrmals tief durchgeatmet hatte, richtete ich mich auf und sah die Frau erneut an.

»Was sagen Sie da? Wird man ihn umbringen?«

»Nein, nein, das nicht«, antwortete sie und machte eine beschwichtigende Geste. »Mit Mord kommt man nicht einmal in dieser Gegend ungeschoren davon. Aber sie sind sicher gerade dabei, ihm sein Bargeld und seine Bankkarten und Pincodes abzuluchsen, und vielleicht bringen sie ihn auch dazu, einen Scheck zu unterschreiben. Wenn es nichts mehr zu holen gibt, pumpen sie ihn so lange mit Schnaps oder Drogen voll, bis er umfällt. Dann wird er in ein Auto verladen und irgendwo am Straßenrand abgeworfen, wo ihn hoffentlich jemand findet. In dieser Jahreszeit ist es nicht gesund, allein im Freien herumzuliegen. Aber die meisten Opfer finden das Ganze so peinlich, dass sie den Vorfall nicht anzeigen. Und wenn sie es tun, werden die Ermittlungen ohnehin eingestellt, weil die Polizei bestechlich ist.«

Ich versuchte verzweifelt, den Kloß in meinem Hals hinunterzuschlucken, und fragte die Frau, ob wir nicht einfach in die Villa stiefeln und Yogi von dort wegholen könnten. Sie strich sich mit dem Zeigefinger über die aufgesprungenen Lippen, als versuchte sie, eine Antwort hervorzureiben.

»Ehrlich gesagt weiß ich nicht, was ich Ihnen raten soll«, sagte sie. »Aber was Sie auch tun, seien Sie auf jeden Fall vorsichtig. Ihr dicker Freund ist wie gesagt nicht allein mit den Mädchen. Als ich vor einer Stunde an dem Haus vorbeigefahren bin, parkte ein Jeep davor, der einem der engsten Vertrauten des Schnapsbarons gehört.«

»Könnten Sie uns zur Villa führen?«

Die Frau fröstelte in der Kälte, als wehrte sich ihr schmächtiger Körper gegen die Frage.

»Ich kann Ihnen gern eine Wegbeschreibung geben, aber begleiten kann ich Sie nicht. Das ist unmöglich.«

Das sagte sie so nachdrücklich, dass sich alle Überredungsversuche erübrigten. Ich füllte meine Lunge mit der kalten Abendluft und nickte kurz. Wenn ich an die bedrohliche Stimmung zurückdachte, die wir früher am Tag erlebt hatten, konnte ich sie gut verstehen. Vermutlich ging sie bereits ein großes Risiko ein, indem sie uns überhaupt traf.

Sie erklärte uns detailliert, wo das Haus lag. Damit wir kein Aufsehen erregten, riet sie uns, einen Umweg über einen breiten Pfad zu nehmen, der am Rande der Stadt entlangverlief, ehe er nach einigen Kilometern wieder auf die Hauptstraße stieß. Anschließend hätten wir nur noch wenige hundert Meter vor uns, ehe wir nach links in die Auffahrt zur Villa abbiegen müssten.

»Es ist das einzige große Haus in der Gegend, Sie können es also nicht verpassen. Auch nachts ist es beleuchtet. Viel Glück! Und fahren Sie schnell auf die andere Seite des Flusses, sobald Sie Ihren Freund geholt haben. In Darjeeling sind Sie sicher, dort gibt es einen ehrbaren Polizeichef, der sich nicht von der Schnapsmafia beeindrucken lässt. Dorthin wagen die sich nicht, denn dann würden sie zu viel riskieren.«

Sie startete ihren Motorroller und warf den Kopf zu einem schnellen Abschiedsgruß in den Nacken, ehe sie aus dem Gehölz hinausrollte, beschleunigte und in der Dunkelheit verschwand. Gaga, der während meines Gesprächs mit der Frau geschwiegen hatte, räusperte sich.

»Sir, wenn wir Mr Yogi wirklich mitnehmen wollen, müssen wir ihn irgendwie transportieren. Aber wenn er so betrunken ist, wie die Frau glaubt, kann er nicht selbst fahren. Und wenn wir schnell von dort fliehen müssen, brauchen wir ein Fluchtfahrzeug. Wir müssen das Motorrad von der anderen Seite des Flusses holen und es mit zur Villa nehmen.«

»Glauben Sie wirklich, dass die Hängebrücke das aushält?«

Nach einigem Zögern nickte Gaga.

»Ja, ich glaube schon. Aber sicher kann man erst sein, wenn man es ausprobiert hat.«

Die Royal Enfield stand noch an ihrem Platz auf der anderen Seite des Flusses, mit einer Kette an einen Baum gebunden wie ein müdes, altes Pferd. Nirgends waren Menschen zu sehen oder zu hören. Die Dunkelheit und die Kälte hielten die Menschen fern, und obwohl ich bitterlich fror, war ich dem kalten Wind sehr dankbar. Gesellschaft war das Letzte, was wir jetzt gebrauchen konnten.

Gaga öffnete das Hängeschloss, und wir begannen mit größter Vorsicht, das Motorrad über die Brücke zu schieben. Sie knirschte und knarrte bedenklich unter dem Gewicht der alten Schabracke, aber nach fünf Minuten hatten wir all die morschen Holzbretter hinter uns gelassen und standen wieder mit beiden Füßen und unserem Fahrzeug auf festem Boden. Ich seufzte vor Erleichterung, obwohl mir bewusst war, dass dies nur die erste Etappe unserer Rettungsaktion gewesen war. Nach einer kurzen Lagebesprechung beschlossen wir, unser Gefährt besser den Weg bis zur Villa zu schieben, um niemanden mit dem Motorenbrummen zu wecken. Zwar würde das Zeit und Kraft kosten, doch sicher war sicher.

Gaga fand problemlos den Pfad, von dem die Frau geredet

hatte. Anfangs stieg er leicht an, was uns schnell die Kraft in Armen und Beinen raubte. Mit schmerzenden Muskeln schoben wir die Royal Enfield über einen Bergkamm, wo wir eine Weile verschnaufen konnten. Mein Rücken war schweißnass, weshalb ich noch mehr im Wind fror, als wir auf der anderen Seite wieder hinabrollten. So ging der Weg immer weiter, auf und ab in dem hügeligen Gelände rings um den Ort. Inzwischen war es nach Mitternacht, und die meisten schienen zu schlafen. Nur aus einigen Häusern drang ein schwacher Schein. Der beißende Qualm eines Lagerfeuers zog an uns vorüber. Ein paar Hunde jaulten, davon abgesehen war es jedoch still.

Wenn es bergauf ging, verließen uns mehrmals die Kräfte, und wir mussten anhalten, um zu verschnaufen. Es erschien verlockend, das Motorrad anzuwerfen und den Rest der Strecke zu fahren, aber wir wollten das Schicksal nicht herausfordern, wenn wir schon so weit gekommen waren, ganz gleich wie müde unsere Beine und Arme auch waren.

Um Viertel vor eins konnten wir endlich zwischen den Bäumen das große Haus ausmachen, das schwach von der Außenbeleuchtung erhellt wurde. Gaga versteckte das Motorrad hinter einem kleinen Schuppen am Straßenrand, und wir schlichen uns die Einfahrt hinauf, in der tatsächlich ein Jeep parkte.

Im Pförtnerhäuschen saß ein Wachmann auf einem Plastikstuhl. Sein Kinn ruhte auf der Brust, und er schnarchte leise, was mich nicht im Geringsten verwunderte. Dies schien Normalzustand bei indischen Nachtwächtern zu sein, was unter anderem an den schlechten Löhnen lag. Sie verdienten sehr wenig und hatten daher mehrere Jobs gleichzeitig, um ihre Familien versorgen zu können, was dazu führte, dass viele rund um die Uhr arbeiteten. Schlafend in einer Uniform auf einem Plastikstuhl zu sitzen, war in gewisser Weise auch Arbeit.

Mein Herz pochte so heftig, dass ich Angst hatte, es könnte uns verraten. Wir schlichen weiter auf das Haus zu. Es hatte drei Stockwerke, und jedes von ihnen war von großen Balkonen umgeben, die sich zum angrenzenden Wald hin erstreckten. Die runden, turmartigen Ecken ließen die Villa fast wie ein Schloss aussehen.

Aus einem der Fenster im ersten Stock sickerte schwaches Licht. Wir stiegen eine steinerne Treppe zur Terrasse hinauf, gedämpfte Stimmen drangen aus dem Haus. Geduckt näherten wir uns auf den letzten Metern dem Fenster und spähten über das Fensterbrett. Was ich sah, schockierte mich so sehr, dass ich mich mit aller Kraft zusammenreißen musste, um nicht laut nach Luft zu schnappen.

In einem mit roten Seidenlaken bezogenen Bett lag Yogi, splitterfasernackt und mit einem verschwommenen, in die Ferne gerichteten Blick. Links von ihm saß eine junge und ebenso nackte Frau und hatte ihr Bein verführerisch über Yogis untere Körperregionen gelegt. Auf der anderen Seite saß eine weitere junge Frau in Dessous. Mit einem debilen Grinsen auf den Lippen strich Yogi müde und mechanisch mit der Hand über den Oberschenkel des nackten Mädchens. Es war äußerst peinlich und beschämend, das alles mitansehen zu müssen.

Doch dann regten sich Zweifel in mir, ob diese Szene wirklich so intim war, wie es den Anschein erweckte. Irgendetwas an den linkischen Gesten der Mädchen, an ihrem nervösen Zwinkern und ihren Blicken, deutete an, dass sie ihr Schauspiel nicht für Yogi abzogen, sondern für jemand anderen.

# KAPITEL 34

»Ich glaube, da drinnen ist noch eine andere Person«, flüsterte ich Gaga zu. »Aber von hier aus kann ich sie nicht sehen.«

Gaga horchte gespannt auf Stimmen aus dem Haus. Dann kroch er auf allen vieren einige Meter nach links, ehe er sich langsam aufrichtete und durch ein anderes Fenster in den Raum lugte.

»Sie haben recht, Sir«, flüsterte er. »Da sitzt ein Mann auf einem Stuhl in der Ecke und sieht zu.«

Mein erster bizarrer Gedanke war, dass der Mann nicht nur der Helfer des Schnapsbarons war, sondern zugleich auch ein Spanner, der so seiner Neigung nachgehen konnte.

Gaga zischte, dass der Mann auch noch eine kleine Videokamera in der Hand hätte, mit der er die zahmen Bettspielchen filmte. Wollte er dieses Erlebnis für den späteren privaten Gebrauch verewigen? Oder – was für ein schrecklicher Gedanke –, war er dabei, einen Sexfilm mit Yogi in der Hauptrolle zu drehen? Dann fiel mir wieder ein, was die Frau auf dem Motorroller über die schmutzigen Geschäfte der Schnapsmafia erzählt hatte. Hier ging es um Erpressung. Mit einem Mal verstand ich, was mit größter Wahrscheinlichkeit gerade passierte. Yogis unbeholfene und schamhafte Fummeleien hatten wohl kaum eine Zukunft als Kassenschlager auf dem vermutlich stark begrenzten Markt für Amateur-Softpornos in Sikkim. Aber als Mittel zur Erpressung wären diese bewegten Bilder hervorragend geeignet. Sie würden ihm eine ordentliche Summe abfordern, damit er nicht durch den Schmutz gezogen und als betrunkenes und schamloses Dickerchen entblößt würde.

Mit anderen Worten, Yogis künftiges Ansehen stand auf dem Spiel. Mir wurde klar, dass wir damit plötzlich zwei Aufträge zu erledigen hatten: Wir mussten nicht nur Yogi, sondern auch den kompromittierenden Film aus dem Haus bringen.

In einem Bollywoodstreifen mit Big B, dem in Indien wie ein Heiliger verehrten Schauspieler, der übrigens auch Mrs Thakurs absoluter Liebling war, wäre Yogis Rettung ein Kinderspiel gewesen. Vermutlich hätte Big B angesichts dieser lächerlichen Aufgabe nur nonchalant gegähnt, ehe er mit der Schulter die Terrassentür eingeschlagen hätte und in den Raum gestürmt wäre, um den filmenden Wachmann mit einigen gezielten Karatetritten außer Gefecht zu setzen. Dann hätte er Yogi wie einen frisch erlegten Rehbock über die Schulter geworfen und die Kamera geschnappt und wäre zu den Tönen verwegener Bollywoodmusik zum wartenden Motorrad getanzt, flankiert von den beiden Frauen (die jedoch unter keinen Umständen nackt sein durften). Anschließend wäre er in einer Wolke aus Rauch und Benzin verschwunden, gejagt von einigen Schurken, die zwar Pistolen hatten, aber so schlechte Schützen waren, dass sie bei zweitausenddreihundertvierundvierzig Schüssen kein einziges Mal trafen.

Aber ich war nicht Big B. Ich war *Little GB*. Und ich war panisch nervös und zuckte jäh zusammen, als Gaga mir die Hand auf die Schulter legte, um mir etwas zuzuflüstern.

Das löste eine Kettenreaktion mit verheerenden Folgen aus. Ich verlor das Gleichgewicht und ruderte wild mit den Armen, um den Sturz abzuwenden. Dabei stieß ich gegen Gaga, der ebenfalls ins Wanken geriet. Reflexhaft griff ich nach ihm, bekam aber nur mit zwei Fingern seinen Hemdkragen zu fassen. Gaga glitt mir buchstäblich aus den Händen. Statt mich nun einfach dem Fall hinzugeben, was unseren Sturz gedämpft und uns vermutlich vor der Entdeckung bewahrt hätte, unternahm ich einen dummdreisten Versuch, ihn mit einem weiteren kräftigen Ruck zurückzuziehen. Damit rutschte mir sein Kragen vollends aus den Händen, und mein Arm wurde zurückgeschleudert und krachte mit einem lauten Schlag gegen das Fenster.

Es war ein Wunder, dass das Fenster dem Aufprall standhielt. Aber das Glas schepperte so laut, dass es selbst ein Schwerhöriger vernommen hätte. Wir waren entdeckt worden.

Die Mädchen sprangen vom Bett auf und blickten erschrocken zur Terrasse, wo wir im Schein einer grellen Leuchte wie zwei Käfer auf dem Rücken lagen.

Die Terrassentür wurde aufgerissen, und ein feingliedriger Mann, dessen Gesichtszüge genauso scharf waren wie die Bügelfalte seiner Gabardinehosen, stürmte heraus. Er trug eine Lederjacke mit viel zu großem Aufschlag und eine Goldkette um den Hals. In seiner linken Hand hielt er die Videokamera. Als er uns sah, rief er Gaga irgendetwas auf Hindi oder Nepali zu. Nach einem kurzen, hitzigen Wortgefecht wich der Mann einige Schritte zurück, klemmte die Kamera unter den Arm und suchte in der Innentasche seiner Jacke nach etwas.

Eine Pistole, dachte ich erschrocken. Er hat eine Pistole, und jetzt will er uns erschießen!

Ich erstarrte, und in meinem Kopf lief bereits der Countdown für meine eigene Hinrichtung, als ich im Augenwinkel bemerkte, wie Gaga pfeilschnell sein Universalwerkzeug aus der rechten Tasche zog. Fünf Sekunden später lag der Wachmann ohnmächtig auf dem Boden, die Kamera noch immer unter dem Arm. Alles war so schnell gegangen, dass ich kaum verstand, was passiert war. Mit großen Augen sah ich Gaga an, der sein Werkzeug hochhielt.

»Unterschätzen Sie niemals einen indischen Mechaniker«, flüsterte er ein wenig atemlos. Big B und all die anderen Bollywoodstars konnten einpacken angesichts dieses unberechenbaren, rostgepuderten Chauffeurs aus Bagdogra.

Er kniete sich neben den Videomann und kontrollierte dessen Puls und Atmung.

»Er wird schlimme Kopfschmerzen haben, wenn er aufwacht, Sir«, sagte er. »Aber er wird wieder aufwachen. Und bevor er und der Wachmann unten im Häuschen das tun, sollten wir schleunigst gemeinsam mit Mr Yogi von hier verschwinden. Und mit der hier.«

Vorsichtig hob Gaga den Arm des Mannes, entwand ihm die Videokamera und steckte sie unter seine ausgebeulte Jacke. Inzwischen war auch ich wieder handlungsfähig und konnte nicht anders, als die Innentasche unseres geschlagenen Gegners zu inspizieren. Mit zitternder Hand griff ich nach dem, was ich für eine Pistole gehalten hatte, zog aber stattdessen ein Handy heraus.

»So ein Ding kann fast genauso gefährlich sein wie eine Waffe«, flüsterte Gaga und schaltete das Telefon aus. Er versteckte es hinter einem Blumentopf auf der Terrasse, ehe wir das Zimmer betraten.

Die beiden Frauen hatten sich ihre Morgenröcke übergezogen und kauerten mit erschrockenen Mienen dicht nebeneinander auf der Bettkante. Gaga sagte etwas zu ihnen, was sie ein wenig zu beruhigen schien. Unterdessen ging ich zu Yogi, der trotz des Tumults eingeschlafen war, aber nach wie vor ein dämliches Grinsen auf den Lippen hatte. Trotz der mehr als heiklen Umstände war ich überglücklich, ihn zu sehen. Er stank nach billigem Schnaps und war womöglich auch unter Drogen gesetzt worden, atmete jedoch verhältnismäßig ruhig und rhythmisch. Mein Freund war am Leben, und das war wichtiger als alles andere. Jetzt galt es nur noch, ihn von hier wegzubringen. Und zwar schnell.

Yogi zu wecken schien aussichtslos. Mangels anderer Alternativen wickelten wir ihn in das rote Seidenlaken und begannen mühsam, das große, wurstförmige Paket aus dem Haus und die Treppe hinabzuschleppen. Obwohl er so klein war, brachte Yogi ein beeindruckendes Gewicht auf die Waage. Ihn ohne Keuchen und andere verdächtige Geräusche an dem schlafenden Wächter vorbei und zum Motorrad zu tragen, war ein enormer Kraftakt. Mit letzter Anstrengung hievten wir ihn in den Beiwagen. Ich setzte mich hinter Gaga auf den Sattel, der schnell den Kickstarter ausklappte und mit dem Fuß darauf trat.

Keine Reaktion.

Er wiederholte die Prozedur und legte seine ganze Energie hinein. Der Motor gab nicht einmal einen Seufzer von sich. Er war mausetot. Gagas sonst so beherrschte Gesichtszüge wurden zunehmend unruhiger. Nach mehreren misslungenen Versuchen, das Motorrad anzulassen, war sein Blick verzweifelt, und er fuhr sich mit der spitzen Zunge nervös über die Lippen wie eine Eidechse. Immer wieder trat er frenetisch auf den Hebel, hatte jedoch alle Absichten aufgegeben, es so leise wie möglich zu tun.

Plötzlich waren aus dem Haus Stimmen zu hören. Die Rufe der Mädchen vermischten sich mit einer jammernden Männerstimme. Der ganze Lärm musste schließlich den Wächter aus dem Tiefschlaf geweckt haben, denn kurz darauf zerschnitt eine Trillerpfeife die Luft.

»Bring das Ding endlich in Gang!«, schrie ich Gaga wenig konstruktiv an, woraufhin er plötzlich sein aussichtsloses Kicken unterbrach.

»Die Zündkerze«, zischte er. »Ich hatte doch die Zündkerze herausgeschraubt!«

Er wühlte in seinen Taschen und fand sie nach ein paar schreckerfüllten Momenten auch. Mit einem routinierten Handgriff mit seinem Universalwerkzeug schraubte er das fehlende Glied wieder an seinen Platz. Der Wachmann kam mit einem erhobenen Bambusknüppel auf uns zugerannt, und direkt dahinter tauchten wie zwei Gespenster die Mädchen in ihren weißen Morgenmänteln auf. Zwischen sich stützten sie den hinkenden Videomann mit den großen Jackenaufschlägen. Er musste einen außergewöhnlich stabilen Holzkopf haben, wenn er so kurz nach dem Knockout schon wieder auf den Beinen war.

Gaga stellte sich mit voller Kraft auf den Kickstarter, und diesmal erwachte die Royal Enfield mit einem lauten Knall zum Leben. Schwarzer Rauch quoll aus dem Auspuff, als Gaga den ersten Gang einlegte und die Kupplung kommen ließ. Das Motorrad machte einen Satz nach vorn, ehe es zu husten und zu spucken begann wie ein Kettenraucher nach dem Aufstehen. Erst als der Wachmann schon so nahe war, dass sein Bambusknüppel dröhnend den Beiwagen traf, beschloss die Maschine, dass es nun an der Zeit war, loszutuckern.

Nach ein paar hundert Metern hatten wir eine Geschwindigkeit von etwa vierzig Stundenkilometern erreicht, doch hinter uns flutete bereits das Scheinwerferlicht des Jeeps die Straße. Der Videofilmer mit dem Holzkopf hatte gemeinsam mit dem Wachmann die Verfolgung aufgenommen, und sie näherten sich schnell.

Unser Vorsprung konnte nicht mehr als dreißig Meter betragen, als wir über den Marktplatz ins Ortszentrum donnerten, wo uns allein Gagas Geschicklichkeit davor bewahrte, direkt in den gigantischen Berg aus leeren Flaschen zu rauschen. Jetzt streiften wir ihn nur am Rande, und einige Flaschen rollten klirrend über den Platz und zerschellten auf dem Pflaster. Der Videomann war jedoch ebenfalls ein guter Fahrer und wich den scharfkantigen Scherben in einem beeindruckenden Slalom aus. Bald hatte er uns eingeholt und rammte uns von hinten mit der vergitterten Front des Jeeps. Das Motorrad schwankte und schlingerte und fuhr einen Moment lang nur auf zwei Rädern, ehe der Beiwagen, aus dem Yogi nun halb heraushing, wieder auf den Boden zurückprallte.

Ich streckte mich zu ihm hinunter, packte seine schlaffen Arme und zog ihn im selben Moment wieder auf seinen Platz zurück, in dem Gaga von der asphaltierten Straße abbog und die Hängebrücke anpeilte.

Diesmal blieb uns weder Zeit noch Raum für irgendwelche Belastungsproben. Die Royal Enfield war bis zum Rand beladen und bedeutend schwerer als beim letzten Mal, als sie die morschen Bretter überquert hatte. Die Räder klapperten heftig über den fragilen Untergrund. Es klang, als würde jemand eine gigantische Rassel schwingen. Ich drehte mich um und sah, wie die Lichtkegel der Scheinwerfer kleiner wurden. Der Jeep war zu breit für die Brücke und blieb wie ein schnaubender Stier auf dem Festland stehen.

Aber wir waren noch lange nicht in Sicherheit. Nachdem wir die Mitte der Brücke passiert hatten, schaltete Gaga einen Gang runter und zwang das Motorrad das ansteigende Stück zum anderen Ufer in Darjeeling hinauf. Eine Planke löste sich und segelte wie ein angeschossener Vogel in den rauschenden Fluss hinab. Ich hielt den Atem an, schloss die Augen und presste mich fest an den Rücken des Fahrers. Erst als das tödliche Klappern verstummt war, wagte ich es, die Augen wieder aufzuschlagen.

Und tatsächlich: Wir waren auf festem Boden! Wir hatten unbeschadet die wankende Brücke passiert!

Vom Motorrad und aus Gagas Mund stieg Dampf auf. Sein schwerer Atem übertönte den donnernden Fluss und erfüllte mich mit einem Gefühl von tiefer Dankbarkeit und Respekt. Als wir einige Kilometer weitergefahren waren, ohne das Motorengeräusch unserer Verfolger zu hören, konnten wir endlich richtig verschnaufen. Gaga ließ den Gashebel los, und wir tuckerten langsam im Mondschein durch die hügelige Landschaft.

»Das ist unglaublich! Und Sie sind großartig! Ein Held!«, schrie ich.

Er drehte sich zu mir um, entblößte seine weißen Zähne zu einem breiten Lächeln, tätschelte zärtlich den Tank des Motorrads und rief zurück: »Bruder! Unterschätzen Sie niemals eine Royal Enfield!«

# KAPITEL 35

Man kann einen Kater haben. Man kann einen üblen Kater haben. Und man kann einen derart üblen Kater haben, dass es fast schon als Nahtoderfahrung einzustufen ist. Yogi wurde erst gegen sieben Uhr am darauffolgenden Abend wieder wach. Er setzte sich mit einem panischen Ruck auf und wurde von einem solchen Schüttelfrost gepackt, dass die Beine des Charpai knarrten. Falls ich bis dahin noch ansatzweise dem Irrglauben angehangen haben sollte, dass ein ordentlicher Rausch mitunter auch sein Gutes hatte, und sei es nur, um das Gehirn vorübergehend außer Gefecht zu setzen und die Gedanken zu reinigen, belehrte mich der miserable Zustand meines Freundes nun eines Besseren.

Ich weiß nicht, was bei mir die größte Beklommenheit auslöste: seine grau-grüne Haut, die schwarz-lila Augenringe, der Schweiß, der aus seinen Poren triefte, das Zucken seines sabbernden Mundwinkels oder der erschrockene, verwirrte Blick. Aber ich weiß, dass die Kombination all dessen es fast unerträglich quälend machte, ihn zu betrachten.

Plötzlich schoss sein Arm nach oben. Für einen Moment dachte ich, er wäre ins Delirium gefallen und hätte Halluzinationen, aber als ich vorsichtig eine Decke über seine bebenden Schultern legte, konnte ich in seinen rot geäderten Augen einen Moment des Wiedererkennens aufblitzen sehen.

Yogi sah mich mit angsterfülltem Blick an und versuchte, Worte zu formen. Es misslang ihm vollkommen, aus seinem Mund kam nur ein blökender Laut.

»Beruhige dich, du bist außer Gefahr«, sagte ich und versuchte, gelassen zu klingen.

Auch das ging vollkommen daneben. Als er meine Stimme hörte, schien es, als würde Yogi verstehen, dass die Person neben ihm auf der Bettkante tatsächlich ich war und kein Gespenst. Aber die Übelkeit hatte seine Eingeweide mit eisernem Griff umklammert und stülpte sie schließlich mit einer teuflischen Kraft um. In letzter Sekunde konnte ich den Blecheimer fassen, der auf dem Boden neben dem Bett stand, und ihn Yogi vor das Gesicht halten. Er erbrach sich eine halbe Minute lang in einem ununterbrochenen Schwall. Ein ekelerregender Gestank von billigem Alkohol und vergorenem Essen erfüllte den Raum, in dessen Tür nun auch der Wachmann und seine Frau auftauchten, die von den erschreckenden Geräuschen angelockt worden waren.

»*Very good man, very sick man*«, murmelte die Alte. Sie schlurfte zu Yogi, tupfte ihm behutsam mit einem feuchten Lappen die Stirn und den Mund ab und trug den Eimer hinaus, um uns von dem widerlichen Gestank zu befreien.

Auch Papa Schlumpf wollte einen Beitrag leisten und brachte ein Glas mit einer trüben Flüssigkeit ans Bett, das er vorsichtig an Yogis Lippen setzte.

»*Hallijou*«, sagte er wie üblich und nickte meinem Freund zufrieden zu, nachdem dieser unter wilden Grimassen einige Tropfen hinuntergewürgt hatte.

Ich weiß nicht, was für ein Getränk es war, aber es hatte eine belebende Wirkung. Allmählich nahm Yogis Gesicht wieder eine halbwegs normale Farbe an, und nach einer Weile schwitzte er auch nicht mehr. Das Zucken in seinem Mundwinkel ließ nach, und sein Blick wurde fester.

»Bin ich tot?«, fragte er leise lallend.

»Nein, du lebst.«

»Bin ich Yogendra Singh Thakur?«

»Natürlich!«

»Wo bin ich?«

»Du bist in Darjeeling, auf deiner Plantage.«

»Und du bist Mr Gora?«

»Ja klar, das siehst du doch wohl?«

»Aber wolltest du denn nicht nach Schweden fahren?«, fragte er ohne eine Regung in der Stimme.

»Ich habe es mir anders überlegt. Jetzt bin ich wieder hier bei dir.«

Plötzlich wurden Yogis Augen abermals müde und der Blick stumpf. Wenn ich seinen Zustand bedachte, konnte ich natürlich nicht erwarten, dass unser Wiedersehen ekstatische Freudenbekundungen bei ihm auslöste, aber die Leere in seinem Blick enttäuschte mich dennoch ein wenig.

»Was ist in Sikkim vorgefallen?«, fragte er. »Ich wollte mich dort volllaufen lassen.«

»Und das hast du auch im großen Stil getan. Du warst sehr betrunken und bist in schlechte Gesellschaft geraten, könnte man sagen.«

Er rümpfte seine Nase und entblößte seine Zähne.

»Da war irgendwas mit ein paar jungen Frauen. Was habe ich getan?«

In seiner Stimme lag eine Scham, die verriet, dass Yogi eine vage Erinnerung an die feuchtfröhliche Nacht in der Villa hatte. Ich hatte mich früher am Tag im Schnelldurchlauf durch den Anfang des Films auf der Kamera gespult und genauso schnell festgestellt, dass es Yogi nicht helfen würde, wenn er von seiner Existenz erführe. Die Speicherkarte der Kamera war gelöscht und mit ihr alle Beweise. Sogar das rote Seidenlaken hatte ich in einer Öltonne hinter dem Haus verbrannt. Jetzt hatte ich vor, auch die Speicherkarte in Yogis Gehirn zu löschen. Bei meinen Sitzungen mit Karin Vallberg Torstensson hatte ich zwar gelernt, wie riskant es sein konnte, vor unangenehmen oder schuldbehafteten Erlebnissen zu fliehen, statt sich mit ihnen zu konfrontieren, aber in genau diesem Fall, in genau diesem Moment, spürte ich instinktiv, dass es die richtige Taktik war. Schließlich gab es eine Grenze dessen, was ein Mensch auf einmal an Elend verkraften konnte.

»Hast du schon mal den Spruch *What happens in Vegas, stays in Vegas* gehört?«, fragte ich ihn etwas zögernd.

Mein Freund schüttelte den Kopf.

»Das bedeutet, wenn man in Las Vegas ist und dort etwas tut, was man später bereut, spielt es keine Rolle, weil man es nicht von dort mitnimmt. Man braucht nicht darüber reden, und wenn man sich nicht mehr genau an alles erinnern kann, was passiert ist, umso besser! Man soll Las Vegas mit dem Gefühl verlassen, dass das, was *vielleicht* passiert ist, niemals passiert ist. Das ist eine allgemein anerkannte Auffassung.«

»Aber Mr Gora, ich bin doch noch nie in Las Vegas gewesen«, protestierte Yogi. »Ich war nicht einmal in Amerika.«

»Ich weiß, aber es hindert uns doch nichts daran, dieses Prinzip geografisch ein wenig auszudehnen. Das Gesetz von Las Vegas ist ein ungeschriebenes Gesetz, und ungeschriebene Gesetze haben einen größeren Interpretationsspielraum als andere.«

Ich konnte nicht umhin, ein wenig über meine eigenen Worte zu schmunzeln. Irgendwie klangen sie so nach Yogi: fantasievoll und doch pragmatisch.

»Ich verstehe das nicht genau. Meinst du …?«

»Ja, genau so ist es, Yogi. Oder wie man inzwischen auch sagt: *What happens in Sikkim, stays in Sikkim.*«

Es wäre übertrieben zu behaupten, dass meine Las-Vegas-inspirierte Redewendung Yogi aufmunterte. Aber ich hatte den Eindruck, dass die Scham- und Schuldgefühle nicht mehr ganz so schwer auf seinen Schultern lasten würden, als ich ihm diese Verleugnungsmethode auf dem Silbertablett servierte. Zwar war Yogis Talent für kernige Gleichungen und optimistische Sinnsprüche derzeit außer Gefecht gesetzt, aber das bedeutete nicht, dass er eine innovative Weisheit nicht zu schätzen wusste, wenn er sie hörte.

Trotz aller Resignation, mit der er zu seiner schnapsseligen Wanderung aufgebrochen war, war er dennoch geistesgegenwärtig genug gewesen, keine Bank- und Kreditkarten mit nach Sikkim zu nehmen. Eine Überprüfung in einem Internetcafé in Darjeeling zeigte dann auch, dass die bescheidenen Mittel, die er auf seinen Konten hatte, noch immer dort waren. Das bedeutete, dass sich sein finanzieller Verlust »nur« auf die zehntausend Rupien in bar beschränkte, die er bei sich getragen hatte. Und auf sein Handy, das er in seiner Verzweiflung und seinem Rausch schon auf dem Weg nach Sikkim in den Wald geschleudert hatte.

Nach unserer dramatischen Flucht auf dem Motorrad verbrachte ich die meiste Zeit damit, Yogi wieder in einen halbwegs guten physischen und psychischen Zustand zu bringen. Ich stellte Gaga bis auf Weiteres als Chauffeur ein und gab ihm zusätzlich Geld, damit er regelmäßig nach Darjeeling fahren und auf den Märkten Lebensmittel einkaufen konnte. Ich beauftragte ihn auch damit, ein neues Handy mit SIM-Karte für Yogi zu kaufen.

Sunita erwies sich als sehr fähige Köchin, wenn sie mehr Zutaten zur Verfügung gestellt bekam als die ewigen Linsen, und die unermüdliche Fürsorge, mit der sie Yogi bedachte, trug sicher ebenso viel dazu bei, ihn wieder aufzupäppeln, wie das gute Essen. Yogi vermisste seine Mutter sehr. Ehe er nach Sikkim aufgebrochen war, hatte er seine Schwester in Kalkutta angerufen. Er hatte ihr von der finanziellen Katastrophe und dem Wutausbruch der Mutter erzählt und sich vergewissert, dass die Schwester dafür sorgen würde, dass es Mrs Thakur an nichts fehlte.

In der alten Teepflückerin sah Yogi einen Ersatz für seine cholerische Mutter. Zwar hatten die beiden ein vollkommen unterschiedliches Temperament, aber äußerlich ähnelten sie einander mit ihren runzeligen Gesichtern und steifen Körpern. Das spendete ihm sicher ein wenig Trost.

Zu gern hätte ich vor Yogi ein wenig mehr mit Gagas und meiner Befreiungsaktion geprahlt, musste mich aber zurückhalten, wenn er seinen Aufenthalt dort tatsächlich vergessen sollte.

Mein Freund verstand jedoch trotzdem, dass unser Einsatz nicht ganz risikolos gewesen war, und als wir eines Abends alle auf den abgenutzten Teppichen vor dem offenen Kamin saßen und ein delikates, cremiges Gemüsecurry mit lockerem Reis und gebuttertem Naan aßen, räusperte Yogi sich und ergriff das Wort:

»Ich möchte euch auf die ergebenste Weise dafür danken, dass ihr euch einer verirrten Seele wie mir erbarmt habt. So, wie Rama auf seinen treuen Gefährten Hanuman zählen konnte, als der scheußliche Dämon Ravana seine Gemahlin Sita entführt hatte, so wart auch ihr mir mehr als loyale Freunde. Wenn mein Blick mitunter Leben und Glanz vermissen lässt, hat das wahrlich nichts mit eurem wunderbaren Bemühen zu tun. Es fällt mir nur momentan furchtbar schwer, durch Worte und Taten Freude und Zukunftsglauben unter meinen Mitmenschen zu verbreiten. Bitte verzeiht mir, und fühlt euch in jeder Hinsicht davon befreit, mir noch mehr Zeit und Mühen zu widmen, als ihr es bereits getan habt.«

Nachdem er seine Rede auf Englisch gehalten hatte, räusperte er sich erneut und wiederholte alles langsam auf Hindi, damit ihn auch das alte Ehepaar verstand. Auch wenn seine Worte erahnen ließen, wie niedergeschlagen er tief im Inneren immer noch war, wertete ich seine verschnörkelte Ausdrucksweise als Zeichen dafür, dass mein Freund auf dem Weg der Besserung war. Mit noch mehr Liebe und Momos würde mit der Zeit wieder ein fröhlicher Kerl aus ihm werden, dachte ich.

Während Yogi allmählich etwas von seiner Traurigkeit verlor, widmete ich mich den praktischen Dingen, die meine Entscheidung, die Indienreise zu verlängern, mit sich führte. Mein Freund Richard Zetterström wurde damit beauftragt, meinen Briefkasten zu leeren und meine Blumen zu gießen. Außerdem rief ich meine Kinder und meine Mutter an und informierte sie darüber, dass ich meine Heimreise aufgeschoben hatte. Mit Ausnahme von Lindas »Dann sieh aber mal zu, dass du dich diesmal wirklich selbst findest, Papa, damit wir den alten Sauertopf ein für alle Mal los sind« rief meine Ankündigung keine nennenswerten Reaktionen hervor.

Im Internetcafé in Darjeeling loggte ich mich ins Onlinebanking ein und überwies eine größere Summe vom einen Konto auf das andere, von dem meine Kreditkartenausgaben abgingen. Allmählich wurde das Geld knapp, und obwohl wir ein bescheidenes Leben führten, würden wir bald wieder Bargeld brauchen.

Ich schickte eine Mail an meine Kollegin Jenny, in der ich mich tausendmal entschuldigte und schrieb, dass ich Indien aus persönlichen Gründen leider noch nicht verlassen könne und mich deshalb frage, ob es möglich sei, meinen Urlaub zu verlängern. Ich versprach, später durch Hunderte von Überstunden alles wiedergutzumachen und dass ich mir ungefähr drei Jahre lang nicht mehr freinehmen würde, wenn es denn notwendig wäre, und noch dazu unterstrich ich, wie sehr ich sie als Vorgesetzte schätzte.

Es waren kriecherische Worte ohne jede Glaubwürdigkeit. Natürlich durchschaute Jenny sie sofort und schickte eine SMS, in der sie ein letztes Mal fragte, was meine »persönlichen Gründe« seien. Als ich dies nicht weiter präzisieren konnte, außer, dass ich gezwungen sei, »einem Freund zu helfen«, bedauerte sie, dass ich ihr durch mein Verhalten keine andere Möglichkeit gelassen habe, als mich mit sofortiger Wirkung zu kündigen. Vor allem da ich zuvor nur eine kurze SMS geschrieben hätte, ich würde mich »ein wenig verspäten«, obwohl ich mich inzwischen schon seit Wochen wieder im Büro hätte einfinden müssen. Der Vorstand in Stockholm sei informiert worden, und der Geschäftsführer von Östros & Vänner vertrete dieselbe Auffassung wie Jenny.

»Aber ich möchte dir für die vergangene Zeit danken. Du hast Potenzial als Texter gezeigt. Alles Gute für die weitere Zukunft«, beschloss sie ihre letzte Mail.

*Potenzial als Texter.* Das war wohl ein ziemlich mittelmäßiges Arbeitszeugnis. Es war ungefähr so, wie wenn Makler versuchten, Bruchbuden ohne Meeresblick als »charmantes Handwerkerobjekt in Meeresnähe« zu verkaufen.

Also war ich wieder arbeitslos. Das war nicht gerade ein erhabenes, aber auch kein besonders bedrückendes Gefühl. Der Job in der Werbeagentur hatte ohnehin nie die neuen Impulse gebracht, die ich mir erhofft hatte. Und obwohl ich einsah, dass ich als über Fünfzigjähriger nicht unbedingt zur heißen Ware auf dem Arbeitsmarkt zählte, bildete ich mir ein, dass ich durchaus

Texteraufträge an Land ziehen könnte, wenn ich wieder nach Schweden zurückkehrte.

Dann machte ich eine gedankliche Pause und formulierte es anders: *falls* ich wieder nach Schweden zurückkehrte.

# KAPITEL 36

Es war ein schwindelerregender, aber gleichzeitig auch ziemlich angenehmer Gedanke. Und im selben Takt, wie die Zeit dort oben in den Bergen verstrich, entwickelte er sich mehr und mehr zu einem Plan. Die Welt war voller Menschen, die nach Indien reisten, um einen Sinn im Leben zu finden. Es gab die spirituell Interessierten, die einen Guru in einem Ashram besuchten und sich in Yoga und Meditation vertieften. Dann die anderen, die ehrenamtlich in einem Wohltätigkeitsprojekt arbeiteten. Und nicht zu vergessen die inzwischen verrenteten Alt-Hippies, die nach Goa kamen, um alte Zeiten wiederaufleben zu lassen oder einfach nur zu kiffen. Gleichzeitig erkannten immer mehr Geschäftsleute, dass man in diesem Land der Kontraste nicht nur an Erlebnissen reich werden konnte.

Im weitesten Sinne aber waren alle auf der Suche nach etwas. Die meisten reisten irgendwann wieder nach Hause, aber einige blieben auch. Also konnte auch ein geschiedener, arbeitsloser Schwede mittleren Alters mit beginnender Glatze und einer Vergangenheit in der Medienbranche den Sinn des Lebens auf einer heruntergekommenen Teeplantage in Darjeeling suchen. Gemeinsam mit einem fast ruinierten indischen Textilexporteur, der glücklicherweise langsam, aber sicher auch *seinen* Glauben an irgendeinen Sinn im Leben wiederfand.

An jenem frühen Morgen, als Yogi seine depressive Phase definitiv hinter sich ließ, hatte sich der Nebel erneut wie eine Glocke über Darjeeling gelegt. Obwohl Sunita am Vorabend beide Öfen voll eingeheizt hatte, war es in unserem spartanischen Schlafzimmer kälter als erlaubt. Der Wind hatte aufgefrischt, und die Sperrholzscheiben, mit denen wir die rissigen Fensterscheiben abgedichtet hatten, knackten. Gaga schnarchte noch, während ich überlegte, ob ich mich noch mehr unter der dreifachen Schicht von Decken zusammenkauern oder mich aus dem Bett hieven und Sunita bitten sollte, eine wärmende Tasse Tee aufzusetzen.

Oberflächlich betrachtet hatte diese kühle Szenerie ganz und gar nichts Hoffnungsvolles an sich. Dass obendrein Heiligabend war und ich weit von stimmungsvollen Weihnachtsliedern, verführerischen Glögg-Aromen und einem Tannenbaum im warmen Wohnzimmer entfernt war, verstärkte meine Wehmut nur umso mehr. Und dennoch habe ich genau diesen Moment als bezaubernd schön in Erinnerung.

»Mr Gora!«

Bereits seinem munteren Ton konnte ich anhören, dass Yogi beschlossen hatte, die Grübeleien sein zu lassen. Mit einer optimistischen Vitalität, wie man sie von ihm gewohnt war, sprang er von seinem Charpai auf und landete krachend auf dem termitenzerfressenen Fußboden.

»Mr Gora, ich glaube, es ist an der Zeit, dass wir beide diesen Laden ordentlich in Schwung bringen. Schließlich besitze ich hier fürwahr eine Teeplantage, die einmal vornehme Preise gewonnen hat. Und mit der Hilfe der Götter werden wir sie wieder ruhmreich machen! Du und ich!«

Yogi so glücklich und entschlossen zu sehen, heiterte auch mich dermaßen auf, dass ich großzügig über die Einwände hinwegsah, die seinem Vorhaben im Weg standen – dass die Fabrik von Schädlingen befallen war, dass wir in einer Bruchbude hausten, noch immer keinen Strom hatten und nicht den blassesten Schimmer von der Teeproduktion. Andererseits gab es einen schwerwiegenden Grund, auf Yogi zu hören: Mit irgendetwas *mussten* wir uns beschäftigen, wenn wir hier bleiben wollten. Nur Däumchen zu drehen wäre auf Dauer unerträglich, auch wenn wir mit unserem Geld dank der niedrigen Lebenshaltungskosten sicher noch lange auskommen würden. Nach dem Abenteuer in Sikkim und meinen Bemühungen, Yogi wieder auf die Beine zu bringen, war ich selbst auch in einen Zustand der Müdigkeit und Passivität gefallen, der wochenlang angehalten hatte. Mein indischer Freund und ich brauchten beide etwas, in das wir uns verbeißen konnten. Und eine größere Herausforderung als den Versuch, das East Green Estate wieder zum Leben zu erwecken, konnte ich mir nicht vorstellen.

Direkt nach dem Frühstück nahmen wir Stift und Papier zur Hand und begannen, unser Vorhaben zu skizzieren. Wir saßen an einem Tisch, den der findige Gaga zusammen mit einigen sehr bequemen Stühlen aus dem erstaunlich trockenen und unbeschädigten Holz geschreinert hatte, das er ganz hinten in dem verfallenen Lagergebäude gefunden hatte.

Zunächst verschafften wir uns einen Überblick über unsere finanzielle Situation. Yogis übriges Vermögen belief sich trotz allem auf immerhin sechshunderttausend Rupien. Wenn ich die gleiche Summe beisteuerte, könnten wir gemeinsam eine Summe investieren, die etwa hunderttausend schwedischen Kronen entsprach, und hätten dennoch einen Puffer für unseren Lebensunterhalt übrig.

»Für dich muss das klingen wie nichts, aber in meinen Ohren klingt es wie die lieblichste Zithermusik, vorgetragen von Ravi Shankar, dem unangefochtenen Meister dieses Instruments der Götter. Und es muss auch ein Zeichen sein, Mr Gora, dass ich genau in diesem Moment an ihn denken muss!«

Er machte seine typische Kunstpause, und ich nickte aufmunternd und fragte, was er damit meinte.

»Tja, verstehst du, der hoch verehrte Ravi Shankar ist als musikalischer Brückenbauer zwischen uns Indern und euch Goras bekannt. Er hat den Beatles die Wohlklänge der indischen Musik nahegebracht, und eine seiner Töchter ist nicht nur zur Hälfte Gora, sondern auch noch eine berühmte amerikanische Sängerin. Leider habe ich ihren Namen vergessen …«

»Norah Jones?«, fragte ich.

»Ganz genau! Da siehst du, Mr Gora, auch da bauen wir Brücken. Was ich nicht weiß, weißt du, und umgekehrt. Das ist ungefähr so wie die Rädchen im Getriebe, die die Lücken der anderen ausfüllen und einander dabei gleichzeitig zum gemeinsamen Ziel ziehen, das genau darin besteht, das Rad in einer gleichmäßigen und effektiven Geschwindigkeit anzutreiben. Wir sind wie zwei menschliche Zahnräder, die nur gemeinsam zum Ziel kommen. Genau so, wie Ravi Shankar und die Beatles zusammengearbeitet haben und wie, so könnte man vielleicht auch sagen, Ravi Shankar und seine Gora-Frau zusammengewirkt haben, indem sie unsere Welt mit einer außerordentlich begabten und wohlsingenden Tochter bereichert haben!«

Yogis Gleichnisse wandelten wieder in den gleichen schwindelerregenden Höhen wie früher, und das Gleiche galt auch für seinen ansteckenden Optimismus.

»Zwölf Lakh, Mr Gora! Das ist unter allen Umständen eine ausnehmend respektable und schöne Summe, mit der wir wahre Wunderwerke vollbringen können«, strahlte Yogi. »Wir können das Fabrikgebäude instandsetzen, die wichtigsten Maschinen reparieren, Teepflückerinnen einstellen, wenn die Erntesaison beginnt, und dann mit der unmittelbarsten Geschwindigkeit sofort die Produktion des *first flush* einleiten!«

Wie sich das alles praktisch und logistisch umsetzen lassen sollte, wussten wir nicht, aber wir würden es schon noch herausfinden, sagten wir uns und beschlossen, vorerst nicht weiter darüber nachzudenken. Denn ehe wir unsere Denkapparate mit solch zentralen Fragen zermarterten, wollten wir nach Darjeeling-Stadt fahren, um *repräsentabel* zu werden. Yogi hatte eine sehr genaue Auffassung davon, wie ein Teeplantagenbesitzer auszusehen hatte, und da ich mit meinem finanziellen Beitrag jetzt im Handumdrehen auch ein solcher geworden war, würden wir beide einen Herrenschneider aufsuchen, um uns entsprechend des herrschenden Winterklimas ausstatten zu lassen.

Nachdem Bruder Gaga erwacht war (nach den Ereignissen in Sikkim gehörten nämlich sowohl Yogi als auch ich zu seiner gigantischen Geschwisterschar), ging er los und weckte den rostigen Jeep, der mit einem Winterkleid in Form einer Wagenplane mit Plastikfenstern versehen worden war, das der Chauffeur selbst hergestellt hatte.

Nach einer kurvenreichen Fahrt durch den Nebel empfing uns die Stadt in all ihrer graukalten Feuchtigkeit. Es waren noch einige überwinternde Rucksacktouristen dort, die gemütlich im *Café Glenary's* saßen, heißen Kakao mit Sahne tranken und in ihren Lonely Planets oder anderen Reiseführern blätterten. Das Geschäft an den Ständen mit Kunsthandwerk und Krimskrams, das die Touristenmeile Mall Road normalerweise prägte, brummte nicht so wie sonst. Das Wetter ließ die Verkäufer im Stich, und sie mussten mit allen Tricks arbeiten, um Kunden anzulocken.

Ein umherziehender Straßenhändler, der seinem Aussehen und seiner Art nach zu urteilen hier aus den Bergen kam, nahm mich sofort in Beschlag und präsentierte mir stolz seine Trommeln. Eine Trommel war allerdings das, was ich mir an just diesem Heiligabend am allerwenigsten wünschte.

»Heute ist es doch viel zu kalt zum Trommeln«, sagte ich versuchsweise und hielt meine steif gefrorenen Finger hoch, um meine Worte zu unterstreichen.

Das hatte nur zur Folge, dass der junge Mann zu einem seiner weniger geschäftstüchtigen Kollegen sauste und mit einer reichen Auswahl an Handschuhen zurückkam, die er mir sofort präsentierte.

»Sehr billig und sehr schön. Fühlen Sie mal die Qualität, aus der besten Wolle gestrickt, die man sich nur denken kann!«

Während ich ein Paar Handschuhe anprobierte, holte der Verkäufer erneut seine Trommel hervor.

»Außerdem möchte ich hervorheben, dass es gerade jetzt äußerst gut und nützlich ist, Trommel zu spielen.«

»Warum das?«

»Weil dadurch die Blutzirkulation in Ihren Fingern angeregt wird und so die Hände warm werden. Pfiffig, was? Und noch dazu klingt es auch sehr hübsch. Hören Sie nur«, sagte der junge Mann und schlug und strich abwechselnd mit seinen Fingern über das gespannte Trommelfell, sodass ein suggestiver, melodischer Klang entstand.

Nach unserer stillen Zeit in den Bergen war es eine willkommene Abwechslung, wieder mit der übrigen Menschheit konfrontiert zu werden. Sogar mit den Straßenhändlern, wie man sie auch in Delhi oder Jaipur traf. Lange hatte ich sie nur als eine ständig surrende Plage aufgefasst, vergleichbar mit einem norrländischen Mückenschwarm während einer Wanderung über Sumpfwiesen. Doch mit der Zeit hatte ich den Charme dieser energiegeladenen Berufsgruppe zu schätzen gelernt. Natürlich gab es noch immer Situationen, in denen mich ihr ständiges Geschwätz zur Weißglut brachte, aber gleichzeitig fiel es schwer, nicht beeindruckt zu sein von ihrem Eifer und ihrer Devise, niemals aufzugeben, egal, wie aussichtslos der Verkaufserfolg auch wirken mochte.

Am Ende ging ich dennoch ohne Trommel, aber mit zwei Paar Handschuhen für Yogi und mich sowie zwei roten Zipfelmützen mit der Aufschrift *Darjeeling*, die eine alte Frau auf der Straße vor einem Souvenirladen gestrickt hatte. Jetzt konnten wir es beinahe mit Papa Schlumpf aufnehmen.

»Brauchst du nicht auch etwas, um deinen drahtigen Bauch zu beschützen?«, rief Yogi plötzlich und zog mich unter das undichte Dach eines Stands mit Westen. Sie waren aus einem beschichteten Plastikgarn gewebt, das sie wie Lametta glitzern ließ.

Ich wählte eine orangefarbene Weste mit lila Paspeln, die ich über meinen schwarzen Rollkragenpullover zog. Der erste Blick in den Spiegel löste einen Schock aus. Mein kleiner Schmerbauch wurde von den grellen Farben der Weste mehr betont als sonst. Doch als ich mich ein wenig an das neue Kleidungsstück gewöhnt hatte, wurde ich von dieser merkwürdigen Zufriedenheit erfüllt, die einen mitunter überkommt, wenn man etwas gekauft hat, das so geschmacklos ist, dass es fast schon wieder schön erscheint. Die schenke ich Linda, dachte ich, denn hipstermäßiger geht es ja kaum noch.

Oben am Chowrasta, dem höchstgelegenen Platz der Stadt, der mit Darjeelings zentraler Geschäftsstraße verbunden war, führte ein gebeugter Mann einen alten Gaul durch den milchweißen Nebel. Obwohl schon der Anblick des Pferdes und seines Herren an Tristesse kaum zu überbieten war, toppte der Reiter auf dem schwankenden Rücken des Tiers alles: ein etwa fünfjähriger Junge, der hemmungslos vor Angst weinte. Das langsame Klappern der Hufe, das auf den Pflastersteinen widerhallte, mischte sich mit dem Schluchzen des ängstlichen kleinen Reiters und den aufmunternden Rufen des Mannes.

Wenn man den Reiseführern glaubte, war dieser Platz im Sonnenschein sehr belebt, mit spielenden Kindern, bedeutend mehr Reitpferden, schmusenden Teenagern und fotografierenden Touristen, die die Aussicht auf die spektakulären Bergformationen des Himalaya bewunderten. Jetzt hatte die weiße Suppe alle Weite verschluckt, und die Stadt wirkte klaustrophobisch.

In einem der Holzhäuser am Platz entdeckte ich einen gut sortierten Buchhandel namens Oxford Books, wo ich mir ein echtes Prachtwerk über Darjeelingtee zu Weihnachten schenkte. Ronny P. Gyllins ermüdendes Machwerk hatte ich inzwischen ausgelesen und brauchte neue Abendlektüre. Im Hinblick auf unsere großen Pläne war es außerdem höchste Eisenbahn, sich wenigstens das grundlegende Wissen über das Thema anzueignen.

Yogi trieb mich zur Eile an, weil wir, abgesehen von unserem Besuch beim Schneider, noch etwas zu erledigen hatten. Auf dem Programm stand natürlich auch ein abschließender Schmaus in dem Momos-Restaurant mit den beschlagenen Scheiben. Mein Freund hatte seinen enormen Appetit wiedererlangt und war auf gutem Wege, jedes Kilo wieder anzusetzen, das er während seiner kurzen, aber heftigen Depression verloren hatte.

Nachdem wir durch mehrere schmale Gassen mit schiefen Häusern und kleinen Teeständen gekommen waren, die Masala Chai aus brodelnden, dampfenden Töpfen servierten, fand er die Adresse, nach der er gesucht hatte: Krishna Tailor, der uns als bester und preiswertester Schneider in ganz Darjeeling empfohlen worden war.

»Hier werden wir noch schöner, Mr Gora, wenn das überhaupt möglich ist!«

# KAPITEL 37

Eine Messingglocke bimmelte einladend, als wir die Tür öffneten und den kleinen Laden betraten. Der süßliche, etwas stickige Geruch von Räucherstäbchen schlug uns entgegen. Monotone religiöse Musik drang aus einem alten Kassettenrekorder, der auf einem staubigen Regal neben einem Wandaltar mit Statuen von hinduistischen Gottheiten stand. Am Ende des kleinen Raums wurde ein Vorhang zurückgezogen, und ein eleganter älterer Herr in einem braunen Wollanzug mit passender Weste kam herein. Er trug ein Maßband um den Hals, und sein krauses weißes Haar, das wie feine Zuckerwatte auf seinem Kopf lag, war perfekt gescheitelt.

»Willkommen«, sagte er freundlich und streckte uns eine sorgfältig manikürte rechte Hand entgegen.

Ich musste an die Zeit denken, in der ich – laut Preeti – die schönsten Hände von Delhi gehabt hatte, und warf einen hastigen Blick auf die schwarzen Ränder, die sich mittlerweile unter meinen Fingernägeln gebildet hatten. Während der Zeit in den Bergen hatte mein Gehirn nicht einen Gedanken an die betörende Schönheitssalonbesitzerin verschwendet. Die letzten Reste meiner bittersüßen Sehnsucht nach ihr schienen damit verflogen. Es war befreiend, aber auf paradoxe Weise auch ein wenig traurig.

»Womit kann ich Ihnen behilflich sein?«, fuhr der Schneider fort. »Mir wurden soeben mehrere erstklassige Stoffe geliefert, die sich hervorragend für ein Paar ordentliche Winteranzüge eignen würden.«

»Mein guter Herr«, begann Yogi einleitend und setzte seine gewichtigste Miene auf. »Ehe wir unser Gespräch fortführen, möchte ich darauf hinweisen, dass ich von Haus aus Textilexporteur und daher äußerst bewandert in der Qualität von Stoffen bin.«

Der Schneider verbeugte sich höflich und erklärte, dass er nur mit Ware allererster Wahl arbeite und keinen Millimeter von seinen Standards abweiche, sei es beim Maßnehmen oder den Näharbeiten. Die besten Näherinnen von Darjeeling arbeiteten für ihn, und er selbst überwache alle Arbeiten penibel.

»Es klingt, als kämen Sie aus Delhi, Sir«, sagte er zu Yogi. »Stimmt das?«

»Und ob das stimmt! Und wenn meine Ohren richtig hören, haben Sie den gleichen wohlklingenden Großstadtdialekt?«

Der Schneider begann zu strahlen und erzählte uns sofort eingehend, wie er vor dreißig Jahren von Delhi nach Darjeeling gezogen sei, aber jeden Herbst in seine alte Heimat reise, um das Gewimmel, das Leben und all die Geräusche zu genießen.

»Es ist doch merkwürdig, wie man ein solches Chaos vermissen kann. Aber so schön es ist, dort zu sein, so schön ist es auch, wieder in diese friedliche Ruhe zurückzukehren, obwohl der Verkehr auch hier allmählich zur Plage wird. Und ich muss sagen, dass der Nebel in diesem Winter furchtbar aufdringlich ist. Es scheint fast so, als würde er sich nie wieder lichten. Man vermisst die Aussicht. Und dann kommt auch noch diese Kälte hinzu. Ich kann mich nicht daran erinnern, wann es hier zuletzt so lange so kalt war. Bisher hat es immerhin noch nicht geschneit, wobei ich dieser hartnäckigen grauen Kälte ein bisschen Schnee fast vorziehen würde.«

Während der Schneider mit uns plauderte, zog er einige Rollen mit Meterware von einem Regal über dem Tresen und breitete den Stoff vor uns aus. Yogi rieb ihn kritisch zwischen den Fingern und spitzte die Lippen, aber an dem Leuchten in seinen Augen konnte ich erkennen, dass er insgeheim sehr zufrieden war mit dem, was er sah und fühlte.

»Lassen Sie uns mit meinem Freund hier beginnen«, sagte Yogi. »Er braucht einen Winteranzug aus einem robusten, strapazierfähigen Material.«

»Natürlich«, sagte der Schneider und wandte sich mir zu. »Da habe ich genau das Richtige für Sie.«

Er suchte ein wenig zwischen den Rollen und entschied sich am Ende für einen Stoff, von dem er ein Stück herauszog und es gegen meine Brust hielt.

»Die feinste Kaschmirwolle, die man sich nur vorstellen kann! Etwas Besseres gibt es ganz einfach nicht.«

Das Material war wirklich ausgezeichnet, aber die dunkelblaue Farbe sagte mir nicht zu.

»Haben Sie den Stoff auch in einer anderen Farbe?«, fragte ich.

»Natürlich. Haben Sie etwas Spezielles im Sinn?«

Ich versuchte, mich zu erinnern, was mir gefallen hatte, wenn ich in Schweden zu bestimmten Anlässen gezwungen gewesen war, etwas anderes als meine zerschlissenen Cordanzüge zu tragen. Dann dachte ich an Gagas Jeep, und die beiden Gedanken gingen eine glückliche Liaison ein.

»Rostbraun«, sagte ich. »Haben Sie einen rostbraunen Stoff von der gleichen Qualität?«

»Selbstverständlich«, antwortete der Schneider und verschwand hinter dem Vorhang, wo sich offenbar ein größeres Lager befand und wo auch seine Näherinnen arbeiteten. Das energische Geräusch schnurrender Nähmaschinen drang zu uns heraus.

Einige Minuten später kam er mit einem Kaschmirstoff zurück, der zwar braun war, aber beim besten Willen nicht als rostbraun durchging. Bei näherer Betrachtung schien er denselben Ton zu haben wie der Anzug des Schneiders.

»Das ist nicht ganz die Farbe, die ich mir vorgestellt habe. Ich hätte es gern ein wenig heller und mehr ins Rötliche gehend.«

»Das haben wir gleich«, sagte der Schneider und verschwand abermals hinter dem Vorhang.

Als er wiederkam, hatte er einen Stoff dabei, der farblich tatsächlich mehr ins Rostbraune tendierte, allerdings auch Nadelstreifen hatte, die mir ganz und gar nicht gefielen.

»Die Farbe ist gut, aber kann man die auch ohne diese schmalen weißen Streifen bekommen?«, fragte ich, noch immer halbwegs geduldig.

»Auf jeden Fall!«, versicherte der Schneider, und als er dem Raum hinter dem Vorhang erneut einen Besuch abgestattet hatte, trug er eine Rolle bei sich, die den Ton perfekt traf, aber aus einem ganz anderen Material war, das sich wie eine Mischung aus Baumwolle und Synthetik anfühlte.

»Aber das ist doch keine Wolle, ich brauche doch einen Anzug, der mich wärmt«, protestierte ich zunehmend gereizt. »Vielleicht haben Sie einfach nicht das, was ich mir vorstelle.«

Der Schneider lächelte liebenswürdig und wiegte sein Haupt. »Doch, da bin ich mir ganz sicher. Geben Sie mir nur eine Minute.«

Nach drei weiteren Ausflügen ins Lager erschien der Schneider zuletzt mit einem Stoff wieder, der aus kräftiger Kaschmirwolle gewebt war und noch dazu mit der rostbraunen Nuance aufwarten konnte, die ich mir vorstellte. Leider war er aber mit weiteren Braun- und Grautönen gemustert wie ein altmodischer Tweedstoff.

»Aber das hat nun wirklich rein gar nichts mit meiner Vorstellung zu tun!«, rief ich aus.

Der Schneider lächelte noch immer, doch sein Auge begann ein wenig unsicher zu zucken.

»Mein bester Herr, wenn Sie mir nur eine halbe Minute geben, werde ich genau das …«

»Ehrlich gesagt bin ich nicht mehr interessiert«, fiel ich ihm abrupt ins Wort.

»Warte doch kurz, Mr Gora! Dieser Stoff ist ja wohl von einer ganz fantastischen Schönheit!«

Yogi mischte sich mit einer Stimme in unser Gespräch, die zwischen einfühlsamem Flehen und sprudelnder Begeisterung schwankte.

»Ich muss dir aufs Entschiedenste dazu raten, diesen vortrefflichen Stoff zu wählen! Mr Gora, stell dir doch nur vor, wie betörend wir beide anschließend aussehen werden! Denk doch nur einmal daran, welche Gelegenheit du dir entgehen lässt, wenn du diesen Laden verlässt, ohne deine Garderobe um ein Kleidungsstück mit einem solch unvergleichlichen Muster erweitert zu haben! Diesen Fehler darfst du auf keinen Fall machen, mein Freund!«

Yogi war schon immer ein Fan von Tweed gewesen, und ich kannte seine Schwäche für Partnerlook. Wir hatten schon einmal an einem mörderisch heißen Sommertag in Delhi zwei fast identische Anzüge aus kühlem Leinen gekauft. Jetzt wollte er die Prozedur mit einer Winterversion wiederholen, und obwohl mich die Vorstellung, als Erwachsene die gleiche Kleidung zu tragen, immer ein wenig an ältere Ehepaare im Campingurlaub erinnerte, fand ich sie in gewisser Weise auch ansprechend.

Also ließ ich mich darauf ein. Nachdem das Eis gebrochen war, überzeugte uns der Schneider davon, dass wir auch noch drei maßgeschneiderte weiße Baumwollhemden bräuchten und darüber hinaus zwei elegante Seidenkrawatten mit unterschiedlichen

Mustern, zwei identische Schals aus der feinsten Paschminawolle vom Bart der Bergziege, zwei gefütterte Mützen, um die gestrickten Zipfelmützen zu ersetzen, sowie zwei ordentliche Kaschmirmäntel, die uns garantiert vor dem eisigen Nebel Darjeelings beschützen würden. Yogi hatte jedwede Verteidigungshaltung aufgegeben und konnte seine Begeisterung nicht verbergen, als der Schneider Stoffrolle um Stoffrolle, Muster um Muster herbeischleppte. Als der Handel besiegelt werden sollte, handelte mein Freund den Schneider dennoch unnachgiebig herunter. Ich bin überzeugt davon, dass wir einen richtigen guten Preis bekamen.

Schließlich nahm der Schneider unsere Maße, und als er das Band um Yogis Körpermitte spannte, bat dieser ihn darum, zwei Zentimeter hinzuzufügen, »der flexiblen Bequemlichkeit zuliebe«.

Wir machten eine Anzahlung, und der Schneider versprach uns, dass alles in vier Tagen fertig sei. Gaga würde uns erst in zwei Stunden abholen, sodass wir ohne Probleme einen ordentlichen Festschmaus in dem kleinen Restaurant mit den beschlagenen Fenstern einnehmen konnten. Während wir dorthin spazierten, fragte Yogi mich, ob ich mit dem Tweedstoff zufrieden sei.

»Er ist schön, aber eigentlich hatte ich mir ja etwas anderes vorgestellt. Indische Verkäufer können nie zugeben, dass sie genau das, wonach man fragt, nicht vorrätig haben. Das ist wirklich irritierend.«

»Warum das denn?«

»Weil es ehrlicher wäre, gleich damit herauszurücken, sodass der Käufer Bescheid weiß und davon ausgehend seine Wahl treffen kann.«

Yogi zog seine neue Mütze über die Ohren und sah mich mit skeptischer Miene an.

»Was das angeht, bist du meiner Meinung nach auf dem falschen Dampfer, Mr Gora. Die ehrliche Absicht des Schneiders muss doch wohl sein, dir einen wunderbaren Anzug zu verkaufen, damit ihr beide aufs Beste von der Begegnung profitiert. Wenn er nur sagt: ›Nein, diese Farbe habe ich nicht‹, gibt er dir ja keine Möglichkeit, all die ähnlichen Nuancen und Stoffe anzusehen, und damit auch nicht die Chance, deine Wahl in dem nachdenklichen Tempo zu treffen, das einem ästhetischen Gemüt wie dir am besten zu Gesicht steht. Ich finde, der Schneider hat dir einen großen Gefallen getan, indem er dich vorsichtig an ein neues Farbspektrum herangeführt hat und du auf diese Weise neue Seiten und Vorlieben an dir selbst entdecken konntest. Und dass all das darin mündet, dass du schon innerhalb weniger Tage der stolze Besitzer eines überaus eleganten Tweedanzugs sein wirst, freut auch meine Wenigkeit ganz über die Maßen. Anstatt allesamt ein wenig unzufrieden zu sein, können wir nun allesamt sehr zufrieden sein. Du, der Schneider und ich. Und das, Mr Gora, ist doch auf jeden Fall eine außergewöhnlich großartige Sache?«

Ich sah meinen Freund mit einem liebevollen Lächeln an und äffte seine Stimme nach: »Darin, Yogi, muss ich dir in jedem Fall überaus recht geben! Das ist auf jeden Fall eine vollkommen wunderbare und außergewöhnlich großartige Sache!«

# KAPITEL 38

An diesem Heiligabend gab es für mich keinen traditionellen Weihnachtsschinken, dafür einen ganzen Berg vegetarischer Momos, den ich gemeinsam mit Yogi in dem dampfenden kleinen Restaurant verspeiste. Die runden kleinen Teigtaschen lagen einem wie ein einschläfernder Klumpen im Magen. Das Stimmengemurmel im Lokal mischte sich mit den Rufen des Kellners, der die Bestellungen an die Köchin weitergab, die schweißgebadet in den brodelnden Töpfen und zischenden Bratpfannen rührte. Nach dem Essen tranken wir Masala Chai, und mit etwas gutem Willen konnte man in dem würzigen Tee mit Kardamom sogar den Geschmack von Weihnachten wahrnehmen.

Wenn man den Heiligabend schon nicht mit seiner Familie verbringt, sollte man wenigstens an sie denken, grübelte ich. Und so dachte ich ein wenig an Linda und John und hatte eine Träne im Augenwinkel, weil ich sie vermisste. Es war ein schönes Gefühl, nicht übertrieben sentimental.

Als die Kinder noch klein waren, hatten Mia und ich ihnen am Morgen des Heiligabends Socken mit jeweils einem Geschenk ans Bett gehängt, damit sie eine schöne Beschäftigung hatten, bis der Weihnachtsmann kam.

Unsere Heiligabende als häusliches Glück zu beschreiben, wäre wohl übertrieben, aber sie waren immer von einer großen, fast greifbaren Erwartung geprägt gewesen, an die ich mit Wärme zurückdachte. Wie damals, als ich mit John auf dem Boden im Wohnzimmer saß und ihm dabei half, das Lego zusammenzubauen, das wir ihm geschenkt hatten, und seinen altklugen Überlegungen darüber lauschte, welche anderen Pakete er an diesem Abend noch einheimsen wollte, ehe er mich zurechtwies, weil ich die Steine falsch zusammengesetzt hatte. Oder wie ich Linda zum siebten Mal im Laufe einer Stunde erklären musste, wie viele Runden der große Zeiger an der Uhr noch drehen musste, ehe der Mann in der roten Kleidung auftauchte.

Ich erinnerte mich, wie ich das Essen vorbereitete und die Köttbullar anbrennen ließ und ein Weihnachtsbier trank und dann noch eins und so oft hintereinander »Stille Nacht, heilige Nacht« von einer knisternden LP hörte, die ich von meinem Vater geerbt hatte, bis Mia fast wahnsinnig wurde.

Und wie sie mich dann ermahnte, nicht zu viel zu trinken und daran zu denken, dass dies das Fest der Kinder sei, und wie ich es ihr versprach, aber wieder vergaß, als ich meine Schwiegereltern mit einem Glögg mit Schuss empfing, den ich zuvor in der Küche hatte flambieren wollen, wobei die Flammen bis zur Abzugshaube emporgeschlagen und den fettigen Filter angesengt hatten, woraufhin der Rauchmelder losgegangen war.

Ich erinnerte mich daran, dass der Glögg stark und süß war und sich wie ein wärmendes Kissen auf meine Brust legte, als das traditionelle Weihnachtsprogramm *Donald Duck und seine Freunde* im Fernsehen begann. Und wie dankbar ich Jiminy Grille und Pinocchio war, weil sie den Kindern noch eine weitere Stunde lang die Zeit vertrieben, während sie auf den Höhepunkt des Abends warten mussten.

Das Abendessen war ein ewiges, lang gezogenes Vorspiel, bei dem wir die Kerzen anzündeten und den ungeduldigen Kleinen des lieben Friedens willen noch ein weiteres Geschenk gaben, damit wir uns dem Weihnachtsbüfett widmen konnten, und dann sangen wir Schnapsweisen und bekamen rosige Wangen, und ich schleimte mich bei meinem Schwiegervater ein, indem ich log, wie wunderbar ich seine widerliche Heringsmarinade fände, obwohl ich sie anschließend mit meinem bitteren Wermut herunterspülen musste, und machte meiner Schwiegermutter Komplimente für ihr jugendliches Aussehen (das hauptsächlichen auf einem »geheimen« Lifting beruhte, von dem wir alle wussten, ohne es je zu erwähnen), und wir tranken noch einen Wermut und waren zufrieden und wussten *trotzdem*, dass der Clou des Abends noch bevorstand.

All dies war, trotz der vielen kleinen Fehler und Mängel, immer besser als der eigentliche Höhepunkt, wenn ich hinausging, um eine Zeitung zu kaufen, und mit falschem Bart und noch einem Schnaps unter dem Weihnachtsmannmantel zurückkehrte. Ich gluckste und rief *Hohoho* und wurde von Lindas strahlenden Augen empfangen, aber auch von Mias genervtem Blick, als ich fragte, ob es denn auch ein kaltes Bier für den Weihnachtsmann gebe, damit er sich nach all der harten Arbeit ein wenig erfrischen könne. Und mein Schwiegervater brachte den säuerlichen Kommentar, dass der Weihnachtsmann wohl schon mehr als genug intus habe, und John zog an meinem Bart und zwinkerte Linda zu, wenn die es nicht sah.

Sobald die Kinder ihre Geschenke bekommen hatten, überkam mich schlagartig eine Leere, die nicht einmal der Gedanke an Mandelkekse mit Schlagsahne und Moltebeermarmelade vertreiben konnte. Die Magie war verflogen. Der Zauber gebrochen. Und selbst wenn ich einen Cognac zum Kaffee trank, kam sie nicht mehr zurück.

Während meiner Sitzungen mit Karin Vallberg Torstensson hatten wir mehrmals über Erwartungsdruck gesprochen, diese Angst, die mich vor anstrengenden sozialen Situationen befiel.

In solchen Momenten rechnete ich immer mit dem Schlimmsten: dass ich ins Stocken geraten und knallrot anlaufen und schließlich zusammenbrechen könnte, während alle mich auslachten. Es kam nie so schlimm, wie ich es mir in meinen soziophobischsten Momenten ausmalte. Die lange Qual vor dem mit Schrecken erwarteten Ereignis war immer schlimmer als das Ereignis selbst.

Das gegenteilige Problem streiften meine Therapeutin und ich dagegen nur: wenn die Erwartungen, trotz all der lauernden Konflikte, freudiger waren als das Ereignis, dem man entgegengesehen hatte. Denn ich liebte diese Heiligabende ja wirklich bis hin zu der Frage: »Seid ihr alle schön brav gewesen?« Um es mit Yogis Worten zu sagen, war es etwa so, wie wenn man sich zu früh freute und diese Freude wirklich genoss. Schlimmstenfalls hatte man sich ein wenig umsonst gefreut.

Ich ließ mir den Satz auf der Zunge zergehen. Er schmeckte gut. Er schmeckte nach Weihnachten und nach Leben. Mit seinen Erwartungen – den guten wie den schlechten – zu leben bedeutete vielleicht auch, im Jetzt zu leben?

Ich versuchte, einen Blick durch das beschlagene Fenster zu werfen. Kleine Wassertropfen von kondensiertem Dampf schlängelten sich langsam die Scheibe hinab, und ich dachte erneut an meine Kinder. Stolz und Wärme erfüllten mich, und ich stellte mir vor, wie wunderbar es wäre, sie bald wiederzusehen. In Schweden oder hier in Indien. Vielleicht schafften John und ich es ja doch noch irgendwann, eine Beziehung aufzubauen, die genauso innig war wie mein Verhältnis zu Linda. Eine erwachsene und vertrauensvolle Vater-Sohn-Beziehung, die sich vertiefen ließe. Eine solche, wie ich sie mit meinem eigenen Vater nie erleben durfte, weil er sich buchstäblich totarbeitete und viel zu früh an einem Herzinfarkt starb.

Und dann vergoss ich eine Träne und überlegte, ob ich jetzt nicht doch ein wenig zu sentimental wurde.

»Was ist denn los, Mr Gora?«

Yogis Stimme riss mich aus meinen Gedanken.

»Nichts Besonderes. Ich fühle mich nur dankbar und wehmütig. Ich musste an meine Kinder denken und daran dass ich sie vermisse.«

Mein Freund legte seine Hand auf die meine und drückte sie.

»Warum lädst du sie nicht ein? Ich fände es großartig, deine wunderbaren Nachkommen kennenzulernen.«

Yogi lächelte mit zusammengepressten Lippen. Seine blanken Augen verrieten, dass auch er jemanden vermisste. Wir waren zwei einsame Männer, die einander Trost spendeten.

»Frohe Weihnachten, Yogi«, sagte ich, und es klang fast wie in einer amerikanischen Weihnachtskomödie, aber nicht ganz so klebrig und ohne Glockengebimmel im Hintergrund.

Ehe wir Darjeeling-Stadt verließen, bat Yogi unseren Chauffeur, uns zur St Andrew Church zu bringen, einer jener Kirchen, die die Briten während der Kolonialzeit erbaut hatten. Nebelschwaden ringelten sich um das baufällige, aber hübsch beleuchtete Gebäude im gotischen Stil, sodass es aussah, als würde es schweben. Obwohl Hinduismus und Buddhismus die dominierenden Religionen in dieser Gegend waren, gab es hier auch recht viele Christen, und auf einem Aushang vor der Kirche wurde die bevorstehende Mitternachtsmesse angekündigt.

»Mr Gora, vielleicht willst du heute Nacht wieder hierherkommen und der Musik deiner eigenen Götter lauschen?«, fragte Yogi.

»Nein, ich glaube, dazu habe ich keine Lust.«

»Ich habe über eine Sache nachgedacht, Mr Gora. Dieses

kleine Jesuskind, nach dem ihr an Weihnachten so versessen seid. Könnte man vielleicht sagen, dass es ein wenig an den jungen Krishna erinnert?«

»Wie meinst du das?«

»Flegelhaft und ungezogen, jemand, der viel Unfug treibt. Aber mit einer göttlichen Wärme in seinem tiefsten Herzen.«

»Das klingt eher wie Michel aus Lönneberga.«

»Gehört der auch zu euren Göttern?«

»Nicht ganz. Er ist mehr wie eine Märchenfigur. Aber einige Leute sind der Meinung, dass Jesus ebenfalls eine Märchenfigur sei. Im Christentum wird er auch Messias genannt, der Erlöser. Er ist Gottes Sohn, der auf die Erde kam, um uns arme Sünder zu erlösen.«

»Ja, davon habe ich gehört. Wie viele andere Götter habt ihr denn?«

»Wir haben wohl nur einen einzigen Gott.«

»Einen einzigen Gott?! Aber, lieber Mr Gora, dann ist es ja wirklich schlimm um euch bestellt! Meint ihr Goras denn ernsthaft, ein einziger Gott könnte sich ganz allein um alles kümmern?«

»Ja, so ist es wohl gedacht.«

»Und wie heißt dieser viel beschäftigte Gott?«

»Nur Gott.«

»Nur Gott? Das klingt aber nun wahrlich wie ein Märchen, dass man glaubt, ein einzelner Gott, der nicht einmal einen Namen hat, könnte den ganzen Laden allein schmeißen.«

»Ein paar Mithelfer hat er schon, die Engel. Und dann gibt es ja auch noch Jesus, seinen Sohn.«

Yogi kratzte sich am Doppelkinn und sah mich skeptisch an.

»Sehr merkwürdig, das muss ich schon sagen. Aber dieser Jesus alias Messias alias Gottes Sohn, der ist kein eigener Gott?«

»Er ist wohl eher wie ein Teil Gottes, könnte man sagen. Gottes verlängerter Arm.«

»Willst du diesen verlängerten Arm Gottes, den man Messias nennt, heute Nacht denn nicht treffen und ordentlich erlöst werden?«

Ich lächelte und zuckte mit den Schultern.

»Ich setze eine Runde aus. Er und ich können uns nächstes Jahr wiedersehen, denn es gibt immer Wiederholungen mit ihm. Es ist wie mit Donald Duck im Fernsehen.«

»Jetzt verstehe ich gar nichts mehr, Mr Gora.«

»Ach, vergiss es. Ich habe nur Unsinn geredet.«

»Glaubst du denn nicht an diesen verlängerten Arm Gottes mit Namen Messias alias Jesus?«

»Ich finde, es ist eine schöne Botschaft und Geschichte, mit dem Kind, das in einer Scheune geboren wurde, weil es zu dieser Zeit noch keine ordentlichen Kreißsäle gab. Aber dass der Messias wirklich kommen und uns vom Bösen erlösen sollte, daran glaube ich nicht. Denn dann würde er seinen Job ziemlich schlecht machen. Ich glaube, dass wir uns selbst erlösen müssen, so gut es eben geht.«

Yogi betrachtete mich mit zweifelndem Blick.

»Ich dagegen bin dreihundertneunundneunzigprozentig sicher, dass wir Hilfe von oben brauchen, Mr Gora. Denn das Leben ist viel zu kompliziert und groß und traurig und wunderbar und unverständlich, als dass ein schlichter Mensch es begreifen könnte. Aber euer Gott und sein kleiner Sohn Messias tun mir wirklich leid. Es kann doch nicht richtig sein, dass sie ganz allein eine so große Last tragen müssen! Da gestaltet sich das Dasein für unsere göttlichen Götter doch wesentlich angenehmer, weil es Millionen von ihnen gibt und sie die Last untereinander aufteilen können.«

Wir fuhren durch den Nebel und die Dunkelheit nach Hause. Ich hatte das Gefühl, schon bessere Heiligabende verlebt zu haben, aber auch schlechtere. Ich verschickte einige SMS mit Weihnachtsgrüßen, nicht nur an Linda und John, sondern auch an Mia, meine Mutter und einige Freunde aus dem Herrenclub. Der Einzige, der sofort antwortete, war Bror Landin: »So wahnsinnig froh ist Weihnachten nun auch wieder nicht. Hier in Malmö pisst es wie immer in Strömen. Ich wünsche dir ein olles neues Jahr!«

Für einen kurzen Moment überlegte ich, ob ich auch Sven Grip einen Gruß schicken sollte, ließ es dann aber sein.

Als wir das Tor aufgeschlossen hatten und ein Stück den holprigen Kiesweg zum East Green Estate hinaufgefahren waren, stand ein Auto mit eingeschalteten Scheinwerfern vor dem Eingang der baufälligen Villa. Es war das erste Mal seit unserem Einzug, dass wir Besuch hatten, und mich überkam ein ungutes Gefühl.

»Wer kann das sein?«, fragte ich Yogi nervös und spähte durch das Plastikfenster der Wagenplane.

»Stell dir vor, es wäre dieser Messias«, flüsterte Yogi erwartungsvoll zurück.

Als wir näherkamen, sah ich eine Frau in Sari und Steppjacke vor dem Auto, die mit Papa Schlumpf sprach. In der einen Hand trug sie eine Reisetasche, mit der anderen gestikulierte sie lebhaft. Als der alte Wachmann unseren Jeep erblickte, zeigte er eifrig in unsere Richtung. Die Frau ließ sofort ihre Tasche fallen und rannte mit einer solchen Geschwindigkeit auf uns zu, dass Gaga eine Vollbremsung hinlegen musste, damit er sie nicht umfuhr.

»La-aaa-aaaaaa-aaaa-a…«

Mehr bekam Yogi nicht heraus, ehe die kleine Frau schon die

Tür aufgerissen, sich auf seinen großen Bauch geschwungen und begonnen hatte, ihn mit geballten Fäusten zu traktieren, wobei sie abwechselnd schluchzte und keuchte.

Mein Freund schlang seine Arme um die Frau, die sich aus seinem Griff entwand und etwas auf Hindi zischte. Erst nach einer Minute gab sie auf und ließ ihren Kopf erschöpft auf seine Brust sinken.

»La-aaa-aaa-aaa …«, wiederholte Yogi, ehe er seinen Atem und seine Stimme wieder unter Kontrolle hatte. Während Tränen an seinen Apfelbäckchen hinabkullerten, flüsterte er ihren Namen. »Lakshmi, meine geliebte Lakshmi!«

# KAPITEL 39

Es war also nicht der Messias, der eingetroffen war. In Yogis Augen war es jedoch eindeutig eine Erlöserin: die kleine, aber sehr energische Lakshmi Krishnamurti. Die Liebe seines Lebens und seine angedachte Braut, die er für immer verloren geglaubt hatte. Doch nun offenbarte sie sich also wie ein wild gewordener Engel, der von einer dunklen Wolke herabgeschwebt war. Als Yogi und sie nach dem emotionalen und dramatischen Wiedersehen einige Minuten verschnauft hatten, sah sie mich mit Augen an, die neugierig, aber auch misstrauisch funkelten.

Das Tuch, das sie um den Kopf getragen hatte, war im Eifer des Gefechts herabgeglitten und hatte ihr langes, kohlschwarzes Haar entblößt. Obwohl es Abend war, traten ihre Gesichtszüge ungewöhnlich scharf hervor. Es war, als hätte sich ihr feuriges Temperament unter ihre dunkle Haut gebrannt und als würde sie von innen heraus leuchten. Ich war noch nie einem Menschen begegnet, der eine so unmittelbare Ausstrahlung und natürliche Autorität besaß wie Lakshmi Krishnamurti aus Tamil Nadu.

Ihr Gesicht war breit und die Augenbrauen so kräftig, dass sie beinahe zusammenwuchsen. Ihre Nase war lang und der Mund ein wenig schief. Sie war schätzungsweise dreißig Jahre alt und weit davon entfernt, im klassischen Sinne bildschön zu sein, aber auf eine ganz eigene Weise attraktiv. Und obwohl sie nicht viel größer sein konnte als einen Meter fünfzig, machte sie mit ihrer geraden Haltung und ihrem trotzigen Blick dennoch einen riesigen Eindruck.

»Das ist mein Freund Mr Gora, von dem ich schon so viel erzählt habe«, sagte Yogi mit einer Stimme, die noch immer ein wenig brüchig war.

Sie streckte ihre rechte Hand aus. Ich nahm sie und wurde von einem Griff gepackt, der so fest war, dass er schmerzte.

»Ich heiße Lakshmi«, sagte sie. »Was machen Sie hier?«

»Äh, ich wohne hier … jedenfalls vorübergehend«, antwortete ich zaghaft.

Sie nickte mir kurz zu, ehe sie sich wieder Yogi zuwandte und in einem Wortschwall aus Hindi und vielleicht auch einigen Brocken Tamil auf ihn einredete. Dem Ton und der Körpersprache nach zu urteilen, die sie mit dem einen oder anderen Boxhieb in den zu diesem Zeitpunkt wohl ohnehin schon weich geklopften Brustkorb meines Freundes unterstrich, war sie immer noch ziemlich wütend auf ihn. Yogi blickte ein wenig schuldbewusst drein, während sie ihm eine Standpauke hielt, die er mit seinem untertänigsten *acha, acha, acha, teeke, teeke* erwiderte. In erster Linie aber sah er glücklich aus. Plötzlich fasste er sie an den Schultern und presste seine Lippen fest auf die ihren, was sicherlich gegen alle indischen Sitten verstieß, die Schimpftirade jedoch effektiv stoppte.

»Yogi!«

Als er von ihr abließ, sollte ihre atemlose Stimme wohl streng klingen, aber gleichzeitig konnte sie sich ein beschämtes Lächeln doch nicht verkneifen. In diesem Moment verstand ich die Kraft ihrer Liebe. Sie war glühend und scharf wie eine Schweißflamme, aber zugleich auch schön und wärmend wie ein nächtliches Kaminfeuer.

Das Auto, mit dem Lakshmi angekommen war, gehörte dem West Green Estate. Dort war sie offenbar einige Stunden zuvor mit dem Bus angekommen, in der Hoffnung, Yogi zu finden. Mr Ramesh Saranathan hatte ihr erklärt, dass es die falsche Plantage sei, und dann die Freundlichkeit besessen, einen seiner Chauffeure damit zu beauftragen, sie weiter zum East Green Estate zu bringen.

Papa Schlumpf nahm ihre schwere Tasche, ignorierte unsere hartnäckigen Angebote, ihm zu helfen, und schleppte sie mühsam ins Haus. Nachdem wir alle über die verwitterte Schwelle getreten waren, begrüßte Lakshmi höflich Sunita. Sie sah sich mit großen Augen im sanften Schein der Petroleumlampen um, der im Gegensatz zur brutalen Ehrlichkeit des Tageslichts nur die beiden offensichtlichsten Mängel des Innenraums preisgab: den breiten Riss, der entlang der gesamten Längsseite des Raums verlief, und die morschen, aufgerissenen Dielen unter dem zugenagelten Fenster.

Die alte Teepflückerin bot dem Neuankömmling Chapati, Dal und den an Milchreis erinnernden Nachtisch Kheer an. Yogi und ich verspeisten auch eine kleine Portion, immerhin war ja Heiligabend. Lakshmi langte ordentlich zu, offenbar hatte sie schon lange nichts mehr gegessen.

Das offene Feuer knisterte beruhigend und verbreitete eine angenehme Wärme im Zimmer. Zusammen mit dem Essen brachte es Lakshmi dazu, sich ein wenig zu entspannen. Ihre Augen funkelten zwar immer noch, aber zumindest wirkte ihre Stimme schon wieder etwas sanfter. Yogi bat sie wiederholt, Englisch statt Hindi zu sprechen, damit ich auch etwas verstand. Am Ende wechselte sie mit einem demonstrativen Seufzer ins Englische, das sie, wie sich herausstellte, fließend und mit einem fast perfekten britischen Akzent sprach.

Sie erklärte, dass sie mehr als vier Tage gebraucht habe, um fast den ganzen indischen Subkontinent von Süd nach Nord zu durchreisen, und als Yogi besorgt fragte, woher sie den blauen Fleck unter ihrem rechten Auge habe, antwortete sie gekränkt, eine einsame und verlassene Frau solle auf Reisen in Indien eben darauf gefasst sein, sich mit Händen und Füßen gegen aufdringliche Kerle zur Wehr setzen zu müssen.

»Aber es ist nichts passiert«, fügte sie hastig hinzu. »Der Mann, der mir mit seinen schmutzigen Händen zu nahe kam, war betrunken und gab auf, nachdem ich zurückgeschlagen und so laut geschrien hatte, dass andere Passagiere herbeiströmten. Und dann hat ihn der Schaffner an der nächsten Station aus dem Zug geworfen.«

»Aber eines sage ich dir, Yogi«, fuhr sie fort und fixierte ihn mit einem stechenden Blick aus ihren braunen Augen. »Du lässt mich nicht noch mal im Stich. Hast du gehört?«

»Meine geliebte und wunderhübsche Lakshmi! Nie wollte ich dich im Stich lassen, das weißt du! Ich wollte immer bei dir sein! Immer! Aber was sollte ich tun? Dein Vater hat die Hochzeit abgesagt, und meine Mutter will nichts mehr mit mir zu tun haben. Ich habe Schande über zwei Familien gebracht und bin deiner nicht mehr würdig. Also, was hätte ich tun sollen?«

»Du hättest mit dem Naheliegendsten anfangen können.«

Yogi sah sie mit großen Kulleraugen an. Es war ihm deutlich anzumerken, dass sein Gehirn nach dem Naheliegendsten suchte, ohne es zu finden.

Lakshmi stemmte die Hände in die Hüfte und schüttelte irritiert den Kopf.

»Du hättest damit anfangen können, mich zu fragen, was *ich* von der Sache halte.«

Wir blieben alle drei wach und redeten die ganze Nacht bis weit hinein in den ersten Weihnachtstag. Obwohl Lakshmi anfangs ein wenig auf Distanz zu mir gegangen war, ließ ihr Misstrauen nach einer Weile nach. Yogi saß dicht neben seiner Geliebten auf dem Boden vor dem Kamin und leuchtete mit dem Feuer um die Wette. Ich war ein klein wenig eifersüchtig, freute mich aber in erster Linie sehr für meinen Freund. Nach all diesen Unglücken erlebte er nun endlich das wahre Glück. In Person einer Frau, die gegen alle vorgefassten Meinungen darüber verstieß, wie sich eine junge Inderin aus einem kleinen Dorf in Tamil Nadu zu verhalten habe.

Lakshmi Krishnamurti war kein bisschen untertänig. Sie schlug nie ihren Blick nieder und richtete auch nicht ihren Schal, wenn er wieder einmal von ihrem Kopf geglitten war. Das Einzige, was mit dem althergebrachten Bild einer Frau vom Land übereinstimmte, war ihr farbenfroher Sari, den sie perfekt geknotet hatte.

Was Lakshmi berichtete, verstärkte meinen Eindruck von ihr, ihrer Entschlossenheit und Stärke nur umso mehr. Nachdem der Vater schwermütig erklärt hatte, dass die Hochzeit abgesagt worden sei, hatte sie mehrere Tage lang versucht, Yogi auf dem Telefon zu erreichen. Als ihr das nicht gelungen war, hatte sie stattdessen recherchiert, wo die Teeplantage lag, wie man am billigsten dorthin kam und was die Reise kosten würde. Anschließend hatte sie umgehend ihre ohnehin schon sehr gefragte Tätigkeit als Englischlehrerin ausgebaut und die Kinder der Gegend von den frühen Morgenstunden bis in den späten Abend hinein unterrichtet. Ihr von Scham geplagter Vater fand einen gewissen Trost darin, dass sich seine sprachbegabte und gebildete Tochter in die Arbeit flüchtete. Außerdem hatte das den Vorteil, dass sie das Haus nicht verlassen musste und somit nicht mit dem Klatsch und Tratsch im Dorf konfrontiert war.

Lakshmi war als Lehrerin anerkannt, sie hatte an der Universität von Madurai studiert. Ihr guter Ruf reichte bis weit über die Grenzen ihrer Heimatstadt hinaus, und sie nahm nicht viel Geld für den Unterricht. Die Eltern, die ihre Kinder zu ihr schickten, damit diese ihre Noten verbessern und in Zukunft vielleicht auch ein Stipendium für eine höhere Schule bekommen konnten, waren schlau genug, das Ehedebakel in Gegenwart der Familie Krishnamurti mit keinem Wort anzusprechen. Und schon gar nicht in deren Haus.

Auf diese Weise blieb sie zu Hause zwar unbehelligt, fühlte sich aber gleichzeitig wie in einem Gefängnis. Lakshmi hatte dem Vater gegenüber die Fasson bewahrt, ihre große Schwester jedoch in die Fluchtpläne eingeweiht und auch ein wenig finanzielle Unterstützung von ihr erhalten. Als sie endlich das Geld für das heiß begehrte Zugticket beisammenhatte, schlich sie sich vor fünf Tagen im Morgengrauen mit ihrer Reisetasche aus dem Haus und lief im Schutz der Dunkelheit über die Reisfelder in einen mehrere Kilometer entfernten Nachbarort. Von dort nahm sie den Bus in die Millionenstadt Madurai, und nach einer Nacht am dortigen Bahnhof zwischen Obdachlosen und armen Reisenden konnte sie am nächsten Morgen einen Fahrschein vierter Klasse lösen und mit dem Zug weiterfahren. Nachdem sie mehrmals umgestiegen war, war sie heute in aller Frühe bis nach New Jalpaiguri gelangt, von wo aus sie mit dem Bus das letzte Stück die Berge hinauf zurückgelegt hatte.

»Es ist ja vollkommen einzigartig, welche übermenschlichen Strapazen du durchgestanden hast, um hierherzukommen, meine geliebte Lakshmi! Ich bin so unglaublich glücklich, wie ein Mann nur sein kann, dich bei mir zu wissen. Wenn ich Mr Goras bleiche Haut hätte, wäre ich ganz sicher rot wie eine Chili geworden von der schamlosesten Scham, die man sich nur denken kann.«

Yogi war derart gerührt, dass ihm wieder die Tränen kamen. Er schniefte so sehr, dass er ein Taschentuch zücken und sich lauthals schnäuzen musste. Das dämpfte die romantische Stimmung ein wenig, aber Lakshmi schien das gewohnt zu sein und reagierte kaum darauf.

Erst als Yogi sich eine Bidi anzündete, rümpfte sie irritiert die Nase, was ihn dazu veranlasste, die Zigarette sofort wieder auszudrücken.

»Aber wie wird es deinem Vater jetzt gehen? Er muss doch außer sich sein vor Kummer und Sehnsucht«, sagte mein Freund.

»Ich habe einen Brief hinterlassen, in dem ich geschrieben habe, dass ich gut auf mich aufpassen werde und er sich keine Sorgen machen muss. In gewisser Weise ist es sicher eine Erleichterung für ihn, dass ich verschwunden bin. Das erspart ihm die Schande.«

»Aber du machst doch wohl keine Schande, du wunderbarstes aller Wesen! Du bist bei allen Göttern das reizendste Geschöpf, das je auf zwei Beinen auf unserer schönen Welt gelaufen ist. Du machst niemandem Schande! Hörst du?«

»Das weiß ich sehr wohl«, sagte Lakshmi Krishnamurti mit hoch erhobenem Kopf. »Aber sag das mal den Leuten bei uns im Dorf. Sag es dem Brahmanen, der uns trauen sollte, und den Klatschweibern an der Wasserpumpe. Oder all den faulen und Paan kauenden geschwätzigen Greisen am Teestand oder den badenden Jungen unten am Fluss. Man trifft seine eigene Wahl im Leben, Yogi. Und aus irgendeinem unerfindlichen Grund habe ich dich gewählt. Ich habe meine Heimat und meine Familie verlassen, und jetzt bin ich hier. Was das für die Zukunft bedeutet, wissen nur die Götter.«

Sie packte eine seiner Speckrollen mit Daumen und Zeigefinger und kniff so fest zu, dass er einen kleinen Schrei ausstieß.

»Es ist ein Glück für dich, dass nichts aus der Hochzeit wurde«, sagte sie mit neckischem Blick. »Sonst ginge es deinen vielen Bäuchen an den Kragen!«

Mein Handy piepste. Eine SMS von John. Ein kurzer Text ohne jede Emotion. Lediglich: »Danke gleichfalls, Papa.« Nur drei Worte und trotzdem die beste SMS, die ich je bekommen hatte. Nicht so sehr ihres Inhalts wegen, sondern weil ich sie überhaupt bekommen hatte.

Ein Gruß von meinem Sohn. Und so wurde es am Ende doch noch ein ziemlich gutes Weihnachten.

# KAPITEL 40

Die Ankunft der energischen Lakshmi Krishnamurti im East Green Estate weckte die Plantage aus ihrem Dämmerschlaf. Und was das betraf, auch Yogi und mich. Unser planloses Gerede über die Instandsetzung, mit der wir uns nur einige Stunden lang zerstreut beschäftigt hatten, setzte Lakshmi resolut in Taten um.

Gewiss kam der finanzielle Einsatz von Yogi und mir. Ich hatte neuerdings eine kleine zusätzliche Einnahmequelle, weil es meinem Kumpel Richard Zetterström gelungen war, meine Wohnung in Malmö an einen Geschäftsmann aus Stockholm unterzuvermieten. Yogi und ich beteiligten uns auch mit Ideen und Vorschlägen, aber es war zweifellos Lakshmi, die das Kommando führte.

Wie eine Kriegerkönigin führte sie ihre Armee mit List, Stärke, ein wenig Zynismus und einer sehr entschiedenen Auffassung davon, dass wir alle gezwungen seien, ordentlich mit anzupacken. Es dauerte nicht lange, bis sie uns dazu gebracht hatte, unsere neuen und eleganten Winteranzüge aus Kaschmirwolle gegen unempfindliche Arbeitskleidung auszutauschen.

Wie sich außerdem herausstellte, wusste sie einiges über die Teeproduktion, jedenfalls bedeutend mehr als ich nach meiner sporadischen Lektüre in dem prachtvollen Bildband über Tee, den ich in der Buchhandlung in Darjeeling erstanden hatte. In ihrer Jugend hatte Lakshmi nämlich einige Jahre als Kindermädchen bei einer britischen Familie auf einer Teeplantage in Kerala gearbeitet. Ihr Vater hatte sie dorthin geschickt, damit sie ihr Englisch verbesserte (was auch ihren perfekten britischen Akzent erklärte). Außerdem besaß sie Talent dafür, die Ressourcen und das Wissen zu nutzen, die bereits in unserer nächsten Umgebung vorhanden waren. Was sie nicht selbst wusste, erfragte sie teils bei dem alten Wächter-Ehepaar, teils bei Ramesh Saranathan vom West Green Estate. Letzterer half gerne, denn er vertrat die Meinung, dass es nur gut sei, wenn die schambehaftete Plantage, deren Namen der seinen zum Verwechseln ähnlich war, ein Lifting bekomme, damit er nicht länger riskierte, dass ihr Verfall auch auf seinen Betrieb abfärbte.

Gaga, unser handwerklich und mechanisch so begabter Chauffeur, erhielt den Auftrag, gemeinsam mit Papa Schlumpf eine Inventur von sämtlichen Gebäuden und Maschinen zu machen und eine Liste darüber zu erstellen, welche Materialien und Arbeitskräfte erforderlich wären, um alles wieder in einen halbwegs brauchbaren Zustand zu bringen.

Die erste Maßnahme bestand darin, die Plantage wieder an das vorhandene, aber unzuverlässige Stromnetz anzuschließen und zwei der großen, stinkenden Dieselaggregate zu reparieren, die als Reserve notwendig waren. Schon nach einer Woche waren zwanzig Männer aus der Gegend vorübergehend eingestellt, um die Villa und jene Teile der erbärmlichen Arbeiterbaracken, die man noch retten konnte, zu renovieren. In dem verfallenen Lagergebäude gab es genug brauchbares Bauholz, und schon bald hatten die Männer unter der Leitung von Gaga nicht nur einen neuen Boden verlegt, sondern bei der Restaurierung der Veranda der alten Villa auch echtes Schreinertalent bewiesen.

Nach einiger Zeit bekam ich dann ein eigenes Zimmer mit einem richtigen Bett und einer stundenweise funktionierenden elektrischen Heizung, während Lakshmi und Yogi die ehemaligen Salons nebenan in Beschlag nahmen. Ein Zimmer wurde zum Büro, ein anderes zum Schlafzimmer, das Lakshmi in einer Mischung aus südindischem und kolonialem Stil einrichtete, mit Hängematten, niedrigen Sofas, einem Himmelbett, Webteppichen und grellen Plakaten mit Hindugottheiten an den Wänden. Alles umwabert vom süßlichen Duft unzähliger Räucherstäbchen. Den anderen Menschen auf der Plantage stellten sie sich als echtes Ehepaar vor, und an dem Quietschen ihres Bettes, das mitunter bis zu mir vordrang, konnte ich erkennen, dass sie auch so lebten.

Anfang Februar hatte ein willkommener Frühjahrsregen die optimalen Bedingungen für die bevorstehende Erntepremiere geschaffen. Der schwere Nebel über Darjeeling hatte sich endlich gelichtet, und die Arbeit ging in ihre intensivste Phase. Von Sonnenaufgang bis Sonnenuntergang wurde gescheuert, gemauert, gesägt, gegraben, gestrichen, gehämmert, geschraubt, geölt und geschnitten. Auch wenn es nicht immer so rhythmisch und schmerzfrei zuging wie in einem durchchoreografierten Bollywoodtanz, schritten die Arbeiten dennoch mit erstaunlicher Geschwindigkeit voran. Einen großen Verdienst daran hatten die zahlreichen billigen Arbeitskräfte. Weil es in der Gegend so viele arbeitslose Männer und Frauen gab, drückte Lakshmi deren Löhne auf ein beinahe unanständiges Niveau. Einmal sprach Yogi das Thema an, aber seine Verlobte entgegnete nur, dass wir uns im Moment keine Wohltätigkeit leisten könnten. Wollten die Menschen nicht für einen so niedrigen Lohn arbeiten, stehe es ihnen schließlich frei, das Angebot abzulehnen.

Eine Gruppe nepalesischer Tagelöhner hatte das zweifelhafte Vergnügen, das Fabrikgebäude von allen Tieren und deren Exkrementen zu befreien, ehe es mit einem dampfenden Gas desinfiziert wurde, das stark nach Chlor roch und von zwei Männern mit Sprühflaschen auf dem Rücken bis in die letzten Ecken und Winkel verteilt wurde.

Lakshmi mochte eine strenge und nicht gerade großzügige Arbeitgeberin sein, bei der Arbeitssicherheit machte sie jedoch keine Kompromisse. Diese Einstellung hatte sie in den Textilfabriken ihres Vaters gelernt: Wer arbeitete, musste beschützt werden. Deshalb zwang sie die Männer mit dem Desinfektionsmittel, einen Mundschutz zu tragen, und die Frauen, die anschließend das Fabrikgebäude wischten, mussten Handschuhe überziehen.

Wie sich zeigen sollte, war Gagas Händchen für störrische Motoren Gold wert, als die vielen riemengetrieben, lärmenden Maschinen repariert und zu neuem Leben erweckt werden sollten. Der große Fermentierungstisch, auf dem die Teeblätter gären würden, erhielt neue Platten und Gitter, wohingegen die Trockenöfen einwandfrei funktionierten, nachdem die Sicherungen und Kabel ausgetauscht worden waren. Das gut geölte Universalwerkzeug des Chauffeurs kam fleißig zum Einsatz. Und Papa Schlumpf Vinod hatte trotz seiner mitunter etwas verwirrten Erscheinung einen genauen Überblick darüber, was sich in all den Schränken und Schubladen in der alten Teefabrik verbarg.

Nach einigen weiteren intensiven Wochen war es Ende Februar an der Zeit, die Teepflückerinnen für die Ernte einzustellen. Das Gerücht von der Wiederauferstehung des East Green Estate verbreitete sich genauso schnell in der Region wie die Schleierwolken des Morgennebels, und jeden Tag kamen mindestens zwanzig Frauen, um sich zu bewerben. Die runzlige alte Sunita blühte regelrecht auf und übernahm freiwillig die Aufgabe, jene

Frauen auszuwählen, die am besten für die harte Arbeit draußen auf dem Feld geeignet waren. Mit krummen Rücken, wandelte sie zwischen den Reihen der Arbeitssuchenden auf und ab und musterte sie von Kopf bis Fuß. Jede Inaugenscheinnahme wurde damit beendet, dass Sunita die Frau bat, sich ein wenig vorzubeugen, woraufhin sie beide Hände gegen die Stirn der Bewerberin presste. Wer keine Kraft hatte, sich dagegenzustemmen, wurde sofort aussortiert.

»*Very weak neck*«, seufzte die Greisin und betonte mehrmals, dass es einer gut ausgebildeten Nackenmuskulatur bedürfe, um den schweren Korb, der mithilfe eines Stirnriemens fixiert wurde, den ganzen Tag auf dem Rücken zu tragen.

Sunitas zweites, entscheidendes Auswahlkriterium war die Fingerfertigkeit der Frauen. Bei der Ernte wurden nämlich nur die Knospe und die oberen beiden Blätter des Strauchs gepflückt, die sich im Laufe einiger Wochen erneut ausbildeten, woraufhin die Prozedur wiederholt werden konnte. Sicher konnte man sich diese Pflückmethode aneignen, aber nun, da man zwischen so vielen Frauen wählen konnte, wurden jene belohnt, die schon Erfahrung mitbrachten oder eine natürliche Begabung für diese flinke Präzisionsarbeit.

Nach einer Woche hatten hundert Frauen in unterschiedlichem Alter Sunitas kritischem Blick standgehalten, während wir die übrige Arbeitskraft auf fünfzehn Mann reduzierten. Diese sollten hauptsächlich in der Fabrik arbeiten. Jetzt war es höchste Zeit, mit der Ernte und Produktion anzufangen.

An dem Morgen, als sich die Pflückerinnen vor dem leidlich ausgestatteten Lagergebäude versammelten, um Sunitas und Lakshmis Anweisungen vor dem ersten Erntetag auf dem Feld zu lauschen, leuchtete die Sonne mit einer Strahlkraft, wie ich es seit unserer Ankunft im East Green Estate nicht erlebt hatte. Gaga stand im Schatten eines Pinienbaums und schraubte am Traktor herum, der die Ernte mit seinem Anhänger an den verschiedenen Sammelplätzen abholen sollte, um sie sofort zur Fabrik zu transportieren. Ein paar Männer verpassten den Baracken, wo die Fabrikarbeiter und einige Pflückerinnen wohnen sollten, den letzten Anstrich, und aus dem Fabrikgebäude drang das Hämmern der Maschinen, die von Papa Schlumpf einem Testdurchlauf unterzogen wurden. Ein hoch qualifizierter Teamaster aus Siliguri aus Gagas unermesslicher Geschwisterschar war eingestellt worden, um die verschiedenen Produktionsschritte zu überwachen und sich bis zum optimalen Tee durchzuschmecken. Er war der Einzige, dessen Gehalt Lakshmi nicht herunterzuhandeln versuchte, wohl wissend, dass eine Teeplantage ohne versierten und zufriedenen Teamaster nicht viel wert war.

Mehr als die Hälfte unseres Startkapitals war bereits verschlungen worden, aber wenn alles liefe wie geplant, würden wir schon bald die ersten Einnahmen verrechnen können. Schon in zwei Wochen fand die erste Auktion des *first flush* in Siliguri statt.

Als die Pflückerinnen mit ihren großen Körben auf dem Rücken in die Felder wanderten, bestiegen Yogi und ich den kleinen Hang zum Aussichtsplatz, von dem aus man den mächtigen Kangchendzönga sehen konnte. Der schneebedeckte Gipfel funkelte wie Perlmutt in der Sonne, und es war nicht verwunderlich, dass dieser Berg sowohl den Hindus als auch den Buddhisten heilig war.

»Weißt du noch, wie wir hier zum ersten Mal standen und mit leeren Blicken in den feuchten Nebel gestarrt haben?«, fragte ich Yogi. »Was für ein Unterschied zu heute, man mag kaum glauben, dass es derselbe Ort ist.«

Er nickte nachdenklich und steckte sich eine Bidi an. Inzwischen achtete er darauf, seine Nikotingelüste nur dann zu stillen, wenn Lakshmi außer Sichtweite war. Er nahm einen genussvollen Zug von dem kleinen braunen Stummel und blies den Rauch in einer Wolke aus, die nach verbranntem Laub roch.

»Ja, stell dir vor, Mr Gora, dass wir beide an diesem wundervoll schönen Tag hier nebeneinanderstehen und uns nach all den schweren Prüfungen von Darjeelings göttlichster Sonne bestrahlen lassen. In genau diesem Moment erscheint es mir, als bestünde unsere ganze Welt aus Liebe, Freundschaft und Schönheit. Die Götter müssen uns wieder wohlgesonnen sein.«

»Du hast recht, Yogi. Jetzt und hier brauchen wir uns keine Sorgen um unsere Vergangenheit und Zukunft zu machen. Jetzt und hier zählt nur die Gegenwart«, sagte ich und dachte noch einmal an Karin Vallberg Torstenssons geflügeltes Wort von der absoluten Präsenz.

Der angenehm laue Wind liebkoste meine Stirn, und mir lief ein Schauer des Wohlbehagens über den Rücken. In einem Baum schnatterten einige Affen, und in einem nahegelegenen Bach gluckerte das belebende Wasser aus dem Himalaya. Nachdem Yogi seine Bidi ausgetreten hatte, wurden meine Nasenlöcher von einem frischen Duft von Erde und Chlorophyll erfüllt.

Meine Sinne nahmen alles in der Umgebung wahr, ohne jedoch angespannt oder fluchtbereit zu sein. Ich genoss einfach nur die Düfte, die Geräusche und alle anderen Wahrnehmungen. Vom schwachen Rauschen der Blätter in den Baumkronen über die Leichtigkeit meiner Schritte bis hin zum wohlbekannten Geruch von Sunitas Dal, der uns entgegenwehte, als wir uns der Villa näherten. Ich registrierte auch ein leises Motorengeräusch, das näher kam und mir irgendwie bekannt erschien, doch ich schenkte ihm keine weitere Beachtung, bis das Geräusch so nahe war, dass ich sehen konnte, woher es stammte. Es war ein Motorroller, der auf dem Weg hinter dem Zaun herbeiknatterte. Darauf eine junge, androgyne Frau in Röhrenjeans und einer blauen Steppjacke. Hinter ihr auf dem Sozius saßen zwei weitere junge Frauen, dicht aneinandergekauert. Auch sie kamen mir erschreckend bekannt vor, obwohl sie diesmal vollständig bekleidet waren.

# KAPITEL 41

»*What happens in Sikkim, stays in Sikkim.*«

Wie oft hatte ich versucht, Yogi davon zu überzeugen, dass meine Redewendung tatsächlich zutraf. Wenn wir abends zu zweit beim Kamin zusammensaßen, hatte er mich durchaus das eine oder andere Mal vorsichtig gefragt, was in der Stadt auf der anderen Seite des Flusses Rangeet geschehen war und ob ihn sein Verhalten vielleicht doch noch eines Tages einholen würde.

»Nein, mein Freund, das ist etwas, was hinter dir liegt und worauf du weder deine Zeit noch deine Gedanken verschwenden solltest. Wenn du mich fragst, ist es nie passiert, und abgesehen von Gaga bin ich doch fast die einzige Person, die man in dieser Angelegenheit überhaupt fragen kann.«

Wie falsch ich gelegen hatte, wurde mir klar, als der Motorroller vor dem Tor zum Stehen kam und die Fahrerin ihre wachsamen Augen auf mich richtete. Ich weiß nicht, warum sie sich nicht an Yogi wandte, sondern an mich. Vielleicht lag es daran, dass wir ja in Sikkim schon miteinander gesprochen hatten oder dass der Blick meines Freundes so nervös hin- und herflackerte, dass es schwerfiel, ihn einzufangen.

Als Erstes schoss mir durch den Kopf, dass noch mehr kommen würde, dass dies erst der Vortrupp wäre und gleich die Handlanger der Schnapsmafia mit scharfen Waffen hinter der Bergkuppe auftauchen würden. Doch da die junge Frau in der Steppjacke keinerlei Anzeichen von Nervosität oder Stress zeigte, beruhigte ich mich etwas. Als wir näherkamen, herrschte auch kein Zweifel mehr daran, dass die Passagiere auf dem Sattel die beiden nepalesischen Mädchen waren, die mit Yogi zusammen in dem inzwischen glücklicherweise gelöschten Film mitgespielt hatten.

»Was ist passiert?«, fragte ich die Frau mit der festesten Stimme, die ich unter diesen Umständen aufbieten konnte, und warf vorsichtshalber einen hastigen Blick über die Schulter, um mich zu vergewissern, dass Lakshmi nicht im Anmarsch war.

»Ich habe gehört, dass es auf der Plantage Arbeit gibt. Und die beiden hier brauchen einen Job«, sagte sie lakonisch und nickte in Richtung ihrer Mitfahrerinnen.

»Hat man sie von ihrem schönen Arbeitsplatz gefeuert?«

Ich biss mir auf die Zunge. Wie boshaft und vollkommen dämlich von mir! Beim Versuch, meine dumme Bemerkung wiedergutzumachen, verwickelte ich mich aber nur immer weiter in einem Knäuel wirrer Halbsätze. Die Frau ließ mich einen Moment zappeln, ehe sie die Hand hob, um mich zum Schweigen zu bringen.

»Wir müssen gar nicht groß reden«, erwiderte sie trocken. »In unserem Dorf hat sich so einiges getan. Im Grunde nur Gutes. Ein neuer Polizeichef hat seinen Dienst in unserem Distrikt angetreten und angefangen, die Kriminalität zu bekämpfen. Der Schnapsbaron ist verhaftet worden, und mehrere seiner Helfer sind geflohen. Aber das Leben der Bewohner ist immer noch hart, und die Trinkerei und die Gewalt sind nicht verschwunden. Es wird sicher seine Zeit brauchen, ehe sich das Leben wieder normalisiert und die Menschen richtige Arbeit finden können. Für die Frauen, die sowieso schon schwer getroffen sind, ist es besonders hart. Und einige leiden besonders, so wie Passang und Doma hier.«

Sie zeigte auf die beiden jungen Frauen, die sich jetzt so dicht aneinanderpressten, dass sie fast wie siamesische Zwillinge aussahen. Von dem unbeholfenen erotischen Gehabe, das sie vor der Videokamera gespielt hatten, war keine Spur mehr zu sehen.

»Sie sind frei, aber sie haben keine Zukunft im Dorf. Dort sind sie für immer als verdorben gebrandmarkt. Und nach Nepal können sie auch nicht zurückgehen. Deshalb habe ich vor, sie bei euch zu lassen. Dann müsst ihr euch um eine Unterkunft und eine Arbeit für sie kümmern.«

Ihre Stimme war ruhig und vollkommen kompromisslos. Einen Verhandlungsspielraum gab es nicht, das sahen sowohl Yogi als auch ich ein. Jetzt war *pay back time.* Die Buße des Sünders. Passang und Doma waren schon von dem Motorroller gestiegen, standen mit ängstlich verschränkten Armen da und richteten ihre Blicke auf den Boden.

Die androgyne Fahrerin nickte ihnen kurz und unsentimental zu und zischte Yogi und mir dann durch den Mundwinkel ein leises *goodbye* zu, ehe sie das Fahrzeug startete.

»Warte!«, rief ich und legte vorsichtig eine Hand auf ihre Schulter.

Sie drosselte den Motor und sah mich mit wachem Blick an.

»Wer bist du überhaupt?«, fragte ich.

»Das spielt keine Rolle. Ich bin nur jemand, der es leid ist.«

»Der was leid ist?«

»Dass die Schwächsten und Wehrlosesten immer den höchsten Preis zahlen müssen.«

Sie ließ den Motor erneut an und verschwand in einer Staubwolke. Das war das Letzte, was ich von ihr sah.

Yogi, der sich bis jetzt im Hintergrund gehalten hatte, räusperte sich und streckte den Mädchen vorsichtig die Hand entgegen. Trotz seiner beschämten Miene ahnte ich Entschlossenheit in seinem Blick.

»Veehrte Damen, ich bin sehr erfreut, euch in etwas geordneteren Verhältnissen wiederzutreffen. Zunächst möchte ich mich sehr für die Dinge entschuldigen, die sich, so mein Verdacht stimmt, zwischen uns abgespielt haben und die ich von ganzem Herzen bereue, ohne mich genau daran erinnern zu können, was passiert ist.«

Er holte tief Luft und fuhr fort:

»Ich möchte mein vermutlich unangemessen sittenloses Verhalten auf keinen Fall kleinreden, aber ich bitte euch zu glauben, dass es nicht nur mein eigener hemmungsloser Konsum dieses minderwertigen alkoholischen Fusels war, der mich in diesen unsäglichen Zustand versetzt hat. Jemand mit dämonischsten Absichten hat vermutlich auch dafür gesorgt, dass ich eine nicht ganz unbedeutende Dosis irgendeiner berauschenden Substanz zu mir genommen habe. Inwieweit ihr, meine Damen, daran beteiligt wart, sei dahingestellt, und bei Hanuman, ich werde dem auch nicht weiter nachgehen. Ich möchte euch nur hier willkommen heißen und hoffe, dass das, was in jener Nacht eventuell vorgefallen ist, nicht das gesunde und respektvolle Verhältnis zwischen Arbeitgeber und Arbeitnehmer gefährden wird, das wir nun dank dieser Fügung des Schicksals eingegangen sind. Und dass das, was womöglich zwischen uns geschah, in Sikkim bleibt.«

Yogi verbeugte sich tief, ehe er eine kleine Schweißperle wegwischte, die seine Schläfe hinabrann. Passang und Doma lächelten ihn schüchtern an. Ich selbst fuhr mir mit der Hand durch meine zu diesem Zeitpunkt wieder zur Hälfte gewachsene Haar-hinters-Ohr-Frisur, während mein Gehirn über drei Problemen brütete:

1. Wie sollten wir Lakshmi das plötzliche Erscheinen der Mädchen erklären?

2. Wie sollten wir sie davon überzeugen, die beiden einzustellen, obwohl wir längst genug Arbeitskräfte hatten?
3. Und wenn wir diese beiden Hindernisse überwunden hatten – wo sollten die Mädchen wohnen, wenn alle Betten in den Baracken belegt waren?

Noch ehe ich auch nur den Entwurf einer Antwort darauf parat hatte, tauchte Lakshmi auf. Alles an ihr strahlte Misstrauen aus. Ihre Augen funkelten wie schwarze Diamanten.

»Wer sind die Mädchen? Wo kommen sie her? Hast du ihnen nicht erklärt, dass wir keine Jobs mehr haben?«

Anstelle dreier Antworten wurden wir mit drei zusätzlichen Fragen bombardiert, und noch dazu in äußerst scharfem Ton. Akute Sprachlosigkeit befiel mich, aber zum Glück war Yogi inzwischen wieder ganz der Alte und sprang ohne zu zögern ein.

»Geliebte kleine Lakshmi«, begann er und nahm ihre Hand. »Lass mich dir Passang und Doma vorstellen, zwei ganz besonders fleißige Mädchen aus Nepal, die ausfindig zu machen nicht weniger als einen Monat und nahezu all mein detektivisches Talent in Anspruch genommen hat.«

»Wovon redest du?«, fragte Lakshmi mit anhaltender Skepsis.

»Ja, meine Liebe, ich weiß ja, in welch hohem Maße du frische Schnittblumen und auch Blütenbänder zu schätzen weißt, wie man sie bei der Puja um die Götterstatuen legt. Deshalb habe ich mich, zutiefst diskret, weil es eine Überraschung für dich sein sollte, umgehört, ob es in dieser Gegend besonders geschickte Blumenmädchen gibt. Wie sich herausstellte, war es viel schwieriger als zunächst gedacht, die richtigen zu finden, da sich leider viel zu viele – du mögest mir diesen unschönen Ausdruck verzeihen – Pfuscher in dieser duft- und farbenprächtigen Branche herumtreiben. Aber schließlich fand ich diese beiden

Rosenknospen, die ein solches Geschick in der schwierigen Kunst des Blumenbindens an den Tag legen, wie ich es nie zuvor erlebt habe.«

»Und wo sind dann ihre fantastischen Blumen?«, fragte Lakshmi, die schon etwas weniger schroff klang.

Listig hatte Yogi sie an ihrem schwachen Punkt getroffen. Auch ich hatte schon oft beobachtet, wie sie mit den Blüten um die Wette strahlte, wenn wir die Blumenhändler der Gegend besuchten.

»Morgen wird eine erste Lieferung kommen, Madam«, sagte Passang unvermittelt zu Lakshmi.

»Dann werden wir Ihnen wunderbare Sträuße zusammenstellen«, ergänzte Doma.

Yogi lächelte die Mädchen an und zwinkerte ihnen aufmunternd zu. Offenbar reichte ihr schauspielerisches Talent weit über die Sphäre einer Matratze hinaus.

»Genau!«, rief Yogi exaltiert. »Morgen früh kommen die Blumen, die wir bestellt haben, und dann wirst du sehen, wie fantastisch geschickt Passang und Doma sind.«

»Aber wir können uns keine eigenen Blumenmädchen leisten, das verstehst du doch wohl? Wir müssen uns mit dem zufriedengeben, was in den Nachbarorten verkauft wird«, protestierte Lakshmi, allerdings nur sehr milde.

Nach einigen Minuten hatte Yogi sie dann doch überredet. Die nepalesischen Mädchen wurden eingestellt, nachdem Yogi seiner blumenvernarrten Verlobten versprochen hatte, künftig nicht mehr auch nur eine Rupie in dem beschlagenen Momos-Restaurant in Darjeeling-Stadt auszugeben, und die beiden erhielten den gleichen elendigen Lohn wie die Teepflückerinnen.

Sie wurden vorübergehend in einer Vorratskammer der Teefabrik untergebracht, und als Lakshmi verschwunden war, nahm

Yogi sie zur Seite und sprach lange auf Hindi mit ihnen. Anschließend fragte ich ihn, wie er Doma und Passang von Freudenmädchen in Blumenmädchen verwandeln wollte.

»Lass es mich so sagen, Mr Gora. Anfangs werde ich die Mädchen mit fertigen Blumengestecken von einem äußerst talentierten Floristen in Darjeeling unterstützen. Aber die beiden scheinen sehr lernfähig zu sein, und ich hoffe von meinem ganzen rosenroten Herzen, dass sie schon in einer nicht allzu fernen Zukunft auf allerschönste Weise für meine Lakshmi Blumen binden können.«

Er lachte ein erstaunlich sorgloses Lachen und steckte sich noch eine Bidi an.

»Mir scheint jedoch, dass wir eine kleine Anpassung deiner allerbesten Redewendung vornehmen müssen, Mr Gora.«

Yogi füllte seine Lungen mit dem scharfen Rauch und hielt einige Sekunden lang den Atem an, ehe er ihn wieder hinausblies, als würde er einen Joint inhalieren.

»Was meinst du?«, fragte ich.

Er hustete, schnäuzte sich in sein Taschentuch und sah mich mit seinen großen, treuherzigen Augen an.

»Tja, Mr Gora. Was hältst du von *What happens in Sikkim, follows you to Darjeeling?*«

# KAPITEL 42

Yogis Erfindungsreichtum hatte ihn wieder einmal gerettet. Zwei Tage in Folge bestellte er Blumengestecke bei Darjeelings bestem Floristen, die geliefert wurden, bevor Lakshmi aufgewacht war. Dann drückte er den nepalesischen Mädchen die Sträuße zusammen mit einigen losen Blüten und Blättern in die Hand, damit es so aussah, als hätten sie die schönen Arrangements selbst kreiert. Yogis Verlobte, die sich normalerweise nicht leicht beeindrucken ließ, war Feuer und Flamme und protestierte auch nicht, als Yogi am dritten Tag vorschlug, Doma und Passang zum Blumenmarkt in die Stadt mitzunehmen, damit sie unter den frischen Schnittblumen selbst eine Auswahl treffen konnten. Weil ich einige Bankgeschäfte im Internetcafé zu tätigen hatte, schloss ich mich ihnen an.

Gaga fuhr uns nach Darjeeling-Stadt, wo Yogi sofort den tüchtigen Floristen aufsuchte und ihm ein ordentliches Trinkgeld dafür zahlte, dass er die Mädchen einige Stunden in der Kunst des Blumenbindens unterrichtete. Nachdem ich meine Erledigungen beendet hatte, fand mein rundlicher Freund, dass wir das Momos-Restaurant mit den beschlagenen Scheiben besuchen sollten, um unseren Vormittagshunger zu stillen.

»Aber du hast Lakshmi doch versprochen, kein Geld mehr dort auszugeben«, erinnerte ich ihn.

Yogi lächelte sein breitestes Lächeln und klopfte mir kameradschaftlich auf die Schulter.

»Das ist überaus korrekt, Mr Gora, und ich habe auch keinerlei Absichten, mein Wort zu brechen. Aber soviel ich weiß, hast *du* kein solches Gelöbnis abgelegt, und weil du ein überaus großzügiger Mann bist, gehe ich davon aus, dass du dir vorstellen könntest, mir auch einen Happen oder zwei anzubieten, während du deine sauer verdienten Rupien in diese göttlichen kleinen Gerichte investierst, bei denen mir schon das Wasser im Munde zusammenläuft, wenn ich nur an sie denke.«

Damit nahmen wir an einigen Vormittagen in der Woche eine äußerst wohlschmeckende Routine auf, die eine willkommene Ablenkung von der harten Arbeit auf der Plantage bot. Doma und Passang gingen bei dem Floristen in die Lehre, während Yogi und ich in seinem Lieblingsrestaurant schmausten. Die Mädchen lernten genauso schnell, wie mein Freund gehofft hatte, und entwickelten sich bald zu ausreichend versierten Blumenmädchen, um vor Lakshmis kritischen Blicken immerhin kleinere Zeugnisse ihrer Kunstfertigkeit ablegen zu können.

Das geschah allerdings nicht sonderlich oft, weil Lakshmi vollauf damit beschäftigt war, die Plantage am Laufen zu halten. Die gebeugten Frauen auf dem Feld pflückten von morgens bis abends Körbe voller Teeblätter, und in der Fabrik hämmerten die Maschinen auf Hochdruck. Unser Teamaster, ein Mann namens Sandeep Pradahn, der seinen Wert kannte, schlürfte und spuckte sich in der Teeküche der Fabrik durch seine Arbeitstage, an denen er sorgfältige Geschmacksproben unserer Ernte in verschiedenen Fermentierungs- und Trocknungsstadien nahm. Sein einziges Ziel war es, den perfekten Geschmack zu entwickeln. Ihn eingestellt zu haben erwies sich als richtiger Volltreffer, und obwohl wir für die erste große Teeauktion des Jahres in Siliguri nicht mehr als eine knappe Tonne *first flush* produziert hatten, war diese von so hervorragender Qualität, dass wir einen richtig guten Preis erzielten.

Unsere Investitionen hatten wir zwar noch lange nicht wieder eingespielt, aber wenn wir in diesem Stil weitermachten, standen die Chancen gut, einen Betrieb aufzubauen, der schwarze Zahlen schrieb. Mr Ramesh Saranathan von der Nachbarplantage West Green Estate besuchte uns häufig und war deutlich von Lakshmis Stärke und Entschlossenheit beeindruckt. Er gab ihr Ratschläge und Tipps, wie sie die Effizienz erhöhen konnte, und streckte auch seine Fühler danach aus, ob sie an einer künftigen Zusammenarbeit der beiden Plantagen interessiert sei.

Yogi und ich waren hauptsächlich damit beschäftigt, die Ernte an den Sammelplätzen abzuholen, während Gaga unter Mithilfe von Papa Schlumpf dafür sorgte, dass alle Maschinen liefen, und Sunita die Arbeit der Frauen in der Fabrik überwachte.

Eines Abends Ende März, wir hatten gerade die letzte Ernte des Tages eingefahren, tauchte Mr Saranathan wieder in seinem Allradjeep vor der Teefabrik auf.

»Ich muss Ihnen zu Ihren Fortschritten gratulieren«, sagte er, während Yogi und ich uns den Schweiß von der Stirn wischten. »Sie haben wirklich alle Erwartungen übertroffen.«

Noch ehe wir ihm für das Kompliment danken konnten, gesellte sich Lakshmi dazu, woraufhin Mr Saranathan uns sofort ignorierte und sich dem Zentrum der Macht zuwandte.

»Mrs Thakur«, sagte er mit einer Verbeugung und lächelte freundlich. »Ich habe gerade Ihrem Mann erzählt, wie beeindruckt ich davon bin, was Sie innerhalb von so kurzer Zeit geleistet haben. Früher hatte ich immer ein Gefühl des Unbehagens, wenn ich hier vorbeikam, aber jetzt ist es das reinste Vergnügen, das East Green Estate zu besuchen.«

»Sie wissen, dass Sie immer bei uns willkommen sind, Mr Saranathan«, sagte Lakshmi und lächelte ebenso liebenswürdig zurück.

Es war ein Lächeln, wie es zwischen Menschen gewechselt wurde, die ein Näschen für Geschäfte hatten, von denen sie beide profitieren konnten. Lakshmi Krishnamurti und Ramesh Saranathan mochten zwei grundverschiedene Individuen ganz unterschiedlicher Herkunft sein, aber ihr Geschäftssinn einte sie, und schon bald waren sie eifrig diskutierend auf dem Weg zum Büro, ohne weiter Notiz von uns zu nehmen.

»Da hast du dir wirklich eine tatkräftige Frau gesucht«, sagte ich zu Yogi, als wir wieder allein waren.

»Und noch dazu ist sie schön wie eine Rose«, erwiderte er und steckte sich zufrieden eine Bidi an.

»Ja, aber … auf jeden Fall.«

»Was wolltest du eigentlich sagen?«

»Wie meinst du das?«

»Du hast *Ja, aber* gesagt, und die Art, wie du es gesagt hast, lässt mich schließen, dass du mir eigentlich noch etwas anderes sagen wolltest. Und ich glaube, ich weiß, was du gedacht hast, Mr Gora.«

»Und was?«

»Dass ich mir eine Frau gesucht habe, die genauso stark und dominant ist wie meine eigene Amma.«

»Das sind jetzt aber deine Worte.«

»Und es stimmt ja auch, Mr Gora, auf die allerkorrekteste Weise. Denn es ist nämlich so, dass ich mitunter wie ein störrischer Elefant bin. Und der braucht einen liebevollen Mahut, der ihn mit seinem Stab dazu antreibt, ein wenig gerader und zielstrebiger den Weg entlangzustapfen und nicht ständig stehen zu bleiben und die Früchte von den Bäumen zu naschen.«

Er hob den Zeigefinger zum Zeichen, dass jetzt eine wichtige Fortsetzung folgte, und zog die Augenbrauen so weit hoch, dass seine Stirn aussah wie ein geriffeltes Waschbrett.

»Der Vorteil ist, Mr Gora, dass genau diese Elefantenführerin so viel anderes zu tun hat, dass sie nicht immer Zeit hat, ihren Elefanten anzutreiben, was dem Schützling genau den richtigen Freiraum bietet, seine übliche Grasdiät hier und da mit einer Extraportion Ananas und Mango zu erweitern, um einmal mehr bei diesem wunderbaren Vergleich zu bleiben.«

Er schlich ins Lagergebäude und angelte zwei kühle Flaschen Kingfisher aus einem mit Wasser gefüllten Ölfass, hebelte sie mit einem Flaschenöffner auf und reichte mir eine davon.

»Das kommt jetzt aber überraschend. Ich dachte, vom Alkohol hättest du die Nase gründlich voll.«

»An einem so warmen und sonnigen Tag wie diesem kann auch der Enthaltsamste unter den Nüchternen ein kleines Bierchen vertragen.«

Wir setzten uns auf einen Bretterstapel neben dem Lager und genossen schweigend unser Bier.

Yogi war zwar ein Wortakrobat und im Allgemeinen eher lauter Mensch, aber er war dennoch so klug, die Stille zu genießen, wenn sie sich in diesem gelobten Land der Geräuschsymphonien einmal offenbarte. Und so saßen wir Seite an Seite und sahen zu, wie die orangefarbene Sonne unter dem Gesang der Zikaden hinter den Baumwipfeln verschwand, und ich dachte, dass Bruderschaft nicht immer eine Blutsbande voraussetzte. Mal konnte sie mit Momos besiegelt werden, mal mit einem kühlen Bier und in seltenen Fällen auch mit glückseligem Schweigen. Nach knapp fünf Minuten, in denen wir unser Kingfisher austranken, wurde die Stille allerdings von Lakshmis fordernder Stimme zerrissen: »Yoooooooogiiiiiii!«

»Der Mahut ruft«, sagte er mit zufriedenem Zwinkern und versteckte die leeren Flaschen unter dem Bretterstapel.

Wir schlenderten zur Villa hinauf, und Mr Saranathan und Lakshmi kamen uns auf halbem Wege entgegen.

»Wo hast du gesteckt?«, fragte sie mit einer tiefen Falte zwischen ihren buschigen Augenbrauen.

»Ich habe die Sonne betrachtet, meine Liebe. Ich und mein überaus bester Freund Mr Gora haben soeben den wahrlich schönsten Sonnenuntergang der Welt gesehen«, antworte Yogi mit festem Blick.

Seine Worte schickten eine warme Woge der Zufriedenheit durch meinen Körper, der den kurzen Rausch des Bieres um Längen schlug. Lakshmis Mund verzog sich zu einem schwachen Lächeln, ehe ihre Miene wieder ernst und grimmig wurde.

»Wir müssen nach Delhi fahren«, sagte sie.

»Warum das denn?«, fragte Yogi überrascht.

»Weil sich dort eine Person aufhält, die ich ungeheuer gern treffen würde, um mehr als nur ein paar ernste Worte mit ihr zu wechseln.«

Yogi zuckte zusammen und rieb die Hände aneinander, als wollte er sie einseifen.

»Aber, aber, meine geliebte kleine Lakshmi, es ist noch viel zu früh, um die liebe Amma zu besuchen. Erst müssen wir …«

»Ich will nicht deine Mutter treffen«, fiel Lakshmi ihm ins Wort.

»Wen dann?«

Ihre Miene verwandelte sich auf einen Schlag von grimmig zu fuchsteufelswild.

»Mr Green! Mr Bloody Bastard Edward Green!«

# KAPITEL 43

Es war das erste Mal, dass ich Lakshmi Krishnamurti fluchen hörte, und sie tat es mit schwefeldampfendem Nachdruck. Sie sprach den Namen des Engländers aus, als würde sie gleich Feuer spucken, und Yogi ließ sich unmittelbar vom Zorn seiner Verlobten mitreißen.

»Ist er in Delhi? WO? Sag mir, wo, dann werde ich diesem widerwärtigen Blutsauger die widerwärtige Nase im Gesicht herumdrehen!«

Ein verdrehtes Geruchsorgan mochte wie eine milde Strafe für einen Mann erscheinen, der einen anderen um die Hochzeit und das Vermögen gebracht hatte, aber wenn man sich die normalerweise so friedfertige Natur meines indischen Freundes vor Augen führte, fiel eine solche Drohung in die Kategorie »allerschlimmster Kraftausdruck«. Yogi und ich hatten Edward Green kaum erwähnt, seit er uns übers Ohr gehauen hatte, aber ich meinte, zwischen dem immer häufigeren Bettquietschen aus Lakshmis und seinem Schlafzimmer auch die eine oder andere erbitterte Diskussion um den betrügerischen Briten belauscht zu haben.

Mr Saranathan wirkte nach dem Wutausbruch der »Eheleute Thakur« nicht nur peinlich berührt, sondern geradezu verschreckt.

»Ich hoffe, dass Sie diese Information auf korrekte Weise behandeln, damit es nicht zu irgendwelchen Vorfällen kommt. Denken Sie nur an die schwache Gesundheit des Mannes. Und ich persönlich habe ja keine offene Rechnung mit ihm, ich finde nur, dass er seinen Verpflichtungen Ihnen gegenüber nachkommen sollte. Wahrscheinlich ist es am ratsamsten, dass Sie die Polizei kontaktieren, damit die Ihnen hilft, Ihr Geld zurückzubekommen«, sagte er nervös zu Lakshmi, die sofort ihre Gesichtszüge entspannte und freundlich zurücklächelte.

»Sie brauchen sich keine Sorgen zu machen, Mr Saranathan. Natürlich werden wir nicht unangemessen handeln. Sobald wir seinen Aufenthaltsort herausgefunden haben, kontaktieren wir die örtlichen Behörden und sorgen dafür, dass sie sich um den Rest kümmern.«

Erst als der Nachbar uns mit einem ängstlichen Lächeln auf den Lippen verlassen hatte, als würde er bereuen, was er zuvor in einem vertraulichen Gespräch mit Lakshmi preisgegeben hatte, erfuhren Yogi und ich, was er eigentlich gesagt hatte. Mr Saranathan hatte ihr erzählt, dass er in einem Telefonat mit seinem Großhändler in Delhi erfahren habe, dass Edward Green am Vortag bei diesem aufgetaucht sei. Ohne Greens zwielichtige Geschäfte in Darjeeling zu erwähnen, habe Saranathan einige Fragen über den Besuch gestellt, da Green ja ein gemeinsamer Bekannter war. Der Händler habe den riesigen Mann schon seit mehreren Jahren nicht mehr gesehen und sei sehr erstaunt gewesen, als dieser plötzlich verschwitzt und schnaufend in seinen Laden gestapft war. Noch ehe er ihn ordentlich begrüßen konnte, war der Brite jedoch bewusstlos zusammengesackt. Sofort wurde ein Arzt herbeigerufen, doch als der eintraf, war Edward Green bereits wieder zu sich gekommen. Der Arzt wollte ihn sicherheitshalber in ein größeres Krankenhaus bringen und ihn eingehend untersuchen lassen, aber Green behauptete, mit ihm sei alles in Ordnung, und er müsse sich nach einer langen und anstrengenden Reise einfach nur ein wenig ausruhen. Er hatte angekündigt, den Großhändler einige Tage später wieder aufzusuchen, weil er ein Anliegen mit ihm besprechen wolle, und dann selbst ein Taxi zu seinem Hotel in Delhi genommen.

»Hat Mr Saranathan den Namen des Hotels erfahren?«, fragte Yogi eifrig.

»Nein, aber ich habe gedacht, du könntest das herausfinden. Hier sind die Adresse und die Telefonnummer des Händlers. Aber du darfst Mr Saranathan nicht erwähnen, er will unter keinen Umständen in diese Sache hineingezogen werden«, sagte Lakshmi streng und reichte Yogi einen Zettel.

»Was soll ich denn sonst sagen?«

»Spinn dir irgendetwas zusammen, das kannst du doch so gut! Aber erwähne mit keiner Silbe, dass Green uns betrogen hat, das würde man uns sowieso nicht glauben. Denk daran, dass sie alte Freunde sind, und nutze es aus!«

Yogi nickte und verschwand im Büro. Nach einigen Minuten kam er wieder angetrippelt, den Kopf ein wenig gesenkt.

»Es fing überaus gut an, aber dann lief es nicht ganz so glänzend, wie ich gedacht hatte«, begann er in besänftigendem Tonfall. »Ich habe mich als Mr Greens neuer Partner vorgestellt und behauptet, ich würde mir große Sorgen um ihn machen, weil er spurlos verschwunden wäre und nicht ans Telefon ginge. Anfangs war der Großhändler äußerst entgegenkommend und bestätigte das, was wir bereits von Mr Saranathan erfahren hatten. Aber als ich ihn dann fragte, in welches Hotel Green gefahren sei, hielt er sich plötzlich sehr bedeckt und sagte, er wisse es nicht. In meinen Ohren klang das allerdings so, als hätte er etwas zu verbergen. Stattdessen fing er an, mich auszufragen, wer ich sei und woher ich Green kennen würde, und ich antwortete so ausweichend wie irgend möglich, und möglicherweise hat das diesen Mohammed nur noch misstrauischer gemacht.

So heißt er nämlich, der Großhändler, Mohammed Aqbal. Ich habe ihm erklärt, dass es von äußerst wichtiger Wichtigkeit sei, dass ich Mr Green erreiche. Leider litt ich in diesem Moment an akutem Ideenmangel, und mir ist nicht mehr sonderlich viel eingefallen, und da hat auch Mohammed seinen Mund versiegelt. Und dann habe ich ihn in einem etwas schärferen Tonfall gebeten, meiner einfachen Bitte nachzukommen, und dann hat er gesagt, dass er nicht vorhabe, das zu tun, und daraufhin habe ich gesagt, dass …«

»Es reicht jetzt, Yogi«, unterbrach Lakshmi ihn, die offenbar von seinem Redeschwall ermüdet war, aber doch Nachsicht mit der mittelmäßigen Detektivarbeit ihres Mannes hatte.

Sie stemmte die Hände in die Hüften und bedachte ihn mit einem mitfühlenden Blick.

»Mohammed, hast du gesagt?«

»Mm.«

»Wenn dieser Mohammed nicht zu uns in die Berge kommen will, dann müssen die Berge eben zu ihm kommen. Wann geht der nächste Flug nach Delhi?«

Der Ball war ins Rollen geraten, und große Betriebsamkeit setzte ein. Yogi wollte unter allen Umständen, dass ich sie nach Delhi begleitete, weshalb Lakshmi Gaga vorübergehend zum Verwalter von Green Estate ernannte, solange wir Jagd auf Edward Green machten. Was wir eigentlich vorhätten, wenn wir ihn tatsächlich fänden, war mir noch nicht ganz klar, aber Lakshmi ließ keinen Zweifel daran, dass sie nicht vorhatte, die indische Polizei zu involvieren, jedenfalls nicht gleich.

»Denn dann werden wir nicht eine Paisa aus ihm herausquetschen«, wie sie es ausdrückte.

Bevor Gaga befördert wurde, bekam er noch den Auftrag,

mich zu einem Internetcafé in Darjeeling zu fahren, wo ich nach einer einstündigen Recherche drei günstige Tickets für einen Flug von Bagdogra nach Neu-Delhi fand, der schon am nächsten Vormittag gehen würde.

Als ich am späten Abend mit den Tickets zur Plantage zurückkehrte, flitzte Yogi mit einer Taschenlampe in der Hand zwischen der Fabrik, den Baracken und der Villa hin und her und rief ununterbrochen allen, die ihm in die Quere kamen, Anweisungen zu. Lakshmi saß im Schein einer Petroleumlampe in einem Korbstuhl auf der Terrasse und verfolgte den tanzenden Lichtkegel und Yogis Wortschwall amüsiert. Ihre Wut hatte sich gelegt, oder sie riss sich so lange zusammen, bis sie Mr Bloody Bastard Edward Green leibhaftig vor der Flinte hatte.

»Jetzt kommt dieser Faulpelz endlich mal so richtig in Fahrt«, sagte sie lachend und bedeutete mir mit einer Geste, im Stuhl gegenüber Platz zu nehmen.

»Er hat Witterung von Delhi aufgenommen, deshalb ist er so aufgeregt«, fuhr sie fort.

Es war das erste Mal, dass ich mich mit Lakshmi allein unterhielt, und auch wenn die Kommunikation zwischen uns immer noch nicht ganz reibungslos ablief, hatte ich zunehmend das Gefühl, dass sie ein richtig guter Mahut für meinen Freund war. Das Leuchten in ihren Augen, wenn sie von Yogi sprach, und ihr leicht sardonisches, aber doch warmes Lächeln waren Zeichen echter Liebe. Natürlich konnte sie barsch und fordernd sein, aber ich erlebte sie nie als einengend. Und hier lag der große Unterschied zu Yogis Mutter.

»Ich war noch nie in Delhi«, sagte sie plötzlich. »Das wird richtig aufregend.«

Sie hüllte sich in eine Decke und fuhr fort:

»Es ist nur ein wenig merkwürdig, dass mein erster Besuch

unter diesen Bedingungen stattfindet. Eigentlich sollten Yogi und ich ja längst verheiratet sein und mit seiner Mutter in einem Haus wohnen.«

»Es kommt immer anders als erwartet.«

Sie nickte schwach.

»Yogi hat mir erzählt, dass du fast ein Jahr lang in Delhi gewohnt hast. Wie würdest du die Stadt beschreiben?«

»Groß, chaotisch, lärmend, hupend und stinkend, aber dazwischen trotzdem ganz wundervoll.«

»Könntest du dir vorstellen, wieder dort hinzuziehen?«

Ich musste an die Zweizimmerwohnung mit dem Wasserschaden und den ständigen Stromausfällen im Wohnviertel RK Puram hinter dem Slum denken, wo ich mit Preeti in dem knarzenden Bett in der hellhörigen Wohnung geschlafen hatte.

»Eine Sache habe ich im Leben gelernt – dass nichts perfekt ist. Auch keine Stadt. Jede mag ihre Fehler und Mängel haben, aber solange sie trotzdem eine Seele hat, ist sie es wert, dort zu leben. Also ja, ich könnte mir schon vorstellen, wieder nach Delhi zu ziehen.«

»Yogi hat auch gesagt, dass du eine Zeit lang zusammen mit seiner Mutter in dem Haus in Sundar Nagar gewohnt hast. Könntest du dir auch das noch einmal vorstellen?«

»Yogis Mutter ist eine … interessante Person … und es ist ein schönes Haus«, antwortete ich ausweichend.

»Soll ich das als Ja interpretieren?«

»Wenn ich ganz ehrlich bin, war es wohl eher ein Jein. Aber ich bin mir sicher, dass du es viel leichter haben wirst.«

»Aber momentan ist es ja sowieso nicht aktuell.«

»Vielleicht wird es schneller der Fall sein, als du denkst.«

Sie lachte kurz, ehe sie aufstand, die Veranda hinabstieg und von der Dunkelheit verschluckt wurde. Yogi hatte seinen hektischen Lichtertanz endlich beendet und kam seiner Verlobten auf dem Schotterplatz entgegen, die Taschenlampe an einer Schlaufe vom Handgelenk baumelnd.

»Es ist wohl besser, wenn wir jetzt alle schlafen gehen«, sagte Lakshmi. »Morgen wird ein langer Tag. Gute Nacht.«

»Gute Nacht«, sagte ich, ging in mein Zimmer und packte eine kleine Reisetasche, ehe ich mir die Zähne putzte und unter die Decke schlüpfte.

Als ich gerade am Eindösen war, wurde ich von dem quietschenden Bett nebenan geweckt. Ein Gefühl von Leere und Sehnsucht erfüllte meine Brust.

# KAPITEL 44

Die drückende Hitze schlug uns wie eine Wand entgegen, als wir unser klimatisiertes Taxi verließen, das uns vom Flughafen bis in den Stadtteil Nizamuddin gebracht hatte, wo es nun inmitten eines Knäuels aus erbittert hupenden Autos und Rikschas vor einem schlichten Hotel hielt.

Unter einer Fußgängerbrücke spielten ein paar barfüßige Kinder und warteten darauf, dass sich der Verkehr staute, damit sie die Autofahrer um Essen und Geld anbetteln konnten. Ein kleines Mädchen mit zottigem Haar kniff die Augen zusammen, als sie von der Sonne geblendet wurde, die sich in den blank geputzten Fenstern des Luxushotels gegenüber spiegelte. Ich hatte fast vergessen, wie anstrengend der Verkehr, die Menschenmenge, die Gegensätze und die Hitze in der indischen Hauptstadt sein konnten, und stöhnte angestrengt. Yogi lächelte dagegen und sog die von Abgasen verpestete Luft lange und genussvoll ein.

»Oh, wie wunderbar es doch ist, wieder hier zu sein!«, rief er strahlend aus und drückte Lakshmis Hand.

Sie schien ebenfalls von ihrem ersten Besuch in Delhi begeistert zu sein und sah sich mit großen Augen in der wuseligen Menschenmenge um. Schattenhafte Frauengestalten in schwarzen Gewändern, die den ganzen Körper verhüllten, schwebten an kräftigen Mittelklassedamen vorbei, unter deren locker geknoteten Saris umfangreiche Bäuche zum Vorschein kamen. Alte Männer mit hennagefärbten Bärten und weißen Mützen auf dem

Kopf mischten sich mit Jugendlichen in modischen Jeans, sehnigen Tagelöhnern, die in schmuddelige Tücher gehüllt waren, und Männern in weiten, langen Hosen mit passenden Polyesterhemden und diesen spitzen Schuhen, die zusammen mit dem gegelten Haar fast den Eindruck erwecken konnten, man wäre auf einem Treffen der indischen Elvis-Imitatoren gelandet.

»Warum tragen sie keine Lungis, wenn es so warm ist?«, fragte Lakshmi.

»Meine Liebe, du musst verstehen, dass wir hier in Delhi im Unterschied zu euch im Süden die Meinung vertreten, dass diese zugegebenermaßen praktischen Wickelröcke ausschließlich der Damenwelt vorbehalten sind!«

Er gab ein rasselndes Lachen von sich und schlug sich auf die Knie. Lakshmi schnaubte verächtlich.

»Solltet ihr dann nicht wenigstens bei der Wahl der Hosen ein bisschen Geschmack beweisen? Diese Dinger sind ja so steif, dass sie von selber stehen könnten«, sagte sie und zeigte unauffällig auf eine giftgrüne Gabardinehose mit gestärkten Bügelfalten, die eng geschnürt unter dem vorstehenden Bauch eines Mannes mit blau gestreiftem Hemd saß, der an einem Stand Zuckerrohrsaft trank.

»Die Herrenmode in Delhi hat ihren ganz eigenen wunderbaren Charme«, antwortete Yogi fröhlich und führte uns in das kleine Hotelfoyer, wo die Gepäckträger schon unser Gepäck abgeliefert hatten und jetzt auf ihr Trinkgeld warteten.

Yogi gab ihnen fünf Rupien, meldete sich und Lakshmi als Mr und Mrs Thakur an und bekam ein Doppelzimmer im dritten Stock zugewiesen. Mir wurde ein Einzelzimmer im Erdgeschoss zugeteilt, das zwischen der Rezeption und einer Toilette lag. Es war das letzte freie Zimmer, und ich verstand auch schon bald, warum.

Eine Klimaanlage gab es in dem kleinen Verschlag nicht, dafür aber einen brummenden Ventilator an der Decke, der einen abgestandenen Mief von Naphthalin und Urin aufwirbelte. Ich öffnete das Fenster, um etwas frische Luft hereinzulassen, und starrte in einen staubigen Hinterhof, der zur Hälfte mit Müll bedeckt war. Auf dem Müllberg, der hauptsächlich aus klebrigen Plastiktüten bestand, stapften zwei Kühe umher und käuten irgendetwas wieder, was nur indische Kühe für essbar befinden konnten. Die Fliegen summten vergnügt. Ich rang mit mir selbst und entschied, dass der Geruch von Mottenkugeln und Pisse weniger aufdringlich war als der Müllgestank, schloss das Fenster wieder und zog sicherheitshalber auch den schweren Vorhang zu, als zusätzliche Barrikade.

Nachdem ich mich in einer zur Hälfte gekachelten Kammer, die wohl mein Badezimmer darstellen sollte, unter einem undichten Hahn mit kaltem Wasser gewaschen hatte, zog ich eine frische Leinenhose und ein weißes Baumwollhemd an und traf mich mit Yogi und Lakshmi an der Rezeption.

»Vielleicht nicht ganz so schön wie das *Hyatt*«, sagte Yogi mit einem Augenzwinkern.

»Es ist in Ordnung. Wir sind nicht hier, um Geld auszugeben«, erwiderte Lakshmi, die so unverschämt frisch aussah, wie es nur indischen Frauen bei einer solch schweißtreibenden Hitze gelingt. Sie trug einen schönen Sari und ein Tuch, das ihr glänzendes Haar zur Hälfte bedeckte, weil wir uns in das alte muslimische Viertel von Nizamuddin begeben würden, wo sich das Geschäft und das Wohnhaus des verschwiegenen Teegroßhändlers Mohammed Aqbal befanden. Yogi hatte ihn heute noch einmal angerufen, aber keine Chance gehabt, seine neu eingeübte Geschichte loszuwerden, ehe der Mann auch schon aufgelegt hatte. Wir standen mit anderen Worten vor einer schwierigen

Aufgabe, hofften aber, dass Mohammed bei einer persönlichen Begegnung vielleicht leichter zum Reden zu bewegen wäre.

Nizamuddin lag nicht weit von Sundar Nagar entfernt, und als Yogi das mir gegenüber erwähnte, musste ich schlucken.

»Ich frage mich, was Amma gerade macht«, sagte er leise, und sein Blick glitt für einige Sekunden in die Ferne.

»Es gibt drei Möglichkeiten«, sagte ich. »Entweder sie sieht einen alten Bollywoodfilm im Fernsehen, oder sie liest *Dainik Jagran*, oder sie schnauzt Shanker und Lavanya an. Würdest du es wagen, dagegen zu wetten?«

Er lachte und schüttelte den Kopf.

»Ich vermisse Amma«, antwortete er. »Ich vermisse sie und ihre Lupe.«

»Ist es denn ausgeschlossen, dass du sie besuchst?«

»Nein, und das werde ich auch tun, Mr Gora. Wenn wir unser Geld von diesem widerlichen Blutsauger Green zurückhaben. Aber erst dann, das schwöre ich bei der Seele meines verstorbenen Vaters.«

Lakshmi tätschelte ihm die Wange.

»Das ist gut, Yogi. Aber dann sollten wir vielleicht endlich nach ihm suchen, anstatt hier herumzustehen und zu reden«, mahnte sie ungeduldig. »*Challo!*«

Wir traten in die Dämmerung hinaus und schlängelten uns zwischen den fahrenden Autos hindurch über die große Straße vor dem Hotel. Auf der anderen Seite führte Yogi uns zu einem schmalen Durchgang zwischen zwei Häusern, der weiter in die verwinkelten Gassen der Altstadt führte. Je tiefer wir in das alte Viertel vordrangen, desto mehr verhallte der Verkehrslärm, der nun von klirrenden Karren, meckernden Ziegen und Menschenstimmen abgelöst wurde. Ein Metzger saß auf dem Boden vor seinem Laden, hatte ein Messer zwischen den Füßen festgeklemmt und hielt in den Händen ein großes Fleischstück, das er auf die Klinge hinabsenkte und so zerkleinerte. Daneben präsentierte ein Gemüseverkäufer sein mageres Angebot an kleinen Blumenkohlköpfen und verschrumpelten Auberginen auf einer Decke, direkt hinter ihm konnte man in einem erleuchteten Loch in der Wand alte Bücher und Telefonguthaben für sein neues Handy kaufen. Es roch nach Blut, Abwasser, Kardamom, Räucherstäbchen, Frittierfett, Rosenwasser, Curry, Rasierwasser, Benzin, fauligen Eiern und Dünger. Ein Duftspektrum, das einen ganz benommen machte.

Knatternde Motorroller und Fahrradkarren drängten sich ungeniert durch die Menschenmenge, die sich um sie öffnete und schloss wie Wasser. Ich war dankbar, Yogi als Führer dabeizuhaben, und hielt mich dicht an ihn und Lakshmi, als sie nach rechts in eine einsame Gasse bogen, die so schmal war, dass höchstens zwei Personen auf einmal hindurchpassten. Ich lehnte mich gegen die Hauswand und verschnaufte.

»Warte mal, Yogi, ich muss mich kurz erholen.«

»Das geht mir wahrlich genauso«, sagte er und holte ein Päckchen Bidis aus der Tasche, zögerte aber ein wenig vor Lakshmis strengem Blick.

»Ich habe dir doch gesagt, dass du mit dem Rauchen aufhören sollst! Das ist nicht gut für dich«, ermahnte sie ihn.

»Aber liebe Lakshmi, das ist doch das reinste Naturprodukt, es fördert die Verdauung und hilft gegen nervöse Beschwerden«, sagte er und schüttelte eine kleine Zigarette aus der Packung.

»Unsinn!«

Yogi setzte eine trotzige Miene auf und steckte die Bidi an. Er nahm ein paar Züge und blies den Rauch demonstrativ in kleinen Ringen aus.

»Du magst eventuell ein winziges bisschen recht haben, meine

Liebe. Aber ich bin nun einmal so, dass ich manchmal Unsinn treiben muss, damit es mir in bester Hinsicht gut geht.«

»Unsinn!«, wiederholte Lakshmi, und da drückte er seine Zigarette aus, jedoch mit einem vergnügten Grinsen auf dem Gesicht, ganz offensichtlich zufrieden darüber, dass er seine Position in der Beziehung noch ein wenig mehr gestärkt hatte.

Yogi räusperte sich und wollte gerade ausspucken, hielt sich jedoch in letzter Sekunde zurück. Er hob den Zigarettenstummel auf, den er gerade auf den Boden geworfen hatte, ehe er ein Zeichen gen Himmel machte und die Hand zur Brust führte.

»Und was soll das jetzt?«, fragte ich.

»Ich habe Hanuman demütig um Entschuldigung gebeten, weil ich ihn in einem Moment der Unachtsamkeit fast mit etwas so Unangenehmem wie menschlichem Speichel besudelt hätte«, sagte er und zeigte auf einen Stein mit einem Bild des Affengottes, das in die Hauswand eingemauert war.

Mir fiel auf, dass er nicht allein war. Neben ihm an der Wand prangten andere Bilder von Jesus, Buddha, einem Sikhguru und einer Moschee. Diese Mischung religiöser Abbilder überraschte mich, insbesondere in einer so dunklen und unansehnlichen Gasse wie dieser.

»Was haben all die Bilder zu bedeuten?«, fragte ich neugierig.

»Das ist eine Maßnahme zur Stadthygiene, die alle Kulturen und Glaubensrichtungen mit einschließt.«

»Stadthygiene?«

»Ja, man kann sagen, dass die Götter und Heiligen dabei helfen, just diese kleine Gasse in bester Manier reinzuhalten. Wie du sicher weißt, Mr Gora, entspricht das Angebot öffentlicher Toiletten in Indien nicht unbedingt der Nachfrage, und es kommt vor, dass Männer mit voller Blase solche dunklen Orte aufsuchen, um sich zu erleichtern. Das schafft Probleme, und um diese zu vermeiden, hat irgendeine kluge Person all die Bilder aufgehängt, damit alle Männer, unabhängig von ihrer Religion, und mit einem gewissen Respekt für den Glauben anderer, ihre Bedürfnisse ebenso diszipliniert zurückstellen, wie es auch den Frauen normalerweise gelingt. Und dazu gehört auch, keinen roten Paan-Saft oder irgendetwas anderes Widerliches auszuspucken.«

Nach dieser kurzen Einweisung in den pragmatischen Nutzen von Religion führte Yogi uns aus der schmalen Gasse hinaus in eine kleine Straße mit Geschäften, dampfenden Kebabständen und kleinen Kiosken, an denen Paan und Snacks angeboten wurden. Die Dunkelheit hatte sich wie ein Weichzeichner über die schäbige Umgebung gelegt. Das Licht von Öllampen und flackernden Neonschildern wurde von den Menschen gebrochen, die unscharfe, wogende Schatten an die Fassaden warfen. Eine seichte Abendbrise strich durch das Viertel, in dem nun eine klagende Männerstimme widerhallte. Erst hörte ich sie nur schwach und hielt sie irrtümlich für Gebetsrufe. Dann wurde sie stärker und melodiöser, und ich konnte auch ein orgelähnliches Instrument im Hintergrund vernehmen. Je weiter wir in das Labyrinth aus Gassen vordrangen, desto lauter und sehnsuchtsvoller wurde der Gesang. Plötzlich stimmten weitere, unterschiedliche Stimmen ein, die sich zu einem Ganzen verflochten, und ich spürte, wie ich eine Gänsehaut bekam und mein Bauch von einer Wärme erfüllt wurde, die bis in die Brust ausstrahlte. Der Klang war so schön, dass ich für einen Moment das Gefühl von Zeit und Raum verlor. Ich vergaß meine Begleitung und wurde wie verzaubert von dem suggestiven Gesang angezogen. Erst als Yogi meinen Arm fasste, blieb ich stehen und sah ihn an. Er betrachtete mich beunruhigt.

»Warum weinst du, Mr Gora?«

# KAPITEL 45

Ich führte meine Hand zur Wange und stellte erstaunt fest, dass sie tränennass war. Die sehnsuchtsvollen Männerstimmen hatten einen Nerv in mir getroffen, von dessen Existenz ich bisher nichts gewusst hatte.

»Das müssen der Gesang und die Musik gewesen sein. Ich glaube, etwas so Schönes habe ich noch nie gehört. Was ist das?«

»Das sind Qawwali-Sänger«, antwortete Yogi. »Sie treten jeden Donnerstag in Nizamuddin Dargah auf. Das ist ein heiliger Ort für die Sufis, weil es dort alte Gräber und Heiligtümer gibt.«

»Und was genau sind die Sufis?«, fragte ich.

»Die Anhänger des Sufismus, einer Strömung innerhalb des Islams. Die Sufis streben danach, schon in ihrem weltlichen Leben eine gute Verbindung zum Paradies aufzubauen. Deshalb singen die Qawwali-Sänger mit einer solchen Sehnsucht in ihren schönen Stimmen von Liebe und Mystik und all den wunderbaren Dingen, die aus ihren Kehlen so wunderbar klingen, dass es viele Menschen zu Tränen rührt. Möchtest du dort hingehen und noch ein wenig mehr von dem schönsten Gesang hören, Mr Gora?«

»Haben wir denn Zeit dafür?«

Er sah Lakshmi an, die kurz nickte. Auch sie schien von den Gesängen bewegt, die sich inzwischen weiter gesteigert hatten und von Trommeln und Klatschen verstärkt wurden.

»Für ein wenig geistliche Nahrung ist immer Zeit, Mr Gora. Wenn die göttliche Stimme ruft, sollte man sie erhören, ganz gleich woher sie kommt. Denn man weiß nie, wohin sie einen führen wird.«

Wir folgten weiter der Musik und erreichten dunkle Arkaden, wo Verkrüppelte und Greise in langen Reihen an der Wand saßen und Gebete murmelten, während sie ihre mageren und steifen Bettlerhände vorstreckten. Ich hatte kein Kleingeld dabei, aber Yogi fischte sofort eine Handvoll Münzen und kleinere Scheine aus der Tasche, die er großzügig in alle Richtungen verteilte. Seine Freigebigkeit brachte auch die klagenden Bettler dazu, ihre Stimmen zu erheben, jedoch ohne den wehmütig-schönen Klang des Qawwali-Gesangs. In ihrem fordernden Gequengel war keine Sehnsucht nach dem Paradies zu hören. Es klang lediglich traurig und hohl, ohne Trost und Hoffnung.

Wir hasteten durch die Arkaden und landeten in dem innersten, kreisförmigen Basar aus kleinen Gassen mit Ständen, die allesamt islamische Devotionalien verkauften, von Billigauflagen des Korans bis hin zu glitzernden Bildern mit Motiven unterschiedlicher Moscheen. Yogi kaufte zwei weiße Kappen, die Männer dem muslimischen Brauch zufolge an dem heiligen Ort tragen mussten, wo die Gesänge dargeboten wurden. Für ein paar weitere Rupien mussten wir die Schuhe an einem Stand abgeben, ehe wir endlich barfuß Nizamuddin Dargah betreten konnten.

Um ein erleuchtetes, kuppelförmiges Mausoleum ringelte sich eine dicke Menschenschlange, andere Zuhörer wiederum saßen dicht gedrängt auf dem Marmorboden vor dem Qawwali-Chor. Die Akustik hier drinnen machte die Gesänge noch suggestiver; sie hallten an den Wänden der anderen Heiligtümer wider, die den Platz säumten.

Wir setzten uns im Schneidersitz auf den Boden, und schon nach wenigen Minuten war ich erneut von der Musik gefesselt. Zu dem jungen Vorsänger hatten sich einige ältere Männer gesellt, die begleitet von Trommeln und einem Harmonium mitsangen und im Takt klatschten. Immer wieder erhoben sich Leute aus dem Publikum und gingen nach vorn, um Geld für den Chor zu spenden, dessen unterschiedliche Stimmen sich zu einem Crescendo aus hohen und lang gezogenen Tönen steigerten. Als die Musik schließlich verstummte, fühlte ich mich leicht im Kopf, als hätten meine weltlichen Probleme keine Bedeutung mehr. Das Gefühl völliger Harmonie hielt zwar nur einen Moment an, hinterließ aber trotzdem mächtig Eindruck in mir, als wir den Platz verließen.

»Es ist fast so, als wäre ich im Handumdrehen religiös geworden«, sagte ich scherzhaft zu Yogi.

»Heißt das, du glaubst jetzt an Allah und seinen Propheten Mohammed?«

»Nein, das nicht. Ich war nur so ergriffen.«

»Kann es vielleicht sogar sein, dass diese wunderbar singenden muslimischen Männer dich irgendwie dazu gebracht haben, diesen Messias zu erblicken, der der Sohn eures armen einsamen Gottes ist?«

»Jetzt hör schon auf, Yogi. Das war nur so ein Ausdruck.«

»Und wofür steht er?«

»Für eine Sehnsucht vielleicht.«

»Wonach?«

»Das weiß ich nicht.«

»Nein, uns armen Menschen fällt es schwer zu wissen, wonach wir uns eigentlich sehnen, Mr Gora. Aber allein, dass du dich nach etwas sehnst, ist doch wohl schon etwas wert? Was es ist, wirst du noch früh genug erfahren.«

Yogi zog ein Taschentuch hervor und schnäuzte sich prosaisch. Dann legte er es sorgfältig zusammen und steckte es wieder in die Tasche, ehe er sich seiner Verlobten zuwandte.

»Wonach sehnst du dich gerade am meisten, meine liebe Lakshmi?«

»Ich sehne mich danach, dass wir endlich Mohammed treffen. Und damit meine ich nicht den Propheten.«

»Ach, den Teegroßhändler! Stimmt, den hätte ich fast vergessen!«

Yogi versicherte uns, dass er Mohammed Aqbals Adresse selbst mit verbundenen Augen ohne Weiteres finden würde. Aber als wir uns, nachdem wir eine Viertelstunde lang durch die Gassen hinter Nizamuddin Dargah geirrt waren, wieder vor dem Tor zu dem heiligen Platz befanden, begriff ich, dass der angeblich »extrem feinfühlige Orientierungssinn« meines Freundes offenbar extrem überfordert war.

»Selbst der ortskundigste Dilliwalla kann sich einmal verlaufen«, gab er unbekümmert zu, und fragte einen jungen Passanten, ob er wisse, wo die Geschäftsräume des Teegroßhändlers lagen.

Das tat er. Der Mann klang tatsächlich noch mehr über jeden Zweifel erhaben als Yogi, als er uns eine Wegbeschreibung gab, der wir sklavisch folgten, woraufhin wir am Ende bei einem Fischladen landeten. Yogi fragte den Fischhändler nach Mohammed Aqbals Geschäft und erhielt eine weitere Wegbeschreibung, die uns zu einer Wäscherei führte. Dort fragten wir einen Boten, der sich nicht ganz so sicher war und deshalb einen vorbeifahrenden Radler anhielt, der wiederum völlig davon überzeugt war, dass Aqbals Geschäft in einer ganz anderen Richtung lag. Wie sich herausstellte, stimmte das aber auch nicht, jedenfalls wenn man dem Erdnussverkäufer Glauben schenkte, den wir dort antrafen und der uns seine ganz eigene Anweisung gab, die uns allerdings wieder zurück zum Start führte – vor die Tore von Nizamuddin Dargah.

Lakshmi seufzte und warf Yogi einen genervten Blick zu.

»Jetzt verstehe ich, warum du dich beim Reden immer im Kreis drehst. Du machst alles im Kreis! Wie lange sollen wir deiner Meinung nach noch hier herumirren und außer abgelaufenen Schuhsohlen nichts bewirken?«

Yogi breitete die Arme zu einer entschuldigenden Geste aus.

»Um den richtigen Weg zu finden, muss man mitunter Kreise ziehen. Das ist wie das beste Radarinstrument, das die Gegend auf systematischste Weise und mit der größten Präzision absucht«, sagte er, klang aber nun bei Weitem nicht mehr so überzeugend.

»Mir scheint, wir sind in einem sehr langen und bösen Kreis gelandet«, entgegnete Lakshmi und kniff die Lippen zusammen.

Wir suchten weiter nach Mohammed Aqbals Geschäft, und als wir fast aufgegeben hatten für diesen Abend, fanden wir es schließlich. Es lag in einer Sackgasse. Über der Tür hing ein hübsches handgemaltes Schild, das verkündete, dass wir wirklich richtig waren. Neben der Eingangstür lag ein Gatter, das zu Mohammed Aqbals Wohnhaus hinter dem Laden führte. Am Ende des Ganges konnte man einen Hof sehen, der mit Stapeln von großen Jutesäcken gefüllt war. Das musste sein Lager sein. Das Problem war nur, dass sowohl die Ladentür als auch das Gatter abgesperrt waren, Letzteres mit zwei beeindruckenden Hängeschlössern.

»Er kann doch wohl nicht schon schlafen gegangen sein?«, fragte Yogi und rief durch das Tor:

»Mooohaaammmeeeeed!«

Prompt kamen vier Männer aus unterschiedlichen Richtungen herbeigerannt, die offenbar alle auf diesen Namen hörten. Nach einigem Hin und Her und wildem Gestikulieren konnten wir jedoch feststellen, dass keiner von ihnen der von uns gesuchte

Mohammed war. Der hielt sich derzeit überhaupt nicht in Nizamuddin auf, wie wir erfuhren, nachdem wir seinen Nachbarn befragt hatten. Der Teehändler war an diesem Vormittag mit der ganzen Familie nach Ahmedabad im Bundesstaat Gujarat geflogen, um der Hochzeit seiner Nichte beizuwohnen, und wurde nicht vor nächster Woche wieder zurückerwartet.

»Typisch«, grummelte Lakshmi.

»Unser übliches Pech«, ergänzte ich.

»Jetzt wartet doch mal einen Augenblick, ehe ihr gleich eure allerschlimmste Enttäuschung kundtut«, konterte Yogi und sah mich mit dieser listigen Miene an, die verriet, dass er soeben einen äußerst brillanten Einfall gehabt hatte.

»Mr Gora. Wie viele andere Goras hast du während deines heutigen Abendspaziergangs in Nizamuddin getroffen?«, fragte er.

»Warum fragst du das?«

»Versuch doch ausnahmsweise einfach nur, meine simple Frage nach bestem Wissen und Gewissen zu beantworten.«

»Na gut. Ich habe keinen anderen Gora gesehen.«

»Richtig! Und wie würdest du deinen relativ kurzen Aufenthalt als Gora an diesem Ort beschreiben?«

»Als orientierungslos.«

»Jein. Nicht ganz falsch, aber trotzdem nicht genau das, worauf ich hinauswollte.«

Ich schielte zu Lakshmi hinüber und bemerkte ihren ungeduldigen Blick. Yogi zündete sich eine Bidi an, nahm einen Zug, blies den Rauch hinaus und leckte sich die Lippen, ehe er gelassen fortfuhr.

»Wie haben dich die Menschen angesehen, die dir an diesem Abend entgegengekommen sind?«

»Neugierig, manchmal geradezu aufdringlich.«

»Wieder richtig! Und jetzt kommt meine großartige Schlussfolgerung aus all dem. Du bist ein Gora, und wenn du dich durch dieses Viertel bewegst, erregst du großes Aufsehen. Mr Green ist auch ein Gora, und als er vor ein paar Tagen zu Besuch war, hat er sicher ebensolches Aufsehen erregt, wenn man noch dazu seinen enormen Leibesumfang bedenkt. Und das, geschätzter Mr Gora, geliebte Lakshmi, bedeutet, dass es in dieser dicht besiedelten Gegend genügend Augen und Ohren gibt, die den Wegen dieses widerwärtigen Mannes in Nizamuddin gefolgt sind, und ich bin mir dreihundertfünfundneunzigprozentig sicher, dass es unter den Besitzern all dieser Augen und Ohren jemanden gibt, der weiß, welcher Taxifahrer ihn zu seinem Hotel gefahren hat. Was bedeutet, dass wir unsere Suche nach Mohammed Aqbal hiermit einstellen können und stattdessen den Taxifahrer ausfindig machen müssen!«

»Wie sollen wir genau die finden, die ihn gesehen haben, und sie noch dazu bringen, mit uns zu reden?«

»Ich habe mir gedacht, dass uns dabei der hoch verehrte Mahatma Gandhi, Gott hab ihn selig, helfen könnte.«

Yogi zog einen Fünfhundert-Rupien-Schein aus seiner Geldbörse, zeigte auf das Bild von Gandhi und lächelte triumphierend.

»Eine Belohnung beeinflusst die Hilfsbereitschaft der Menschen auf das Beste. Sieh nur, wie viele wir schon herbeigelockt haben«, sagte er und deutete auf die etwa dreißig Männer, die sich bereits um uns versammelt hatten.

Von einem Schuhputzer lieh Yogi sich eine Kiste und erklomm sie. Er hielt den Geldschein über seinen Kopf, machte eine wichtige Miene und hielt einen kleinen, ernsten Vortrag auf Hindi. Einige Minuten später stieg er zufrieden von der Kiste. Das war der Startschuss, bei dem sämtliche Zuhörer wie verrückt loswetzten. Mit einer Verbeugung gab Yogi dem Schuhputzer die Kiste zurück und drückte ihm zehn Rupien in die Hand, ehe er sich wieder Lakshmi und mir zuwandte.

»So, dann sollten wir uns jetzt langsam, aber sicher wieder zurück in unser Hotel begeben«, sagte er ruhig.

»Was hast du zu ihnen gesagt?«, fragte ich.

»Dass derjenige, der in unser Hotel kommt und jenen Taxifahrer mitbringt, der den dicken alten Gora von hier zu seinem Hotel gefahren hat, mit einem solch schönen Bild von Mahatma Gandhi, Gott hab ihn selig, belohnt werden wird«, sagte Yogi und wedelte noch einmal mit dem Geldschein.

»Und wie willst du ausschließen, dass man uns an der Nase herumführt?«

»Das meine ich ausschließen zu können, weil die Belohnung beachtlich erhöht wird, wenn Mr Green sich tatsächlich im genannten Hotel befindet. Dann bekommt der Informant weitere fünf dieser schönen Bilder von Mahatma Gandhi. Es wird sicher ein paar Stunden dauern, den richtigen Taxifahrer zu finden, aber ich bin mir ziemlich sicher, dass es uns gelingen wird. Die Männer haben ihre Suche ja schon begonnen, und ich gehe davon aus, dass der Taxifahrer diesem Bezirk angehört. Meistens rächt es sich nämlich bitterböse, wenn man in Gebieten unterwegs ist, für die man keine Lizenz hat«, erklärte Yogi.

Ich musste an den armen Taxifahrer am Flugplatz denken, der Prügel bezogen hatte, weil er sich in der Schlange vorgedrängelt hatte, und nickte zustimmend. Meine Augen wanderten zu Lakshmi, die ihrerseits Yogi ansah. Ihr Blick war nicht allein zärtlich und liebevoll. Er strahlte auch etwas anderes aus. Sie war unverkennbar stolz auf ihren findigen Verlobten.

# KAPITEL 46

Um Viertel nach sechs am darauffolgenden Morgen klopfte es an meiner Tür. Nach einer Nacht in dem miefigen Verschlag unter dem brummenden Ventilator fühlte ich mich vielleicht nicht gerade so frisch wie eine Wildrose, aber dennoch erstaunlich ausgeruht. Nur mit Boxershorts bekleidet, stand ich auf und spähte vorsichtig durch den Türschlitz. Draußen stand Yogi in einem weißen Hemd mit gestärktem Kragen und einem perfekten Seitenscheitel in seinem wassergekämmten Haar.

»Guten Morgen, Mr Gora! Ich hoffe, du fühlst dich über die Maßen fit, denn jetzt werden wir den widerwärtigen Kolonialisten Edward Green fangen!«

»Weißt du, wo er ist?«

»Pack einfach deine Sachen, wir sehen uns in zehn Minuten an der Rezeption!«

Ehe ich etwas erwidern konnte, verschwand er federnden Schrittes. Ich machte eine Katzenwäsche, zog mich an und eilte mit meiner Tasche in der Hand zur Rezeption. Dort traf ich nicht nur auf Yogi und Lakshmi, sondern auch einen älteren grauhaarigen Mann mit Vollbart und muslimischer Kappe und einen sehr kleinen, schmalen Jüngling mit südindischer, dunkler Haut. Er trug Schlaghosen und ein T-Shirt mit dem nicht ganz passenden Aufdruck *New York Giants*. Yogi legte die Hand auf die Brust und stellte die beiden vor.

»Dies ist der hoch verehrte Mr Mohammed, der den Taxifahrer gefunden hat. Am liebsten würde ich diesen Mr Mohammed zum besten Mr Mohammed in ganz Nizamuddin erklären. Und wenn man die extreme Verbreitung des Namens Mohammed in diesem Viertel bedenkt, heißt das nicht wenig. Der elegante junge Herr, der neben ihm steht, ist kein Geringerer als der Taxifahrer mit dem ausgesprochen schönen Namen Raj, dem das zweifelhafte Vergnügen zuteilwurde, Mr Green zu dessen Hotel zu kutschieren. Ein Hotel, das nun also identifiziert wurde«, sagte er und verbeugte sich höflich. »Lasst uns in Begleitung dieser beiden exzellenten Herren sofort zu dem besagten Hotel fahren, ehe der Samstagsverkehr ernsthaft erwacht ist. Wenn wir Glück haben, ist auch Mr Green noch nicht wach, und dann können wir ihn im Schlafanzug überführen! Wenn die Götter uns weiterhin hold sind, haben wir noch vor Untergang der unbarmherzigen Sonne alles Geld wieder, das er uns gestohlen hat, und dann werden wir heute Abend mit dem schönsten Champagner anstoßen und feiern …«

Yogi hielt inne, als er den missbilligenden Blick seiner Verlobten sah.

»Hm … ich meine eigentlich, dass wir dann unsere wiederhergestellte Ehre und unser wiedergewonnenes Geld mit einem über die Maßen erfrischenden alkoholfreien Cocktail feiern und gleichzeitig das ohrenbetäubende Feuerwerk genießen, das am Himmel explodieren wird, wenn unsere Jungs das alles entscheidende Match gewonnen haben!«

Yogi meinte das Finale des Cricket World Cup zwischen Indien und Sri Lanka, dem nach einem bejubelten Halbfinalsieg gegen den Erzfeind Pakistan vor einigen Tagen die ganze Nation entgegenfieberte. Achtundzwanzig Jahre war es her, dass Indien seinen bisher einzigen World-Cup-Titel im Nationalsport gewonnen hatte, und auch wenn Yogi auf der Plantage in letzter Zeit vollauf beschäftigt gewesen war, hatte er mithilfe eines knisternden alten Transistorradios stets die Entwicklung der marathonlangen Spiele des Turniers verfolgt, das nun also am heutigen Tag mit dem Finale in Mumbai zu Ende gehen sollte.

»Greifst du den Ereignissen jetzt nicht ein bisschen zu weit vor?«, fragte ich.

»Du glaubst also nicht, dass unser fantastischer Schlagmann Tendulkar und die anderen Jungs es schaffen werden?«, fragte er und zog eine beleidigte Miene.

»Doch, ich dachte eher an das andere. Mr Green und das Geld.«

»Ich genieße doch nur meine Vorfreude, Mr Gora«, sagte er mit einem listigen Lächeln.

Wir zwängten uns alle in Rajs Taxi, einen gelb-schwarzen Ambassador, der seine besten Tage schon hinter sich hatte. Mohammed saß vorn neben dem Fahrer, während wir uns auf der Rückbank drängten. Da um diese Zeit noch nicht viel Verkehr herrschte, brauchten wir weniger als eine halbe Stunde bis zum Rajendra Palace im Norden Delhis, wo das große Fünfsternehotel *Jaypee* lag. Dorthin hatte Raj den großen weißen Gora vor drei Tagen vom Teegroßhändler aus gefahren, da war er sich sicher.

»Jetzt müssen wir nur bei den Göttern hoffen, dass er noch da ist«, sagte Yogi und bat Mohammed und Raj, im Auto vor dem Hotel zu warten, während wir anderen uns zu den Wachmännern, die vor dem Eingang Stellung hielten, begaben.

Pflichtschuldig warfen sie einen Blick in Lakshmis Handtasche, ehe wir durch einen Metalldetektor gehen mussten, der im Unterschied zu den meisten anderen, durch die ich in Delhi bereits gegangen war, eifrig piepste, ohne dass die Wachleute darauf in irgendeiner Weise reagierten.

»Jetzt musst du all deine geschicktesten Diskussionskünste aufbringen, Mr Gora«, sagte Yogi zu mir, als wir in das elegante und angenehm temperierte Foyer traten, das mit glänzendem Marmorboden und einer rieselnden Wasserwand hinter einer großen blumengeschmückten Statue des Elefantengottes Ganesha ausgestattet war.

Im Taxi auf dem Weg hierher hatte ich mich widerstrebend darauf eingelassen herauszufinden, in welchem Zimmer Mr Green wohnte. Yogi meinte, es gehe nur darum, kein unnötiges Misstrauen zu wecken. Unser Plan war, dass ich mich notfalls als Edward Greens Sohn Stuart Green vorstellen sollte.

»Ein Gora-Sohn, der seinen Gora-Vater überrascht, das überzeugt jeden«, flüsterte er und eilte zu einer Konditorei in einer Ecke der Hotellobby, wo wir zu diesem Anlass eine Sahnetorte mit Schokolade und einer Garnitur aus Kirschen und einer großen roten Marzipanrose kauften.

»Ein kleines Präsent für deinen *Vater*«, flüsterte er grinsend. »Und wenn du mich fragst, können wir sie ihm mitten in die Visage werfen, es sei denn, wir essen sie selber auf.«

Yogi klopfte mir auf die Schulter und ließ sich mit Lakshmi an einem runden Cafétisch vor der Konditorei nieder.

»Ich weiß nicht, ob ich das schaffe«, sagte ich zaghaft.

»Du schaffst alles, Mr Gora!«, versicherte Yogi. »Und sollte es dir wider Erwarten nicht gelingen, müssen wir eben auf andere Weise herausfinden, in welchem Zimmer dieser widerwärtige Betrüger logiert. In Indien wohnen eins Komma zwei Milliarden Menschen. Hier gibt es drei Millionen Götter und dreimal so viele Inkarnationen von ihnen. Kühe haben wir mindestens dreihundert Millionen und achtzehn offizielle Sprachen und mehrere Hundert lokale Dialekte. Bei der indischen Eisenbahn gibt es eins Komma vier Millionen Angestellte, und sie transportiert täglich über zwanzig Millionen Passagiere kreuz und quer über unseren wunderbaren Kontinent, und Tendulkar, der beste Schlagmann der Welt, hat allein schon über fünfzehntausend Runs gemacht und …«

»Psssst«, sagte Lakshmi und blickte sich vorsichtig um. »Was willst du uns mit all dem überhaupt sagen?«, zischte sie ihrem Verlobten dann zu.

»Dass wir in diesem unserem Land mit großen Zahlen umgehen können! Denkt doch nur mal an unsere mehr als viertausend verschiedene Reissorten. Ein Land mit einer so bedeutsamen Menge und Vielfalt an Reis muss doch logischerweise auch ein Land mit vielen Ideen sein. Das gilt auch, wenn es darum geht herauszufinden, in welchem Hotelzimmer eine bestimmte Person wohnt. Also werden wir garantiert eine neue Lösung für unser Problem finden, wenn der erste Versuch nicht klappt!«

Yogi zwinkerte mir zu.

»Die Bühne gehört dir, Mr Gora. Anschließend wartet der Applaus.«

Ich musste an Karin Vallberg Torstensson denken und schätzte mein Unbehagen auf 50 auf der KVT-Skala. Das ließ sich bewältigen. Jetzt, da ich mir vorgenommen hatte, nicht nur meine eigene Feigheit zu bekämpfen, sondern auch meinem Freund zu helfen, führte kein Weg mehr zurück.

Ich blinzelte nervös und holte tief Luft, ehe ich zu einer der jungen Frauen ging, die hinter dem langen Rezeptionstresen aus Mahagoni saßen. Sie trug einen schönen dunkelblauen Sari und eine Orchidee hinter dem Ohr. Ich fragte sie nach der Zimmernummer von Mr Edward Green. Sie lächelte freundlich und fragte, wen sie ankündigen dürfe, während sie mit der einen Hand den Telefonhörer abhob, mit der anderen etwas auf der Tastatur ihres Computers tippte und dabei auf wundersame Weise auch noch eine Falte in ihrem Sari glatt strich. Sie war ein leuchtendes Beispiel für die Eleganz des weiblichen Multitaskings.

»Nein, rufen Sie ihn nicht an«, sagte ich und lächelte zurück. »Ich bin sein Sohn, ich wollte ihn überraschen. Bitte geben Sie mir einfach nur seine Zimmernummer.«

»Es tut mir leid, Mr …?«

»Green. Stuart Green.«

»Es tut mir leid, Mr Stuart Green, aber unsere Vorschriften besagen, dass ich den Gästen die Besucher ankündigen muss. Ohne ihre eigene Zustimmung darf ich die Zimmernummer nicht herausgeben.«

»Wie schade, wo ich ihm doch eine Überraschung mitgebracht habe«, sagte ich und hielt den Tortenkarton hoch. »Es ist genau die Torte, wie meine Mutter sie geliebt hat, als sie noch lebte. Heute hätten sie ihren vierzigsten Hochzeitstag gefeiert, aber leider ist meine Mutter vor einem Monat gestorben. Glauben Sie nicht, Sie könnten ausnahmsweise von Ihren Vorschriften absehen?«

Ich war von meinem eigenen Einfallsreichtum erstaunt. Vielleicht war Yogis Kreativität doch ansteckend.

»Eigentlich ist das nicht erlaubt, aber …«

Sie hielt mitten im Satz inne.

»Ich sehe hier gerade, dass Ihr Vater gestern abgereist ist.«

Nicht schon wieder, dachte ich und seufzte innerlich. Warum mussten immer alle Leute verschwinden, wenn wir glaubten, sie gerade aufgespürt zu haben?

»Hat er gesagt, wo er hinwollte?«

»Darüber darf ich leider keine Auskunft erteilen, Sir.«

»In letzter Zeit war er gesundheitlich nicht auf der Höhe, und ans Telefon geht er auch nicht. Allmählich beunruhigt mich das.«

Die junge Frau tippte erneut auf ihrer Tastatur herum und sortierte währenddessen einen Stapel Schlüsselkarten.

»Eigentlich darf ich nicht…«

Sie sah zu mir auf, und irgendetwas an meinem flehenden Blick musste sie als echte Sorge eines Sohnes um seinen alten Vater interpretiert haben.

»Gestern habe ich nicht gearbeitet, aber ich werde mich mal umhören, ob jemand etwas weiß. Einen Augenblick«, sagte sie, stand auf und ging zu einer Kollegin. Nach einer Minute kam sie mit ernstem Gesichtsausdruck zurück.

»Ihrem Vater ging es nicht gut, als er gestern auschecken wollte. Er klagte über Schmerzen in der Brust, und meine Kollegin fragte, ob wir einen Arzt rufen sollten. Stattdessen bat Ihr Vater aber darum, sofort mit dem Taxi ins Krankenhaus gefahren zu werden.«

»Und welches Krankenhaus?«

»Das beste, das es gibt. Es heißt Medenta Medicity und liegt draußen in Gurgaon.«

Sie zog erneut ihren Computer zurate und kritzelte einige Ziffern auf die Rückseite einer Visitenkarte, die sie mir anschließend reichte.

»Hier stehen die Adresse und die Telefonnummer. Es tut mir sehr leid für Ihren Vater, ich hoffe wirklich, dass es ihm wieder besser geht, Sir«, sagte sie mit teilnahmsvoller Stimme und lächelte im selben Moment einem vorbeigehenden Gast zu. »Aber Ihr Vater ist in besten Händen. Medenta ist ein hervorragendes Krankenhaus, dort arbeiten die fähigsten Ärzte von ganz Indien.«

# KAPITEL 47

Als wir zum Taxi zurückkehrten, entstand eine aufgeregte Diskussion zwischen Yogi, Mr Mohammed und dem jungen Fahrer Raj. Letztere waren der Meinung, ihren Teil der Abmachung erfüllt zu haben, weil sie uns ja tatsächlich zu dem Hotel geführt hatten, wo der dicke weiße Gora nachweislich gewohnt hatte. Sie wollten nun den Rest der Belohnung. Dafür, dass Mr Green inzwischen verschwunden war, konnten sie schließlich nichts. Yogi wiederum meinte, für eine Torte ohne Garnitur könne man nicht die volle Bezahlung verlangen. Es war ein Vergleich, der keinem von uns logisch erschien und wahrscheinlich vor allem als Vorwand dafür diente, sich etwas in den Mund stopfen zu dürfen. Er illustrierte seine Behauptung nämlich, indem er die Marzipanrose von der Torte verschlang.

»Unsinn!«, fauchte Lakshmi und riss den Karton an sich.

Der Streit wurde geschlichtet, Yogi gab ihnen die halbe Belohnung und versprach den Rest für später, wenn wir Mr Green im Krankenhaus ausfindig gemacht hätten, womit die Männer sich am Ende zufriedengaben. Raj drückte das Gaspedal durch, sodass wir schon eine knappe Stunde später den großen weißen Klinikkomplex mit den Glasfassaden erreicht hatten, der auf einem Acker am Rande von Neu-Delhis expansivem Vorort Gurgaon lag. Raj und Mohammed wurde erneut aufgetragen, im Auto zu warten, diesmal zusammen mit der Torte, die Lakshmi ihnen mit einem freundlichen Lächeln überreichte und sagte, sie hoffe, dass sie gut munden werde.

»Vielleicht könnten Sie mir auch ein Stückchen aufheben«, schlug Yogi vorsichtig vor.

»Das ist doch überhaupt nicht nötig. Bitte essen Sie unbedingt alles auf, auch das, was von der Garnitur noch übrig ist«, sagte Lakshmi bestimmt und schob ihren Verlobten aus dem Auto.

Wir traten durch die Türen in den großen, eleganten Eingangsbereich des Krankenhauses, in dem trotz der frühen Stunde reger Betrieb herrschte. Patienten und Angehörige strömten zwischen Aufzügen und Treppen hin und her, während andere in langen Reihen geduldig auf den komfortablen Lederstühlen warteten. Zwischen Menschen und Rollstühlen in diesem merkwürdig geordneten Gedränge eilten weiß gekleidete Ärzte und Schwestern über den blank polierten Boden. Niemand erhob seine Stimme, niemand fuhr die Ellbogen aus. Sogar der Geräuschpegel der Gespräche wirkte angenehm. In dieser Unmenge von gesitteten Mittelklasseindern schien jeder seinen Platz zu kennen, und alles folgte einem bestimmten Bewegungsablauf.

»Dies ist das beste Krankenhaus der Nation«, verkündete Yogi stolz und zeigte auf zwei große Steinplatten rechts und links der Aufzüge, an denen büschelweise rote Schnüre hingen.

»Hier knoten die Menschen ihre Hoffnungen fest und beten, dass sie mithilfe der Götter ihre Krankheiten besiegen können«, fuhr er ernst fort.

»Dann lasst uns auch bei den Göttern beten, dass Mr Green das Gleiche getan hat. Denn wenn er tot ist, nützt uns der Alte ja nicht mehr viel«, erwiderte ich.

Yogi sah mich mit einer für ihn ungewohnt grimmigen Miene an.

»Auch wenn ich deiner Aussage zustimmen würde, Mr Gora, gefällt es mir nicht, wenn du so redest. So etwas darf man bei den Göttern auf keinen Fall sagen!«

Er bohrte sich mit dem kleinen Finger im rechten Ohr und änderte seinen Tonfall.

»Wobei man bei den Göttern natürlich seinen rechtmäßigen Besitz zurückfordern darf. Und egal, wie schlecht es diesem blutsaugerischen Betrüger auch geht – er muss uns trotzdem zurückgeben, was er uns gestohlen hat! Aber jetzt geht es erst einmal darum, ihn hier zu finden, und das könnte etwas verzwickter sein als im Hotel, denn ich habe gehört, dass dieses Krankenhaus die strengste Schweigepflicht von allen hat. Deshalb müssen wir uns nun eine neue allerfindigste Idee ausdenken, und mit einem leeren Magen fällt das schwer«, sagte er und nickte zu einem großen Selbstbedienungsrestaurant, das den gesamten hinteren Teil des Foyers ausfüllte.

»Eine Samosa! Und keinen Krümel mehr«, erwiderte Lakshmi streng.

»Zwei«, flüsterte Yogi und eilte auf das Restaurant zu. Er fand einen freien Tisch, an den er uns führte, während er selbst zum Tresen ging, um sein Hirnfutter zu holen. In der Zeit, die er brauchte, bis er in der Schlange zu seinen heiß begehrten Teigtaschen vorgedrungen war und mit fettigen Fingern und Chilisoße im Mundwinkel wieder zu uns zurückkehrte, hatte Lakshmi längst eine Strategie entwickelt.

»Ich glaube, jetzt ist es an mir, die Hauptrolle zu übernehmen«, sagte sie mit natürlicher Autorität und weihte uns flugs in ihren Plan ein.

Nachdem sie uns alles im Detail erklärt und Yogi seine letzte Samosa verzehrt hatte, tupfte er sich zufrieden mit der Serviette den Mund ab.

»Genial, meine Liebste! Du bist nicht nur die schönste Frau von ganz Indien, sondern auch die klügste!«

»Spar dir dein Lob und komm in die Gänge. Und wenn du gefunden hast, was ich dir gesagt habe, kommst du sofort wieder her, und zwar ohne Umweg über die Selbstbedienungstheke!«

Yogi verschwand im Foyer und in der Menschenmenge. Nach einer halben Stunde kehrte er mit einer Plastiktüte in der Hand und einem vergnügten Grinsen auf den Lippen wieder zurück.

»Ich habe einen gefunden! Vielleicht nicht ganz deine Größe, aber immerhin weiß. Er hing über einem Stuhl in der Rezeption drüben in der Röntgenabteilung, und ich bin mir sicher, dass mich niemand dabei beobachtet hat, wie ich mir die Freiheit nahm, ihn für einen Moment auszuleihen.«

Lakshmi warf einen Blick in die Tüte, die einen Kittel enthielt, an dessen Brusttasche ein Namensschild befestigt war. Sie steckte ihre Hand hinein und entfernte es. Darauf stand »Mr Prasad«, was bedeutete, dass der Kittel einer Person vom unteren Ende der Krankenhaushierarchie gehörte, vielleicht einem Krankenpfleger oder Röntgenassistent. Lakshmi warf Yogi einen listigen Blick zu.

»Eine Hose hast du nicht gefunden?«

»Doch! Im Korridor hinter der Röntgenabteilung gibt es Umkleidekabinen mit großen Schränken, die mit Patientenkleidung gefüllt sind. Die Hosen sind blau und sehen aus wie die der Ärzte. Du kannst selbst dort hineingehen und eine anprobieren, die deinem allerschönsten Körper auf beste Weise passt!«

Lakshmi nickte und reichte ihm das Namensschild und ihre Handtasche.

»Und währenddessen versuchst du, aus diesem ›Mr‹ einen ›Dr.‹ zu machen. Und besorg mir irgendwelche Papiere, die ich unter dem Arm tragen kann, damit ich wichtig aussehe«, sagte sie.

Yogi grinste breit.

»Natürlich, meine hoch verehrte Dr. Prasad!«

Ein Vorteil der riesigen hauseigenen Apotheke des Krankenhauses war, dass man dort nicht nur Medikamente kaufen konnte, sondern auch eine erstaunliche Menge medizinischer Geräte. So fand Yogi ein einfaches Stethoskop, das er für Lakshmi erstand, um ihren Arztlook zusätzlich zu verstärken. Unterdessen durchwühlte ich einige Papierkörbe und suchte einen Stoß Blätter zusammen, der als umfangreiche Patientenakte durchgehen konnte.

Schon als Lakshmi die Umkleidekabine verließ, sah sie aus wie eine selbstsichere Ärztin. Sie hatte den Saum ihres viel zu langen Kittels umgeschlagen und mit ihren Haarnadeln befestigt und eine Hose in der perfekten Passform gefunden. Ihr Haar war im Nacken zu einem praktischen Knoten hochgesteckt, und ihre hellen Turnschuhe passten ausgezeichnet zu dieser uniformen, aber zugleich locker sitzenden Kleidung. Jemand mit Lakshmis dunkler, südindischer Haut arbeitete zwar normalerweise eher als Krankenschwester denn als Ärztin, aber das kompensierte sie mit ihrer stolzen Haltung und einer leicht arroganten Miene. Ihre ganze Erscheinung verkörperte einen erfrischenden Trotz gegenüber vorgefassten Meinungen und dem Kastensystem. So, wie sie vor uns stand, repräsentierte sie für mich das neue Indien viel besser als die meisten farblosen IT-Ingenieure oder Bollywoodstars.

Lakshmi reichte Yogi die Plastiktüte mit ihrem Sari und ihrem Oberteil. Sie lächelte, als er ihr das Stethoskop gab, und hängte es sich nonchalant um. Anschließend befestigte sie wieder das Namensschild, dessen Titel Yogi mithilfe von Nagelfeile und Kugelschreiber geändert hatte.

»Ausgezeichnet. Jetzt hältst du dich im Hintergrund, Yogi, während Goran mich begleitet«, flüsterte sie. »Tu so, als wärst du eine wichtige Person, aber überlass mir das Reden.«

Ich folgte Lakshmi gehorsam, als sie sich zu den Informations- und Aufnahmetresen bewegte, die links vom Eingang lagen. Kurz davor blieb sie stehen und ließ ihren Blick zwischen all den jungen Männern und Frauen hin- und herwandern, die die Menschen in der langen Warteschlange bedienten. Sie erinnerte mich an ein Raubtier, das nach dem schwächsten Tier der Herde spähte. Am Ende fand sie ihr Opfer, einen mageren jungen Mann mit pickliger Haut und konzentrierter Miene, der damit beschäftigt war, etwas in einen Computer zu tippen.

»Er muss neu im Job sein«, sagte sie leise zu mir. »Sieh nur, wie er sich mit der Zunge über die Lippen fährt. Er hat einen ganz trockenen Mund vor Nervosität. Und wie er blinzelt, während er dem Mann etwas erklären will!«

Die Zeichen waren minimal, aber dennoch deutlich, nachdem Lakshmi mich darauf aufmerksam gemacht hatte. Sie hatte wirklich ein Gespür für Details. Ich folgte ihr zu dem jungen Mann, den sie sofort barsch in seinen Ausführungen unterbrach, ohne die anderen Wartenden eines Blickes zu würdigen.

»Sie da! Ich muss wissen, in welchem Zimmer Edward Green liegt.«

Es war fast die gleiche Frage, die ich vor einigen Stunden auch der Frau an der Hotelrezeption gestellt hatte, aber damit hörten die Gemeinsamkeiten auch schon auf. Lakshmi trommelte irritiert mit den Fingern auf den Tresen und seufzte laut. Der junge Mann betrachtete sie erschrocken und befeuchtete seine Lippen.

»Es ist dringend!«, schärfte sie ihm ein.

»Entschuldigen Sie bitte, Dr. …«

Er kniff angestrengt die Augen zusammen, um ihr Namensschild lesen zu können, was ihn hinter seinen dicken Brillengläsern noch ängstlicher aussehen ließ.

»Entschuldigen Sie, Dr. Prasad, es t-t-tut mir schrecklich leid, aber ich habe nicht die Befugnis, solche Informationen herauszugeben. Meinen Vorschriften zufolge sollen sich die Ärzte selbst in das Patientenregister einloggen.«

Angesichts von Lakshmis durchdringendem Blick und der Nervosität des jungen Mannes war es ihm eigentlich hoch anzurechnen, dass er immer noch standhielt. Er nestelte an seiner Brille herum und tippte erneut auf seiner Tastatur herum. Ich hatte das Gefühl, dass er keine Ahnung hatte, wonach er eigentlich suchte.

»Machen Sie Scherze?«, fragte Lakshmi. »Wie soll ich mich einloggen, wenn ich wegen eines Notfalls aus einem anderen Krankenhaus hierherberufen wurde? Wie ist Ihr Name?«

»Narinder, Madam«, antwortete er verzagt und schien kurz davor, in Tränen auszubrechen. »Es tut mir sch-sch-schrecklich leid.«

»Und mir erst!«

»Die Vorschriften sind leider so, d-d-dass ich nicht davon abweichen k-k-kann. Sie müssen doch irgendeinen Ansprechpartner hier im K-k-k-rankenhaus haben, mit dem ich Sie in Verbindung setzen k-k-kann?«

»Hören Sie mal, Narinder, ich habe keine Zeit für solche Sperenzchen, und Edward Green hat sie noch viel weniger. Sein Zustand ist ernst, und ich bin hierhergerufen worden, um die Behandlung gemeinsam mit meinem amerikanischen Kollegen hier beratend zu unterstützen«, sagte sie und deutete auf mich. »Entweder erzählen Sie mir umgehend, wo ich den betreffenden Patienten finde, oder Sie verlangen ebenso umgehend nach meinem Freund Dr. Trehan und stören ihn mitten in einer wichtigen Operation. Richten Sie ihm Grüße von Dr. Prasad aus, aber beeilen Sie sich um Himmels willen, Junge!«

Dr. Trehan gehörte zu den bekanntesten Kardiologen und

Herzchirurgen Indiens. Er war der persönliche Hausarzt des Präsidenten und hatte als Gründer dieses Krankenhauses, das zu den besten Asiens gehörte, einen gottähnlichen Status erreicht.

»Mr Edward Green befindet sich in der Abteilung für Nachbehandlung, im dritten Stock, Zimmer 322, nehmen Sie die Aufzüge gegenüber und biegen rechts ab, nachdem Sie ausgestiegen sind«, rasselte Narinder plötzlich mechanisch herunter.

»Das wurde aber auch Zeit«, sagte Lakshmi in etwas verbindlicherem Ton und mischte einige Phrasen auf Hindi in ihr Oberklassenglisch, das dem jungen Mann zwar nicht unbedingt seine Würde zurückgab, aber wenigstens etwas von der verlorenen Gesichtsfarbe.

»Es ist gut, wenn man sich an die Regeln hält, Narinder, aber passen Sie auf, dass Sie nicht zu streng werden. Das ist die schlimmste Sünde, die man im Gesundheitssystem begehen kann«, schloss sie bissig und ging mit mir im Schlepptau hastig davon.

Vor den Aufzügen wartete Yogi schon ungeduldig auf uns.

»Wie lief es?«, fragte er eifrig.

»Genauso gut, wie ich es erwartet hatte«, antwortete Lakshmi. »Ich wundere mich immer wieder darüber, wie weit man in diesem Land mit ein bisschen autoritärem Gehabe doch kommen kann.«

Wir fuhren in den dritten Stock hinauf und hatten Zimmer 322 schon nach wenigen Minuten gefunden. Lakshmi sah sich auf dem Korridor um und lächelte kollegial einem Arzt zu, der mit wehendem Kittel an uns vorbeieilte, ehe sie vorsichtig die Tür öffnete und lauschte. Ein leises Schnarchen drang zu uns heraus. Mein Puls pochte wie ein Hammer gegen meine Schläfen, als wir in das Krankenzimmer traten und die Tür hinter uns schlossen. Ein Stück entfernt war der Rücken eines gewaltigen

Mannes zu erkennen, der auf der Seite schlief und ein Krankenhemd mit einem Muster aus großen Blumen trug. Sein Haar war zu verschwitzten Strähnen verklebt, die sich im Nacken wie feuchtes Seegras ineinander verschlangen.

Lautlos schlichen wir uns an das Bett, an dessen Fußende eine Plastikmappe mit Krankendokumenten hing. Ganz oben rechts stand der Name des Patienten: Mr Edward Green.

Wir hatten ihn gefunden!

# KAPITEL 48

Das Adrenalin in meinem Körper mischte sich mit einer kräftigen Dosis Euphorie, die aber nach einigen Sekunden in Ratlosigkeit umschlug. Was genau sollten wir jetzt tun? Lakshmi hatte einen Schuldbrief dabei und wollte Edward Green notfalls mittels »emsiger und kompromissloser Überredung«, wie sie es ausdrückte, dazu bringen, diesen zu unterschreiben. Trotz ihres eindeutigen Talents auf diesem Gebiet war das jedoch als letzter Ausweg gedacht. Erst sollte der Brite die Chance bekommen, seine Schulden zu begleichen und mindestens zwei Drittel der Summe zurückzuzahlen, die er uns unter Vorspiegelung falscher Tatsachen abgeluchst hatte.

Er schnarchte halbwegs rhythmisch, und sein Körper war nicht mit medizinischen Geräten verbunden. Das war ein gutes Zeichen. Weshalb auch immer er eingeliefert worden war, sein Gesundheitszustand wirkte jetzt wieder stabil. Blieb nur zu hoffen, dass er auch bei allen Sinnen und gut bei Kasse war. Die Wahl des Privatkrankenhauses deutete jedenfalls darauf hin.

»Wollen wir ihn wecken?«, flüsterte Yogi.

Lakshmi schüttelte den Kopf und legte einen Zeigefinger auf den Mund. Dann ging sie leise zu einem Schrank, der in der Ecke stand, und versuchte, die Tür zu öffnen, doch sie war verschlossen. Sie suchte den übrigen Raum mit ihrem Falkenblick ab und verharrte bei einem Nachttisch auf Rädern, dessen Schublade etwa einen Zentimeter offen stand. Sie dirigierte Yogi mithilfe eines Kopfnickens dorthin. Vorsichtig zog er die Schublade heraus und entnahm eine Brille, einen Schlüssel und eine Geldbörse, die prall gefüllt aussah.

Mit flinken Fingern angelte er ein respekteinflößendes Bündel Fünfhundert-Rupien-Scheine heraus, das er zusammen mit einigen Plastikkarten in seine eigene Tasche steckte, woraufhin er das Portemonnaie wieder zurücklegte. Einen kranken, schlafenden Mann in einer Klinik zu beklauen, wäre normalerweise der Knock-out für jedes Karmakonto gewesen, aber hier handelte es sich um einen Ausnahmefall. Man konnte Yogi kaum vorwerfen, dass er als erste Anzahlung einen Bruchteil jenes Vermögens stahl, dessen man ihn zuvor selbst beraubt hatte. Und mein Freund strebte ganz offensichtlich noch nach mehr, als er zum Schrank trippelte und den soeben entdeckten Schlüssel ins Schloss steckte. Zu Yogis großer Begeisterung passte er, und er drehte ihn mit einer viel zu eifrigen Handbewegung im Schloss um, was nicht nur die Tür öffnete, sondern auch ziemlich viel Lärm verursachte und den Briten damit zu wecken schien.

Er murmelte irgendetwas und bewegte sich unruhig. Wir standen mucksmäuschenstill hinter seinem Rücken und hielten den Atem an. Nach einer Weile schien er wieder einzuschlafen, dann aber stöhnte er auf und zerrte an der Bettdecke, die sich zwischen seinen dicken Beinen verwickelt hatte.

»Bist du es, Sumalee?«

Er stellte die Frage mit schwacher und gebrechlicher Stimme, während er sich mühsam umdrehte, bis er uns das Gesicht zuwandte. Seine Haut wirkte ein wenig gelblich und glänzte vor Schweiß, sein Blick war jedoch von verblüffender Intensität. Er sah vom einen zum anderen, ehe er am Ende mich fixierte. Vielleicht, weil ich genau wie er ein Gora war.

»Wer sind Sie?«, fragte er mit einer Verwunderung, die vollkommen echt klang.

Ich musterte sein verquollenes Gesicht, und mir wurde innerlich mit einem Mal kalt, als mir langsam, aber sicher aufging, dass ich mich gerade das Gleiche fragte. Wer um alles in der Welt war dieser Mann?

# KAPITEL 49

Er war groß und dick, hatte strähniges graues Haar und keuchte genauso wie der ungehobelte Vielfraß, der uns vor gut einem halben Jahr im Gymkhana Club um unser Geld betrogen hatte. Allem Anschein nach gab es mehr als nur den Namen Edward Green, der beide miteinander verband. Und dennoch war ich mir hundertprozentig sicher, dass hier und jetzt ein anderer Mann vor uns lag als derjenige Edward Green, den wir kennengelernt hatten. Der Mann im Krankenbett war einige Jahre älter und hatte einen höheren Haaransatz. Am meisten aber überzeugte mich das auffällige Muttermal, das ein Drittel seiner linken Wange bedeckte. So etwas hatte der Betrüger nicht gehabt.

Jetzt betrachtete der Mann Lakshmi.

»Sind Sie Ärztin?«

Seine Stimme war noch immer schwach, wurde nun jedoch von einem gewissen Misstrauen geprägt. Ich schielte zu Yogi hinüber, der genauso zweifelnd aussah wie ich. Lakshmi hingegen reagierte mit tiefster Verachtung auf seine Frage.

»Sie können jetzt mit diesem Theater aufhören! Wir sind hier, um das Geld zu holen, das Sie uns gestohlen haben.«

»Wovon reden Sie?«

»Das wissen Sie ganz genau!«

»Nein, tue ich nicht. Ich weiß nicht mal, wer Sie sind!«, sagte der Mann und streckte sich nach der kleinen Fernbedienung, die an einem Kabel von der Wand hing und mit der man das Bett verstellen und die Schwester rufen konnte.

Lakshmi kam ihm zuvor und zog sie zu sich.

»Aber ich weiß in höchstem Maße, wer Sie sind!«, zischte sie. »Sie sind Mr Bloody Bastard Edward Green, der meinen Verlobten übers Ohr gehauen hat, indem er ihm eine erbärmliche Teeplantage zu einem völlig überzogenen Preis verkauft hat! Und wenn Sie Ihre Schuld nicht begleichen, werden Sie sofort verhaftet und ins Gefängnis gesteckt. Die Polizei ist schon informiert!«

Der Mann im Bett schob seine dicke Unterlippe vor, was ihn wie einen wütenden Boxer aussehen ließ. Aus seinem rechten Mundwinkel rann brauner Speichel.

»Nur ein Anruf, und schon sind sie hier«, log Lakshmi.

»Warte mal kurz, meine Liebe«, unterbrach Yogi sie.

»Bist du nicht der Meinung, dass wir lange genug gewartet haben? Jetzt wird es ja wohl Zeit, dass dieser Gauner uns endlich das Geld zurückzahlt!«

»Aber es sieht so aus, als wäre er nicht der Richtige.«

Lakshmi fuhr wütend zu ihrem Verlobten herum.

»*Sieht so aus?* Machst du Witze? Natürlich ist er es. Lies doch selbst, hier steht es schwarz auf weiß!«, keifte sie, riss die Dokumente an sich und hielt sie Yogi vors Gesicht. »Was meinst du mit *Sieht so aus*?«

Er wand sich betreten und lächelte ängstlich.

»Ich weiß nicht genau, was ich meine. Ich fühle mich verwirrter als die fette Fliege, die zur Sonne fliegen will, aber jedes Mal gegen die Scheibe prallt. Dieser Mann hier ist nämlich nicht genau derselbe Mann wie jener, der mich betrogen hat.«

»*Nicht genau?* Bist du verrückt geworden, Yogi?!«

»Sie müssen meinen kleinen Bruder meinen«, kam es unter lang gezogenem Stöhnen vom Bett.

Wir starrten den groß gewachsenen Mann an.

»Ja, glotzt ihr nur. Wir sehen uns schon ziemlich ähnlich«, sagte er grimmig.

»Sind Sie denn nicht Edward Green?«, fragte ich.

»Doch, ganz gewiss. Im Unterschied zu meinem Bruder, Paul Green, diesem Taugenichts, der meine Identität gestohlen hat. Haben Sie ihm das East Green Estate abgekauft?«

»Das ist auf die korrekteste Weise zutreffend«, antwortete Yogi eifrig. »Aber ich verstehe nicht …«

Mein Freund kratzte sich nachdenklich am Kopf.

»Ich glaube, Sie müssen uns einiges erklären«, sagte ich zu dem Mann, der hustete und dann auf die Fernbedienung zeigte, die Lakshmi nach wie vor in der Hand hielt. Sie sah ihn skeptisch an und verschränkte die Arme.

»Das werde ich gerne tun, aber geben Sie mir bitte zuerst diese Fernbedienung, damit ich das Kopfteil meines Bettes hochfahren kann«, antwortete Edward Green irritiert. »Himmel noch mal, gute Frau, ich wurde erst vor ein paar Tagen operiert, haben Sie denn keinen Respekt vor einem kranken Mann?!«

Nach seinem kleinen Wutausbruch schnaufte er noch mehr, doch Lakshmi ließ sich nicht davon beeindrucken.

»Wo sind Sie operiert worden?«, fragte sie misstrauisch.

»Am Herzen.«

»Ich sehe keine Narbe«, erwiderte Lakshmi und deutete auf Edward Greens haarigen Brustkorb, der unter dem Kragen seines Krankenhaushemds zum Vorschein kam.

»Man merkt wirklich, dass Sie keine Ärztin sind«, brummelte er. »Aber ich muss zugeben, dass man Sie mit Ihrer hochnäsigen Miene durchaus für eine halten könnte. Haben Sie noch nie etwas von einer Ballondilatation gehört?«

Lakshmi warf den Kopf in den Nacken und schnaubte verächtlich.

»Das ist eine übliche Behandlung nach Herzinfarkten«, fuhr der Brite fort. »Der Ballonkatheter wird von der Leiste aus in das verengte Gefäß eingeführt, um es wieder zu weiten. Und dann wird es mit einem feinen Stahlnetz stabilisiert. Völlig unglaublich, oder? Ballons und Stahldrähte in Arterien. Die reinste Ingenieurskunst. Was kommt als Nächstes? Vielleicht bauen sie eine Barrikade in die Aorta, um unwillkommene Bakterien abzuhalten?«

»Wir sind nicht hier, um über medizinische Errungenschaften zu plaudern«, sagte Lakshmi gereizt.

Der Brite ignorierte sie.

»Offenbar ist das heute eine reine Routineoperation, die nicht mehr als eine Stunde in Anspruch nimmt. Aber für mich kam sie in letzter Sekunde. Nur zwanzig Minuten später, und ich wäre jetzt vermutlich tot. Aber ich bin froh, dass ich meinen Herzinfarkt in diesem Land erlitten habe. Ich vertraue den indischen Ärzten viel mehr als den englischen Pfuschern, mit denen ich früher zu tun hatte. Indische Ärzte wissen genau, wo sie das Skalpell ansetzen müssen. Sie hatten nämlich genug Möglichkeiten zum Üben.«

Er schob die Hände unter das Bettlaken und lächelte verschmitzt.

»Wollen Sie sich den Zugang vielleicht ansehen?«

»Nein danke, nicht nötig«, antwortete Lakshmi schnell und hielt ihr Handy hoch. »Her mit dem Geld, sonst rufe ich die Polizei!«

»Hören Sie mir mal gut zu«, sagte Edward Green überheblich. »Ich bin doch nicht von gestern. Die Polizei wartet nirgends darauf, mich zu fassen, und zwar aus dem einfachen Grund, dass ich kein Verbrechen begangen habe. Ganz im Gegenteil, ich bin ein Opfer, genau wie Sie!«

Er wischte sich mit dem Arm über die Stirn.

»Könnten Sie bitte so freundlich sein und den Deckenventilator einschalten? Und her mit der Fernbedienung!«

Obwohl er uns hilflos ausgeliefert war, strahlte der Mann Eigensinn und Autorität aus und erinnerte mit seinem aufbrausenden Temperament nicht wenig an seinen verschlagenen kleinen Bruder. In Lakshmi hatte er jedoch eine ebenbürtige Gegnerin gefunden, die sich nicht so leicht zähmen ließ.

»Ich behalte die Fernbedienung«, sagte sie entschieden und drückte auf den Knopf, mit dem man das Bett verstellen konnte.

Edward Green ächzte und stöhnte, während sich das Kopfteil des Bettes anhob.

»So reicht es«, murrte er. »Und richten Sie bitte auch mein Kissen!«

Gehorsam beugte ich mich über den Briten, packte seinen Stiernacken mit festem Griff und hob den Kopf um einige Zentimeter, damit ich mit der anderen Hand das nass geschwitzte Kissen wenden konnte. Yogi schaltete den Ventilator ein und holte ein Glas Wasser aus einem Spender.

Edward Green nahm vorsichtig einen Schluck, sank mit einem Stöhnen zurück aufs Bett und ließ sich vom Deckenventilator kühlen. Nach einer Weile breitete sich Ruhe auf seinem gelblichen Gesicht aus.

»Pauls Betrügereien haben ihren Anfang genommen, als ich vor zwei Jahren nach Thailand gezogen bin«, begann er.

»Und warum sind Sie dorthin gezogen?«, fragte Lakshmi.

»Weil ich mit meiner Verlobten dort wohnen wollte!«, antwortete Edward Green erbost. »Aber ich bitte Sie, gute Frau, nun hören Sie doch auf, mir ständig ins Wort zu fallen! Sie wollen doch wohl hören, was ich zu erzählen habe?«

»Aber natürlich«, sagte ich und lächelte ihn beschwichtigend an, während ich dachte, dass es mal wieder typisch war, dass sich ein so unattraktiver alter Bock eine junge Thailänderin suchte und dann nicht einmal den Anstand besaß, sie zu heiraten, damit sie wenigstens für ihre Strapazen entlohnt wurde, wenn er einmal das Zeitliche segnete.

Edward Green grunzte und deutete auf Lakshmis Kittel.

»Im Übrigen ist es wohl besser, wenn die Frau Doktor ihr Theaterkostüm wieder auszieht, ehe ich weiterrede. In einer halben Stunde kommt die Visite, und ich glaube nicht, dass Sie große Lust haben, Ihren *Kollegen* zu erklären, was Ihr Fachgebiet ist. Oder täusche ich mich?«

Lakshmi erwiderte nichts, erhob sich jedoch von ihrem Stuhl, nahm die Plastiktüte mit der Kleidung, die Yogi mitgebracht hatte, und verschwand im Bad. Als sie zurückkehrte, trug sie wieder ihr Oberteil und ihren Sari.

»Na also«, sagte Green zufrieden. »Jetzt könnte man Sie alle wieder für normale, ehrenhafte Besucher halten. Aber das setzt voraus, dass Sie sich auch so benehmen und nicht wie bedrohliche Eindringlinge!«

Lakshmi griff wieder nach der Fernbedienung und drückte den Knopf für das Kopfteil so lange, bis Edward Greens Bauch zusammengepresst wurde wie ein Ballon kurz vorm Platzen.

»Vergessen Sie nicht, wer hier die Kontrolle hat!«, zischte sie, ehe sie das Kopfteil wieder in eine bequeme Lage zurückfahren ließ.

Der Brite keuchte und starrte sie wütend an. Dann schnellten seine Mundwinkel jedoch zu einem kurzen Lächeln nach oben.

»Sie sind sehr zielstrebig, das muss ich Ihnen lassen.«

Er verschränkte seine Finger und ließ die Hände auf seinem enormen Bauch ruhen.

»Jedenfalls, wie gesagt, Pauls Betrügereien begannen vor zwei Jahren, als ich London verließ, um mich in einem kleinen Dorf in Thailand anzusiedeln«, begann er. »Wie Sie sicher bereits wissen, habe ich eine lange Vergangenheit als Geschäftsmann in Indien. Fast vierzig Jahre lang war ich in der Teeindustrie tätig und habe unter anderem in Darjeeling Plantagen betrieben, die mein Urgroßvater schon Ende des neunzehnten Jahrhunderts begründete. Ich war der letzte Brite in der Branche. Aber in den Neunzigerjahren sanken die Erträge allmählich, und vor einigen Jahren beschloss ich dann, dass es höchste Zeit wäre, in Rente zu gehen und wieder nach England zu ziehen. Etwa die Hälfte meiner indischen Besitztümer habe ich veräußert, die schwer verkäuflichen Objekte wie das East Green Estate jedoch behalten. Haben Sie eigentlich Mr Saranathan kennengelernt, der die benachbarte Plantage erstanden hat?«

»Aber ja, ein sehr sympathischer Mann«, antwortete ich.

»In der Tat. Und wie geht es dem alten Wachtmeisterpärchen, Vinod und Sunita, leben sie noch?«

»Ja, aber das ist keinesfalls Ihr Verdienst«, erwiderte Lakshmi scharfzüngig.

Edward Greens Gesicht wirkte mit einem Mal beschämt.

»Das ist nun wirklich nicht fair, aber in dem, was Sie sagen, liegt ein wahrer Kern, Frau Doktor. Ich weiß, dass ich ihnen im letzten Jahr Geld hätte schicken müssen, aber da war so viel anderes, was meine Gedanken und meine Zeit beansprucht hat.«

Edward Green verstummte, sein Blick schweifte in die Ferne. Nachdem eine Minute verstrichen war, ohne dass er etwas anderes von sich gegeben hätte als angestrengtes Grunzen, das einem Schnarchen zum Verwechseln ähnlich war, knuffte Lakshmi ihn gegen den Oberarm.

»Nicht einschlafen! Wir wollen den Rest hören.«

»Sie ungeduldiger Mensch!«, brummte er. »Ich versuche, etwas zu erzählen, das mir schwerfällt.«

Doch ehe Edward Green weiterreden konnte, klopfte es vorsichtig an der Tür, und eine ältere asiatische Frau betrat das Zimmer. Sie betrachtete uns verwirrt, dann ging sie zu dem Briten und legte behutsam ihre zierliche Hand auf seinen großen Brustkorb. Ihr Gesicht schien teilweise gelähmt, was ihrem schiefen Lächeln eine unfreiwillig ironische Note verlieh. Vergeblich versuchte sie, den feuchten Glanz in ihren Augen wegzuzwinkern, aber ihr linkes Lid wollte sich nicht vollständig schließen, und eine Träne rann langsam ihre Wange hinab.

»Wie geht es dir, Edward?«, fragte sie mit starkem asiatischen Akzent. Außerdem klang es ein bisschen so, als gehorchte die Zunge den Befehlen des Gehirns nicht ganz. »Ich ein bisschen frische Luft schnappen. Du so schön geschlafen.«

»Mir geht es gut«, antwortete er. »Und jetzt, da du wieder hier bist, geht es mir viel besser.«

Es war, als wäre seine ganze Verdrossenheit im selben Moment verflogen, als die ältere Frau aufgetaucht war. Stattdessen bebte seine Stimme vor Zärtlichkeit und Rührung.

»Das ist meine Sumalee«, sagte er. »Und das hier … tja, im Grunde habe ich keine Ahnung, wer das ist. Ich weiß nur, dass Paul diese Menschen hintergangen hat, genau wie uns. Vielleicht wird es allmählich Zeit, dass Sie sich vorstellen?«

»Was diesen Punkt betrifft, haben Sie sicherlich ein wenig recht«, antwortete Yogi. »Mein Name ist Yogendra Singh Thakur.«

»Göran Borg«, erwiderte ich.

»Und Frau Doktor, Sie haben keinen Namen?«

»Ich heiße Lakshmi und bin immer noch nicht davon überzeugt, dass Sie hier *the good guy* sind. Sie dürfen mir aber gern das Gegenteil beweisen.«

»Ich will es versuchen.«

Der Brite begann seine Geschichte zu erzählen, und langsam, aber sicher brach das Eis zwischen uns. Zu Beginn der Sechzigerjahre hatte er Bangkok besucht, um ins Seidengeschäft einzusteigen, und dort Sumalee kennengelernt, die als Sekretärin bei einem thailändischen Seidenhändler arbeitete. Es war Liebe auf den ersten Blick gewesen, und sie hatten heimlich ein leidenschaftliches Verhältnis angefangen. Edward Green hatte damals in London gewohnt, war jedoch immer wieder geschäftlich nach Thailand gereist, und jedes Mal, wenn er dort war, hatte sich das Paar in seinem Hotelzimmer getroffen.

Irgendjemand erzählte jedoch Sumalees Eltern von der Verbindung, und diese verboten sie sofort. Ihre traditionelle Sichtweise erlaubte die Hochzeit der Tochter mit einem Mann aus dem Westen nicht. Sie sollte einen Thailänder heiraten und ihre familiären Wurzeln und ihren buddhistischen Glauben wahren.

Am Boden zerstört, kehrte Edward Green nach London zurück. Um seinen Liebeskummer zu lindern, vergrub er sich in Arbeit und wurde immer mehr in die internationalen Geschäfte des Vaters eingebunden. Eines Tages zog er dann nach Darjeeling, wo sein Bruder und er einst aufgewachsen waren, ehe man sie zum Studium nach England geschickt hatte. Mit großem Erfolg leitete Edward die beiden Teeplantagen und mehrere andere Betriebe in Indien. Er widmete sich voll und ganz der Arbeit, heiratete nie und bekam auch keine Kinder.

Als sein Vater starb, übernahm Edward Green sämtliche Betriebe der Familie in Indien, während sein jüngerer Bruder Paul Eigentum und Firmen im gleichen Wert in England erbte. Aber Paul war ein erbärmlicher Geschäftsmann, der sein Geld verspekulierte und sich alle zum Feind machte, die seinen Weg kreuzten. Die Brüder entfernten sich immer mehr voneinander und standen nach dem Tod des Vaters nur sehr sporadisch miteinander in Verbindung. Zuletzt hatte Edward Green vor knapp zwei Jahren mit Paul gesprochen, als er in einem Gespräch erzählte, dass er nach Thailand zu ziehen gedenke.

Inzwischen hatte es sich nämlich auf wunderbare Weise so begeben, dass er auf seine alten Tage wieder Kontakt zu Sumalee hatte. Edward Green hatte seine Jugendliebe nie vergessen, und als frischgebackener Rentner mit ausreichend Zeit und Geld gelang es ihm nach umfangreicher Detektivarbeit, sie wieder ausfindig zu machen. Sumalee lebte noch immer in Bangkok. Sie war inzwischen Witwe, und genau wie Edward Green hatte sie nie Kinder bekommen. Nachdem sie mehrmals miteinander telefoniert hatten, flog er nach Thailand, um sie zu treffen.

Beim Wiedersehen hatte es sofort wieder gefunkt. Vierundfünfzig Jahre und mindestens ebenso viele Kilogramm zu viel hatte Edward Green inzwischen auf dem Buckel beziehungsweise am Leib, aber im Grunde seines Herzens war er immer noch genauso jung und verknallt wie bei ihrem letzten Wiedersehen. Sie wiederum war zwar grauhaarig und runzlig geworden, aber noch genauso zierlich wie in den Sechzigerjahren und auch noch genauso verliebt.

Als Edward Green an diesem Punkt angelangte, schien auch Lakshmi aufgetaut, und zwar genau im richtigen Moment, denn jetzt stürmte die große Gruppe aus Ärzten und Krankenschwestern wie ein Tornado das Zimmer, um die tägliche Visite durchzuführen.

»Oho, wie viele Besucher Sie haben, Mr Green. Sie müssen ein sehr beliebter Mann sein«, sagte der Oberarzt, der die Truppe aus weiß gekleideten Männern und Frauen anführte. Er schlug die Krankenakte auf und blätterte darin.

»Ist alles in Ordnung?«, fragte er, ohne den Blick zu heben.

»Auf jeden Fall, bis auf das Essen, versteht sich. Wie soll ein

Mann meiner Größe von gekochtem Hühnchen, Reis und ein bisschen Obst überleben können?«

Der Arzt lächelte und schwenkte drohend seinen erhobenen Zeigefinger, was ihn für einen Augenblick aussehen ließ wie einen Bollywoodtänzer.

»Das nennt man Diät, Mr Green. Wir müssen Ihre Cholesterinwerte senken. Und Sie müssen lernen, in Zukunft weniger und gesünder zu essen, sonst werden Sie neue Infarkte erleiden. Und ich glaube, das wird Ihr Herz nicht noch einmal verkraften.«

# KAPITEL 50

Die Visite verließ den Raum ebenso schnell, wie sie gekommen war. Ihr Windhauch blieb jedoch noch eine Weile im Raum, genau wie eine einzelne Krankenschwester, die Edward Greens Blutdruck maß.

»Der Arzt richtig«, sagte Sumalee, nachdem auch die letzte Krankenschwester gegangen war. »Aufhören, so groß zu essen! Ich will dich nicht wieder verlieren!«

»Das wirst du schon nicht. Ich habe vor, noch ein Weilchen hierzubleiben«, erwiderte Edward Green und tätschelte ihr sanft das Knie, ehe er mit seinem Bericht fortfuhr.

Die ersten Jahre nach seinem Wiedersehen mit Sumalee hatte Edward Green sie zunächst während seiner sporadischen Reisen nach Thailand getroffen. Aber die Sehnsucht war am Ende unerträglich geworden, und so hatte er vor zwei Jahren beschlossen, für sie nach einem gemeinsamen Zuhause in Thailand zu suchen, weil sie sich nicht vorstellen konnte, nach England zu ziehen.

Er fand ein schönes Haus in einem kleinen Küstenort, nur knapp hundert Kilometer von Bangkok entfernt, aber dennoch weit genug weg von den intriganten Verwandten, die sich immer noch in ihre Beziehung einmischten. Nachdem sie dorthin gezogen waren, fügte sich alles zu einem harmonischen Bild zusammen. Es war, als hätten Jahrzehnte der Sehnsucht und des Kummers nie existiert. Das Leben war einfach und sorgenfrei, bequem, ohne extravagant zu sein. Die Liebe und die Harmonie überstrahlten alles. Doch eines Tages, nur zwei Monate, nachdem sie ihr neues Heim bezogen hatten, geschah plötzlich das Unglück. Als sie vom Fischmarkt nach Hause ging, wurde Sumalee von einem Moped erfasst und schwer verletzt.

»Eine größere Ironie des Schicksals kann es wohl kaum geben«, sagte Edward Green und schüttelte mühsam den schweren Kopf. »Ihr ganzes Leben lang hat Sumalee täglich die lebensgefährlichen, verkehrsreichen Straßen in Bangkok überquert, ohne auch nur eine Schramme davonzutragen. Dann zieht sie aufs Land und wird vom einzigen Mopedfahrer des Dorfs angefahren! Das ist ein so bösartiger Zufall, dass der Teufel persönlich seine Finger im Spiel gehabt haben muss.«

Sumalee hatte sich bei dem Zusammenstoß ein Bein und einen Arm gebrochen, schlimmer waren jedoch die Schädelverletzungen, die sie sich zugezogen hatte. Sie hatte eine schwere Gehirnblutung erlitten, die dazu führte, dass sie vorübergehend das Sprachvermögen verlor und halbseitig gelähmt war.

Edward Green investierte ein kleines Vermögen in Spezialisten, und langsam, aber sicher gewann Sumalee mithilfe von Operationen und Reha einen Großteil ihrer Beweglichkeit zurück und lernte auch wieder zu sprechen. Vollkommen gesund würde sie letztlich zwar nie werden, aber deswegen wollte sie sich nicht grämen. Sie waren einfach nur dafür dankbar, dass ihre Liebe noch eine Weile weiterleben konnte. Vor allem jetzt, da auch Edward Green dem Tod ins Auge geblickt hatte.

»Sumalees Spezialbehandlung war sehr kostspielig, und obwohl sie uns keineswegs ruiniert hat, beschloss ich vor einigen Wochen, mir einen gründlichen Überblick über meine finanziellen Ressourcen zu verschaffen. Geld tendiert ja dazu, ziemlich schnell zu verschwinden, wenn man kein Einkommen hat. Erst da fiel mir auf, dass Paul meine Identität gestohlen und in meinem Namen und mit meinem Besitz mehrere Betrügereien angezettelt hatte.

Er hat den Zeitpunkt wirklich mit Bedacht gewählt, dieser Satansbraten. Und auch die Objekte, die er verkauft hat. Das waren allesamt kleine oder relativ unbedeutende Betriebe, für die ich in letzter Zeit kein großes Interesse gezeigt hatte. Unter anderem hat er eine kleine Pension in Kerala, die ich seit vier Jahren nicht mehr besucht hatte, mit Hypotheken belastet, und zwei meiner Landwirtschaftsbetriebe oben in Himachal Pradesh verkauft.

Als ich anfing, die Dinge genauer unter die Lupe zu nehmen, entdeckte ich immer mehr Betrügereien und begriff, dass ich gezwungen war, nach Indien zu reisen, um alles wieder in Ordnung zu bringen und seinen Machenschaften ein Ende zu bereiten. Er war wahrlich methodisch und sehr berechnend zu Werke gegangen. In mehreren Fällen hatte er Kopien meiner Originaldokumente verwendet. Er musste sie heimlich eingesteckt haben, als wir das Erbe meines Vaters aufteilten. Pauls Gier kennt keine Grenzen.«

Edward Green seufzte schwer und massierte seine Schläfen.

»Er bringt mich noch ins Grab. Vor einer knappen Woche kam ich nach Delhi und war seither voll und ganz damit beschäftigt, meinen Besitz zu retten und alte Geschäftspartner anzurufen, um ihn ausfindig zu machen. Ich hatte gerade erfahren, dass er auch das East Green Estate verkauft haben soll, als ich ernsthaft erkrankte. Vermutlich habe ich schon vor einer Woche einen kleineren Infarkt erlitten, als ich während eines Besuchs bei meinem ehemaligen Großhändler in Nizamuddin ohnmächtig wurde. Und einige Tage später war es ganz aus. Und nun liege ich also hier und kann nichts weiter ausrichten. Zum Glück ist Sumalee gestern gekommen.«

Sumalee hatte ein Handtuch befeuchtet und tupfte Edward Green die Stirn damit ab.

»Du jetzt ausruhen«, sagte sie.

»Nein, erst will ich hören, was diese Menschen zu berichten haben.«

Yogi nickte und legte erst lange und umständlich dar, wie der eigentliche Betrug vonstattengegangen war, ehe er schilderte, wie wir das East Green Estate wieder auf Vordermann gebracht hatten. Er zeigte mehrere Bilder von den neu renovierten Gebäuden und der Ernte auf dem Feld, die er mit seiner Handykamera aufgenommen hatte. Der alte Brite lächelte anerkennend.

»Ich muss schon sagen, Sie scheinen mir wirklich aus dem richtigen Holz geschnitzt! Sehr schön!«, rief er schwärmerisch und wandte sich Lakshmi zu. »Ich habe jedoch den Verdacht, dass unsere Frau Doktor hier einen großen Anteil an dieser Leistung hat. Und danke, dass Sie sich Vinods und Sunitas angenommen haben. Ich hatte wirklich ein schlechtes Gewissen, weil ich sie im Stich gelassen habe.«

Lakshmi reagierte mit einem kühlen Lächeln, das verriet, dass sie immer noch Vorbehalte hatte.

»Frag nach dem Scheck«, zischte sie Yogi zu.

Mein Freund blinzelte aufgeregt und verrenkte seine Gesichtsmuskeln in nervösen Tics.

»Bitte entschuldigen Sie mehr als vielmals, Mr Green, aber es gibt da ein Detail in der Geschichte, das wir nicht ganz verstehen. Ich habe einen gültigen Scheck auf Edward Green ausgestellt und nicht auf Paul Green. Wie kann es sein, dass Ihrem Bruder mein Geld ausgezahlt wurde?«

»Es ist gut, dass Sie so aufmerksam sind«, antwortete Edward Green. »Nur schade, dass Sie es nicht von Anfang an waren. Die Erklärung ist ziemlich einfach. Mein Bruder und ich hören beide auf den Namen Edward, allerdings nur als Zweitname, so wie alle Männer, die von meinem Urgroßvater abstammen. Ich heiße John Edward Green und mein Bruder Paul Edward Green. Aber mein Vater hat mich schon immer Edward gerufen, während mein Bruder von Anfang an Paul hieß. In sämtlichen seiner Identitätsnachweise ist allerdings auch der Zweitname Edward eingetragen. Als Sie einen Scheck auf Edward Green im Beisein eines Angestellten aus Ihrer eigenen Bank unterschrieben haben, war genau das im juristischen Sinne unanfechtbar, weil er ja nachweislich so heißt. Das Verbrechen meines Bruder bestand darin, dass er sich für mich ausgegeben hat, sich unerlaubt an meinem Vermögen bedient und Sie beim Verkauf vom East Green Estate noch dazu getäuscht hat, indem er Ihnen Aufnahmen von der Nachbarplantage zeigte, die nicht mehr in meinem Besitz ist. Er hat uns alle zusammen ordentlich an der Nase herumgeführt, dieser Gauner.«

Am Ende beschlossen wir, jenem Edward Green, der vor uns im Krankenbett lag, voll und ganz zu vertrauen. Insbesondere nachdem er uns darum bat, einige Akten hervorzuholen, die er zusammen mit seinen privaten Kleidern in dem Schrank versteckt hatte, den Yogi zwar mit dem gestohlenen Schlüssel geöffnet, dessen Inhalt er jedoch nicht mehr rechtzeitig hatte prüfen können. Die Dokumente bestätigten seine Version der Geschichte bis ins kleinste Detail. Wir konnten dem Mann keine einzige Lüge nachweisen. Yogi verbeugte sich auf seine typische höfliche Weise und lächelte artig.

»Nun bin ich mir dreihundertfünfzigprozentig sicher, dass Sie die Wahrheit sagen und ich etwas übereilte Schlüsse über die kolonialistische Tyrannei der Engländer im Allgemeinen gezogen habe. Man sollte Sie wohl nicht alle in ein und denselben Currytopf stecken. Sie Brüder scheinen aus einer ganz unterschiedlichen Gewürzmischung gemacht. Deshalb sehe ich mich auch genötigt, mit den demütigsten Entschuldigungen ein anderes Vergehen von unlauterem Charakter zu bekennen, dessen ich mich schuldig gemacht habe.«

Er holte das Bündel mit Geldscheinen und die Kreditkarten aus der Tasche und legte alles auf den Nachttisch.

»Jetzt, da sich herausgestellt hat, dass Sie nicht der Edward Green sind, der ich dachte, sondern im Gegenteil ein sehr ähnlicher, aber gleichwohl ganz anderer Edward Green, muss das Geld, das ich mir von Ihnen leihe seit …« Yogi hielt inne und sah auf seine Armbanduhr, ehe er fortfuhr: »… das ich mir also seit bald fünfzig Minuten von Ihnen leihe, auf der Stelle zurückgezahlt werden.«

Edward Greens gelblicher Teint war inzwischen von einem rötlichen Hauch auf den Wangen aufgefrischt worden. Unser Besuch hatte ihn offenbar aufleben lassen, und er gluckste vergnügt.

»Die Kreditkarten dürfen Sie gern zurückbringen, aber bitte behalten Sie um Himmels willen das Bargeld. Ich würde gern eine noch viel größere Summe beisteuern, wenn Sie gewillt wären, mir einen Gefallen zu tun, der auch Ihnen zunutze kommen könnte.«

»Was meinen Sie, Mr Green?«, fragte ich in einem Versuch, Teil dieser Gemeinschaft zu werden, die immer enger zu werden schien.

Edward Green blickte mich verwundert an, als hätte er vergessen, dass ich mich auch im Raum befand. Dann wandte er sich erneut Yogi und Lakshmi zu.

»In Anbetracht der Tatsache, dass es Ihnen so gut gelungen ist, mich zu finden, würde ich mich freuen, wenn Sie auch meinen untauglichen Bruder überführen würden. Natürlich werde ich für alle Kosten aufkommen, die in Verbindung mit einem solchen Auftrag entstehen.«

Yogi pflanzte sich eine Bidi zwischen die Lippen, die Lakshmi ihm sofort wegnahm, woraufhin mein Freund eine Minzpastille aus der Tasche zog, sie sich in den Mund warf und sofort geräuschvoll daran zu saugen begann.

»Mr Green, wir fühlen uns sehr geehrt, dass Sie so eine außerordentliche Meinung von unserem detektivischen Talent pflegen, aber Ihren hinterlistigen Bruder in diesem unserem großen Land zu finden ... *schmatz* ... erscheint mir ein wenig so, wie unter einer Million hervorragender Garküchen genau diejenige zu finden ... *schmatz* ... die die hervorragendsten Samosas in ganz Indien verkauft. Oder um mit westlicher Zunge zu sprechen ... *schmatz* ... wie diese berühmte Nadel zu suchen, die ihr anscheinend regelmäßig ausgerechnet in einem Heuhaufen verliert.«

»Das glaube ich ganz und gar nicht«, entgegnete Edward Green mit einem amüsierten Grinsen.

»Und warum nicht?«

»Weil ich weiß, wo sich mein Bruder aufhält. Jedenfalls ungefähr.«

# KAPITEL 51

Ich war aus dem Jeep gesprungen, um am Waldrand eine Stange Wasser in die Ecke zu stellen, als ich etwas im trockenen Laub rascheln hörte. Das muss ein Reh oder ein Affe sein, war mein erster Gedanke. Hauptsache, keine Schlange.

Ich drehte mich um, und da sah ich, was es war: ein Tiger.

Eher erstaunt als erschrocken betrachtete ich die majestätische Großkatze, die in gemächlichem Tempo zwischen den Bäumen entlangschlich, nonchalant, aber dennoch zielstrebig. Als der Tiger bemerkte, dass ich ihn gesehen hatte, blieb er abrupt stehen. Dann hob er zum Sprung an. Aber nicht von dort weg, sondern in meine Richtung!

Instinktiv wich ich einige Schritte zurück und stolperte über einen Stein. Ich stürzte, und als ich dort auf diesem staubigen Schotterweg lag und nach Luft rang, versuchte ich, mir selbst einzureden, dass das alles nur ein Albtraum war, aus dem ich bald wieder erwachen würde. Man reist nicht in einen indischen Nationalpark mit dem Vorsatz, einen Betrüger zu fassen, um stattdessen während einer Pinkelpause auf dem Mittagstisch eines Tigers zu landen. Das ist ganz einfach nicht glaubwürdig.

Ich strich mit der Handfläche über meinen Hemdsärmel, der sich allerdings erschreckend real anfühlte. Irgendwie gelang es mir, wieder auf die Beine zu kommen, und ich wankte in Richtung des Jeeps, der mit laufendem Motor etwa dreißig Meter entfernt stand. Noch immer hatte ich dieses Gefühl von Unwirklichkeit. Wurde ich tatsächlich in Indien von einem Tiger gejagt?

Passierte das nicht normalerweise nur anderen Leuten, wie zum Beispiel Mowgli im *Dschungelbuch*?

»Schneller, Mr Gora! Schneller!«

Yogis Rufe vom Rücksitz des Jeeps und sein erschrockener Blick weckten schließlich meinen Überlebensinstinkt. Wie ein Sprinter, der gerade den Startblock verlässt, stieß ich mich mit den Füßen vom Boden ab, doch schon nach den ersten beiden explosiven Schritten versagte mein innerer Motor. Ich versuchte, mich zu bewegen, kam jedoch nicht von der Stelle. Es war so, als würde ich Wasser treten, das gleiche Gefühl, wie wenn man im Traum verfolgt wurde. Meine Hände waren bleischwer und meine Finger taub und unbeweglich.

Obwohl ich gerade gepinkelt hatte, tat ich es erneut, diesmal jedoch in die Hose. Die warme Feuchtigkeit breitete sich in meinem Schritt aus, und mit einem Mal fiel alle Furcht von mir ab. Im selben Moment gab ich den Kampf um mein Leben auf, den ich gerade erst begonnen hatte. Ich dachte an Karin Vallberg Torstensson und ihre Ermahnung, nicht immer davonzulaufen, sondern die unangenehme Situation so lange auszuhalten, bis die Angst verklungen war. Wobei das natürlich nicht galt, wenn man gerade von einem Tiger gejagt wurde. Dann sollten nach Möglichkeit alle Alarmsignale und Fluchtimpulse sofort aktiviert werden und reibungslos funktionieren. Aber ich musste falsch programmiert sein, denn ich begann ernsthaft, mein Unbehagen auf der KVT-Skala einzuordnen. Der Wert blieb bei höchst moderaten 25 stehen.

Jetzt hörte ich, dass der Tiger sehr nah war. Wenn er in wenigen Momenten seine Zähne in mich schlüge, würde es zwar wehtun, aber dann würde es sehr bald dunkel und still werden, und ich würde einfach nur verschwinden, ohne länger über diese Sehnsucht nach etwas sinnieren zu müssen, was ich nicht genau identifizieren konnte. Ich würde ein für alle Mal aufhören, über den Sinn des Lebens zu grübeln.

Genau da spürte ich einen Kniff in meine Wange. Ich zuckte heftig zusammen, und nach einigen Sekunden hörte ich ein Kind greinen. Als sich meine Augen wieder ans Licht gewöhnt hatten, sah ich den kleinen indischen Jungen, der auf meinem Schoß saß. Dann blickte ich erstaunt in das Gesicht einer indischen Frau, die sich über mich beugte. Sie trug einen dunkelblauen Blazer und einen passenden Schal, und ihr hübsches, aber viel zu stark gepudertes Gesicht hatte einen besorgten Ausdruck.

*»Everything okay, Sir?«*, fragte sie, woraufhin ich die Gegenfrage stellte, ob sie Stewardess sei.

Sie nickte, und erst in diesem Moment begriff ich, dass ich tatsächlich nur von diesem Tiger geträumt hatte und mich immer noch auf dem Flug nach Jabalpur befand.

Das Einzige, was den Traum mit der Wirklichkeit verband, war mein nasser Schritt. Der kleine Junge, der auf meinen Schoß gekrabbelt war, während ich schlief, und mich mit geradezu unheimlichem Timing in die Wange gekniffen hatte, war ebenfalls nass von dem lauwarmen Tee, den er ausgekippt hatte. Er umklammerte noch immer den Plastikbecher, der vermutlich seiner Mutter auf dem Platz nebenan gehörte.

*»I am so sorry for that«*, sagte sie wie das Echo einer anderen Flugreise und hob das Kind mit einem entschuldigenden Lächeln zu sich.

Alles wiederholt sich früher oder später im Leben. Ist es nicht so?

Ich lächelte zurück und überlegte, warum ich eine solche Anziehungskraft auf kleckernde indische Kleinkinder in Flugzeugen hatte, und was nicht nur mit mir, sondern auch mit all diesen liebenswürdigen indischen Mittelklasseeltern nicht stimmte, die jeder noch so grundlegenden Fähigkeit entbehrten, ihre Kleinen halbwegs im Griff zu haben, sobald die Kindermädchen nicht in der Nähe waren.

Dennoch spürte ich eine gewisse Verbundenheit zu dem kleinen Jungen. Immerhin war auch er mit lauwarmem Tee eingeweicht. Er hatte aufgehört zu weinen, und als ich ihm versöhnlich mit dem Zeigefinger über seine runde Wange strich, sagte er nichts, sondern sah mich nur mit großen Augen an. Und meine Augen wiederum füllten sich vor Rührung mit Tränen.

Da schüttete er den letzten Schluck Tee über mein Knie.

*»I am really very, very sorry for that! He is so extremely naughty!«*, sagte seine Mutter und schüttelte den Kopf, und ich lächelte erneut und dachte, dass jetzt *wirklich* alle glauben würden, ich hätte ich mir in die Hosen gemacht, wenn ich aus dem Flugzeug stieg.

Meine Sorge, dass man mich für inkontinent halten könnte, erwies sich jedoch als unbegründet. Schon Sekunden, nachdem ich das Flugzeug verlassen hatte, war ich am ganzen Körper trocken wie Zunder. Der Wind fegte mit einer solchen Hitze und Kraft über die Landebahn in Jabalpur, dass nicht einmal Schweißperlen eine Chance hatten, sich auf der Haut zu bilden. In der Sonne mussten es mindestens fünfundsechzig Grad sein.

Als wir in die klimatisierte Ankunftshalle traten, atmete ich erleichtert aus. Auch Yogi und Lakshmi schien die massive Hitze mitzunehmen. Sie hatten ein Mineralwasser geöffnet und tranken abwechselnd davon, ohne die Flaschenöffnung mit dem Mund zu berühren. Diese hygienische Methode, ein Trinkgefäß miteinander zu teilen, ohne den kleinsten Tropfen zu verschwenden, war eine Kunst, die offenbar alle Inder zur Perfektion beherrschten. Yogi reichte mir die Flasche und bedeutete mir mit einem aufmunternden Nicken, seinem Beispiel zu folgen. Das klappte nicht ganz so gut. Ich verschluckte mich an dem Strahl und bekam einen Hustenanfall, was meinen Freund dazu veranlasste, mir fest auf den Rücken zu klopfen.

»Das… *hicks*… reicht… jetzt«, brachte ich unter Schluckauf hervor, nachdem er mich eine Weile lang wohlmeinend, aber viel zu unsanft dieser Behandlung unterzogen hatte.

Neben uns am Gepäckband stand die indische Mutter mit ihrem kleinen Sohn auf dem Arm. Er gähnte mit weit aufgerissenem Mund und legte seinen Kopf an die Schulter seiner Mutter. Dann breitete sich ein müdes, aber zufriedenes Lächeln auf dem Gesicht des Jungen aus, ehe er noch einmal gähnte, die Augen schloss und trotz des Lärms in der Ankunftshalle einschlief. Das sah so gemütlich aus, dass ich mir wünschte, ich hätte den Platz mit ihm tauschen können, und sei es auch nur für ein Weilchen. Einfach nur ein sorgenfreier kleiner Mensch sein, ohne jede Verpflichtung und mit dem Recht, seine Umgebung vollzusabbern.

Ich selbst fühlte mich erst wieder wie ein Mensch, als wir in dem klimatisierten Auto mit Chauffeur saßen, das Edward Green im Voraus für uns bestellt hatte und das uns in den Nationalpark Bandhavgarh bringen sollte.

Die Sache verhielt sich wie folgt: Während seiner Nachforschungen in Delhi war es dem Briten gelungen, seinen kleinen Bruder in der Gegend um den Tigerpark zu lokalisieren, der im Bundesstaat Madhya Pradesh im Herzen Indiens lag. Ein alter Bekannter von Edward Green, der Natur- und Tigerführungen für Touristen anbot, hatte seinen ähnlich aussehenden Bruder dort in Begleitung eines chinesischen Geschäftsmannes beobachtet. Sie hatten unter anderem ein ehemaliges Camp für Tigertouristen besucht, das Edward Green gehörte und das Paul nun an den Chinesen zu verkaufen versuchte.

Noch am Vortag war das Gespann bei einer Tigersafari gesichtet worden, und fast alles deutete darauf hin, dass sie sich immer noch in der Gegend aufhielten. Unsere Aufgabe bestand nun darin, Paul mit der Hilfe des Tigerführers zu finden und ihn zur Rede zu stellen, am besten vor Zeugen und an einem Ort, von dem er nicht so leicht verschwinden konnte, denn laut Edward Green war sein Bruder ein Meister der Flucht.

Edward Green hatte uns mit einer umfangreichen Aktensammlung ausgestattet, die Pauls unlautere Geschäfte belegten. Wenn er nicht freiwillig aufgäbe und mit uns zurück nach Delhi käme, würden wir ihn zusammen mit diesen Dokumenten an die örtliche Polizei übergeben. Anschließend sollten Edward Greens indische Anwälte den Fall übernehmen und sich darum kümmern, dass Paul in die indische Hauptstadt überführt würde, wo er den Großteil seiner Betrügereien begangen hatte.

»Mein Bruder ist zwar gut darin, Geld zu verschleudern, aber die enormen Summen, die er sich erschlichen hat, wird selbst er in der kurzen Zeit kaum ausgegeben haben können«, hatte Edward Green zu uns gesagt, als wir uns im Krankenhaus von ihm und Sumalee verabschiedeten und mit einer beträchtlich aufgebesserten Reisekasse von dort aufbrachen.

Lakshmi hatte Gaga in Darjeeling angerufen und sich vergewissert, dass auf der Plantage alles in Ordnung war, und am Abend hatten wir, nachdem wir den restlichen Teil unseres Finderlohns an Raj und Mr Mohammed ausgezahlt hatten, ein Hotel beim Flughafen in Delhi bezogen.

Yogi war müde, aber bester Laune, was nicht nur daran lag, dass wir nun die Witterung des wahren Betrügers aufgenommen hatten. Einen Teil trug sicher auch der Sieg Indiens über Sri Lanka im Cricket-Finale des World Cups dazu bei. Auf das Marathonmatch in Mumbai, das wir am Vorabend zusammen in der Hotellobby gesehen hatten, hatte ein ebenso langes Feuerwerk am Himmel gefolgt, das uns bis in die frühen Morgenstunden wach gehalten hatte. Sogar Yogi, normalerweise ein Meister darin, selbst bei größtem Lärm friedlich zu schlafen, hatte am Morgen danach verklebte Augen gehabt. Das Anstoßen wolle er sich jedoch aufheben, bis wir Paul Green gefasst hätten, hatte er betont.

»Dann werdet ihr eine Feier erleben, neben der alle anderen Feiern in unserem gewaltigen und schönen Land wie ein unschuldiger Kindergeburtstag aussehen«, schwadronierte er, als wir gut die Hälfte der vierstündigen Fahrt von Jabalpur bis zum Tigerpark zurückgelegt hatten.

»Du hast doch nicht etwa vor, dich zu betrinken?«, fragte Lakshmi, allerdings ohne diesen richtig scharfen Ton in der Stimme, den sie normalerweise aufsetzte, wenn das Thema zur Sprache kam.

»Nicht mehr als möglicherweise einen klitzekleinen Tropfen Whisky mit einer enormen Menge Wasser dazu«, antwortete Yogi.

Er zwinkerte mir zu, ehe er seinen Arm um Lakshmi legte und sie an sich zog. Nach wenigen Minuten schliefen die beiden auf dem Rücksitz und wachten nicht wieder auf, ehe wir nach weiteren zwei Stunden von der gleichmäßig asphaltierten Landstraße in einen holprigen Schotterweg einbogen, der die Federung des Autos ernsthaft herausforderte.

»Wo sind wir?«, fragte Yogi hellwach, um im nächsten Moment mit dem Kopf an die Decke zu stoßen, als der Fahrer in ein großes Schlagloch steuerte, ohne das Tempo zu drosseln.

Die Fahrtechnik der indischen Chauffeure ist genauso unverwechselbar wie dieses allumfassende Talent, ein Trinkgefäß auf hygienische Weise miteinander zu teilen, dachte ich.

»Au, au, au«, jammerte mein Freund.

»Willkommen im Tigerland«, sagte der Fahrer.

# KAPITEL 52

Nach weiteren zehn holprigen Minuten bog der Fahrer auf einen etwas ebeneren Kiesweg ein. Er führte zu einer Ansammlung verwitterter, windschiefer Holzhütten, die an einem ausgetrockneten Wasserlauf aneinanderlehnten.

Das Auto hielt vor dem einzigen Haus, das eine Veranda besaß, auf der ein Mann mit breitkrempigem Lederhut, einem grünen Hemd und Camouflagehose im Schatten saß und Zeitung las. Nach einigen Sekunden hob er langsam den Blick und sah uns an, ohne Anstalten zu machen aufzustehen.

Wir öffneten die Autotüren und wurden sofort von der mörderischen Hitze umschlossen. Leicht stöhnend ging Yogi uns voraus über die kleine Kiesfläche vor der Hütte, wo eine Handvoll Hühner im staubigen Boden nach etwas Essbarem pickten, ein ganz und gar hoffnungsloses Unterfangen.

Als wir zur Veranda kamen, streckte Yogi dem Mann die Hand entgegen, der sich jedoch mit einer Art Pfadfindergruß begnügte, indem er mit Zeige- und Mittelfinger an seine Hutkrempe tippte.

»Schönen Tag, Mr Manish«, sagte Yogi. »Wie schön, dass ich die Gelegenheit habe, Sie kennenzulernen. Edward Green hat nur in den besten Tönen von Ihnen gesprochen. Im Übrigen soll ich Ihnen ehrerbietigste Grüße von ihm ausrichten. Wir sind seine Freunde, aber das wissen Sie natürlich längst. Er hat doch angerufen und Sie über unsere Ankunft informiert, nicht wahr?«

»Setzen Sie sich«, antwortete der Mann und nickte zu einer

Holzbank, die gegenüber von seinem bedeutend bequemeren Korbstuhl stand.

Sein Gesicht war wettergegerbt und beherbergte unter der langen, schmalen und vernarbten Nase einen buschigen grauen Schnauzer. Manish war ein Mann, für den – wenn man seinen strengen Geruch und das unverhohlene Interesse der Fliegen an ihm in Betracht zog – die Körperhygiene nicht unbedingt an erster Stelle zu stehen schien. Er musste weit über sechzig sein, aber sein Blick strahlte jugendlich, und die muskulösen Arme verrieten, dass er zupacken konnte, wenn es darauf ankam.

Ein quietschender Ventilator an der Decke verbreitete einen unregelmäßigen, aber sehr willkommenen Luftzug. Ich hatte die indische Hitze durchaus schon kennengelernt, aber diese Temperaturen waren mit nichts vergleichbar, was ich bisher erlebt hatte. Es fühlte sich buchstäblich so an, als würde einem jemand Feuer unterm Hintern machen, und ich begann zu verstehen, warum Manish so sehr mit seinen Worten und Gesten geizte. Es galt, jegliche Anstrengung auf ein Minimum zu reduzieren, um überhaupt existieren zu können. Das merkwürdige Gefühl, irgendeine diffuse Rolle in einem Film zu spielen, der in extremer Zeitlupe gezeigt wurde, umfing mich. Sogar meine Gedanken flossen nur zäh dahin, als wären sie durch einen klebrigen Sirup gezogen worden. Yogi jedoch tat sein Bestes, um ein wenig Tempo in die Konversation zu bringen.

»Wir haben erfahren, dass Sie der beste Tigerausspäher von ganz Bandhavgarh sind! Und wenn Edward Green uns richtig informiert hat, wovon ich natürlich dreihundertfünfzigprozentig überzeugt bin, haben Sie auch seinen Bruder Paul Green ausfindig gemacht und sind nun äußerst gewillt, uns gegen eine angemessene Entschädigung zu ihm zu führen. Wollen wir uns auf den Weg machen?«

Yogi stand auf und schritt ungeduldig auf dem knarrenden Holzboden der Veranda auf und ab, was nur dazu führte, dass er außer Atem geriet und sich schon nach wenigen Schritten wieder setzen musste.

»Es ist wahrlich warm«, ächzte er und trank einen Schluck aus seiner Plastikflasche.

Manish nickte. Er wirkte in jeder Hinsicht wie Yogis diametraler Gegensatz. Groß statt klein, dünn statt dick und schweigsam statt redselig.

»Glauben Sie, dass es zu warm ist, um jetzt nach Paul Green zu suchen?«

Manish nickte erneut.

»Und wann ist Ihrer Meinung nach der richtige Moment gekommen?«

»Wenn es kühler wird.«

»Und wann wird es kühler?«

»In einer Weile.«

»Und was bedeutet *in einer Weile*? Ein paar Minuten, Stunden oder gar Tagen und Nächten?«

Lakshmi versetzte Yogi einen Stoß mit dem Ellbogen und warf ihm einen wütenden Blick zu.

»Kannst du nicht mal mit deinem ewigen Quengeln aufhören. Er wird uns schon Bescheid geben, wenn es so weit ist!«

Ihr Ausbruch schien bei dem phlegmatischen Mann Anklang zu finden, denn in seinem zerfurchten Gesicht ließ sich nun ein vages Lächeln erahnen. Vielleicht bewirkte es auch etwas in ihm, denn nur eine Viertelstunde später legte er seine Zeitung von sich, griff nach einem langen Bambusstock, der hinter ihm an der Hauswand gelehnt hatte, und erhob sich langsam.

»Kommen Sie«, sagte er und ging gemächlich zu unserem wartenden Auto.

Manish setzte sich neben den Fahrer, während wir anderen auf die Rückbank verwiesen wurden. Er gab dem Chauffeur ein paar kurze Anweisungen, und kurz darauf waren wir erneut unterwegs. Auch wenn sich der schweigsame Tigerspäher keineswegs in einen Schwätzer verwandelte, wurde er in der kühlen Luft bedeutend mitteilsamer und erläuterte uns die Beobachtungslage ziemlich detailliert.

Uns wurde klar, dass er Routine darin hatte, Menschen wie Tiere ausfindig zu machen. Und Paul Greens Versuch, während seines Besuchs in Bandhavgarh möglichst unauffällig zu bleiben, hatte nicht verhindern können, dass er doch Spuren hinterlassen hatte.

Dank seiner guten Beziehungen in der Gegend hatte Manish erfahren, dass Green und der chinesische Geschäftsmann die vergangene Nacht in einem abgelegenen Guest House zehn Kilometer außerhalb des Nationalparks verbracht hatten. Irgendwo auf dem Weg von dort waren sie vom Radar verschwunden, glücklicherweise aber vor erst einer Stunde wieder aufgetaucht, unmittelbar vor unserer Ankunft. Da hatte einer der Wildhüter, die Manish kannte, ihn angerufen und ihm erzählt, er habe Green mit einem Guide und einem Chauffeur in einem Jeep gesehen. Sie seien den Weg zu den Ruinen einer zweitausend Jahre alten Festung hinaufgefahren, die auf dem einzig richtigen Berg des Parks lagen. Das letzte Stück bis zum Bergplateau, das sich in achthundert Metern Höhe befand, musste man zu Fuß zurücklegen. Auch wenn das in der Hitze anstrengend sei, sei es doch die Mühe wert, betonte Manish, weil man von einem herrlich kühlen Wind empfangen werde, wenn man es bis nach oben schaffe.

»Nehmen Sie sich vor den Ästen in Acht, die auf den Weg ragen«, warnte er uns, nachdem wir an einem Eingang des Nationalparks den Eintritt bezahlt und unseren Wagen ebenfalls gegen einen Jeep eingetauscht hatten, weil der das einzige hinter der Schranke zugelassene Fahrzeug war.

Der Weg wurde schmaler, und der allradbetriebene Geländewagen schraubte sich auf den Serpentinen bergaufwärts. Als wir nach einiger Zeit zu einem ebenen Absatz mit der riesigen alten Steinstatue einer liegenden Gottheit gelangten, hielt der Jeep, und wir wurden hinauskommandiert.

»Von hier aus müssen wir das letzte Stück laufen«, sagte Manish, ging zu einem anderen, leeren Jeep, der dort bereits parkte, und untersuchte ihn.

»Ihr Chauffeur ist wahrscheinlich auch mitgegangen.«

»Ausgezeichnet!«, rief Yogi aus und bat unseren Fahrer sofort, das Gleiche zu tun.

»Je mehr Zeugen versammelt sind, wenn wir den Schurken fassen, desto besser!«

Er ging zu der Statue und führte die Handflächen zu einem ehrerbietigen Gruß zusammen.

»Das ist Vishnu, der die Ordnung aller Dinge in unserem gewaltigen Universum aufrechterhält«, verkündete Yogi feierlich. »Was wären wir nur ohne ihn? Nichts anderes als verlorene und verirrte Seelen! Und was wäre Vishnu ohne seine göttliche Gemahlin, die auf den überirdisch schönen Namen Lakshmi hört!«

Seine Augen strahlten, als er seine Verlobte liebevoll ansah.

»Dass meine Lakshmi nach dieser Göttin benannt ist, die nicht nur Glück und Erfolg bringt, sondern unter all unseren Göttern auch die wunderbarste und wichtigste Garantin für die gesegnete Fruchtbarkeit ist!«

Lakshmi lächelte und senkte beschämt den Blick.

Wir traten durch einen Torbogen in den Überresten der Ringmauer, welche die Festung umgab, und gingen einen steilen Pfad hinauf. Je weiter wir den Berg erklommen, desto stärker verwuchs die Vegetation mit der alten Verteidigungsfestung, die durch die Jahrhunderte hindurch von unterschiedlichen Maharadschas und muslimischen Mogulen regiert worden war. Während die Herrscher der Vorzeit Mauern und Schanzen mit aggressiver Gewalt zerstört hatten, als sie einander ablösten, eroberte die Natur diese Festung mit etwas, was an Fürsorge grenzte. Die Bäume und das Wurzelgeflecht, die Wachtürme und Tempel sprengten, schlangen sich gleichzeitig in stützenden Umarmungen um die Gebäude und hinderten sie so am Einsturz. Alte Götterbilder, direkt in den Fels gehauen, waren mit einer weichen Schicht Moos und Torf überzogen, und Dächer aus Erde und Gras schützten ehemalige Soldatenbaracken und Stallgebäude vor dem Verwittern. Es war, als würde Vishnu, der allmächtige Gott des Bewahrens, seine schützende Hand über diese ganze Pracht halten.

Als wir endlich das Bergplateau erreicht hatten, öffnete sich die Landschaft und gab den heiß ersehnten Windzug frei. Ich wischte mir den Schweiß von der Stirn, sog gierig die frische Luft ein und genoss die herrliche Aussicht. Wir blickten über Wald und Savanne, wo Herden von Sambarhirschen und Rotwild ästen und Blätter von den Sträuchern zupften. Am Himmel zogen Geier auf der Suche nach Aas ihre Kreise, und in den Baumwipfeln raschelte es leise, wenn die Langurenaffen ihre weiten Sprünge machten. Plötzlich wurde das Idyll von Tierschreien durchschnitten. Affengekreische mischte sich mit Krähengekrächze. Wildschweine grunzten, Hirsche brüllten, und Rehe blökten. Innerhalb einer Minute schien plötzlich der ganze Urwald einen unheilvollen Gesang anzustimmen.

»Was geht hier vor sich?«, fragte ich beunruhigt.

»Warnrufe. Irgendwo da unten bewegt sich gerade ein Tiger«, erklärte Manish und zeigte auf das Tal zwischen zwei Bäumen.

»Kann er hierher kommen?«, fragte ich, meinen Albtraum in frischer Erinnerung.

»Nein, er hält sich an die Grenzen seines Reviers. Aber wenn wir richtiges Glück haben, sehen wir vielleicht einen anderen Tiger, der sich mitunter in diesem Teil seines großen Reviers blicken lässt.«

»*Wenn wir Glück haben?!* Aber wir sind doch vollkommen schutzlos! Was ist, wenn er uns anfällt?«

Manish spuckte einen großen Speichelklumpen über seine Schulter und schüttelte den Kopf.

»In den Neunzigerjahren herrschte in Bandhavgarh ein Männchen, das Charger hieß und manchmal Jeeps und Elefanten attackierte. Aber die Tiger, die heute in diesem Reservat leben, greifen nicht an, es sei denn, sie fühlen sich bedrängt. Wenn Sie sich an meine Anweisungen halten, sind Sie vollkommen sicher.«

Ich schauderte innerlich, folgte den anderen aber dennoch auf dem Pfad, der weiter an mächtigen Steinfiguren verschiedener Tiere vorbeiführte, darunter ein Fisch, ein Wildschwein und eine gigantische Schildkröte.

»Das sind allesamt Wiedergeburten Vishnus«, erklärte Yogi. »Er offenbart sich in verschiedenen Inkarnationen, um das Schlechte auf dieser Erde zu besiegen. Vielleicht ist Vishnu auch heute bei uns, um Paul Greens böswillige Gier zu bekämpfen und Gerechtigkeit zu fordern.«

»Pssst!«, zischte Manish plötzlich und scheuchte uns in ein Gebüsch.

Er ging in die Hocke, gab uns Zeichen, das Gleiche zu tun, und spähte dann mit seinem Fernglas zwischen den Blättern hindurch.

»Was sehen Sie?«, flüsterte Yogi gespannt.

Der Tigerausspäher biss sich konzentriert auf die Unterlippe und suchte ein größeres Gebiet ab.

»Es scheint, als hätten wir heute Glück.«

# KAPITEL 53

Manish überließ uns allen der Reihe nach sein Fernglas. Einige hundert Meter vor uns lag ein weißer Tempel, auf dessen Kuppeln eine rote Flagge wehte. Im Schatten eines Baumes, direkt neben dem Gebäude, saßen vier Männer auf einer niedrigen Mauer und blickten in dieselbe Richtung.

Ich justierte die Schärfe des Fernglases ein wenig und erkannte in dem imposanten Mann in der Mitte sofort Edward Greens betrügerischen Bruder Paul. Rechts von ihm hockte ein indischer Guide, der mit dem gleichen Bambusstock wie Manish frenetisch auf etwas zeigte. Auf der anderen Seite saß ein chinesischer Herr mit Kappe, der ebenso frenetisch fotografierte, und ein weiterer Inder, vermutlich der Fahrer. Der Gegenstand ihres gemeinsamen Interesses stand träge und vollkommen unbeeindruckt am Ufer eines flachen und trüben Teichs und soff Wasser.

Ein Tiger.

Obwohl ich ihn aus der Distanz und durch ein Fernglas sah, war es ein majestätischer Anblick, den kein Traum der Welt hätte heraufbeschwören können. So groß und doch so graziös! Das vernarbte Gesicht und der zerfledderte Pelz verrieten, dass er in seinem Leben schon viele Kämpfe ausgefochten hatte. Wie Manish erklärte, handelte es sich um ein älteres Weibchen namens Rani. Das bedeutete »Königin« auf Hindi, und sie trug ihren Namen wirklich mit Würde. Ein wenig abgerissen, aber mit einer Muskelmasse, die jeden anabolikastrotzenden Bodybuilder vor Neid erblassen lassen würde. Wohl dem, der mit der gleichen Würde altern konnte wie diese starke Dame.

Die Furcht, die ich zuvor gespürt hatte, verschwand mit einem Schlag. Stattdessen wurde ich von tiefem Respekt und Demut vor der Kraft und Verletzlichkeit der Natur erfüllt. Dieses in Schönheit gealterte Raubtier hatte nichts Grausames an sich. Es tötete, um zu überleben, und kämpfte gegen andere Vertreter seiner Art, um sein Revier zu schützen. Grausam waren allein die Menschen, denen es beinahe gelungen war, dieses einzigartige Geschöpf auszurotten.

Manish trieb uns mit leiser Stimme an. Es wurde Zeit, sich dem wahren Biest zu nähern, Paul Green. Manish kannte den Guide und den Chauffeur, die der Brite angeheuert hatte, es waren zwei Kollegen aus einem Nachbarort. Sie seien ausgezeichnete Zeugen, wenn wir den Betrüger zur Rede stellten. Und die beiden übrigen Anwesenden waren auch nicht von schlechten Eltern: ein chinesischer Geschäftsmann, der ebenfalls kurz davor war, von Green übers Ohr gehauen zu werden, und ein bengalischer Tiger.

Auf leisen Sohlen krochen wir aus dem Gebüsch und begaben uns nach rechts in eine kleine Senke im Felsboden. Die natürlich entstandene Vertiefung verlief in einem Halbkreis über das Plateau und endete auf der Rückseite des Tempels. Mein Puls raste vor Anstrengung und Spannung, als wir uns die Tempeltreppe hinaufbewegten und auf der Längsseite des Gebäudes entlangschlichen. Vorsichtig spähten wir um die Ecke, zu der Mauer, auf der die Männer saßen. Rani stand noch immer am Ufer der Wasserstelle, hatte jedoch aufgehört zu trinken. Sie reckte ihren Hals und drehte den Kopf, sodass ihr schönes Profil sichtbar wurde.

Der Chinese stand auf und machte einige Schritte zur Seite, um die Kameraperspektive zu ändern, und sowohl der Guide als auch der Chauffeur folgten ihm brav. Paul Green dagegen blieb mit seinem dicken Hinterteil auf der Mauer sitzen und vergrub seine Finger in einer Chipstüte.

»Wäre das nicht der richtige Augenblick?«, flüsterte Lakshmi.

Manish strich sich nachdenklich über seinen üppigen Bart, betrachtete den Tiger und nickte dann. Wir gingen die Treppe auf der Schmalseite des Tempels hinunter und näherten uns den Männern langsam und mit leisen Schritten. Das vernarbte Tigerweibchen fesselte ihre Aufmerksamkeit noch immer vollkommen, und erst als wir nur noch fünf Meter von der Mauer entfernt waren, drehte sich der Guide mit überraschter Miene zu uns um. Dann aber entdeckte er Manish, nickte kurz und winkte uns herbei. Offenbar glaubte er, wir wären ganz gewöhnliche Tigertouristen.

Die Systemkamera des Chinesen ratterte in einer schnellen Bildserie, und Lakshmi nutzte den Moment dazu, den letzten Schritt auf den Briten zuzugehen und ihm die Hand auf die Schulter zu legen.

»Guten Tag, Mr Paul Green«, sagte sie in ihrem hochtrabendsten Oberklasseenglisch.

Der gewaltige Mann unterbrach sein Kauen und sah die kleine indische Frau erstaunt an. Dann drehte er den Kopf und erblickte auch Yogi und mich. Es dauerte einen Moment, bis ihm aufging, wer wir waren, aber als es so weit war, zog er instinktiv die Schultern hoch und verzog sein Gesicht, als hätte man ihm gerade einen Eimer kaltes Wasser über den Kopf geschüttet.

Paul Green legte die Chipstüte beiseite und stützte sich mit den Händen an der Mauer ab, um aufzustehen, doch Lakshmi presste ihn sofort wieder nach unten. Sosehr er sich auch wand, ihrem vehementen Griff konnte er nicht entkommen. Er erinnerte an einen gestrandeten Wal.

»Unterstehen Sie sich, Weib! Weg mit den Pfoten!«, krakeelte der schwerfällige Brite schließlich in einem letzten Versuch, sich aufzurappeln und Lakshmi Angst einzujagen.

Sie warf ihm einen verächtlichen Blick zu, ehe sie blitzschnell ihren Gesichtsausdruck wechselte und sich lächelnd an den Chinesen richtete, die Hand noch immer auf Greens Schulter.

»Entschuldigen Sie, Mister, sprechen Sie Englisch?«

Der Chinese nahm seine Kappe ab, kratzte sich nachdenklich am Kopf und nickte schwach.

»Dann muss ich Sie darüber informieren, dass Sie von diesem Mann hinters Licht geführt worden sind. Er heißt nicht Edward Green, sondern Paul Green, und ist auch nicht der Eigentümer des Tigerparks, den er Ihnen verkaufen will. Er ist ein Betrüger, der sich für seinen Bruder ausgibt und schon viele Menschen hereingelegt hat. Uns hat er auf die gleiche Weise eine verfallene Teeplantage in Darjeeling angedreht.«

»Sie lügt! Ich habe diese Frau noch nie gesehen!«, protestierte der Brite.

Yogi ging zu ihm und hockte sich dicht neben ihn auf die Mauer.

»Und meine Wenigkeit kennen Sie natürlich auch nicht?«, fragte er, die Augen bedrohlich aufgerissen, die Nüstern geweitet wie ein schnaubender Stier.

Ich sah, wie mein Freund innerlich kochte, und fürchtete, er könnte jeden Moment explodieren. Paul Green musste das Gleiche denken, denn er blinzelte und schluckte nervös.

Derweil erklärte Manish seinen indischen Kollegen, was passiert war, und diese schüttelten bejahend den Kopf und wiederholten das hinduistische Wort für okay, *acha*, mit einer solchen Häufigkeit, dass man meinen könnte, sie hätten einen kollektiven Niesanfall.

»Sollte es zu irgendwelchen Komplikationen in unserer geschäftlichen Transaktion gekommen sein, werde ich selbstverständlich alles bereinigen«, warf Paul Green versuchsweise in einem plötzlich sehr liebenswürdigen Ton ein und warf einen Blick auf seine Armbanduhr.

»Wir können uns in einer guten Stunde in unserer Hotellobby treffen, dann werden wir alle ungeklärten Angelegenheiten wie zivilisierte Menschen klären.«

»Das, Mr Green, wird leider nicht möglich sein«, entgegnete Yogi, der sich nur noch mit Mühe kontrollieren konnte.

Und plötzlich platzte es aus ihm heraus:

»SIE SIND NÄMLICH KEIN ZIVILISIERTER MENSCH! SIE SIND DIE ABSCHEULICHSTE UND WIDERWÄRTIGSTE PERSON, DIE DIE GESEGNETE ERDE INDIENS JE BESUDELT HAT! UND JETZT WERDEN SIE JEDE RUPIE, DIE SIE UNS GESTOHLEN HABEN, ZURÜCKZAHLEN, ES SEI DENN, SIE WOLLEN LIEBER IM FINSTERSTEN ALLER FINSTEREN GEFÄNGNISKERKER VERROTTEN! UND VERSUCHEN SIE JA NICHT, SICH WIEDER HERAUSZUWINDEN! DIES IST NUR EINER VON VIELEN BEWEISEN FÜR IHRE NIEDERTRÄCHTIGE ERBÄRMLICHKEIT!«

Yogi hatte ein Dokument aus seiner Hosentasche gezogen, mit dem er dem Briten drohend vor dem Gesicht hin- und herwedelte.

»Ist das wahr?«, fragte der chinesische Geschäftsmann Paul Green, der den Kopf schüttelte und angestrengt lächelte.

»Auf keinen Fall, Mr Wong, hier liegt lediglich ein kleines Missverständnis vor, das wir aus dem Weg räumen werden, sobald sich dieser Mann beruhigt hat.«

»EIN KLEINES MISSVERSTÄNDNIS?! SIE HABEN MICH RUINIERT UND MEINE HOCHZEIT VERHINDERT UND

MEINE FAMILIE UND MICH AUSEINANDERGEBRACHT! NENNEN SIE DAS EIN KLEINES MISSVERSTÄNDNIS?!«, brüllte Yogi.

»Ruhe!«, zischte Manish. »Sie stören den Tiger.«

Yogi verstummte abrupt, vollkommen erschöpft nach seinem Ausbruch. Wir blickten alle zu Rani herüber, die noch immer am Ufer des Teichs stand. Etwas war mit dem alten Weibchen passiert. Ihre selbstbewusste Gelassenheit war einer wachsamen Vorsicht gewichen. Erst glaubte ich, der ganze Tumult und Yogis Geschrei hätten sie gestört, dann aber sah ich, dass ihre Konzentration auf einen anderen Punkt gerichtet war.

Manish packte Paul Green unter dem Arm und half ihm auf die Füße.

»Alle müssen sofort in den Tempel«, sagte er ernst, und seine indischen Kollegen stimmten ihm zu.

Die Männer halfen einander, den Briten die Treppen zu dem alten Heiligtum hinaufzuhieven. Wir anderen folgten ihnen und versammelten uns hinter einem der Tore, von dem aus man freie Sicht auf die Wasserstelle hatte, in einem Kreis um Manish. Paul Green ächzte und lehnte seinen schweren Oberkörper gegen die Wand. In seinem Gesicht war keine Spur mehr von Arroganz zu erkennen. Er nestelte nervös mit den Fingern an seinen Lippen herum. Vielleicht vermisste er die Chipstüte, die noch auf der Mauer lag.

»Schauen Sie dort, rechts«, flüsterte Manish und deutete mit dem Finger in diese Richtung. »Sehen Sie das?«

Es sah aus wie ein Windstoß, der in Richtung des Teichs durch das hohe Gras strich. Doch als die wogende Wellenbewegung das Ufer erreicht hatte, verwandelte sie sich in einen leibhaftigen Tiger.

»Das ist Ranis Tochter Leela, die ihre Mutter und deren

Revier herausfordert«, flüsterte Manish. »Im Kampf um das Überleben bedeutet der Zugang zu den Jagdgründen alles, da müssen die Familienbande zurückgestellt werden. Die beiden Weibchen kämpfen gegeneinander, aber glauben Sie nicht, dass es dabei sanft zugehen wird. Wenn sich zwei Damen dieses Kalibers streiten, sollte man ihnen nicht zu nahe kommen«, sagte er und gab uns ein Zeichen, dass wir uns hinter ihm halten sollten.

Das jüngere Tigerweibchen tat einige zögerliche Schritte in den Teich. Die Frösche, die dort bisher vergnügt gequakt hatten, sprangen erschrocken und wild platschend über die Oberfläche davon. Auf der anderen Seite des Teichs hatte Rani sich bereits in Angriffshaltung geduckt, und gerade als die Tochter das Gewässer halb überquert hatte, startete sie ihre Attacke. Mit gewaltiger Kraft gingen die Tiere in dem seichten Gewässer aufeinander los. Nach einigen brüllenden Angriffen sah es so aus, als hätte Leela leicht die Oberhand gewonnen, aber dann rollte sich die Mutter listig auf den Rücken und verpasste ihrer Nachfahrin mit der rechten Pranke einen harten Schlag auf die Schnauze.

Das genügte, um den brutalen Familienstreit zu beenden. Leela trottete mit gesenktem Kopf aus dem Teich und passierte den Tempel direkt unterhalb unseres Aussichtspunktes. Rani folgte ihr ein Stück, hielt aber neben dem großen Baum an der Mauer inne, wo wir zuvor gestanden hatten. Triumphal reckte sie ihr Hinterteil dem Stamm entgegen, hob den Schwanz und verspritzte eine kleine Urinwolke, um ihr Revier zu markieren. Leela verschwand im Dschungel, während sich ihre Mutter wieder zur Wasserstelle begab, um dort ihre Wunden vom Kampf zu lecken.

»Diesmal hat Rani gewonnen. Aber die Tochter dürfte eines Tages einen neuen Versuch wagen. Sie ist zwischen zwei Reviergrenzen geraten, und der Hunger wird sie dazu zwingen, die Mutter erneut herauszufordern.«

Es war deutlich, dass die Szene, die wir soeben bezeugt hatten, auch einen erfahrenen Tigerausspäher wie Manish beeindruckte.

»So nah kommt man nur selten an einen echten Revierkampf heran. Dramatischer geht es nicht«, sagte er.

Doch wie sich herausstellen sollte, hatte er sich getäuscht.

# KAPITEL 54

Offenbar hatten wir Paul Greens Verzweiflung unterschätzt. Und uns auch die warnenden Worte seines Bruders Edward, dass Paul ein besonders glatter Aal sei, nicht genug zu Herzen genommen. Denn während wir nach dem Tigerkampf noch erleichtert durchatmeten, hatte der Brite bereits die Flucht angetreten. Möglicherweise kam der Impuls dazu von seinem indischen Fahrer, der seine Autoschlüssel wie eine Gebetskette immer wieder nervös um den Zeigefinger hatte kreiseln lassen. Green riss die Schlüssel hastig an sich und trampelte plump die Treppe hinunter. Und – schwups – hatte sich der gestrandete Wal in ein durchgegangenes Flusspferd verwandelt!

Green donnerte in Richtung der Tierstatuen davon, die wir beim Aufstieg passiert hatten, und trotz seiner enormen Körperfülle erlangte der Mann ein beachtliches Tempo.

»Wir müssen ihn aufhalten, bevor er den Jeep erreicht!«, rief Yogi und war bereits mit halbem Fuß auf der Treppe, als Manish ihn am Hemdsärmel packte.

»Sind Sie verrückt?! Leela ist noch in der Gegend. Sie bleiben hier im Tempel, bis ich etwas anderes sage!«

»Aber Sie haben doch gesagt, die Tiger in diesem Reservat würden keine Menschen anfallen«, wandte Yogi ein.

»Und Sie können gut reden, hören aber schlecht zu. Ich habe gesagt, dass die Tiger niemanden anfallen, solange sie sich nicht bedrängt fühlen. Aber diese junge Tigerin ist in großer Bedrängnis. Sie hat gerade einen Revierkampf verloren und ist sehr hungrig«, sagte Manish, während er Paul Greens Flucht mit dem Fernglas verfolgte.

Plötzlich erstarrte er und schrie seinem indischen Kollegen etwas zu.

»Bleibt stehen«, rief er an uns gerichtet, und ehe ich verstanden hatte, was vor sich ging, waren die beiden Männer mit ihren Bambusstöcken im Anschlag auf das Bergplateau hinausgerannt.

Da erklang in der Ferne das inzwischen vertraute Brüllen eines Tigers, gefolgt von einem verzweifelten Hilferuf. Ich sah zwei Punkte näherkommen, und nach einer Weile konnte ich Paul Green und Leela ausmachen, in der genannten Reihenfolge. Den Tiger dicht auf den Fersen, rannte er um sein Leben.

Leela hätte sich leicht auf Green stürzen können, als er ein ungeschicktes Ausweichmanöver machte, um das Tier auszutricksen. Aber sie trabte nur gelassen hinter ihm her, die ganze Zeit dicht hinter ihm, und in dem Moment begriff ich, dass sie mit ihm spielte, so, wie es eine Katze mit der bereits erbeuteten Maus tut, wenn sie sie freilässt, um die Jagd erneut aufzunehmen.

Als der entkräftete Brite langsamer wurde und seiner Todesangst wimmernd Ausdruck verlieh, verpasste ihm die Tigerin einen kleinen, fast beiläufigen Tatzenhieb. Er traf Greens rechtes Bein und streckte ihn sofort zu Boden. Aber statt sich auf die Beute zu stürzen, hielt Leela erst inne und umkreiste den schnaufenden Mann dann, als wollte sie ihn dazu auffordern, ein bisschen mehr Widerstand zu leisten.

Manish und der andere Guide näherten sich dem dramatischen Schauspiel vorsichtig und schlugen dabei mit ihren Stöcken gegen den Fels, um den Tiger abzulenken. Für einen Moment schien es ihnen zu gelingen, das junge Weibchen ließ von Green ab und bewegte sich auf die Männer zu. Sie deutete einen Angriff an, der sie zwang, ein wenig zurückzuweichen, führte ihn jedoch nicht weiter fort, sondern wandte sich wieder Paul Green zu.

Unter zitternder Kraftanstrengung erhob der sich auf die Knie, nur um schon in den nächsten Sekunden wieder platt auf den Boden zu sinken. Leela brüllte und riss den Kopf nach oben. Wie bizarr war es doch, dass Paul Green in diesem Augenblick meinen eigenen Albtraum durchlebte! Und leider war ich mir ganz sicher, dass diesmal kein kleiner indischer Junge auftauchen würde, der ihm in die Wange kniff und Tee auf seiner Hose verschüttete.

Stattdessen tauchte jemand anderes auf. Eine alte Bekannte, die Manish und seinen Kollegen noch weiter zurückweichen ließ, die Stöcke in Bereitschaft. Es war die vernarbte Rani, die sich ausgeruht hatte und nun unter heiserem Brüllen erneut die Bühne betrat. Sie rannte direkt auf ihre Tochter zu und warf sich mit einem Sprung auf sie. Die Tiere rollten in einer Staubwolke über den Boden, direkt neben Paul Greens dem Anschein nach leblosen Körper. Sie knurrten und fauchten, rauften und kratzten und bissen sich und führten einen Kampf, der viel erbitterter und blutiger war als jener, den sie kurz zuvor ausgefochten hatten. Als sie nach einigen Minuten beide auf den Hinterbeinen standen und einander umklammerten wie zwei erschöpfte Schwergewichtsboxer im Clinch, wagte Rani eine letzte Attacke. Dank ihres höheren Gewichts gelang es ihr, die Gegnerin zu Boden zu pressen und ihr einen kräftigen Schlag mit der Pranke zu verpassen.

Es war der Gnadenstoß. Ein weiteres Mal hatte die Mutter ihr Revier verteidigt und der Tochter gezeigt, dass Alter vor Schönheit ging. Leela suchte erneut das Weite, und eine gespannte Stille legte sich über den Ort.

Die alles entscheidende Frage war nun, ob sich die Königin mit ihrem erneuten Triumph zufriedengeben würde oder ihn mit einem Festmahl in Form eines beleibten Briten zu feiern gedachte.

Manish und sein Kollege schlugen abermals mit ihren Stöcken gegen den Fels, um sie zu stören, aber sie kümmerte sich nicht darum, sondern schritt gemächlich auf Paul Green zu und senkte ihren Kopf.

Die Tigerin beschnüffelte den Mann neugierig und schleckte sein Gesicht ab, ehe sie ihren Schlund öffnete. Ich hielt mir mit der Hand die Augen zu, konnte aber nicht anders, als zwischen meinen Fingern hindurchzuspähen. Rani hatte das Maul jetzt so weit aufgerissen, dass ihre scharfen Eckzähne zu sehen waren, doch genau in dem Moment, in dem ich glaubte, sie würde ihre Hauer in Green schlagen, wurde sie von einem Gähnanfall gepackt. Mir fiel keine andere Deutung ein, als dass Green ihr schlichtweg nicht appetitlich genug war.

Dann schlenderte sie langsam davon. Andächtig folgten wir ihrem majestätischen Rückzug am Teich vorbei und weiter hinauf zu jenem Teil der alten Festung, der am Rande des Bergplateaus lag.

Manish und sein Kollege rannten zu Paul Green. Sie schüttelten ihn, damit er aufwachte, und als das nicht gelang, gingen sie zur Herzmassage und Mund-zu-Mund-Beatmung über. Nach fünf Minuten gaben sie auf und kehrten mit schweren Schritten zu uns zurück.

»Ist er tot?«, fragte Lakshmi.

Manish nickte.

»Aber er hat keine äußerlichen Verletzungen. Vermutlich ist er an einem Herzinfarkt gestorben.«

Ich erinnerte mich daran, wie Paul Green damals atemlos in den Gymkhana Club in Delhi geeilt kam und anschließend unglaubliche Mengen an Essen in sich hineingestopft hatte. Wäre dieser Mann nicht heute gestorben, hätte sein Tod wahrscheinlich nicht mehr lange auf sich warten lassen. Und wenn man bedachte, dass sein Bruder Edward gerade einen Herzinfarkt überlebt hatte, gab es möglicherweise auch eine genetische Veranlagung.

Ich betrachtete ihn, wie er dort reglos auf dem Boden lag, und wurde von Wehmut erfasst. Paul Green war zu Lebzeiten kein sympathischer Mensch gewesen, aber dies war nicht der richtige Moment, um ihn zu verurteilen. Er hatte sicher auch mit irgendwelchen inneren Dämonen zu kämpfen gehabt. Welche das waren, würden wir nie erfahren.

Manish rief vom Handy aus im Büro der Parkwacht an und berichtete, was geschehen war. Unter betretenem Schweigen blieben wir im Tempel stehen, bis zwei Wächter auf einem Elefanten herbeiritten und die Leiche des Briten mitnahmen, um sie den Berg hinabzutransportieren.

Der bedauernswerte chinesische Geschäftsmann erholte sich langsam von dem Schock, und als wir später am Abend in einem kleinen Restaurant ein gemeinsames Essen einnahmen, nachdem uns die örtliche Polizei befragt hatte, dankte Mr Wong uns dafür, dass wir ihn vor dem Betrug bewahrt hatten.

»Mr Green war wirklich sehr überzeugend. Wenn Sie nicht eingegriffen hätten, hätte ich ihm morgen fünfzigtausend Dollar überwiesen. Aber wie steht es um Ihr Geld, werden Sie es zurückbekommen?«

»Das zu entscheiden, müssen wir den Göttern überlassen«, sagte Yogi nachdenklich.

Nach dem Essen blieben wir noch lange sitzen und verarbeiteten unser gemeinsames Erlebnis über einigen Bieren. Sogar Yogi hatte die Erlaubnis erhalten, unter Lakshmis wachsamen

Blicken eine kleine Flasche Kingfisher zu trinken. Nach drei *großen* Flaschen Kingfisher fragte ich Manish, warum das alte Tigerweibchen den Briten als Abendbrot verschmäht hatte. Noch ehe er antworten konnte, ergriff Yogi das Wort.

»Bei allem Respekt vor Ihrer Expertise hätte ich da eine kleine persönliche Theorie. Ob es mir erlaubt ist, sie vorzutragen?«

Lakshmi schüttelte entschieden den Kopf, Manish nickte jedoch aufmunternd.

»Ich frage mich, und diesmal bei allem Respekt vor dem Toten, ob es nicht daran liegen könnte, dass sein Fleisch schlichtweg zu bitter war, um den Geschmack der alten Tigerdame zu treffen. Wir haben ja alle gesehen, wie sie erst an ihm gerochen und ihm dann mit der Zunge über die Wange geleckt hat, ehe sie beschloss, dass er es nicht wert ist, von ihr verspeist zu werden.«

»Ich weiß nicht, wo du immer all diese verrückten Ideen hernimmst«, seufzte Lakshmi. »Warum sollte Paul Green bitter geschmeckt haben?«

»Ja, meine Liebe, weil ich daran glaube, dass sich der Charakter eines Menschen nicht nur in der Seele, sondern auch in seinem Körper widerspiegelt, und ohne die Toten lästern zu wollen, scheint er eine äußerst barsche und übellaunige Person gewesen zu sein, die noch dazu anderen das Leben bitter gemacht hat.«

Yogi steckte sich eine Bidi an und wandte sich Manish zu.

»Glauben Sie nicht, dass es so sein könnte? Ich meine, wir Menschen sind viel zu schnell dabei, andere nur nach dem Äußeren zu beurteilen. Ich glaube zum Beispiel, dass Sie, Mr Manish, ausnehmend ausgezeichnet schmecken würden, weil Sie ein Mann mit vorzüglichen Charaktereigenschaften sind, und da spielt es keinerlei Rolle, dass Sie vielleicht nicht das beste Verhältnis zu Seife und Wasser haben und nach altem Schweiß riechen, weil es die inneren Werte sind, die zählen und …«

Yogi hielt inne und versuchte, sich wieder aus seinen Worten herauszuwinden.

»Verstehen Sie mich nicht falsch, Mr Manish. Denn zum einen bin ich Vegetarier und esse überhaupt kein Fleisch … aber wenn wir nun einmal bei dieser Argumentation bleiben, meine ich … oder besser gesagt, meine ich natürlich *nicht*, dass Ihr Körpergeruch wesentlich strenger wäre als beispielsweise der meinige. Und Sie haben ein gutes Herz und eine reine Seele, und deshalb schmecken Sie sicherlich in jeder Hinsicht gut und … ja, eigentlich war es wohl nur das, was ich zu sagen versuchte, allerdings habe ich es auf eine Weise getan, die vielleicht ein wenig sonderbar erscheinen mag, obwohl ich doch lediglich beabsichtigt hatte, meine tiefste Hochachtung vor Ihrem guten Charakter zum Ausdruck zu bringen. Und Ihrem guten Fleisch.«

Manish sah Yogi an. Am Tisch wurde es mucksmäuschenstill, und mein Freund wand sich gequält auf seinem Stuhl. Dann aber brach der Tigerausspäher in ein so schallendes Gelächter aus, dass sein grau melierter Schnurrbart zitterte.

»Wissen Sie, was ich glaube, wie Sie schmecken?«, fragte er Yogi, nachdem er sich die Tränen getrocknet hatte.

»Nein, guter Mr Manish, erzählen Sie es mir!«

»Ich glaube, dass Sie ein wenig wie eine Ente schmecken.«

»Warum das?«

»Weil sie ununterbrochen schnattern. Aber ich muss einräumen, dass ich eine kross gebratene Ente sehr zu schätzen weiß.«

# KAPITEL 55

Wir waren gezwungen, noch zwei weitere Tage in Bandhavgarh zu bleiben, um die Formalitäten bezüglich der sterblichen Überreste von Paul Green zu klären. Denn es war der merkwürdige Fall eingetreten, dass wir, die doch seine erbittertsten Feinde gewesen waren, mit einem Mal als seine Angehörigen galten, auch weil wir in Kontakt zu seinem Bruder standen.

Im gesamten Umkreis gab es nirgends einen Kühlraum, um die Leiche zu lagern, was bei der extremen Hitze keine gute Nachricht war. Immerhin fanden wir in einem Nachbardorf einen Schreiner, der uns einen ordentlichen Sarg mit einem zusätzlich verstärkten und geruchsdichten Deckel zimmerte. Edward trug die Nachricht vom Tod seines Bruders mit Fassung und zahlte die Überführung von dessen Leichnam nach Delhi, wo eine christliche Andacht gehalten werden sollte, ehe er verbrannt werden sollte. Anschließend würde die Urne nach London geflogen werden, um sie im Familiengrab der Greens beizusetzen.

Nachdem wir selbst in Delhi gelandet waren, begaben wir uns vom Flughafen direkt in das Hotel *Jaypee*, wohin Edward Green mit seiner Sumalee nach seinem Krankenhausaufenthalt zurückgekehrt war. Diesmal brauchten wir kein Theater zu spielen, um ihn ausfindig zu machen, da wir in der Suite des Paars im vierten Stock erwartet wurden. Edward Green sah richtig gesund aus, wie er dort in einem weißen Frotteemorgenrock am Schreibtisch saß, der mit allerlei Papieren übersät war. Nachdem wir ihm unser Beileid ausgesprochen und einige Höflichkeitsphrasen gewechselt hatten, erklärte er uns, wie die finanzielle Lage aussah.

»Endlich ist es mir gelungen, ein wenig Ordnung in diesen Sumpf zu bringen, und leider sieht es richtig finster aus. Paul ist es tatsächlich gelungen, fast alles zu verprassen, was er sich ergaunert hat. Offenbar hat dieser Narr das meiste beim Internetpoker verspielt. Ich wusste, dass mein Bruder ein Suchtmensch war, aber ich hatte keine Ahnung, wie schlimm es um ihn stand. Für mich bleibt es vollkommen unverständlich, vor einem Bildschirm zu sitzen und auf irgendwelche Karten zu klicken und zu sehen, wie das Geld im Cyberspace davonschwebt. Aber was weiß ich schon vom Spielteufel, schließlich hat der mich nie gepackt.«

Für einen Moment blitzte die Trauer in Edward Greens Blick auf. Er holte ein Taschentuch hervor und schnäuzte sich lautstark.

»Bedeutet das etwa, dass wir vollkommen leer ausgehen, nach allem, was wir getan haben?«, fragte Lakshmi und versuchte nicht, ihre Entrüstung zu verbergen.

»Immer noch misstrauisch, Frau Doktor?«

»Ich versuche nur, unsere Interessen zu wahren.«

Edward Green deutete mit dem Arm auf den Schreibtisch.

»Sie sind herzlich dazu eingeladen, Ihre Interessen hier und jetzt zu wahren, Frau Doktor. Und schreien Sie nur, wenn Sie etwas entdecken, was ich zu verbergen versucht habe. Ansonsten würde ich Ihnen aber gern ein Angebot unterbreiten.«

Beim Anblick all der Papierstapel fiel Lakshmi die Entscheidung wohl nicht schwer.

»Schießen Sie los«, sagte sie.

»Zunächst muss ich noch einmal betonen, dass ich Ihnen

wirklich dankbar dafür bin, was Sie getan haben, in mehrfacher Hinsicht. Noch gestern Abend habe ich mit Mr Saranathan telefoniert, der seine Bewunderung darüber geäußert hat, wie es Ihnen gelungen ist, das East Green Estate zu neuem Leben zu erwecken.«

Er nahm ein Dokument von einem der Stapel und legte es Lakshmi vor.

»Dies ist ein Überlassungsvertrag«, sagte er. »Als Entschädigung für Ihren Verlust erhebe ich keinen Anspruch auf meinen Besitz in Darjeeling und überschreibe ihn Ihnen zu vollen Teilen. Ich bin auch bereit, fünfundzwanzig Prozent der Summe zu erstatten, die Sie meinem Bruder gezahlt haben. Weiter reicht meine Großzügigkeit allerdings nicht. Es wird eine Weile dauern, ehe ich genau herausgefunden habe, in welchem Ausmaß die Betrügereien auch mich betreffen. Und im Hinblick auf unsere schwache Gesundheit müssen wir noch mit einigen Behandlungskosten rechnen«, sagte der Brite und lächelte Sumalee zärtlich an.

Es war ein Angebot, das nur ein Idiot ausgeschlagen hätte. Edward Green hatte uns gegenüber keinerlei juristische Verpflichtungen und erwies sich dennoch als außergewöhnlich großzügig. Yogi trat auf ihn zu und reichte ihm die Hand.

»Das ist ein äußerst großzügiges Angebot, Mr Green, und es zeigt, dass Sie trotz Ihres Herzinfarkts ein außerordentlich gutes Herz haben, und ich hoffe von meinem ganzen Herzen, dass Ihr gutes Herz noch lange leben wird, jetzt, da die allerbesten indischen Ärzte ihre feinsten Ballons und Drähte in Ihre Adern gesteckt haben.«

Yogi beugte sich hinab und berührte Edward Greens Füße. Der Brite betrachtete ihn amüsiert.

»Sie sind ein höflicher und redegewandter Mann, Mr Thakur,

und ich hoffe, dass es Ihnen auch in Zukunft gut ergehen wird. Aber daran habe ich eigentlich keine Zweifel, mit dieser Frau an Ihrer Seite.«

Er nickte Lakshmi zu.

»Es ist toll, dass Sie so auf Zack sind, Frau Doktor. Bleiben Sie so, und passen Sie schön auf Ihren Mann auf. Denn ich habe das Gefühl, dass man sich auch gut an ihn anlehnen kann.«

Lakshmis Gesicht erhellte sich zu einem selten breiten Lächeln, und sie sah Yogi liebevoll an.

»Nicht allein das. Er ist der beste Mann, den sich eine Frau nur vorstellen kann!«

Wir verabschiedeten uns herzlich von Edward Green und Sumalee und gingen zu unserem wartenden Taxi hinaus. Auf dem Rücksitz drückte Yogi fest Lakshmis Hand und sah ihr tief in die Augen.

»Jetzt haben wir alles in unserer Macht Stehende getan, um die Dinge in Ordnung zu bringen, und auch wenn noch immer nicht alles vollkommen perfekt ist, bin ich doch mehr als fünfhundertsechzigprozentig davon überzeugt, dass wir von allen perfekt harmonischen Paaren, die es in Indien durch sämtliche Jahrtausende hindurch gegeben hat, das am allerperfektesten harmonischste Paar sind. Uns fehlt nur noch eine Sache, um den wahren Seelenfrieden zu finden«, plapperte Yogi und leckte sich nervös die Lippen.

Lakshmi nickte.

»Besser, wir bringen es gleich hinter uns«, sagte sie. »Aber erst muss ich dich etwas fragen.«

»Was denn, meine Geliebte?«

»Ist sie ernsthaft gefährlich?«

Als das Taxi durch das Tor nach Sundar Nagar fuhr, nahm Yogi seinen Kamm aus der Innentasche und zog ihn durch sein vor Pomade glänzendes Haar. Dann kontrollierte er, ob jede Falte von Lakshmis Sari so fiel, wie sie sollte, ehe er sich eine Minzpastille in den Mund schob und prüfend sein ängstliches Lächeln im Rückspiegel besah.

»Amma ist ganz und gar nicht gefährlich, ganz und gar nicht«, wiederholte er mit geradezu beschwörerischer Stimme.

Das Taxi bremste vor dem Haus, wo sich Harjinder Singh, der ständig unterbeschäftigte Chauffeur der Familie Thakur, die Zeit damit vertrieb, den ohnehin schon funkelnden Toyota mit einem Lappen zu polieren. Als er Yogi aus dem Taxi steigen sah, fiel er fast um vor Erstaunen. Gemeinsam mit dem ebenso erschrockenen Wächter kam er auf uns zugerannt, öffnete uns die Türen und kümmerte sich um unser Gepäck.

»Wie sehr habe ich mich nach Ihnen gesehnt, Sir!«, sagte er so nachdrücklich, dass kein Zweifel daran bestand, dass dieser Satz aus tiefstem Herzen kam.

»Ich bin auch sehr froh, Sie wiederzusehen, Harjinder«, erwiderte Yogi. »Wie ist ihr Zustand?«

Genauer brauchte Yogi sich gar nicht auszudrücken. Wir wussten alle, was er meinte.

»Sie ist nicht mehr sie selbst, Sir.«

»Inwiefern?«

»Seit Sie nicht mehr da sind, ist sie noch wütender geworden, wenn Sie mir diese Beschreibung erlauben.«

Ich überlegte, wie das überhaupt möglich sein konnte, während wir die Stufen zur Haustür hinaufgingen.

»Ich glaube, sie vermisst Sie ganz schrecklich«, fuhr Harjinder fort.

Er knuffte seinen Turban zurecht, der heute aus einem rosaroten Stoff gebunden war, und wandte sich Lakshmi mit einem etwas zögerlichen Lächeln zu.

»Und Sie sind Ms …?«

»Lakshmi.«

»Sehr erfreut! Ich habe schon so viel von Ihnen gehört, aber wir haben uns ja noch nie kennengelernt. Mein Name ist Harjinder Singh, und sollten Sie jemals einen Fahrer brauchen, stehe ich natürlich zu Ihrer ständigen Verfügung!«

»Jetzt mal eins nach dem anderen«, sagte Yogi und verscheuchte den Chauffeur freundlich.

Er holte tief Luft und drückte die Klingel. Nach einigen Sekunden Stille hallte eine wohlbekannte Stimme aus dem Haus: »Laaaaavaaanyaaaa! Schläfst du, oder was?! Jetzt sieh schon nach, wer er es ist!«

Die klingelnden Fußglöckchen des Dienstmädchens näherten sich schnell, und als der Türgriff nach unten gedrückt wurde, bemerkte ich aus dem Augenwinkel, dass eine Schweißperle an Yogis Schläfen hinabrann.

# KAPITEL 56

Lavanya starrte uns mit großen Augen an, ehe sich auf ihr Gesicht das befreiendste Lächeln zauberte, das ich je gesehen hatte.

»Wer ist es?«, rief Mrs Thakur. »So antworte doch, Mädchen!«

»Es ist Sir, Madam! Er ist nach Hause gekommen! Sir ist nach Hause gekommen!«

Lavanya tänzelte vor uns in das Wohnzimmer, wo die alte Dame wie immer in ihrem knarrenden Sessel saß. Sie hatte gewissermaßen ihr Fell gewechselt und die fusselige Decke und die dicken Wollsocken gegen einen sommerlich dünnen Salwar Kamiz und leichte Ledersandalen getauscht. Aber ihre gerunzelte Stirn und das zerfurchte Gesicht wirkten furchteinflößender denn je. Sie hob die Lupe, die neben der zerlesenen Tageszeitung *Dainik Jagran* lag, und betrachtete uns durch ihr bedrohliches Zyklopenauge.

»Bist du es, Yogendra!?«

Die Alte erhob sich mühsam aus dem Sessel, und als Yogi herbeisauste und vor ihren Füßen auf die Knie fiel, legte sie ihre Lupe beiseite und trommelte ihm mit ihren knochigen Fingern auf den Rücken.

»Du dummer, dummer Junge! Wie konntest du nur einfach so verschwinden? Was hast du dir dabei gedacht, du Taugenichts? Wolltest du deine Mutter umbringen?«

Yogi tat nichts zu seiner Verteidigung, sondern wartete, bis sie sich müde geboxt hatte. Als die immer schwächeren Schläge am

Ende ganz aufhörten, hob er das Gesicht und sah seine Mutter mit feuchtglänzenden Augen an. Da konnte auch die Alte nicht mehr an sich halten und brach in Tränen aus.

Ich hätte nie gedacht, dass ich das je erleben würde. Aber die sonst so unerbittliche Amma weinte tatsächlich so, dass ihr die Tränen nur so aus den Augen spritzten, und Yogi stand auf und umarmte seine Mutter und weinte ebenfalls, und obwohl sie ihn weiterhin die ganze Zeit einen dummen, dummen Jungen schimpfte, war die Szene derart rührend, dass sie aus einem Schnulzenfilm hätte stammen können.

Erst nachdem Mutter und Sohn ihre Tränendrüsen geleert und alle Spuren des Weinens getrocknet hatten, sah die Alte auch uns andere an. Mir schenkte sie ein schwaches Lächeln, aber der Blick, mit dem sie Lakshmi bedachte, war alles andere als gnädig. Er signalisierte mit aller Deutlichkeit, dass Yogis Mutter heute keine weiteren Tränen mehr zu vergießen gedachte.

»Was hast du meinem Yogendra für Grillen in den Kopf gesetzt, die ihn dazu gebracht haben, seine eigene Familie im Stich zu lassen? Und dann besitzt du die Frechheit, einfach hier aufzutauchen, als wäre nichts passiert! Hast du denn nicht schon genug Übel angerichtet?!«

Yogi machte sich aus den Armen seiner Mutter los, ging zu Lakshmi und legte die Hand auf ihre Schulter.

»Amma, es ist überhaupt nicht so, wie du denkst. Lakshmi kann nichts dafür, was passiert ist, das war alles meine Schuld. So darfst du nicht mit ihr sprechen!«

»Und warum nicht?«

»Weil sie meine künftige Frau ist, und noch dazu die allerwunderbarste, die es gibt. Wir wollen nach wie vor heiraten!«

»Aha, das wollt ihr also! Und wer soll das bezahlen? Ihr abgebrannter Vater?«

»Ein bisschen Geld haben wir jetzt wieder. Und die Teeplantage in Darjeeling ist in einem besseren Zustand. Und, und, und … wir lieben einander!«

»Was redest du für einen Unsinn? Was weißt du schon von der Liebe, du dummer, dummer Junge? Du, der du nicht einmal das Herz besitzt, dich um deine alte, kranke Mutter zu kümmern!«

»Aber das stimmt doch nicht, Amma! Du warst diejenige, die mich verstoßen hat!«

»Bist du wirklich so dumm, dass du jedes kleine Wort, das ich von mir gebe, für bare Münze nimmst? In meiner Einfalt dachte ich bislang immer, dass du wenigstens ein bisschen Intelligenz von mir geerbt hättest. Aber offensichtlich schlagen bei dir ausschließlich die schlechtesten Gene deines Vaters durch.«

Sie setzte eine beleidigte Miene auf und hüstelte.

»Ich hatte mir eingebildet, dass sich wenigstens mein einziger Sohn um mich kümmern würde, nachdem ich dich auf die Welt gebracht und all die Jahre hindurch verhätschelt habe, aber offenbar habe ich mich in dieser Hinsicht aufs Gröbste getäuscht!«

»Aber ich habe versucht, mich darum zu kümmern, dass du gut versorgt wirst. Hat Neepa denn nicht nach dir gesehen?«

Die Alte schnaubte verächtlich.

»Deine Schwester kommt hin und wieder zu Besuch, verschwindet aber schon nach wenigen Tagen wieder. Und das ist auch gut so, denn ihr ständiges Geplapper geht mir auf die Nerven. Wie gut, dass ich Lavanya und Shanker habe, die lassen mich nicht im Stich.«

Die Alte sank erschöpft in ihren Sessel und ließ sich von dem Dienstmädchen in ein Tuch hüllen.

»Oder? Du lässt mich doch wohl nicht im Stich, du kleiner Faulpelz?«, fragte sie mit einer gewissen Wärme in der Stimme.

»Niemals, Madam, und am allerwenigstens jetzt, da Sir wieder da ist«, antwortete Lavanya.

»Wie meinst du das? Ist dir meine Gesellschaft nicht gut genug?«

»Auf keinen Fall, Madam, ich versuche nur zu sagen, dass wir uns alle so sehr darüber freuen, dass Sir endlich wieder nach Hause gekommen ist.«

Mrs Thakur krakeelte noch eine Weile vor sich hin, dann legte sich ihre Wut allmählich, und Yogi bekam die Gelegenheit, ihr eine zensierte Version unserer Erlebnisse zu erzählen. Er berichtete von der Verwandlung des East Green Estate, und dass ein Teil des Geldes, das sich der britische Betrüger ergaunert hatte, jetzt von seinem Bruder an uns zurückgezahlt worden war.

»Wir brauchen keine übermäßig große Hochzeit, Amma. Etwas ganz Einfaches genügt uns«, sagte er und lächelte seiner Mutter besänftigend zu.

Lakshmi hielt sich die ganze Zeit mit gesenktem Kopf im Hintergrund, wie es sich für eine indische Frau vor den Augen ihrer künftigen Schwiegermutter gehörte. Es war ein ungewohnter Anblick, sie so untertänig zu sehen, aber sie spielte ihre Rolle gut.

»Verstehst du, Amma, wenn Mr Gora nicht gewesen wäre, wäre ich nie wieder auf die Füße gekommen, und wenn Lakshmi nicht gewesen wäre, wären all die problematischen Probleme, die sich angehäuft hatten, nie gelöst worden. Es ist Lakshmis Verdienst, dass die Plantage jetzt wieder erblüht. Sag, dass ich sie heiraten darf, Amma. Bitte sag es!«

»Das muss man gut überdenken«, brummte die Alte, was bei ihr tatsächlich als überaus positive Reaktion zu werten war.

Dann lächelte sie mich freundlich an und zeigte mit ihrem krummen Finger auf die Glasvitrine, wo der kleine Silberfrosch nach wie vor auf seinem Ehrenplatz stand.

»Wenn es stimmt, dass Sie Yogi daran gehindert haben, noch mehr Dummheiten zu begehen, bin ich Ihnen auf ewig dankbar, Mr Borg«, sagte Mrs Thakur liebenswürdig.

Wie gewohnt setzte sie jedoch gleich darauf wieder ihre durchtriebene Miene auf.

»Hol Shanker«, kommandierte sie Lavanya, die flugs in der Küche verschwand und in Begleitung des Kochs wiederkam.

»Shanker, ich hatte mir vorgestellt, dass Lakshmi uns an diesem Abend das Essen zubereiten könnte, damit sie uns allen zeigen kann, was für eine gute Köchin sie ist. Und auch wenn man das eigentlich zum Frühstück isst, finde ich, so ein richtiger Dosa mit all diesen leckeren, selbst gemachten Füllungen wäre jetzt herrlich. Haben wir alle Zutaten da?«

»Selbstverständlich, Madam«, antwortete Shanker mit einem strahlend weißen Lächeln.

Die Alte wandte sich an Lakshmi.

»Würdest du mir diese Freude machen? Einen Dosa aus Tamil Nadu, das sollte einem häuslichen südindischen Mädchen wie dir doch wohl keine Schwierigkeiten bereiten?«

»Ich werde mein Allerbestes tun, Madam«, erwiderte Lakshmi und verneigte sich genauso untertänig wie das Dienstmädchen.

»Ausgezeichnet. Shanker, zeig Lakshmi, wo du alles aufbewahrst. Aber lass sie allein kochen, ohne dich einzumischen, damit wir ihre ganz besonderen Kochkünste genießen können. Hast du verstanden?«

»Selbstverständlich, Madam«, wiederholte Shanker und führte Lakshmi in die Küche.

Zwei Stunden darauf servierte Lakshmi persönlich die großen Reispfannkuchen mit der würzigen Kartoffelfüllung zusammen mit Sambarsoße und einem cremigen Kokoschutney.

Yogi beobachtete nervös seine Mutter, als sie ein Stück von dem knusprigen Pfannkuchen abbrach und es dann sorgfältig in die Beilagen tunkte, ehe sie es in den Mund steckte. Mrs Thakurs in kritische Falten gelegte Stirn glättete sich ein wenig, als der Dosa schließlich auf ihrer Zunge lag. Sie kaute gewissenhaft und schmatzte konzentriert, um alle Geschmacksnuancen zu erfassen, schien jedoch nichts zu finden, worauf sie herumhacken konnte. Ich probierte selbst einen Bissen und konnte schnell feststellen, dass dieser Dosa allen Ansprüchen gerecht wurde. Er schmeckte ganz einfach himmlisch, und nachdem die Alte auch Shanker zurate gezogen hatte und selbst er bei aller Berufsehre nichts daran auszusetzen fand, nickte Mrs Thakur Lakshmi sehr kurz, aber dennoch eindeutig anerkennend zu.

»Nicht schlecht«, sagte sie, und in genau diesem Moment verstand ich, dass die Verlobung von Yogendra Singh Thakur und Lakshmi Krishnamurti in den Augen der Alten wieder ihre Legitimität zurückerlangt hatte. Lakshmi hatte die schwierigste aller Proben bestanden und war für würdig befunden worden.

Der restliche Abend verlief damit zwar noch nicht wie ein einziger Triumphzug, aber als Yogi das Gespräch erneut auf die Hochzeit lenkte und seine Mutter unter Druck setzte, gestand sie schließlich zu, sie werde am nächsten Morgen Lakshmis Vater anrufen und den Sachverhalt mit ihm diskutieren. Anschließend bat die Alte Lavanya, in drei separaten Zimmern die Betten zu beziehen, jeweils eins für mich, Yogi und Lakshmi. Ein weiterer Vorschuss auf die ehelichen Privilegien kam somit nicht infrage. Ehe wir uns schlafen legten, gelang es mir noch, Lakshmi im Flur abzupassen und ihre Kochkünste zu loben.

»Ich wusste gar nicht, dass du so gut kochen kannst«, sagte ich.

»Ich auch nicht«, flüsterte sie mit schelmischer Miene. »Ich habe keine Ahnung, wie man einen Dosa zubereitet.«

»Aber wie …?«

»Hast du nicht bemerkt, wie erleichtert Lavanya und Shanker darüber waren, dass Yogi wieder da ist und sich Mrs Thakurs hitziges Temperament damit auf einem etwas erträglicheren Niveau hält?«

»Sicher, es ist ziemlich deutlich, dass sie sich nichts sehnlicher wünschen, als dass er wieder hier wohnen würde.«

»Ganz genau! Und als ich mit Shanker in der Küche war, habe ich betont, dass er mich gezwungenermaßen dabei unterstützen muss, ebenfalls hier willkommen zu sein, wenn er will, dass Yogi erneut einzieht, weil wir beide unzertrennlich sind.«

»Also war es Shanker, der den Dosa zubereitet hat?«

Lakshmi grinste genauso durchtrieben wie Mrs Thakur.

»Und wie! Da sieht man mal, was ein bisschen Motivation in Kombination mit unserer tamilischen Verbundenheit alles bewirken kann. Ich denke mal, dass es der beste Dosa war, den er je hergestellt hat.«

»Also wärst du bereit, hier zu wohnen?«

»Ja. Mrs Thakur ist schroff und mürrisch, aber ich habe schon schlimmere Mütter gesehen. Natürlich schnauzt sie ihre Bediensteten an, aber sie zahlt ihnen einen anständigen Lohn und sogar einen kleinen Zuschlag vor Diwali. Ich glaube, dass sich unter ihrer harten Schale ein gutes Herz verbirgt. Wenn mein Vater der Hochzeit also auch zustimmt, werde ich einziehen.«

»Aber wie willst du das Problem mit dem Essen lösen? Mrs Thakur wird garantiert weitere Beweise deiner Kochkünste verlangen.«

Lakshmi warf einen hastigen Blick über die Schulter, um sich zu vergewissern, dass niemand uns hörte, ehe sie ihre Stimme noch weiter senkte.

»Da halte ich es wie Yogi, wenn er sagt, alles hat seine Zeit. Das wird sich schon ergeben.«

Und irgendetwas sagte mir, dass sie damit vollkommen recht hatte.

# KAPITEL 57

Schon beim Nachmittagstee am darauffolgenden Tag konnte Mrs Thakur feierlich verkünden, dass sie mit Lakshmis Vater telefoniert habe und sie beide *nach sorgfältigen Erwägungen* übereingekommen seien, dass Yogi und Lakshmi *unter gewissen Voraussetzungen* eine neue Chance bekommen sollten, *sich der Ehe reif und würdig zu erweisen.*

Auch wenn die Alte so klang, als wären diesem Ergebnis lange Verhandlungen und schwierige Entscheidungen vorausgegangen, blieb den Eltern bei näherer Betrachtung im Grunde gar keine andere Wahl. Solange ich Mrs Thakur kannte, hatte sie immer darüber geklagt, dass Yogi noch nicht unter der Haube war. Wenn es also diesmal nicht klappte, stellte sich die Frage, ob es jemals passieren würde. Und Mr Krishnamurti wiederum hatte noch eine ältere, unverheiratete Tochter und würde es ebenfalls schwer haben, Lakshmi auf dem zynischen indischen Heiratsmarkt loszuschlagen, wenn Yogi sie nicht zur Ehefrau nähme. Denn schließlich war sie diesem Mann aus Delhi ja bereits einmal versprochen worden, womit sie als mehr oder weniger verbraucht galt.

Aber nur, weil sie nun die Zustimmung der Eltern hatten, hieß das noch lange nicht, dass einer baldigen Hochzeit nichts mehr im Wege stand. Ein solches Arrangement wurde von vielen Restriktionen eingeschränkt. Die Alte nippte an ihrem Tee und blickte distanziert auf die beiden Verlobten hinab, die vor ihrem knarrenden Sessel auf niedrigen Sitzpolstern hockten wie zwei

Untertanen am Fuße des Kaiserinnenthrons. Mir selbst war ein bequemer Platz auf dem Sofa neben der Herrin zugewiesen worden, sodass ich mich ein wenig wie der Adjutant des Hofes fühlte.

»Erst müsst ihr euch als der Ehe würdig erweisen!«, eröffnete sie den elterlichen Beschluss. »Lakshmi wird morgen zurück zu ihrem Vater in den Süden fliegen, um nach ihrer verantwortungslosen Flucht Buße zu tun und Besserung zu geloben. Und du, Yogendra, wirst dich wieder hier in Delhi um deine Textilexportfirma kümmern, wie es sich für einen echten Geschäftsmann gehört. Aber davor hast du einen Monat Zeit, um nach Darjeeling zu reisen und dafür zu sorgen, dass die Teeplantage unter der Leitung eines fähigen Verwalters erfolgreich weitergeführt werden kann. Eine Woche danach werden wir uns alle wieder hier versammeln, und dann werden Mr Krishnamurti und ich euer Handeln genau in Augenschein nehmen! Wenn ihr eurer Verantwortung als erwachsene Menschen nachgekommen seid und uns Eltern sowie den Aufgaben, die euch aufgetragen wurden, den nötigen Respekt erwiesen habt, können wir anfangen, die Größe und den Zeitpunkt der Hochzeit zu diskutieren.«

Nach ihrem Monolog trank Mrs Thakur einen Schluck Tee und aß ein Stück von Shankers berühmtem Kuchen mit der köstlich zuckrigen Glasur. Damit war die Audienz beendet. Ich sah, dass Yogi nicht gerade »dreihundertfünfzigprozentig« damit zufrieden war, eine Zeit lang von seiner Liebsten getrennt sein zu müssen, aber im Großen und Ganzen war dies ein Arrangement, über das Lakshmi und er allen Grund hatten, froh zu sein. Bald würden sie heiraten und ganz legal unter einem Dach zusammenleben können, wenn auch unter dem Dach von und zusammen mit Mrs Thakur. So wollten es die Traditionen, und so wollte Yogi es in seinem tiefsten Inneren wohl auch: von den beiden wichtigsten Frauen in seinem Leben umgeben zu sein.

Wie sich die Beziehung zwischen Lakshmi und ihrer Schwiegermutter entwickelte, musste sich zeigen. Aber wenn es überhaupt eine Person gab, die den Launen der cholerischen Mrs Thakur gewachsen war, dann Lakshmi Krishnamurti aus Tamil Nadu, dessen war ich mir sicher.

Zum Frühstück am darauffolgenden Tag servierte Shanker uns Dosas, die nicht annähernd so gut waren wie die vorzüglichen Pfannkuchen, mit denen wir einige Abende zuvor verwöhnt worden waren. Und natürlich zögerte Mrs Thakur auch nicht lange damit, den angebrannten Rand und die fade Kartoffelfüllung zu kritisieren.

»Wie ist das möglich? Das hätte ich nicht von dir erwartet, Shanker. Pfui Teufel!«, zischte die Alte.

Shanker senkte beschämt den Kopf und entschuldigte sich, aber ich meinte dennoch, hinter seiner verschüchterten Fassade ein triumphales Funkeln erkennen zu können. Es hätte mich nicht verwundert, wenn er absichtlich in der Küche versagt hätte, um Lakshmis Ansehen zu stärken.

Nach dem mittelmäßigen Essen packte Lakshmi ihren Koffer und machte sich bereit für die Fahrt zum nationalen Flughafen. Von dort aus würde sie über Madras nach Madurai fliegen, wo ihr Vater sie abholen würde. Yogi hatte damit gerechnet, seine Verlobte in seinem kleinen Tata selbst zum Flughafen fahren zu dürfen, damit sie noch ein wenig Zeit zu zweit verbringen konnten, aber Mrs Thakur hatte andere Pläne. Zum ersten Mal seit Langem befahl sie Harjinder Singh, den geräumigen Toyota vorzufahren, damit alle mitfahren und Lakshmi verabschieden konnten.

»Dort draußen ist es so übermäßig verstaubt und verrückt, liebe Amma. Es wäre doch übermäßig viel besser, wenn ich Lakshmi führe, dann könntest du gemeinsam mit Mr Gora hierbleiben und auf mich warten. Ich möchte dich unter keinen Umständen unnötigen Strapazen aussetzen!«

»Ich weiß schon, was du willst«, brummelte die Alte und bimmelte mit ihrer Glocke nach Lavanya, damit das Mädchen sie in ein etwas dickeres Tuch hüllte und ihr die Straßensandalen anzog.

Fünf Minuten später saßen wir alle im Auto, ich vorne neben Harjinder, Mrs Thakur hinten wie eine Mauer zwischen Yogi und Lakshmi. Obwohl es unerträglich heiß war, erlaubte die Alte nicht, dass die Klimaanlage eingeschaltet wurde, da sie der Meinung war, sie wäre der Quell vieler bösartiger Krankheiten.

»Begreift ihr denn nicht, wie sehr es die Gesundheit gefährdet, in einem rollenden Kühlschrank umherkutschiert zu werden? Die normale Lüftung reicht allemal.«

Wir fuhren aus Sundar Nagar hinaus und hinein in den vergleichsweise moderaten Vormittagsverkehr, blieben aber dennoch kurz darauf in einem Stau stecken, weil sich eine Eskorte aus weißen, flaggengeschmückten Diplomatenfahrzeugen und schwarz glänzenden Mercedes durch die Straßen schob.

»Politiker«, fauchte Mrs Thakur. »Haben die nichts Besseres zu tun, als in ihren piekfeinen Karren den ganzen Verkehr aufzuhalten? Ich habe ja gar nichts dagegen, dass Minister und Präsidenten in den nobelsten Karossen umherkutschiert werden, aber warum bekommt jeder dahergelaufene Parlamentsabgeordnete plötzlich eine Eskorte? Das ist nichts anderes als ein Skandal! Was man mit dem ganzen Geld Gutes bewirken könnte! Man könnte die Kinder aus den Slums in richtige Schulen schicken und ihnen ordentliche Schuluniformen geben!«

Als ein Polizist endlich die vorübergehende Straßensperre entfernte und wir langsam hindurchgelassen wurden, bat Mrs Thakur Harjinder darum, das Fenster herunterzukurbeln.

»He, Sie!«, rief sie mit ihrer schneidenden Stimme. »Sind Sie sich darüber im Klaren, dass Sie gerade dazu beitragen, das indische Wirtschaftswachstum zu hemmen und die Armutsbekämpfung zu erschweren? Wie sollen normale Menschen zur Arbeit kommen und zum Wohlstand dieses Landes beitragen, wenn diese korrupten Faulpelze von Politikern sie ständig zum Warten zwingen? Im Grunde sollten Sie sich zu fein dafür sein, zu einem Handlanger dieser Menschen zu werden!«

Noch ehe der überrumpelte Polizist reagieren konnte, hatte Harjinder schlauerweise das Fenster wieder hochgekurbelt und war weitergefahren. Doch schon eine Viertelstunde später wurden wir von einem weiteren uniformierten Beamten angehalten, der eine Papiertüte durch das Fenster reichte, in die Harjinder hineinpusten sollte. Anschließend steckte der Polizist seine Nase in die Tüte, schnüffelte und setzte eine ernste Miene auf. Das war nun endgültig zu viel für Yogis Mutter.

»Was wollen Sie uns mit diesem lächerlichen Gesichtsausdruck sagen, Officer? Dass mein Chauffeur getrunken hat?«

Ihr Wutausbruch verunsicherte den Polizisten so, wie ich es schon oft bei indischen Männern beobachtet hatte, wenn sie von älteren Mittelschichtfrauen angekeift wurden.

»Das sind doch wohl die reinsten Dummheiten!«, fuhr Mrs Thakur fort. »Sie sollten sich diese Papiertüte lieber über den eigenen Kopf ziehen, anstatt uns so vor unseren ausländischen Gästen zu blamieren!«

Sie deutete auf mich und setzte ihre Attacke fort, die sich jetzt nicht mehr nur gegen diesen einen Beamten richtete, sondern gegen die Polizei im Allgemeinen.

»Wäre die Polizei nicht durch und durch korrupt, könnte sie es sich auch leisten, ordentliche Alkoholmessgeräte zu kaufen, und dann bliebe es uns erspart, hier zu sitzen und dabei zu-

zusehen, wie Trottel wie Sie versuchen, mit ihren lächerlichen Papiertüten und ihren lächerlichen Grimassen noch mehr Geld aus stocknüchternen Fahrern herauszupressen! Indien schickt Menschen ins Weltall, gewinnt Nobelpreise und fordert China und die USA im Kampf um die finanzielle Weltherrschaft heraus, und Sie stehen hier mit Ihren Tüten?! Sie sollten sich schämen!«

Wahrscheinlich verstand der Mann nicht einmal die Hälfte dessen, was Mrs Thakur auf Englisch fauchte, und das war auch gut so. Aber er verstand durchaus, dass bei uns definitiv nichts zu holen war, um den eigenen Lohn aufzubessern, und aus reinem Selbsterhaltungstrieb winkte er Harjinder weiter.

Wegen der beiden Verzögerungen waren wir spät dran, und als Harjinder vor der Abflughalle bremste, blieb nicht mehr viel Zeit für längere Abschiede. Lakshmi und Yogi sprangen schnell aus dem Auto.

»Bleib du nur sitzen, gute Amma. Hier ist es viel zu staubig und anstrengend für dich«, sagte Yogi.

Erst sah Mrs Thakur so aus, als wollte sie die beiden begleiten, doch als Harjinder sich anschickte, ihr aus dem Wagen zu helfen, schüttelte sie doch den Kopf. Die Fahrt hatte an ihren Kräften gezehrt.

»Mach aber nichts Unanständiges, Yogi. Du begleitest das Mädchen nur bis zum Eingang!«

Lakshmi verbeugte sich und verabschiedete sich höflich von Mrs Thakur. Ich reichte Yogis Verlobten die Hand und drückte sie fest.

»Danke für alles, Goran. Es hat mich sehr gefreut, dich kennenzulernen. Wir sehen uns doch bald wieder, bei der Hochzeit?«

»Was heißt schon bald«, mischte sich die Alte ein. »Erst müsst ihr euch als würdig erweisen, vergiss das nicht.«

»Das werdet ihr garantiert«, sagte ich zu Lakshmi. »Jedenfalls gehörst du zu den würdigsten Menschen, die ich je kennengelernt habe.«

Sie lächelte mich an und drückte ihrerseits meine Hand. Als Harjinder ihren Koffer brachte, entriss Yogi ihn dem Chauffeur sofort. Mit der einen Hand nahm er den Koffer, mit der anderen Lakshmis Hand, und so watschelten sie zum Eingang. Sie stellten sich in der Schlange an, in der sie zügig vorankamen. Plötzlich setzte Yogi den Koffer ab, umschlang Lakshmi mit beiden Armen und küsste sie lange. Mehrere Menschen starrten die beiden an, derlei öffentliche Zärtlichkeitsbekundungen galten in Indien als unpassend. Nach einer halben Minute unterbrachen sie ihren Kuss und sahen einander tief in die Augen, ohne dabei irgendeine Notiz von ihrer Umgebung zu nehmen. So ging es weiter, bis Lakshmi schließlich an der Reihe war, an der Sicherheitskontrolle ihr Ticket vorzuzeigen.

»Warum dauert das so lange? Was machen die bloß?«, fragte mich Mrs Thakur und spähte mit ihren Rosinenaugen in Richtung der Halle.

Sie sah schon auf eine geringe Entfernung nichts, das wusste Yogi. Und er wusste auch, dass die Plaudertasche Harjinder Singh der Alten nichts von der romantischen Szene erzählen würde, die wir beide beobachtet hatten. Nicht, nachdem er Yogi so sehr vermisst hatte.

»Yogendra hilft ihr nur mit dem Gepäck«, sagte ich. »Die Schlange ist lang, aber jetzt sind sie angekommen, und er verabschiedet sich von ihr.«

»Nichts Unanständiges?«

»Aber nicht doch«, antwortete ich. »Sie treten sehr würdig auf.«

# KAPITEL 58

Das Gefühl von Leere und Sehnsucht, das Yogi nach dem Abschied von Lakshmi befiel, wurde erheblich gemildert, als wir schon am Tag darauf das East Green Estate wiedersahen. Gaga hatte uns in seinem rostigen Jeep am Flughafen in Bagdogra abgeholt, und als wir nach vier Stunden gesundheitsgefährdender Fahrt endlich durch das Tor zur Teeplantage rollten, war das ein bisschen wie eine Heimkehr.

Wir waren nicht länger als knappe zwei Wochen weg gewesen, und in dieser Zeit hatten unsere Angestellten ihre Aufgaben mit Bravour gemeistert, nachdem Lakshmi ihnen hin und wieder telefonisch Anweisungen gegeben hatte.

Die hämmernden Maschinen in der Fabrik arbeiteten unter Hochdruck, und eine Wagenladung frisch geernteten Tees nach der anderen rollte in regelmäßigen Takt von den Feldern herein.

Unser Teamaster Sandeep Pradahn stand mit einer neuen Teemischung, die er in kleinen Kannen aufgebrüht hatte, in der Testküche und wollte, dass wir probierten. Ich schlürfte und spuckte die Flüssigkeit in den Trichter, wie ich es zuvor bei ihm beobachtet hatte, aber meine Geschmacksknospen konnten lediglich feststellen, dass der Tee außerordentlich gut war. Yogi dagegen schöpfte aus dem Vollen und nannte verschiedene Blumen, Früchte und sogar Tiere, als er die Aromen beschreiben sollte.

»Nun essen wir zwar keine Tiere, aber wenn ich es tun würde, hätte ich sicherlich gesagt, dass dieser überaus wohlschmeckende Tee einen feinen Nachgeschmack von Pferd hat«, sagte er.

Sandeep Pradahn verzog das Gesicht.

»Oder vielleicht Gras«, korrigierte Yogi sich. »Gras, das von einem Pferd gekaut wurde.«

»Sie finden also, dass mein Tee nach Pferdemist schmeckt?«, fragte der Teamaster mit hochgezogenen Augenbrauen.

»Nein, nein, nein! Er schmeckt ganz wunderbar! Fantastisch! Überragend! Machen Sie weiter so!«

Yogi eilte aus der Fabrik, um sich nicht in weiteren heiklen Vergleichen zu verheddern. In diesem Moment kam Sunita über den Hofplatz und schlug entzückt die Hände zusammen, als sie ihn sah.

»*Very good man, very welcome back man!*«, strahlte sie und sah Yogi zärtlich an.

Er erwiderte den Gruß, indem er sich hinabbeugte und ihre Füße berührte, was die alte Teepflückerin jedoch eher verwirrte. Eine so ehrerbietige Handlung war sie nicht gewohnt, nicht einmal von dem stets so höflichen Yogi, der sich früher damit begnügt hatte, seine Hand zur Brust zu führen, wenn er sie begrüßte.

Als er das gleiche Ritual bei Papa Schlumpf wiederholte, lachte der rappeldünne Alte so sehr, dass ihm die Strickmütze vom Kopf fiel, und da musste auch Yogi breit grinsen.

Und im East Green Estate gab noch vieles mehr Anlass zur Freude. Passang und Doma hatten alle Zimmer mit schönen Sträußen geschmückt, die bewiesen, dass sie in ihrem neuen Job tatsächlich große Fortschritte gemacht hatten. Angesichts ihrer raffinierten Blumenarrangements vergaßen wir fast die Tatsache, dass sie zwei wandelnde Erinnerungen an alte Sünden waren.

Als wäre das nicht schon beglückend genug, hatte Gaga auf

eigene Initiative einige Tagelöhner damit beauftragt, drei weitere Zimmer zu renovieren, die wir in Zukunft an Gäste vermieten konnten.

Eines Abends, als wir uns um Sunitas Schüsseln versammelt hatten und ihren mittlerweile herrlich sämigen und buttrigen Linsen-Dal mit fluffigem Naanbrot schmausten, nutzte Yogi die Gelegenheit, unseren vielseitig begabten Mechaniker zu loben.

»Mr Gaga, Sie sind fürwahr nicht nur fantastisch versiert darin, tote Maschinen zum Leben zu erwecken, sondern auch ein unglaublich tüchtiger Verwalter, der die Plantage in unserer Abwesenheit nicht allein auf eine mehr als zufriedenstellende, sondern sogar ganz exzeptionell formidable Weise geführt hat! Deshalb will ich Sie in aller Demut fragen, ob Sie Lust hätten, stellvertretender Verwalter des East Green Estates zu werden? Mit einem etwas höheren Lohn?«

»Vielen Dank für das Angebot, Bruder, aber mit Ziffern und Rechnungen kann ich nicht so gut umgehen«, antwortete Gaga.

»Das macht nichts«, erwiderte Yogi. »Sie können am besten mit den Händen und Ihrem geölten Werkzeug arbeiten, und die störrischen Ziffern dürfen Sie sich selbstverständlich ersparen. Deshalb möchte ich ja auch, dass Sie *stellvertretender* Verwalter werden und unter dem *geschäftsführenden* Verwalter arbeiten, der auf gutem Fuße mit all den Zahlen und anderen Hieroglyphen steht.«

»Na dann«, sagte Gaga. »Wenn das einen Unterschied macht, kann ich natürlich stellvertretender Verwalter werden. Und wer wird der Geschäftsführer?«

Yogi verschränkte die Finger und stülpte die Handflächen nach außen, bis die Gelenke knackten.

»Natürlich Mr Gora! Wer sonst?«

Seine Augen quollen noch mehr hervor als sonst, als er mich mit einem auffordernden Blick durchbohrte.

»Yogi, ich weiß nicht…«, begann ich, kam aber nicht weiter, ehe mein Freund mich mit Argumenten bombardierte.

»Mr Gora, das haben die Götter, die ja auch auf so begnadete Weise mit den Zahlen umgehen können, doch mehr als fantastisch eingefädelt, dass du genau in diesem Moment, da sich alle anderen Dinge geregelt haben, und alles, was dir noch fehlt, ein richtiger, guter Job ist, genau diesen hier findest! Direkt vor deinen Augen! Du wirst geschäftsführender Direktor deiner eigenen Plantage in Darjeeling und kannst in Indien bleiben! Wir können uns beliebig oft treffen, du kannst nach Delhi kommen, wann immer dir der Sinn danach steht, und der ehrenvollste Ehrengast auf unserer Hochzeit sein, die bald ansteht, wenn Amma und mein hoch verehrter Schwiegervater ihre Diskussionen beendet haben, die sich wohl noch ein Weilchen in die Länge ziehen können, weshalb es gut ist, dass du eine wichtige Beschäftigung hast, solange du darauf wartest, damit du dich nicht langweilst.«

Während er redete, holte er eine Bidi hervor und zündete sie so schnell an, dass es mir nicht gelang, ihn zu unterbrechen.

»Und denk doch nur, wie schön es hier in den Bergen ist, mit dieser allerbesten Luft und dem angenehmsten Klima, jetzt, da die Hitze auf Delhi lastet! Und bald kannst du deine liebste Familie aus Schweden einladen, wenn die Gästezimmer fertig sind, und dann kannst du die Teeauktionen verfolgen und all das tun, was der erste Geschäftsführer einer kleinen, aber sehr feinen Teeplantage in Darjeeling so tut.«

Nach seinem langen Redeschwall verschnaufte Yogi kurz und steckte erneut seine Bidi an, die inzwischen ausgegangen war.

»Frische Luft, Mr Gora! Denk nur an all die frische Luft, die du hier oben bekommst und die du doch so sehr liebst!«

Er nahm einen tiefen Zug von seiner stinkenden kleinen Zigarette und hustete.

»Ja, das stimmt natürlich, aber Verwalter einer Teeplantage? Der hier vor Ort alles regelt? Ich gehöre doch eigentlich zur schreibenden Zunft, Yogi, und habe mit Zahlen eher weniger am Hut.«

»Unsinn, Mr Gora! Ein Mann, der die Buchstaben so geschickt zusammenfügen kann wie du, weiß natürlich auch mit Zahlen umzugehen! Äußerlich betrachtet, ähneln sich eure Gora-Buchstaben und -Zahlen ja sowieso sehr stark. Und solltest du den allerkundigsten Rat brauchen, ist Lakshmi immer telefonisch erreichbar, oder du sprichst einfach mit unserem hoch verehrten Mr Saranathan, der eine Kooperation zwischen unseren Plantagen vorschlägt. Dies ist ein güldenes, goldverziertes Zeitalter, Mr Gora! Kein Wölkchen ist am Himmel zu sehen und auch kein schwerer, feuchter Nebel im Anzug, ja, die Aussichten sind so glänzend schön, dass du auf keinen Fall Nein sagen kannst!«

Ich sagte nicht Nein, aber auch nicht direkt Ja. Stattdessen grübelte ich in der darauffolgenden Woche über Yogis Vorschlag, und je tiefer ich in meinem Unterbewusstsein versank, desto besser gefiel mir die Idee. In Schweden wartete kein Job auf mich, und die Kinder konnten mich tatsächlich hier besuchen. Wir hatten schon einige Male am Telefon darüber gesprochen, und wenn ihr Vater Teilhaber einer richtigen, funktionierenden Teeplantage in Darjeeling geworden wäre, gäbe es ja auch wirklich einen Grund! Einen höheren Lohn konnte ich wohl nicht erwarten, denn unser Betrieb trug sich gerade so selbst, aber die Lebenshaltungskosten waren niedrig, und wenn ich meine Wohnung in Malmö weiterhin untervermietete, würde ich jeden Monat zusätzlich ein paar Tausender einnehmen.

Was mich schließlich zur Zusage veranlasste, war ein hastig

einberufenes Treffen mit Mr Saranathan in jenem Büro, wo Yogi vor noch gar nicht allzu langer Zeit die schockierende Nachricht erhalten hatte, dass er betrogen worden war, und Edward Green, der Ältere, noch immer streng und selbstbewusst von der vergilbten Fotografie auf uns hinabblickte.

Doch im Vergleich zu damals war die Begegnung mit Mr Saranathan ganz anderer, bedeutend angenehmerer Natur. Die Pension des West Green Estate war den ganzen Sommer über ausgebucht, weshalb er sich nun erkundigte, ob wir uns vorstellen könnten, die geplante Zusammenarbeit sehr zügig in die Tat umzusetzen. Noch bevor Yogi wieder nach Delhi reisen müsste, würden unsere Gästezimmer fertig renoviert sein, und ab diesem Zeitpunkt wollte Mr Saranathan die überzähligen Gäste an uns weitervermitteln.

»Eine andere Idee wäre es, einen Teil der beliebten Teeproben in eure Fabrik zu verlegen«, sagte er und zeigte uns den Entwurf für einen gemeinsamen Werbefolder für beide Plantagen.

Wir wären ganz einfach eine kleine unabhängige Filiale seines Pensionsbetriebs. Gegen eine Provision von zwanzig Prozent würde das West Green Estate die Buchungen bearbeiten. Im Gegenzug hätten wir Zugang zu Mr Saranathans großem Kundenkreis und eine Möglichkeit, uns durch ihn vermarkten zu lassen.

Natürlich hatte er seinen Vorschlag schon Lakshmi unterbreitet, deren Vater ihr keine allzu strengen Restriktionen auferlegt hatte, sodass sie täglich mit Yogi und Mr Saranathan telefonieren konnte. Aber der lieben Ordnung halber sollten auch wir unser Einverständnis geben, und da ich der neue Verwalter war, richtete er sich in erster Linie an mich.

»Was sagen Sie, Mr Borg? Glauben Sie, das könnte funktionieren?«

Ich wusste zwar etwas mehr über Teeplantagen als noch vor einem halben Jahr, betrachtete mich aber immer noch als Novizen auf diesem Gebiet. Aber ich vertraute dem Urteil von Mr Saranathan und Lakshmi hundertprozentig.

»Ich glaube, das könnte ausgezeichnet funktionieren«, sagte ich.

Yogi klatschte in die Hände und machte vor lauter Aufregung einen Luftsprung wie ein kleines Kind vor seinem eigenen Geburtstagsfest. Und ein Fest sollten wir auch feiern, bestimmte er, nachdem er sich wieder etwas beruhigt hatte. Eine große Eröffnungsfeier des East Green Estate mit geladenen Gästen und Musik und Essen und massenhaft Tee und vielleicht auch einem winzig kleinen Glas Whisky, wenn niemand hinsah. Yogi konsultierte seinen Kalender und legte Samstag, den 21. Mai, als Datum fest, drei Tage, bevor er gezwungen wäre, wieder nach Delhi zurückzufliegen und sich dem großen Familienrat zu stellen.

»Endlich dürfen wir feiern, Mr Gora! Endlich!«

# KAPITEL 59

Yogi ging voll und ganz in den Vorbereitungen für das Fest auf, dessen Rahmen immer größer wurde, je näher das Datum rückte. Leute aus der ganzen Region wurden eingeladen, einfache Dorfbewohner wie hohe Tiere. Yogi heuerte eine solche Band an, wie sie auch auf indischen Hochzeiten spielten, dazu eine Bollywoodtanzgruppe und einen Schnulzensänger, der Balladen auf Nepali darbieten sollte. Eine Bühne mit Scheinwerfern wurde aufgebaut und eine Cateringfirma mit zehn Köchen und dreißig Kellnerinnen damit beauftragt, das große vegetarische Büfett vor Ort zuzubereiten und zu servieren. Sogar ein Elefant war gebucht. Wochenlang wurde alles bemalt und dekoriert, und Yogi reiste jeden zweiten Tag nach Darjeeling-Stadt, um irgendetwas zu erledigen, was mit der großen Party zu tun hatte.

»Es wird eine wunderbare Veranstaltung voller Freude, Farbenpracht und Überraschungen«, verkündete er am Tag vor der Eröffnungsfeier strahlend, als eine große Fuhre mit Blumen geliefert wurde, aus denen Doma und Passang mit flinken Händen Sträuße binden sollten, um alle Gebäude damit zu schmücken.

Ich hatte ihn gefragt, ob es nicht klüger wäre, das Budget ein wenig kleiner zu halten, aber Yogi verscheuchte meine Bedenken mit der Begründung, dass man eine Eröffnungsfeier schließlich nur ein Mal im Leben feiere und wir uns ein wenig Extravaganz nach einer weiteren, sehr erfolgreichen Teeauktion in Siliguri durchaus leisten könnten.

»Das ist eine goldene Chance für mich, ein richtig rauschendes Fest zu feiern, jetzt da mein eigener Mahut nicht hier ist und mich bremsen kann«, feixte er.

Yogi konnte sich gleich doppelt freuen, denn nach dem großen Fest würde er wieder nach Delhi fliegen und nach einer Weile auch seinen Mahut wiedersehen. Und obwohl es noch keine endgültige Entscheidung gab, deuteten doch alle Zeichen darauf hin, dass die Eltern damit zufrieden waren, wie sich die Verlobten bisher geschlagen hatten.

Ich freute mich auch auf die Eröffnungsfeier, hätte mir jedoch noch zwei weitere Namen auf der langen Gästeliste gewünscht. Denn ich hatte Linda und John angerufen und sie eingeladen, aber sie hatten beide abgesagt, weil ihnen der Termin zu kurzfristig war und sie bald Prüfungen hatten. Linda versprach, in ein paar Monaten zu kommen, wenn sie ihren Hipsterfreund William mitbringen dürfe, was ich sofort bejahte. John hielt sich dagegen bedeckt. Ich hatte das Gefühl, dass er nicht richtig an ein Konzept glaubte, das mich als Verwalter einer Teeplantage vorsah.

»Ich muss mal sehen, Papa. Ich muss gerade so viel lernen, und im Sommer wollen Amanda und ich erst nach Paris und dann für zwei Wochen mit ihren Eltern nach Gotland. Aber vielleicht nächstes Jahr«, sagte er.

Die Sonne strahlte von einem klaren blauen Himmel herab, als am Samstagnachmittag des 21. Mai die ersten Gäste eintrafen. Eine milde Brise ließ die Flaggen mit dem neuen Logo des East Green Estate, zwei gekreuzte Triebe eines Teestrauchs unter einer dampfenden Tasse, angemessen leicht an den Flaggenstangen neben dem Eingang flattern. Die Band spielte ihre charmant dröhnende, wenn auch unmelodiöse Musik, und Doma und Passang legten allen Ankommenden Blumenkränze um den Hals.

Zu Beginn wurden von jugendlichen Kellnern in viel zu großen Uniformen mit Schulterklappen Fruchtsäfte und Drinks gereicht. In einer Ecke des Gartens war auch eine Bar aufgebaut worden, wo man sich bei Bedarf einen klitzekleinen Whisky oder ein klitzekleines Glas Bier bestellen durfte, wie Yogi es ausdrückte.

Der gemietete, bemalte Elefant hob zur allgemeinen Belustigung den Rüssel und trompetete, während ein irre dreinblickender Clown, der aussah, als stammte er aus einem schlechten Horrorfilm, Ballons an die anwesenden Kinder verteilte.

Gaga und der Teamaster Sandeep Pradahn boten Führungen und Teeproben in der Fabrik an, Mr Saranathan tauchte mit einer ganzen Busladung Gäste von seiner eigenen Plantage auf, es herrschte große Geselligkeit, und alle schienen sich vortrefflich zu amüsieren.

Alle, bis auf denjenigen, der sich am allermeisten hätte freuen müssen. Doch Yogis Lächeln wirkte angestrengt, und in seinen Augen konnte ich Panik und Stress erkennen. Immer wieder sah er auf seine Armbanduhr und entfernte sich hin und wieder aus der Menge, um zu telefonieren.

»Was ist los, Yogi?«, fragte ich ihn.

»Ich erwarte noch einen besonderen Gast«, flüsterte er. »Sie sollte längst hier sein.«

»Sie? Wer ist es denn?«

»Das soll eine Überraschung sein, Mr Gora. Ach, wenn sie doch endlich käme!«

Plötzlich klingelte sein Telefon. Yogi nahm den Anruf entgegen, um anschließend erleichtert zu lächeln.

»Ihr Chauffeur hat sich ein wenig verfahren, aber jetzt kommt sie bald! Was glaubst du, wie lange wir noch damit warten können, das Büfett zu eröffnen?«

Das war die kritische Frage für alle Gastgeber in Indien, wo die großen Büfetts fast immer den Kehraus einläuteten. Anschließend gingen die Leute in der Regel nach Hause, weshalb man gezwungen war, alles, womit wir bei schwedischen Festen erst *nach* dem Essen anfingen, schon *vor* dem Essen zu erledigen.

»Höchstens drei Stunden. Du musst bedenken, dass der Altersdurchschnitt recht hoch ist«, antwortete ich.

»Okay, dann fangen wir mit dem nepalesischen Sänger an«, beschloss Yogi und ging los, um ihm das Startsignal zu geben.

Vier schmachtende Balladen später klingelte Yogis Telefon erneut.

»Jetzt ist sie da! Du musst die Gäste zusammentrommeln und ihnen sagen, dass gleich die Hauptattraktion des Abends kommt«, sagte er und flitzte davon, um seinen geheimnisvollen Ehrengast am Tor abzuholen.

Ich trat auf die Bühne und lieh mir das Mikrofon des Schnulzensängers. Eine Antrittsrede hatte ich nicht vorbereitet, und so stammelte ich nur ein paar Begrüßungsworte auf Englisch, ehe ich glücklicherweise Verstärkung von Mr Saranathan erhielt, der über die Zusammenarbeit zwischen den beiden Plantagen berichtete.

Minuten vergingen, und die Dämmerung brach herein. Lichterketten und Scheinwerfer wurden eingeschaltet, und ich sah, wie nun auch Mr Saranathan allmählich die Worte ausgingen. Dann aber konnte ich die Silhouetten von Yogi und einer weiteren Person erahnen, die sich von hinten der Bühne näherten. Kurz darauf betrat Yogi das Podium und übernahm das Mikrofon. Er räusperte sich und blickte mit triumphalem Blick über die Gästeschar.

»Meine lieben Freunde! Es ist mir eine große Ehre, Sie alle heute sehr herzlich hier im East Green Estate willkommen zu heißen! Wie Sie bereits vom vortrefflichen geschäftsführenden Verwalter der Plantage, Mr Gora Borg, und unserem hoch verehrten Kooperationspartner Mr Ramesh Saranathan von der Nachbarplantage West Green Estate gehört haben, wird heute eine neue, fantastische Ära in der großartigsten Geschichte der darjeelingschen Teeproduktion eingeläutet. Und um dieses herausragende Ereignis auf bestmögliche Weise zu feiern, möchte ich nun einen ganz besonderen Gast willkommen heißen, der unglaublich weit gereist ist, um diesen denkwürdigen Tag zusammen mit uns zu begehen. Meine Damen und Herren, ich bitte um einen großen und extrem herzlichen Applaus für Ihre Exzellenz, die brillante Ministerin für Import und Export im Königreich Schweden: Mrs Maud Ulfson!«

Und da stand sie plötzlich neben mir und lächelte. Maud Olofsson! Ich wusste, dass Yogi nach der Devise *Nichts ist unmöglich* lebte, aber dass es ihm gelungen war, die schwedische Wirtschaftsministerin zur Eröffnung unserer kleinen Teeplantage zu locken, war doch ein kleines Wunder.

Maud Olofsson dankte und schmetterte dem Publikum eine Rede auf Englisch entgegen, in der sie den indischen Unternehmergeist, insbesondere in den Kleinbetrieben, lobte, wie man ihn gerade am Beispiel des Wiederaufbaus und der Entwicklung des East Green Estate sehr schön beobachten könne. Ein indisches Kamerateam, das gemeinsam mit Maud Olofsson angekommen war, verewigte ihren Auftritt, der vom Publikum mit donnerndem Applaus belohnt wurde.

Yogi verschwand hinter der Bühne und kam kurz darauf mit einem etwa einen halben Meter hohen, verhüllten Gegenstand zurück, den er neben die schwedische Ministerin stellte.

»Meine hochverehrten Damen und Herren! Um Ihrer Exzellenz, der brillanten Ministerin für Import und Export des Königreiches Schweden, unsere Wertschätzung zu zeigen, möchte ich ihr hiermit ein Geschenk überreichen, das auf vorzügliche Weise die Energie symbolisiert, die sie mit all ihrem Tun und Schaffen beweist!«

Yogi beugte sich herab und lüftete die Decke. Darunter stand eine Holzstatue, die Yogi bei einem Holzschnitzer in Darjeeling in Auftrag gegeben haben musste. Sie war mit goldener Farbe überzogen und sah aus wie eine Mischung aus einem Schwein und einer französischen Bulldogge, hatte jedoch einen sehr breiten Schwanz und sehr große Zähne.

»Für diejenigen unter Ihnen, die es nicht wissen: Hierbei handelt es sich um einen Biber«, erklärte Yogi feierlich. »Das ist ein in Schweden heimisches Tier, das für Fleiß und Entschlossenheit und all die harte Arbeit steht, die auch Mrs Maud Ulfson repräsentiert. Es ist mir wahrlich eine unermessliche Ehre, Ihnen diesen goldenen Biber überreichen zu dürfen!«

Für einen kurzen Moment wirkte Maud Olofsson ein wenig konfus, dann aber lächelte sie so breit, dass ihre weißen Zähne im Scheinwerferlicht funkelten.

»Ganz herzlichen Dank! Das ist wohl das schönste vergoldete Bibergeschenk, das ich je bekommen habe!«

Es wurde ein unvergesslicher Abend. Maud Olofsson schwang erneut zusammen mit Yogi das Tanzbein, jedoch erst, nachdem sich dieser vergewissert hatte, dass ihr Ehemann Rolf, der sie begleitete, nichts dagegenhatte. Man tanzte und sang und trank nicht nur einen klitzekleinen Whisky, ehe das große Büfett eröffnet wurde. Eine Stunde darauf waren alle Gäste nach Hause gegangen. Alle, bis auf Maud Olofsson und ihr Mann Rolf, die das größte und schönste der neu renovierten Gästezimmer einweihen durften. Die schwedische Wirtschaftsministerin war so freudig überrascht gewesen, als Yogi sie angerufen hatte, dass sie die Einladung angenommen und dafür einen länger geplanten Wochenendausflug nach London mit ihrem Mann abgesagt hatte. Mit ein paar kleinen Terminänderungen ließ sich die Reise nach Darjeeling sogar um einige Tage verlängern, sodass sich Frau Olofsson und ihr Gemahl auch die schöne Umgebung ansehen konnten, nun da sie schon einmal so weit gereist waren.

»Dass du auf die Idee gekommen bist, sie anzurufen!«, sagte ich später zu Yogi, als wir auf unserem besonderen Platz auf den Brettern hinter dem Lager saßen und das Fest Revue passieren ließen, während wir uns eine große Flasche Kingfisher genehmigten.

»Ich glaube, da hatten die Götter ihre Hände im Spiel«, sagte Yogi.

»Wie das?«

»Tja, vor zwei Wochen saß ich in dem kleinen Restaurant mit den beschlagenen Scheiben in Darjeeling und genehmigte mir ein paar wenige winzige Momos und überlegte, wen ich zur Eröffnung als Ehrengast einladen könnte. Als ich anschließend einen Geldschein aus dem Portemonnaie nehmen wollte, fiel Maud Ulfsons Visitenkarte heraus. Und solche Zeichen, Mr Gora, sollte man ernst nehmen.«

»Aber wie ist es dir dann gelungen, sie hierherzulocken?«

Mein Freund kicherte und steckte sich eine Bidi an.

»Man pflegt ja zu sagen, Mr Gora, dass der Weg zum Herzen eines Menschen über den Magen führt. Was weniger bekannt ist, vor allem unter euch Goras, ist die Tatsache, dass der Weg zum Herz einer Frau auch über den Bollywoodtanz führen kann. Sieh dir nur den vortrefflichen Shah Rukh Khan und all die anderen Stars an, die unglaublich beliebt bei den Frauen sind. Das lässt sich einerseits mit ihren wohlgeformten Körpern erklären, andererseits aber auch mit ihrem feurigen Hüftschwung. Und ohne irgendwelche unlauteren Aspekte andeuten zu wollen, glaube ich, dass Mrs Maud die Tanzschritte, die ich ihr bei dem Fest in der schwedischen Botschaft in Delhi beigebracht habe, sehr anziehend fand.«

»Ich bin mir sicher, dass du mit deiner Vermutung richtig liegst«, sagte ich zu Yogi. »Welch ein Glück für Maud Olofsson, dass sie dich kennengelernt hat!«

»Und welch ein Glück, dass ich dich kennengelernt habe, Mr Gora! Ich bin so froh darüber, dass du jetzt beschlossen hast, hier in Indien zu bleiben!«

Ich lächelte Yogi breit an und nahm einen großen Schluck von meinem Bier. Es war eine wunderbare Nacht, ein wenig frisch, aber vollkommen still und von einem magischen Mondschein erhellt, der scharfe Schatten warf. Ich saß neben meinem besten Freund und fühlte mich gut, nachdem die Eröffnung unserer gemeinsamen, blühenden Teeplantage ein solcher Erfolg gewesen war.

Und dennoch gab es da irgendwo in meinem Bauch ein nagendes Gefühl der Leere, von dem ich mich nicht ganz befreien konnte.

# KAPITEL 60

Am nächsten Tag arrangierte Yogi für das Ehepaar Olofsson einen Ausflug nach Darjeeling-Stadt, an dem ich ebenfalls teilnahm. Gaga hatte die Anweisung erhalten, die Kurven etwas sanfter zu nehmen als sonst, um das Büfett des Vortags nicht zu neuem Leben zu erwecken. Doch wie sich herausstellte, hatte die schwedische Wirtschaftsministerin einen Magen aus Stahl und einen so gesunden Appetit, dass sie schon vor der Mittagszeit bereit war, Yogi in das kleine Restaurant mit den beschlagenen Scheiben zu begleiten. Wir anderen kamen alle mit, und ich wendete mich bei einer Tasse Tee und einigen Momos Mauds Ehemann Rolf zu. Ich dachte, wir beide hätten bestimmt einiges gemeinsam. Er sah aus, als wäre er ein sportinteressierter Schwede mittleren Alters, genau wie ich. So war es auch, aber leider interessierten wir uns nicht für dieselbe Sportart. Während ich versuchte, ein Gespräch über die Allsvenskan und den Malmö FF anzuleiern, sprach er von Eishockey. Rolf war ein leidenschaftlicher Hockeyfan, und mit denen hatte ich noch nie etwas anfangen können. Hockey hatte etwas merkwürdig Rastloses an sich. Große Männer in umfangreicher Schutzkleidung schlittern auf dem Eis umher und jagen einem kleinen, seelenlosen Puck aus vulkanisiertem Gummi nach, wenn sie nicht gerade während einer der ständigen Spielunterbrechungen zu lauter Euro-Disco-Musik über ihren Schlägern verschnaufen. Wir Fußballmenschen dagegen haben noch Bodenhaftung. Sind erdverbunden. Und kulturverbunden. Ein Fußball aus Leder ist organisch und mit lebensspendender Luft gefüllt.

Das betone ich normalerweise immer, wenn ich Hockeyfans treffe, aber diesmal brummte ich nur zustimmend, als Rolf darlegte, wie gut in diesem Jahr die Chancen für seinen Verein standen.

Ich fühlte mich merkwürdig rastlos. Natürlich hatte ich neue Seiten an mir selbst entdeckt in diesem Land mit seinen vielen unterschiedlichen Gesichtern, die ich lieben gelernt hatte, und ich hatte in Yogi meinen besten Freund gefunden, und dennoch vermisste ich in meinem tiefsten Inneren irgendetwas. Obwohl ich inzwischen mehrere köstliche Momos verspeist hatte, blieb das nagende Gefühl der Leere in meinem Magen zurück.

»Yogi, ich möchte nach Hause«, flüsterte ich meinem Freund zu, als wir nach dem Mittagessen wieder auf dem Weg zum Jeep waren.

»Natürlich, Mr Gora, ich muss Mrs Maud nur erst ein paar Geschäfte und den schönen Dhirdhamtempel zeigen, dann können wir wieder zur Plantage fahren.«

»Ich meinte, zurück nach Schweden.«

»Machst du Witze?«

»Nein, es ist mir ernst.«

»Darüber sprechen wir später, Mr Gora!«, zischte Yogi, ehe er sich wieder mit einem aufgesetzten Lächeln Maud Olofsson zuwandte.

Yogi führte den Rest seines Ausflugsprogramms wie geplant durch und schenkte den Ehrengästen all seine Aufmerksamkeit. Erst nach dem Abendessen fanden wir die Gelegenheit, unter vier Augen zu sprechen.

»Was sind das für Hirngespinste, Mr Gora, dass du wieder nach Schweden reisen willst? Du hast doch gerade den besten Job von ganz Darjeeling ergattert, und bald findet die Hochzeit statt! Die willst du doch wohl nicht verpassen?«

»Ganz ehrlich, Yogi. Was glaubst du, wie lange es dauern wird, bis die Hochzeit stattfindet?«, fragte ich.

»Wenn man die üblichen Justierungen und all die sorgfältigen Planungen einberechnet, kann es sich wohl nur noch um einige wenige Monate handeln.«

»Du bist ein unverbesserlicher Optimist. So, wie ich deine Mutter kenne, wird es mindestens ein halbes Jahr dauern. Ich kann doch mit dem Flugzeug kommen, wenn es so weit ist. Und bis dahin wirst du sowieso alle Hände voll damit zu tun haben, deine Exportfirma wieder anzukurbeln und in den Süden zu reisen, um Textilgeschäfte in der Nähe einer gewissen Lakshmi Krishnamurti zu tätigen, oder etwa nicht?«

Ich zwinkerte vielsagend, aber Yogi war viel zu aufgewühlt, um auf meine Anspielung einzugehen.

»Du wirst aber doch hier gebraucht, Mr Gora! Vergiss nicht, dass du der geschäftsführende Verwalter des East Green Estate bist! Das bedeutet auch eine enorme Verantwortung!«

Ich nickte zu Gaga, der vor der Fabrik stand und mit einigen der Arbeiter sprach, die gerade in der Dämmerung nach Hause aufbrachen.

»Da hast du deinen Verwalter. Ich wäre doch nur im Weg. Und wenn Gaga Hilfe bei der Abrechnung braucht, wird Mr Saranathan ihn bestimmt unterstützen. Da bin ich mir sicher.«

»Aber was hast du vor, wenn du in Schweden bist? Du hast doch gar keine Arbeit dort?«

»Das wird sich schon irgendwie regeln. Ich habe noch ein bisschen was gespart, und dann kann man ja immer noch darauf hoffen, dass dieser Betrieb in Zukunft irgendwann Erträge bringt.«

»Natürlich, Mr Gora. Aber mit allergrößter Wahrscheinlichkeit wird es noch ein Weilchen dauern, bis das East Green Estate einmal Gewinn macht.«

»Das weiß ich. Und es ist auch nicht dringend, ich komme schon zurecht.«

»Und womit willst du dich beschäftigen, Mr Gora?«

»Ich glaube, dass ich wieder schreiben werde. Aber vor allem will ich etwas kultivieren.«

»Kultivieren?! Genau das machst du doch hier auf der Plantage. Dafür musst du doch nicht zurück nach Schweden!«

»Ich möchte meine Beziehungen kultivieren. Mich wieder mehr um meine Familie kümmern. Ich glaube, du hast mir beigebracht, wie wichtig das ist.«

Ich lauschte meinen eigenen Worten. Eigentlich wirkten sie viel zu hochtrabend und sentimental, um aus meinem Munde zu kommen, aber sie klangen doch ernst zu nehmend.

»Ich war meinen Kindern ein ziemlich miserabler Vater, und vielleicht war ich meiner Mutter auch ein schlechter Sohn. Jetzt ist es wohl an der Zeit, dass ich versuche, das zu ändern.«

Hinter Yogis flehendem Blick sah ich, dass er mich verstand. Auch in ihm gab es etwas Drängendes, eine Sehnsucht, die stärker war als die Bande zu mir. Das wussten wir beide, und es lag überhaupt nichts Trauriges darin.

»Ist es wirklich das, was du am allerliebsten willst – nach Schweden zurückzufahren?«

»Ja.«

»Versprichst du, dass du zu unserer Hochzeit kommst?«

»Lass es mich so sagen, Yogi: Ich verspreche, dass ich mein Bestes tun werde, um zu deiner Hochzeit zu kommen. Aber wenn ich es aus irgendeinem Grund nicht schaffen sollte, bin ich trotzdem in Gedanken bei dir. In Gedanken immer!«

Yogi schüttelte den Kopf, nahm meine Hand und legte sie

auf seine Brust. Unter seinem weichen Speck konnte ich seinen Herzschlag fühlen.

»Du bist nicht nur in Gedanken bei mir, Mr Gora. Du bist immer hier drin. Tief hier drin.«

# KAPITEL 61

Drei Tage darauf landete ich bei etwas grauem, aber dennoch angenehmem Frühsommerwetter in Kopenhagen. Die letzten Stunden vor meinem Aufbruch im East Green Estate waren von einem bewegenden Abschied geprägt gewesen, nicht nur von Yogi, sondern auch von den anderen Menschen dort. Doch als ich nun wieder skandinavischen Boden betrat, war ich davon überzeugt, dass es die richtige Entscheidung gewesen war, nach Hause zu reisen. Sogar der fettige, fade Geruch der dänischen roten Pølser mit gerösteten Zwiebeln an einem Kiosk in der Ankunftshalle wirkte heimelig.

Im Öresund-Zug nach Malmö fand ich eine zurückgelassene Ausgabe der *Sydsvenskan*, auf die ich mich gierig stürzte. Die Titelseite verkündete reißerisch, dass das gestrige Ligaspiel zwischen dem Malmö FF und dem Helsingborgs IF abgebrochen worden sei, nachdem ein Malmö-Hooligan erst einen Leuchtkörper geworfen und anschließend das Spielfeld gestürmt hatte, um den Torwart der gegnerischen Mannschaft zu attackieren.

Ich nahm die Tabelle in Augenschein und stellte zu meiner Verbitterung fest, dass unser Erzfeind Helsingborg die Spitze schon wieder fest in Beschlag genommen hatte. Meine Laune sank wie ein Bleilot – bis ich zum Kulturteil kam und auf einen Artikel stieß, der mich so perplex machte, dass das gescheiterte Derby im Nu vergessen war. In einer prominent platzierten Rezension, die sich noch dazu über zwei Seiten erstreckte, wurde ein neues Buch besprochen – geschrieben von niemand Geringerem als Peter Tamm, dem rotgesichtigen, alternden Gockel aus dem *Bullen*, von dem ich mir so sicher gewesen war, dass er jede kreative Gehirnzelle längst versoffen hatte. Allein die Tatsache, dass es ihm überhaupt gelungen war, eine umfangreiche Essaysammlung mit dem Hemingway-inspirierten Titel *Der alte Mann und die Stadt* zusammenzuflicken und diese Betrachtungen von Malmö auch noch bei einem kleinen, aber sehr angesehenen Verlag unterzubringen, war eine Sensation. Und als wäre das nicht schon genug, kam der Kritiker gar nicht mehr heraus aus dem Schwärmen. »Ein schonungsloses und zugleich feinfühliges Comeback«, nannte er das Werk. Das hätte ich dem alten Rockerschluffi nicht zugetraut. Offenbar war ich in meinem Urteil ein wenig vorschnell gewesen.

Da meine Wohnung am Davidshallstorg noch für zwei Monate an den Geschäftsmann aus Stockholm untervermietet war, durfte ich in der Bude meines Kumpels Erik am Möllevångstorg unterkommen. Er war in den nächsten drei Wochen mit einer Gruppe Touristen auf Rundreise in Vietnam, sodass ich eine Weile für mich allein wäre, was ich als sehr befreiend empfand.

Ich beschloss, die Sache mit der Kultivierung in Angriff zu nehmen. Das war leichter gesagt als getan, aber es schien mir doch zu gelingen, Linda und vor allem John davon zu überzeugen, dass ich mir diesmal mehr Mühe geben würde.

Ich rief meine Kinder jeden Tag an, und schließlich fanden sie tatsächlich eine gemeinsame Lücke in ihrem Zeitplan, in der wir uns alle sehen konnten: ein Vormittag, an dem sie beide nicht zur Uni mussten. Wir tranken Kaffee in dem gemütlichen Gartencafé hinter dem Malmöhus slott. Die Sonne schien auf uns und all die Latte-Macchiato-Muttis hinab, die sich in großen Gruppen um die Tische versammelt hatten und eimerweise

Kaffee mit geschäumter Milch konsumierten, während sie ihre Sprösslinge stillten. Die Balance zwischen Input und Output schien vollkommen ausgeglichen.

»Was denken die sich eigentlich«, sagte ich. »Diese Kinder sind doch schon vollkommen koffeinabhängig, bevor sie überhaupt laufen lernen.«

»Immerhin kümmern sie sich um ihre Kinder«, sagte John, und auch wenn das zweifellos als Spitze gegen mich gemeint war, freute ich mich trotzdem über seine Worte, weil sie eine gewisse Sehnsucht erkennen ließen.

Es ist so, dass man sät, um später zu ernten, dachte ich. Ein Pflänzchen zu kultivieren, braucht Zeit. Es braucht Nährstoffe und Wasser und Luft. Und selbst der Hobbygärtner, der sich durch frühere Wachstumsperioden hindurchgemogelt hat, kann lernen, die überhängenden Äste zu pflegen, denen vielleicht nicht all die Fürsorge zuteilgeworden war, die sie als kleine Triebe gebraucht hätten.

»Du solltest deine Haare wachsen lassen und dir eine Arbeit zulegen, Papa«, sagte Linda.

»Wieder einen Pferdeschwanz, meinst du?«

»Vielleicht lieber nur ein kleines Zöpfchen. Das passt besser zu deiner Persönlichkeit.«

Schon am darauffolgenden Wochenende traf ich die Kinder erneut zu einem Kaffee und plante auch ein Abendessen mit meiner Mutter ein, die ehrlich erfreut schien, mich zu sehen. Obwohl ich mich noch nicht ansatzweise um neue Journalistenjobs gekümmert hatte, war ich mit meinem Leben ziemlich zufrieden. Ich hatte noch etwas Geld auf dem Konto und würde mich schon früh genug um Schreibaufträge bemühen, auch wenn Bror Landin den Markt für Freiberufler als schwierig beschrieb.

In Erwartung einer Inspiration widmete ich mich der Transpiration. Zwar hatte ich auf der Plantage ordentlich anpacken müssen, aber die kulinarisch bereichernde Zeit in Indien war weder meiner Figur noch meiner Kondition förderlich gewesen. Jetzt, da der schwedische Sommer Einzug hielt, gab es keine Ausreden mehr, sich nicht auf die Joggingstrecke zu begeben.

Schon nach einer halben Runde um den Pildammsparken bereute ich diesen Entschluss. Als ich kurz davor war, eine dringend benötigte Verschnaufpause einzulegen, sah ich ihn aus der entgegengesetzten Richtung auf mich zurennen: Sven Grip.

# KAPITEL 62

Er rannte so dynamisch, dass ich nicht mehr rechtzeitig fliehen konnte, ehe er schon viel zu nahe war. Stattdessen bohrte ich den Blick in den Boden, erhöhte mein Tempo und tat so, als sähe ich nicht, wer mir da entgegenkam. Ich konnte seinen Luftzug spüren, als wir einander passierten, und erst nach fünfzig Metern wurde ich wieder langsamer. Dann beging ich den klassischen Fehler, den man sich nicht erlauben durfte, wenn man entkommen wollte: Ich drehte mich um. Sven Grip war stehen geblieben und sah mir nach. Sollte er auch nur eine Sekunde über meine Identität im Zweifel gewesen sein, verschwand dieser kleine Zweifel in dem Moment, als sich unsere Blicke trafen.

Wie reagiert ein ehrenwerter Mann mittleren Alters in einer solchen Situation? Hält er an und geht zurück, um den anderen zu begrüßen? Legt er sich eine beschämte Ausrede für seine feige Flucht zurecht? Öffnet er die Arme und empfängt den anderen mit einem entwaffnenden Lächeln?

Ich tat nichts von alledem. Stattdessen nahm ich die Beine in die Hand und lief davon. Nach hundert Metern warf ich erneut einen ängstlichen Blick zurück und sah, dass Sven Grip hinter mir herrannte und irgendetwas schrie, was ich nicht hören konnte, weil motivierende Musik aus meinem iPod in meinen Ohren dudelte. Obwohl ich schon Blut im Mund schmeckte, holte Sven Grip mich bald ein. Irgendwie kam es mir so vor, als würde ich von meinem Albtraum eingeholt werden, der mir etwas Wichtiges mitteilen wollte. Im Schlaf von einem Tiger im indischen Dschungel verfolgt zu werden oder in der Realität von einem groß gewachsenen homosexuellen Mann in einem Park in Malmö, bedeutete im symbolischen Sinn vielleicht etwas ganz anderes. Aber hatte mir Karin Vallberg Torstensson nicht genau das gesagt, als ich zum letzten Mal bei ihr gewesen war: dass ich versuchte, vor mir selbst zu fliehen?

Diese Einsicht ließ mich abbremsen, und als Sven Grip in der nächsten Sekunde mein T-Shirt am Hals packte, zog ich die Kopfhörer aus den Ohren und fand mich in einer wüsten Beschimpfung wieder, bei der Worte wie »Idiot« und »Versager« fielen.

Ich ließ ihn seinen Zorn über mich ausschütten, und als er endlich verstummte, brachte ich nur ein piepsiges »Entschuldigung« hervor, und obwohl er immer noch wütend war, besänftigte ihn das so sehr, dass er schließlich mein T-Shirt losließ.

»Was zum Teufel hast du eigentlich geglaubt?«, fragte er mit grimmigem Blick und rot angelaufenem Gesicht.

»Wie meinst du das?«

»Glaubst du, ich würde dich anbaggern, war das der Grund, warum du dich einfach aus dem Staub gemacht hast, ohne ein Wort zu sagen?«

»Ein bisschen so war es wohl«, musste ich beschämt zugeben. »Bist du denn nicht ...?«

»Du bringst das Wort ja nicht einmal über die Lippen! Doch, das bin ich! Ja, ich bin schwul, S-C-H-W-U-L! Aber ich hätte nicht gedacht, dass das beim Fußballschauen eine Rolle spielen würde. Oder setzt du dabei deinen Unterleib ein?«

Sven Grip schüttelte resigniert den Kopf.

»Das ist so typisch für euch Heteros«, sagte er. »Ihr glaubt, wir wären auf alle Männer scharf, als wären wir nicht in der Lage, Stimmungen aufzufangen. Und dann seid ihr so schrecklich sexfixiert! Ich habe gedacht, du wärst anders, dass wir beide tatsächlich ganz normale Freunde sein könnten. Das fand ich ja gerade so toll, einen netten Mann in meinem Alter kennenzulernen, der dieselben Interessen teilt, *ohne* dass es irgendeine sexuelle Spannung gibt. Wenn du damit nicht umgehen kannst, ist das auch okay für mich. Ich verstehe bloß nicht, warum du dann einfach abgehauen bist und so verflucht gelogen hast! Ich dachte, dir wäre etwas zugestoßen, und erst als Roger erzählt hat, dass du plötzlich nach Indien gereist bist, habe ich verstanden, was los war. Schwule jagen dir eine Wahnsinnsangst ein, oder?«

»Das würde ich so nicht sagen«, antwortete ich verzagt und schüttelte den Kopf. »Aber du hast recht, dass ich mich ein bisschen unwohl gefühlt habe und zu feige war, das dir gegenüber anzusprechen.«

»Schade, denn wenn du mich gefragt hättest, hätte ich dir gleich sagen können, dass du so was von überhaupt nicht mein Typ bist! Ich würde niemals auf dich stehen, selbst wenn du noch so schwul wärst.«

»Und warum nicht?«, fragte ich und klang dabei fast ein bisschen beleidigt.

»Keine Ahnung, du hast einfach keinen Sex-Appeal. Deshalb mochte ich dich ja als Freund so gern. Nichts anderes!«

»Ich verstehe«, stammelte ich, und dann wusste ich nicht mehr, was ich noch sagen sollte, und die ganze Situation war mir unglaublich peinlich.

Am Ende erbarmte Sven Grip sich meiner und fragte, ob ich letztens beim Derby gewesen sei.

»Nein, ich kam erst am Tag darauf nach Hause. Ich habe in der Zeitung von dem Skandal gelesen.«

»Tja, da hast du nichts verpasst. Dieser sogenannte Fan hat

uns allen den Spaß verdorben. Wer solche Freunde hat, braucht keine Feinde.«

»Vielleicht können wir zusammen zum nächsten Heimspiel gehen«, schlug ich in einem Verbrüderungsversuch vor.

Sven Grip antwortete ausweichend, dass doch gerade Spielpause sei. Er selbst werde nächste Woche zur EM in die Ukraine fliegen und die ersten beiden Gruppenspiele der Schweden sehen.

»Fährst du allein?«, fragte ich.

»Nein, mit meinem Freund. Er interessiert sich eigentlich nicht groß für Fußball, fand es aber spannend, Kiew zu besuchen.«

»Du hast also einen …?«

»Partner nennt man das offiziell«, antwortete Sven Grip. »Ja, ich habe einen Partner. Er wohnt in Göteborg und ist beruflich viel unterwegs, deshalb sehen wir uns nicht so oft.«

»Wart ihr auch damals schon …?«

»Warum fällt es dir nur so schwer, einen zusammenhängenden Satz zu bilden, Göran? Ja, wir waren auch schon zusammen, als wir beide uns getroffen haben, falls du das meinst.«

»Und er ist dein …?«

»Ja, er ist genau mein Typ. Pass auf dich auf, Göran. Und lauf dich nicht tot«, sagte Sven Grip, ehe er sich umdrehte und davonjoggte.

# KAPITEL 63

Ich telefonierte einige Male mit Yogi. Unter Gagas exzellenter Führung schritt die Arbeit im East Green Estate zur allgemeinen Zufriedenheit voran, und die große Auswertung in Sachen Hochzeit zu Hause in Delhi hätte nicht besser ausfallen können, berichtete er mit seinem üblichen Optimismus.

»Amma und mein hoch verehrter künftiger Schwiegervater waren beide sehr zufrieden mit unseren Anstrengungen. Lakshmi sah in ihrem neuen schönen Sari einfach hinreißend aus, und ich war in meiner silberschimmernden Festkurta eleganter denn je. Jetzt beginnen die allerbesten Vorbereitungen der Hochzeit, und sobald ich das Datum weiß, bekommst du sofort eine feine Einladungskarte mit extra viel Gold darauf!«

»Und diesmal gibt es keine ungünstigen Sternenkonstellationen am Himmel?«, fragte ich.

»Nicht eine Wolke in Sicht! Der Nebel über Darjeeling hat uns doch hart genug auf die Probe gestellt, nicht wahr?«

»Und wann ist es dann so weit?«

»Das lässt sich noch nicht mit der exaktesten Exaktheit sagen, Mr Gora. Denn auch wenn es jetzt nicht mehr in den Sternen steht, so steht es doch immer noch in Ammas Macht, und obwohl sie eine gute Mutter ist, kann sie, wie du ja weißt, manchmal auch eine sehr störrische Mutter sein. Sie hat sich noch nicht richtig entscheiden können, wo und wann das Ganze stattfinden soll.«

»Aber sie ist doch wohl nicht diejenige, die heiratet?«

»Doch, doch, sie ist es auch, in allerhöchstem Maße! In Indien werden ganze Familien miteinander verheiratet. Ich dachte eigentlich, das hättest du inzwischen begriffen, Mr Gora. Viele Puzzleteilchen werden zusammengefügt, bis schließlich das schönste und vollkommenste Bild von allen entsteht!«

In meinem eigenen Lebenspuzzle fehlten noch einige Teile. Aber Rom wurde ja auch nicht an einem Tag erbaut, und die Meisterschaft gewinnt man auch nicht mit nur einem Sieg.

Ich spürte keine Eile, was an und für sich befreiend war, und lebte ein wenig in den Tag hinein. Aber es gab eine Sache, die an mir nagte und mir keine Ruhe ließ. Ich musste immer wieder an Karin Vallberg Torstenssons Worte über die Flucht vor sich selbst denken und fühlte, dass ich irgendeinen Anknüpfungspunkt brauchte, um meine neu gewonnene Lebenserfahrung mit jenem Menschen zu verbinden, der ich gewesen war, bevor ich nach Indien floh. Was ich brauchte, war ganz einfach eine letzte KVT-Sitzung bei eben jener Karin Vallberg Torstensson, um den Kreis zu schließen.

Sie klang überrascht, als ich anrief, hatte jedoch am darauffolgenden Freitag, den 10. Juni, einen Termin für mich frei. Ich weiß nicht genau, was ich erwartete, aber ich fühlte mich unwohl, als ich zehn Minuten vor der Sitzung dort in dem kleinen Wartezimmer saß und versuchte, meine Nervosität abzubauen, indem ich in einer abgegriffenen Ausgabe eines Geschichtsmagazins einen Artikel über Adolf Hitlers Kindheit las. Dieser Text hellte mein Gemüt keineswegs auf, und als Karin Vallberg Torstensson die Tür öffnete und mich mit einem Nicken hereinbat, schätzte ich mein Unbehagen auf 80 auf der KVT-Skala.

Ich begrüßte sie mit einem schweißnassen Händedruck und setzte mich mit einem ängstlichen Lächeln in den bequemen Sessel gegenüber von ihr.

»Sie sind also aus Indien zurückgekommen. Wie war Ihre Reise?«, fragte sie mit ihrer nasalen Stimme, die jedoch nicht ganz so atemlos klang wie sonst. Ich registrierte auch, dass ihre Augen nicht mehr rot geädert waren.

»Sie war sehr lohnend«, sagte ich. »Aber ich glaube dennoch, dass Sie in einer Sache recht hatten.«

»Und zwar?«

»Was Sie darüber gesagt haben, vor sich selbst zu fliehen. Das habe ich wohl wirklich getan, indem ich so abrupt aufgebrochen bin.«

»Habe ich das wirklich gesagt?«

»Ja.«

»Das war nicht gerade professionell von mir. Eigentlich können Sie solche Entscheidungen nur selbst treffen. Und es klingt doch so, als hätten Sie in Indien tatsächlich etwas gefunden.«

Mein Unbehagen war inzwischen auf 35 gesunken.

»Ich habe auch meinen Job gekündigt«, sagte ich plötzlich, als wollte ich, dass sie es guthieße.

»Bereitet Ihnen das Sorgen?«

»Ganz im Gegenteil. Mir ist klar geworden, dass ich mich dort nie wohlgefühlt habe.«

»Na, wie gut, dass Sie aufgehört haben!«

Wir schwiegen eine Weile. Karin Vallberg Torstensson strich sich eine ihrer hübsch ergrauten Haarsträhnen hinter das Ohr und sah mich mit klarem Blick an.

»Sind Sie eigentlich aus irgendeinem speziellen Grund wieder zu mir gekommen?«, fragte sie.

»Ich dachte, ich könnte ein wenig Hilfe dabei brauchen, zu verstehen, was mit mir passiert ist, seit ich das letzte Mal hier war.«

»Erinnern Sie sich daran, was damals Ihr Problem war?«

»Ich erinnere mich jedenfalls an diese Liste.«

»Haben Sie die noch?«

Ich steckte die Hand in die Innentasche meines braunen Cordjacketts, angelte das schmutzige zusammengefaltete A4-Blatt heraus, öffnete es und las:

1. Liebe – eine Frau kennenzulernen, die man liebt und von der man geliebt wird. Oder wenigstens mit einer Frau auszugehen. Oder zumindest den Versuch zu unternehmen, mit einer Frau auszugehen.
2. Arbeit – die Lust und die Konzentration wiederzufinden, die ich anfangs hatte.
3. Familie – meine Kinder und meine Mutter regelmäßiger zu sehen.
4. Freunde – mehr Zeit mit anderen Menschen zu verbringen und mich nicht weiter zu isolieren. Den Leuten in die Augen zu schauen, wenn ich mit ihnen rede.
5. Sport – mich mehr zu bewegen, damit ich abends müde bin und ordentlich schlafen kann.

Puzzleteile? Ein Ausdruck von Sehnsucht? Oder aneinandergereihte Sätze, die eine ganz neue Bedeutung erhalten hatten?

Ich sah mich in dem kleinen Raum um und bemerkte, dass das Foto von Karin Vallberg Torstensson und ihrem Mann nicht mehr auf ihrem Schreibtisch stand.

»Sie haben das Foto weggenommen«, sagte ich, ohne nachzudenken. »Von sich und Ihrem Mann.«

»Daran erinnern Sie sich? Beeindruckend. Ja, ich lasse mich gerade scheiden«, sagte sie. »Aber wir sind hier, um über Sie zu sprechen und nicht über mich. Wie finden Sie Ihre Liste, wenn Sie sie heute betrachten?«

»Warum lassen Sie sich scheiden?«

»Das diskutiere ich nicht mit meinen Patienten. Ich habe schon zu viel gesagt.«

»Sie sprechen nicht mehr durch die Nase.«

»Wie meinen Sie das?«

»Früher klangen Sie immer ein bisschen atemlos und verschnupft. Vielleicht sind Sie Ihre Atemwegsprobleme losgeworden, weil Sie sich haben scheiden lassen.«

Karin Vallberg Torstensson betrachtete mich verwirrt.

»Noch bin ich nicht geschieden. Ich lasse mich gerade scheiden, und davon abgesehen weiß ich nicht, was das mit meinem Asthma zu tun haben sollte.«

»Vielleicht waren Sie gegen Ihren Mann allergisch?«

Ich hatte das Gefühl, als hätte ich plötzlich die Kontrolle über meine Gedanken und Worte verloren. Ich schielte auf meine Liste hinab und las die oberen Zeilen erneut:

1. Liebe – eine Frau kennenzulernen, die man liebt und von der man geliebt wird. Oder wenigstens mit einer Frau auszugehen. Oder zumindest den Versuch zu unternehmen, mit einer Frau auszugehen.

»Könnten Sie sich vorstellen, nächste Woche mit mir essen zu gehen?«, fragte ich.

Karin Vallberg Torstensson lächelte neutral.

»Es tut mir leid, Göran, aber eine Therapeutin geht nie mit ihrem Patienten essen. Das wäre unprofessionell.«

Natürlich hatte sie wieder mal recht.

»Aber wenn ich nach diesem Termin nicht mehr wiederkomme?«

»Ein Therapeut darf niemals in eine Situation geraten, von

der man auch nur annähernd annehmen könnte, dass er das Abhängigkeitsverhältnis seines Patienten zu ihm ausnutzt.«

»Aber ich möchte ausgenutzt werden. Ich glaube, dass ich mich ein wenig in Sie verliebt habe. Und ich glaube, dass ich schon seit unserer ersten Begegnung verliebt war, ohne mir dessen richtig bewusst gewesen zu sein. In Indien waren Sie in Gedanken immer bei mir. Das muss etwas zu bedeuten haben!«

»Es ist nichts Ungewöhnliches, dass man als Patient Gefühle für seinen Therapeuten entwickelt. Meistens hat das eine andere Ursache, und wenn Sie wollen, können wir gern versuchen, sie zu ergründen.«

Ich wurde rot und fühlte mich dumm.

»Entschuldigen Sie, ich wollte nicht voreilig sein. Es tut mir leid, falls ich Sie in Bedrängnis gebracht habe.«

»Ist schon gut. Sollen wir jetzt zu Ihrer Liste zurückkehren?«

Und das taten wir. Ich berichtete von meinen sozialen Fortschritten, und sie stellte intelligente Folgefragen. Als die Stunde dem Ende zuging, hatte ich nicht unbedingt das Gefühl, an etwas angeknüpft zu haben, aber ich fühlte mich dennoch ein bisschen klüger. Karin Vallberg Torstensson war wirklich ein Profi durch und durch. Obwohl ich mich ihr gegenüber blamiert hatte, bewahrte sie Ruhe und professionelle Freundlichkeit.

»Dann bleibt mir nur, Ihnen sehr zu danken«, sagte ich und schüttelte ihre Hand.

»Wenn noch etwas sein sollte, worüber Sie sprechen möchten, können Sie mich gern anrufen«, sagte sie.

Ich nickte, ging zur Tür und drückte die Klinke nach unten.

»Mittwochabend um acht«, sagte Karin Vallberg Torstensson.

Ich drehte mich um.

»Was haben Sie gesagt?«

»Ich sagte, Mittwochabend um acht. Das Essen. Es gibt ein

nettes kleines Restaurant namens *Rebell* in der Friisgatan. Sie müssten uns einen Tisch reservieren. Ich weiß, dass das nicht professionell ist, aber es ist ja nur ein Essen, oder?«

Ich stand wie versteinert da, noch immer die Türklinke in der Hand, als könnte ich nicht glauben, was sie gesagt hatte.

»Sie meinen, wir beide werden am Mittwochabend im *Rebell* essen gehen?«

»Ja, aber vergessen Sie nicht, dass es nur ein Essen ist!«

»Nur ein Essen«, wiederholte ich und fühlte, wie das Blut durch meinen Körper rauschte und die Röte sich wie ein Lauffeuer auf meinen Wangen ausbreitete. »Nur ein richtig gutes Essen.«